KB085418

날 미치게 하는 그대

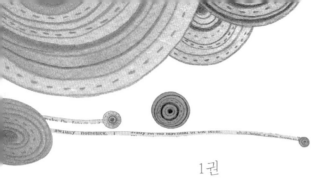

1권

2권

You drive me crazy

crazy You drive me

네가 뭘 하든지 나에겐 다 사랑이야

빛이 완벽하게 차단된 침실, 도준의 휴대 전화가 진동했다. 소리 없이 일어나 블라인드를 조금 올리자, 겨울 아침의 시린 햇살이 좁은 틈 사이를 비집고 흐릿하게 새어 들어왔다.

시선을 틀자 널찍한 침대에 파묻히듯이 엎드려 있는 제아는 완전히 넉다운 상태였다. 아마 오늘 하루는 꼼짝도 하지 못하겠지.

흐릿한 어둠에 섞여 이불 사이로 반쯤 드러나 있는 나신의 선이 아름다웠다. 탐스러운 머리칼 사이로 드문드문 보이는 새하얀 살결이 얼마나 부드러운지.

다시 침대로 다가간 도준이 동그스름한 어깨에 가볍게 입을 맞추자 제아가 잠결에 꿈틀했다.

힘겹게 눈꺼풀을 들어 올려 도준을 보던 제아의 눈이 다시 사르륵 감기려 한다. 그 모습이 얼마나 사랑스러운지, 도준의 입가에 나른한 미소가 어렸다.

"잠깐 나갔다 와야 할 것 같아."

"으음…… 어디?"

"본가. 갔다 와서 점심 같이 먹자."

"나도 집에…….."

"쉬잇."

하지만 제아는 말을 이을 수 없었다. 도준의 검지가 벌어진 제아의 아랫입술을 쓸어내린 것이다.

"유 실장한테 집에 연락해놓으라고 했어. 그러니까 더 자."

그 말이 끝나기도 전에 잠기운을 못 이긴 그녀의 속눈썹이 잘게 떨리며 다시 서서히 내려앉고 있었다.

향긋한 복숭아 향이 나는 머리칼에 다시 가볍게 입을 맞춘 후 도준은 침실을 나왔다.

본가에 도착하자 연희와 강훈이 먼저 도착해 있었다.

도준이 마지막으로 자리를 잡고 앉자마자 한 회장의 서릿발 같은 호통이 떨어졌다.

"대체 이게 뭐 하는 짓들이야!"

호통과 동시에 한 회장이 테이블 위에 있던 신문을 집어 던졌다.

신문의 1면 기사 제목을 본 이들 중 어느 누구도 입을 여는 사람은 없었다.

한 여자를 사이에 둔 J 그룹 손자들의 난투극

이니셜을 썼지만 J 그룹이 바로 제일 그룹이라는 것은 웬만한 사람들은 알고 있을 것이다.

"사이좋게 지내도 모자랄 판에 여자 가지고 난투극을 벌여? 못난 녀석들 같으니라고!"

한 회장의 매서운 눈빛이 얼굴이 성치 않은 두 손자에게 고스란히 쏟아졌다. 한 놈은 이마가 터지고, 한 놈은 얼굴이 터지고. 이런, 쯧쯧!

강훈이 애써 태연한 척 웃으며 한 회장을 향해 조심히 입을 열었다.

"회장님, 무슨 오해가 있었던 것……."

"오해 아닙니다."

"한도준!"

강훈이 격하게 그의 이름을 불렀지만, 도준은 태연하게 말을 이었다.

"물론 한 이사님이 아름다운 제 파트너에게 잠시 호감을 보이긴 했지만, 그래서 주먹질을 한 건 아닙니다. 제일 백화점의 제안을 거부하고 단독으로 제일 아웃렛의 일을 진행시킨 점 때문에 한 이사님이 화가 좀 난 것 같습니다. 그래서 좀 티격태격한 거예요."

"도준이 말이 사실이냐? 강훈이 네가 말해봐라."

한 회장의 매서운 눈빛이 강훈에게 꽂혔다. 무릎 위로 불끈

쥔 강훈의 주먹이 부르르 떨렸다. 아니라고 했다간 단번에 동생의 파트너에 눈독 들인 파렴치한 놈이 될 상황이었다.

"술이 들어가니, 아마도 좀 과격해진 것 같습니다."

"쯧, 그럴 거였으면 도준이 녀석이 움직이기 전에 네가 먼저 기획하고 움직였어야지!"

"……죄송합니다."

"동생 놈 설득하라고 했더니 술 처먹고 형제끼리 주먹질이나 해? 아주 잘하는 짓들이다! 다시 한 번 이런 일 생기면 둘 다 쫓아내버릴 줄 알아! 내가 핏줄에 연연하지 않는다는 건 네 녀석들이 더 잘 알 테니!"

마뜩잖은 눈빛으로 두 손자를 번갈아 노려본 한 회장이 소파에서 일어났다.

"도준이 넌 따라 들어와라."

화실 안, 단정하게 정좌를 하고 앉은 손자를 한 회장이 가만히 바라보았다. 노발대발하던 모습은 온데간데없고 눈빛이 꽤 다정하기까지 했다.

"너, 대체 누굴 건드린 게냐?"

"무슨 말씀이십니까?"

"네 녀석을 미국으로 보내버리라는 압력이 들어왔다."

한 회장은 아직 모르고 있다. 한 부회장이 정치계 쪽에 뒷돈을 얼마나 대주었는지, 얼마나 깊숙이 침투해 있는지.

"우선 경고 차원이라 좀 더 지켜보고 결정하겠다고 버티기는 했다만, 나도 버티는 데는 한계가 있다. 윗선과 연관되어 있는 건 쑤시고 다니지 말라는 뜻이다. 그래야 나도 약속을 지킬 것 아니냐. 도준아, 윗선을 이용하는 것도 능력이다. 핏줄이라고 봐주는 건 나도 여기까지다."

"알겠습니다."

"나가봐라."

도준이 일어나서 화실을 나가자 한 회장은 그제야 옆에 놓여 있던 봉투에서 사진 한 장을 꺼냈다. 아찔하게 슬립만 걸친 아름다운 여자와 호텔에서 함께 찍힌 도준의 사진이었다.

"미국 부동산 재벌의 외동딸이라……. 뭐, 나쁘지는 않지만……."

한 회장은 우선 좀 더 지켜보기로 했다. 이 여자가 얼마나 제일 그룹에 이득을 줄 수 있는지 따져봐야 할 것이다.

점심 약속을 지키기 위해 본가를 나오자마자 집으로 달려왔지만 도준을 맞이한 건 텅 빈 집과 침실, 그리고 침대뿐이었다. 그 공백에 그의 심장이 철렁 내려앉았다.

곁에 있지 않으면 불안하다. 눈에 보이지 않으면 불안하다. 어디론가 사라져버릴 것만 같아서.

급하게 휴대 전화를 찾아서 전화를 걸자 다행히도 제아가 전화를 받았다.

"너, 어디야."

심장을 쫄깃하게 만든 당사자는 오히려 해맑은 음성이었다.

[우와, 벌써 왔어?]

"점심 먹기로 했잖아. 넌 어딘데."

[큰 도로 가야. 갈 데가 있어서 잠깐 나왔어. 오빠 다음 스케줄 있어?]

"아니."

[잘됐다! 오빠랑 같이 가고 싶은 곳이 있었는데!]

큰 도로로 나가자 발 옆에 한가득 짐을 놔둔 채 반갑게 손을 흔드는 제아가 보였다.

"오빠!"

잠에서 깨어난 제아는 부지런하게도 도준의 오피스텔로 가서 집을 청소했고, 또다시 집에 오자마자 윤영의 부탁을 받고 집을 나오던 차였다.

긴 다리로 성큼 다가온 도준의 다정한 눈빛이 제아를 훑었다.

"몸은 괜찮아?"

어떤 의미인지 알기에 새하얀 뺨이 발그레하게 달아올랐다.

"오빠 사랑을 듬뿍 받았는데, 안 괜찮을 건 또 뭐 있어?"

잠기운을 못 이겨 헤맬 때는 언제고, 지금 눈앞의 제아는 너무도 쌩쌩했다. 아니, 활력이 넘쳐 보였다.

"내가 어디를 가야 되는데, 오빠가 오늘 내 기사 노릇 좀 해주면 안 돼? 거기 가면 점심도 대접할게!"

"……."

"아, 오빠 바쁘겠구나. 하긴, 거기 가면 최소 네댓 시간은 걸릴 텐데. 좀 그렇지?"

"차에서 키스해준다고 하면."

"……?"

"오늘 하루 종일 네 노예가 되어주지."

잠시 놀란 눈을 하고 있던 제아가 발꿈치를 세워 그의 뺨에 가볍게 입을 맞추었다.

쪽—.

"이건 이자. 원금은 차 안에서."

수줍게 웃으며 윙크를 날리는 제아 때문에 그의 가슴에 훈훈한 바람이 들이닥쳤다. 이렇게 행복해도 되는 건지 불안할 정도로 심장이 들썩거렸다.

"주소 찍어봐."

안전벨트를 한 제아가 내비게이션에 목적지를 입력하자 차가 부드럽게 출발했다. 한 번 물어볼 법한데도 도준은 목적지에 도착할 때까지 아무것도 묻지 않았다.

1시간 정도를 달려 도착한 노을 보육원은 개인이 운영하는 만큼 작고 낙후된 곳이었다.

"우리 엄마 아빠 고향이야. 한두 달에 한 번씩 음식 왕창 만들어서 보내시거든. 옛날엔 직접 가셨는데 연세도 있고 하셔서 이젠 내가 가. 일도 도와주고 아이들도 보고."

차에서 내린 제아의 따스한 시선이 공터에서 뛰어노는 아이들에게 향했다. 쌀쌀한 겨울 공기에도 작은 운동장에서 뛰어노는 아이들의 표정은 티 없이 맑고 깨끗했다.

"와아, 제아 누나다!"

제아를 알아본 아이들이 우르르 도준의 차 주위로 몰려들었다. 다가오지 못하고 경계하는 아이들. 대놓고 와서 멋진 차와 도준을 구경하는 아이들. 반응은 다양했다.

"우와, 이 차도 짱 좋다!"

"예쁜 오빠 왔다!"

남자가 분명한데 여자보다 예쁘게 생긴 도준이 신기한지, 손가락으로 쿡쿡 찔러보는 여자아이들도 있었다. 지로처럼 질색하며 피할 것 같던 도준은 의외로 아이들에게 몸을 내어주고 있었다.

천하의 한지로도 어린아이들만은 무서워했다. 상대할 줄을 모르니 얼굴이 벌게져서 차 안으로 도망가버리곤 했다.

하지만 그녀의 생각과 달리 도준은 지금 무척 당혹스러웠다. 그래서 얼어붙은 것이다. 처음 상대해보는 아이들이었고, 악한 마음이 없는 아이들을 어떻게 상대해야 할지 감이 잡히지 않았다. 동상이 되어버린 도준의 손에 살그머니 깍지를 끼며 제아가 다정하게 속삭였다.

"뭐 해, 웃어주지 않고. 설마 아이들한테도 겁주려는 건 아니지?"

둘의 모습을 가만히 지켜보고 있던 한 남자아이가 도준의 코 밑으로 씩씩하게 파고들었다.

"형한테 축구로 도전장을 내밀어요!"

바람이 거의 빠져버린 축구공을 옆구리에 낀 채 불쑥 튀어 나온 당돌한 꼬마 아이였다.

"왜요? 자신 없어요? 축구하기 싫으면 제아 누나 옆에서 떨어져요! 제아 누나는 나중에 나랑 결혼할 거란 말이야!"

남자아이의 경계심을 느낀 도준은 무릎을 구부려 아이와 눈높이를 맞췄다.

"용감한 꼬맹이, 넌 이름이 뭐지?"

"나 꼬맹이 아니고 김선우거든요! 그리고 나 7살이에요!"

"그 도전, 받아들이지."

너무도 자연스럽게 아이들과 함께 작은 운동장으로 향하는 도준의 늘씬한 뒷모습을 보며 제아는 자신도 모르게 웃음을 머금었다.

허름한 보육원 건물에서 오십대 후반의 여자가 나오자 제아가 반갑게 손을 흔들었다.

"미선 이모!"

"아이쿠, 우리 제아 왔니? 세상에, 또 뭘 이리 많이 가지고 왔어? 와서 도와주는 것만으로도 고마운데."

선한 눈웃음을 흘리던 미선의 시선이 운동장으로 향했다. 어느새 재킷을 벗어 던지고 아이들과 축구를 하는 도준을 발견하곤 잔뜩 궁금해하는 눈치였다.

"그때 그 무섭게 생긴 남자가 아닌 것 같은데. 우리 제아 애인이니?"

"어머, 아니에요! 이모, 우리 얼른 들어가서 점심 준비해요!"

윤영이 바리바리 싸준 음식들로 푸짐한 상이 차려졌다. 아이들을 부르러 나가자 도준이 제대로 놀아줬는지 힘이 넘치던 남자아이들이 넉다운이 되어 있었다.

"맛있는 점심 먹자! 다들 손 깨끗이 씻고 오세요!"

제아의 외침에 발라당 누워 있던 아이들이 우르르 일어나 경쟁하듯 수돗가로 내달렸다. 언제 저렇게 친해졌는지 도준의 양팔엔 아이들이 대롱대롱 매달려 있었다. 때마침 수돗가에서 아이들과 어우러져 있는 도준을 발견한 미선의 낯빛이 새하얗게 질렸다.

"재경…… 오빠?"

다행히 중얼거림을 듣지 못한 제아가 걱정스럽게 미선을 바라보았다.

"미선 이모, 괜찮아요? 얼굴이 창백해요."

"제아야."

"네, 이모."

"저 남자, 혹시 네 오빠였던 문이준이니?"

미선의 물음에 제아는 심장이 쿵 내려앉는 기분이었다. 어떻게 미선이 도준을 알아본 걸까. 가늘게 떨리는 손으로 새하얀 귀밑 머리를 넘긴 미선이 어색하게 웃어 보였다.

"걱정하지 마. 윤영이한텐 비밀로 할 테니까."

"……죄송해요. 숨기려던 건 아니었어요."

"똑 닮았구나. 제 아빠랑…… 말이다."

"이모가 어떻게 오빠 아빠 알아요?"

"윤영이가 아무 말도 안 해줬니?"

"……?"

"이준이 아빠도 같은 보육원 출신이야. 나와 네 엄마, 아빠, 그리고 이준이 아빠까지."

"그럴 리가요."

도도하고 고고해 보이던 연희가 보육원 출신의 남자를 만났다고? 말도 안 되는 소리였다. 하지만 미선은 도준을 보며 옛 추억을 떠올리는 듯 소매로 눈물까지 찍어내고 있었다.

"피는 못 속이나 보다. 우리 토끼들이 이준이 옆에서 떨어지지 못하는 걸 보니. 재경 오빠도 참 아름다운 사람이었는데."

"오빠가 그분이랑 많이 닮았어요?"

"아주 똑 닮았어. 아름답다는 말은 남자한테 쓰는 말은 아니다만, 이준이처럼 이준이 아빠도 정말 아름다운 남자였어. 괜히 핏줄이겠니."

미선의 말이 맞았다. 추운 날씨임에도 찬물로 머리칼과 얼굴을 흠뻑 적신 도준이 눈을 감고 젖은 머리칼을 터는 모습은 눈이 부실 만큼 아름다웠다. 오빠의 아빠도 저렇게 아름다운 사람이었구나. 그래서 제 아들마저도 나 몰라라 하는 차가운 그 여자의 심장도 녹여버렸나 보구나.

"제아 너라도 이준이한테 잘해주렴."

"네?"

"불쌍한 아이다. 제아 네가 부모 대신 사랑으로 보듬어줘."

의미심장한 그 말에 무언가를 더 묻고 싶었지만 미선은 고집스럽게 입을 다물곤 들어가버렸다.

"왜 이렇게 내가 모르는 게 많은 것 같지?"

고개를 갸웃거리며 시선을 돌리자 6살 난 수진이가 도준에게 수줍게 손수건을 내밀고 있었다. 어린 수진이가 민망할 정도로 도준은 손수건을 받지 않고 무뚝뚝하게 보고만 있고.

"오빠, 뭐 해? 꼬마 아가씨가 내미는 손수건 받지 않고."

곁에 다가서서 말을 해도 도준이 꼼짝도 하지 않자, 제아가 다시 말을 해주었다.

"이럴 땐 손수건을 받고 '고마워, 꼬마 아가씨.'라고 말해주는 거야."

누구 말이라고 안 들을까. 어색하게 뻗은 도준의 손이 여자아이가 내미는 손수건을 받았다.

"고마워, 꼬마 아가씨."

도준의 옅은 눈웃음에 수진이의 얼굴이 빨개졌다. 그러더니 눈을 질끈 감으면서 빽 소리를 질렀다.

"나 커서 오빠랑 결혼할 거예요!"

"수진이 너, 나쁘다. 나랑 결혼한다면서!"

"내가 이 아저씨랑 결혼할 거야! 으아아앙!"

"나도!"

여기저기서 울음소리가 터져 나오고 수돗가는 순식간에 난장판이 되었다. 그런 아이들을 귀엽다는 듯 바라보는 도준과 달리 제아는 자그맣게 한숨을 내쉬었다. 이 남자는 여자란 여자는 나이 불문하고 모조리 사로잡는구나. 이렇게 작은 여자아이들까지.

아이들과 눈높이를 맞춘 도준이 진지한 표정으로 말했다.

"난 너희들 중 누구와도 결혼할 수 없어."

그 한마디에 겨우 수그러들었던 울음이 또 터져 나왔다. 하지만 도준이 손가락을 입술로 가져가며 '쉬잇' 하는 제스처를 취하자 이내 뚝 그쳤다.

"그 대신 너희들을 닮은 아이들을 낳을 거야."

그래도 그중에서 가장 나이가 있고 똑똑한 석우가 말도 안 된다는 표정을 지었다.

"형 거짓말쟁이! 남자는 아기 못 낳아요! 여자만 아기 낳을 수 있다고 했어요!"

"석우 네 말이 맞아. 형은 아기 못 낳아."

도준이 순순히 수긍하자 석우가 의기양양한 표정을 지었다.

"거 봐, 내 말 맞지!"

그때 도준이 갑자기 멍하니 서 있는 제아를 손가락질했다. 그리고 세상에서 가장 진지한 표정으로 아이들에게 말을 했다.

"형 아기는 이 누나가 낳아줄 거야."

느닷없는 그 한마디에 제아의 입이 쩍, 벌어졌다. 도준의 아이라니. 단 한 번도 상상해본 적 없는데.

"너와 내 아기, 낳아줄 거지?"

대답이 궁금한 듯 아이들마저도 일제히 제아를 바라보고

있었다. 그런데 쉽게 대답이 나오지 않는다. 무언가를 확정 짓기에 현실은 냉혹했다. 지금은 함께하는 순간순간이 행복하지만 미래는 예측할 수 없으니까. 이 남자를 너무 사랑하는데. 이렇게 미치도록 사랑하는데. 생각하는 것만으로도, 보고 있는 것만으로도 이렇게 가슴이 벅차오르는데. 제아는 애써 밝게 웃으며 얼른 주제를 돌렸다.

"내 대답 들으려다가 늦은 사람은 불고기 떡볶이 못 먹을 수도 있는데?"

아이들은 아이들이었다. 언제 울었느냐는 듯 불고기 떡볶이를 향한 집념을 불사르며 내달리기 시작했다.

그 아이들을 바라보던 도준이 제아의 손을 꼭 잡았다.

"이제 절대 안 놔줘. 그러니까 그런 눈빛 좀 하지 마."

태산처럼 단단한 남자가 불안해하는 모습에 제아는 그저 웃을 뿐이었다. 건물 안으로 들어와 맛있게 식사하는 아이들을 챙겨주는 제아를 물끄러미 응시하던 도준이 미선에게 다가갔다.

"시간 괜찮으시면 저와 얘기 잠깐 하시죠."

바로 앞에서 도준을 마주한 미선은 지금이 꿈만 같았다. 세월이 흘러 할머니가 다 되었는데도 심장은 아직 떨림이란 걸 간직하고 있었다. 그 옛날 제 첫사랑이었던 남자와 똑 닮은 얼굴에서 그녀는 눈을 뗄 수 없었다.

"이준아."

"한도준입니다."

딱 잘라버리는 도준의 냉혹한 눈빛과 말투에 미선은 잠시 당황했다. 허름하고 좁은 원장실을 아랑곳하지 않은 채 느긋하게 소파에 앉은 도준은 미선에게 명함을 내밀었다. 골드 명함을 확인한 미선의 눈이 휘둥그레졌다.

"제일 어패럴 이사라면…… 제일 그룹 손자? 이준이 네가?"

"모르셨습니까?"

"……?"

"제 어머니가 제일 그룹 한 회장님의 유일한 외동딸이라는 거 말입니다."

"부잣집 딸인 줄은 알았다만, 이 정도일 줄은 정말 몰랐다."

차가운 눈빛으로 미선을 한 번 응시한 도준이 덤덤하게 입을 열었다.

"새 보육원 건물은 다음 달 안에 완공 예정입니다. 담당자가 다음 주 중으로 찾아올 테니 이야기하시면 됩니다."

"고마워. 이준…… 아니, 도준아."

미선의 음성이 떨리고 있었다. 규모가 너무 작아서 정부의 지원도, 민간 업체의 후원도 받지 못하고 있는 상황이었다. 개별적으로 후원하던 이들도 점점 줄어들고 있어서 힘들어지고 있는 상황에 갑자기 제일 그룹에서 지원을 해주겠노라고 연락이 왔다. 더운 여름과 추운 겨울에도 끄떡없을 새 건물로 보육원을 옮겨주고 달마다 일정한 금액까지 지원을 해주겠노라고. 갑작스러웠지만 절실했던 후원이 이제야 이해가 되는 미선이었다.

"네 아버지가 여기 출신이라서…… 그래서 도와주는 거니?"

갑자기 도준이 시니컬한 미소를 보였다.

"착각이세요."

"……그럼 제아 부모님 때문에?"

"저에게 삼자는 없습니다. 오직 저와 제아만 존재할 뿐. 제아가 이곳을 사랑해서 돕고 싶은 것뿐입니다."

"아, 그렇구나."

"그런데 원장님도……."

테이블을 사이에 둔 채 도준이 스윽, 몸을 기울여왔다.

"제 아버지란 사람을 마음에 두셨나 봅니다."

제대로 마음을 들킨지라 미선이 화들짝 놀라 눈을 들었다. 그런 미선을 한 번 바라본 후 도준은 몸을 일으켰다.

"갑자기 궁금해지는군요."

몸을 틀어 창밖으로 내다보이는 황량한 공터를 바라보며 도준이 덤덤히 물었다.

"제 아버지란 사람, 어떤 사람이었습니까?"

해가 저물고 나서야 제아는 아이들과 미선의 배웅을 받으며 도준의 차에 올라탔다. 노을 보육원의 후원이 점점 끊기는 상황이라 내심 걱정하고 있었는데 미선에게서 제일 그룹이 후원할 거란 이야기를 전해 듣고 얼마나 기뻤는지.

"대기업은 물론 중소기업들까지 규모가 너무 작다고 후원 안 해준다고 했대. 규모가 어느 정도 되어야 생색내기도 좋아서 그런가? 하여튼 노을 보육원 후원, 오빠가 힘쓴 거 맞지? 그치?"

운전을 하던 도준이 잠시 고개를 틀어 제아를 바라보았다.

"힘쓴 건 모르겠고, 너 때문인 건 맞아."

"내가 왜?"

부탁 정도가 아니라 보육원에 대해선 언급조차 한 적이 없었다. 도준의 지금 위치를 이용하는 짓은 어떤 것도 하고 싶지 않아서였다.

"워크숍."

"워크숍?"

"너한테 달려가느라 광란의 질주 좀 벌였거든."

그제야 제아는 그때의 상황이 떠올랐다. 기가 막힌 타이밍으로 촉박하게 나타났던 도준, 그리고 워크숍 다음 날 작은 언론사에서 그 일을 뉴스로 다루었던 것까지. 물론 워크숍에 늦지 않으려는 열성적인 사장이라는 포장으로 이내 수그러들었다. 겸사겸사 일이 있을 거라고 생각했는데.

"설마 진짜 나 하나 때문에 그렇게 온 거라고?"

"하나라니. 나한텐 네가 전부야."

"맙소사."

"'J 그룹 손자, 한밤의 광란의 질주'라는 제목으로 뉴스가 짧게 났었지. 뉘우치는 차원으로 사회 복지 쪽에 눈을 틀었고, 나를 키워주신 분들이 자란 곳을 선택했을 뿐이야. 알아보니 도움이 절실하게 필요한 상황이기도 했고.”

“오빠가 오지 않았어도 난 정말 괜찮았어. 그렇게까지 할 필요 없었다구.”

“내가 괜찮지 않아.”

핸들을 잡지 않은 도준의 손이 제아의 손을 꼭 잡는다.

“내가 돌아온 이상 더는 고개 숙이지 마. 자존심도 버리지 말고. 어느 누구한테도. 그게 내 가족이라고 할지라도.”

“오빠······.”

도준이 잡은 손에 힘을 꼭 주었다.

“나를 마음껏 이용해. 수단과 방법 가리지 말고. 기꺼이 이용당해줄 테니까.”

“내가 무슨 악녀야? 오빠를 이용하긴! 왜 이용해? 수단 방법 안 가리고 이용하는 건 사랑이 아니거든?”

“그것도 사랑이야.”

“오빠!”

“네가 나한테 하는 건 뭐든지.”

“······!”

“나한테는 다 사랑이야.”

지독할 만큼 거대한 사랑에 숨이 헐떡여졌다. 그럼에도 빠져나오기가 싫었다. 숨을 못 쉬어서 죽는 한이 있더라도 멈출 생각도 없었다.

그때 제아의 전화기가 울렸다. 상대가 지로인 걸 확인한 제아가 눈치를 보며 전화를 받았다.

"오랜만에 전화해서 갑자기 웬 술이야. 나 술 잘 못 먹잖아."

도준이 잡고 있던 제아의 손을 탁탁, 손가락으로 가볍게 두드렸다. 허락을 해주겠다는 의미였다.

그날 이후 정말 사이가 좋아진 걸까? 미심쩍긴 했지만, 사랑 못지않게 우정도 중요하니까.

"알았어. 바로 갈게."

통화를 마치자마자 도준이 물었다.

"어디로 데려다주면 되지?"

"오빠, 정말 괜찮아? 지로랑 둘이 만나도?"

그답지 않은 쿨한 반응이 제아는 도무지 적응이 되지 않았다.

"삼자는 신경 안 써. 그리고 이젠 완벽한 내 여자잖아. 그 정도 믿음은 있어."

믿음 다음은 바로 자신감일 것이다. 그녀가 자신 같은 남자를 두고 다른 남자를 볼 리 없다는. 정말 끝내주는 자신감이었다.

동네에서 가까운 곳에 있는 포장마차에 도착했다. 제아가 들어가자 지로는 혼자서 소주를 홀짝홀짝 마시고 있었다.

"오늘 술, 제아 네가 사는 거다."

"헐, 억울하게 이건 또 무슨 법칙이래?"

억울하다는 듯 제아가 눈을 동그랗게 뜨자, 뭐가 불만인지 지로가 확 인상을 썼다.

"그렇게 눈 뜨지 마."

이젠 눈 뜨는 것도 맘대로 못 하게 하네. 제아는 기가 막힐 뿐이었다.

"사나이 심장 떨리니까."

그 말과 동시에 지로는 다시 소주를 들이켰다.

"네가 나 차버렸잖아. 그러니까 술 한 잔 정도는 사라."

툭 쏘아붙이는 지로의 눈에서 느낄 수 있었다. 지로가 정말 자신을 떠나보낼 준비를 하고 있음을.

"그래! 이 누님이 살 테니까 안주 팍팍 시켜라! 친구 좋은 게 뭐겠어?"

그놈의 친구. 이 계집애는 오자마자 술을 당기게 하네.

지로는 신경질적으로 연거푸 소주를 들이켰다. 확 취해버리고 싶은데 도통 취하지를 않는다. 취하면 안 되는 그때는 완전히 넉다운이 되어놓고. 아, 미치겠네. 필름이나 확 끊기지. 도준에게 넙죽 엎드려 깍듯하게 형님으로 받들겠다는 미친 소리까지 지껄여버렸다. 다음 날 아침 얼마나 스스로에게 욕을 퍼부었는지 모른다.

"선배랑 있다 왔냐."

"응."

배시시 웃는 게 아주 행복해 죽겠다는 표정이다. 사나이 심

26

장은 갈기갈기 찢어놓고 말이야, 지는 행복한 표정을 지어? 하지만 이미 승패는 갈라졌다. 그래서 이제 마음 한번 접어보려 노력은 하겠는데 아무래도 마음에 걸리는 게 있었다.

첫사랑이었던 제아가 정상적인 남자와 행복하기를 바랐다. 그러기 위해선 혹시 모르니 이 말을 꼭 해줘야 할 것 같았다. 직설적인 성격답게 지로는 바로 본론으로 들어갔다.

"너 혹시 선배랑 잤냐?"

소주잔을 입으로 가져가던 제아는 술이 사레들렸는지 컥컥거렸다.

"야! 네가 왜 그런 걸 물어?"

발끈하는 걸 보니 아직 거기까지 가진 않았나 보다. 하긴, 문제아가 그렇게 만만한 계집앤 아니지. 아니지? 어쩌면 못 갔을지도. 지로는 바짝 의자를 끌어당겨 제아의 옆으로 갔다.

"내가 친구로서 진심으로 걱정이 되어서 사나이 의리를 저버리고 하는 말이니 잘 들어라."

지로가 귓가에 입술을 바짝 붙이고 속삭이자, 제아의 얼굴이 점점 벌겋게 달아올랐다.

"선배, 여자랑 키스 한 번 안 해본 숫총각이래."

'우리 오빠 어제부터 숫총각 딱지 떼었어. 그것도 아주 화끈하고 끝내주게.'라고 말은 못 하겠고. 달아오른 얼굴을 숙이며 제아가 태연하게 물었다.

"그게 뭐가 어때서."

제아의 대꾸에 지로의 짙은 눈썹이 휙 치켜 올라갔다.

"너무…… 태연하다?"

"태연하지 않을 건 또 뭔데."

"야, 네가 남자를 몰라서 그러는데!"

지로가 갑자기 입을 꾹 다물었다. 아, 이걸 어떻게 설명해야 한다?

"여자와 달리 남자는 생리적인 구조상 그걸 안 할 수가 없어. 어디 문제가 있지 않은 이상. 그것도 30년 넘게 못 했다는 게. 아니, 그러니까 내 말은…… 아이씨! 근데 내가 왜 이런 말을 하고 있냐!"

말을 멈춘 지로는 벌컥 성질을 내며 오만상을 찌푸렸다. 이 말을 하기까지 얼마나 고심에 고심을 거듭했는데.

좋은 의도로 도준에게 먼저 제안한 술자리였다. 이왕 이렇게 된 거, 사랑하는 여자의 행복을 빌어주자고. 하지만 도준이 전에 했던 그 말은 꼭 짚고 넘어가기로 했다. 같은 남자로서 그건 너무 비겁한 공격이라는 생각이 든 것이다.

"같은 남자끼리 툭 터놓고 말합시다. 솔직히 선배도 숫총각은 아닐 거 아닙니까? 아니, 여자랑 잠은 안 잤다고 쳐도 키스나 즐기는 정도는 했……."

"그게 뭐든지, 여자가 있어야 하는 거지."

도준이 태연하게 말을 가로채자, 지로가 팍 인상을 썼다. 세계 3위에 빛이 나는 3억 명의 미국 인구 중 여자가 얼마나 많은데, 뭔 개소리야. 도무지 믿음이 가지 않는 말을 하는 도준을 지로는 불신감 어린 눈빛으로 바라보았다.

"지금 나랑 장난합니까?"

"내가 왜 너랑 장난을 하지?"

하긴, 그것도 또 그렇다. 눈앞의 미친놈은 절대 농담이고 장난이고 모를 놈이니.

"남자는 본능과 욕망에 충실한 짐승이라는 거, 남자라면 다 인정하는 사실인데. 같은 남자끼리 이러지 맙시다, 선배."

"그럼 한지로 네가 대답해봐."

"……?"

"나에게 유일한 단 한 명의 여자가 한국에 있어. 그런데 내가 무슨 짓을 어떻게 할 수 있지? 아니면, 여자가 아닌 상대를 잡고 풀기라도 했어야 했다는 건가?"

그 말인즉슨, 제아만 여자로 보여서 지금껏 여자랑 뭔 짓을 안 했다? 하지만 몸에 문제가 있지 않고서야 건장한 남자가 30년을 어떻게 참아? 아무리 생각해도 그건 아니다.

"제아 너, 내 말 잘 듣고 생각해봐. 가만히 있어도 미인들이 벌 떼처럼 달려들어. 그리고 자유분방한 미국이고, 혈기 왕성한 남자야. 그런 남자가 참는다고 금욕적인 생활이 가능할 것 같아?"

지로가 말하려는 의도를 알아챈 제아는 잠시 기가 막힌 표정을 지었다. 그러거나 말거나 지로가 말을 이었다.

"대답은 노우야. 그거 분명 문제 있는 거다? 아니, 절대 불가능해. 남자들은 생리적인 구조상 절대 그럴 수가……."

"한지로 너도 그렇고?"

"야! 거기서 내 말이 또 왜 나와? 네가 그러라고 협박했잖아! 다른 여자 안 만나면 친구도 안 해준다고! 난 널 잊기 위한 마지막 발악이었다고!"

"그게 아니었으면 버텼고?"

"당연……하지."

제아처럼 지로도 거짓말은 못 하는 성격이었다. 그래서인지 대답에 조금은 자신감이 없었다. 당연한 것도 같고 아닌 것도 같고.

"너도 하는 걸 오빠는 왜 못 한다고 생각해? 오빠가 컨트롤 능력이 얼마나 대단한 남자인데."

엄청난 컨트롤 능력을 발휘하느라 새하얀 살결 곳곳에 돋아나던 도준의 푸른 힘줄이 떠올랐다. 그녀 자신은 숨을 꼴딱꼴딱 넘어가게 하면서도 자제력을 잃지 않고 새벽 내내 낭떠러지 끝까지 몰아붙이던 도준은 정말 최고였다.

"쓸데없는 걱정은 그만하시고 어묵 국물이나 드시지?"

번뜩이는 제아의 눈빛이 이 대화는 그만하고 싶다고 말하고 있었다. 기껏 생각해서 용기내어 말해주었건만.

"아, 몰라. 난 말해줬으니 이제 너 알아서 해!"

또 버럭 성질부터 내자 제아가 '어휴, 저 지랄 맞은 성격.'이라는 표정으로 눈살을 찌푸렸다.

"그래도 결혼 전에 확인은 해봐라, 알았냐? 나중에 후회하지 말고. 선배 진짜 밤일에 문제 있을지 모른다니까? 원래 허우대 잘난 것들이 더 그런 경우가 있어! 난 내 친구가 독수공방하는 꼴 절대 못 본다!"

이미 확인했으니 걱정하지 마.

대답 대신 제아가 생글생글 웃자 그 미소를 오해했는지 지로가 또다시 버럭 성질을 냈다.

"어라? 너 그렇게 웃을 때 아니라니까? 생각만으로는 플라토닉한 사랑이 가능할 것 같지? 그 얼굴만 뜯어먹고 평생 살 것 같지? 그딴 거 개나 줘버리라 해. 남자는 자고로…… 아야!"

결국 참다못한 제아가 어묵 꼬치로 지로의 머리를 내려쳤다.

"한지로, 좋은 말할 때 그만해. 너랑 이런 주제로 이야기하기 싫거든?"

"아이씨, 진짜 걱정되어서 해주는 말인데. 내 속도 모르고."

'그 걱정 넣어둬, 넣어둬.' 심각하게 걱정해주는 지로의 표정에 그 말이 새어 나오려 했지만, 제아는 가까스로 참았다. 나의 애인이 얼마나 괴물 체력을 가졌는지 말해줄 순 없는 노릇이니까.

"술이나 따르시죠, 나의 유일한 남자 사람 친구 씨."

제아가 생긋 웃으면서 지로를 향해 술잔을 흔들어 보였다.

숫총각의 양기를 듬뿍 받아서일까. 야릇하고 아찔하고 행복했던 주말을 보낸 제아의 얼굴에선 광이 났다. 27년 사리가 쌓일 정도로 몸 안을 가득 채운 음기가 주말 사이에 안개처럼 증발해버렸으니 그럴 만도 했다.

"제아 언니, 주말에 피부 관리라도 받았어요? 오늘따라 피부가 꿀광인데요? 그치?"

"그니까. 질투 나게 어린 우리보다 피부가 더 좋으면 어떻게 해요."

"잠을 많이 자서 그래."

도란도란 이야기를 나누던 세 여자의 눈이 막 열린 엘리베이터에서 내리는 여자에게 집중되었다. 자체 발광, 예뻐도 너무 예쁜 그녀에게.

"대박! 완전 예쁘다."

"연예인인가?"

어디서 많이 본 얼굴인 것 같은데 기억이 가물가물했다. 우아했지만 포스는 강렬했다. 종종 소속사 사장이나 개인 비서를 대동하고 집무실을 들이닥치는 무례한 여자들이 있었다. 또 그런 여자들인가?

"한도준 사장, 지금 안에 있나요?"

여자는 한국인이 분명한데 외국에 오래 살다 온 듯 억양이 생소했다. 그리고 '사장님'도 아니고 '사장'이라니. 제아는 여자를 향해 깍듯하게 돌아서서 말을 했다.

"저희 사장님과 일정 잡으셨나요?"

"일정? 그런 거 안 잡았는데."

"죄송하지만 사장님께서 일정에 없는 손님은 받지 말라고 하셔서요."

"그럼 이 말 좀 전해줄래요? 제이드의 여자 친구 레이나 킴이 왔다고 말이에요."

당당하게 말을 하며 생긋 웃는 여자의 붉은 입술이 매혹적이었다.

말문이 탁 막힌 제아 대신 김 비서가 인터폰으로 도준에게 여자의 방문을 알렸다. 그사이 여자는 제아를 노골적으로 빤히 바라보며 물었다.

"그쪽도 한 사장 비서인가요?"

"……그런데요."

"아하."

"들어오시랍니다."

뭐? 들어오라고? 그럴 리가. 정말 아는 사이인가? 휘둥그레진 제아와 눈을 맞춘 여자가 매혹적으로 생긋 웃었다.

"그럼 우리 또 봐요, 비서 아가씨."

화려한 존재감을 뿜어낸 여자가 사라진 자리에는 그녀의 희미한 장미 향만 남아 있었다. 평소와 달리 이상하게도 제아의 시선은 집무실에 고정되어 움직일 줄 몰랐다. 여자 친구 한 명 없다고 했던 도준인데.

그를 믿었지만 피어오르는 호기심만은 어쩔 수가 없었다. 안 되겠다. 확인해봐야지!

"내가 홍차 가지고 집무실에 들어갈게."

제아의 말에 김 비서가 눈을 동그랗게 뜬다.

"사장님 차 안 시켰는데요?"

"아마 드시고 싶으실 거야. 내가 아주 잘 알거든."

내가 들고 들어가는 홍차, 감히 도준은 거부하지 못하리라.

몇 달 만에 보는 건데도 도준은 조금의 반기는 기색도 없이 덤덤하게 레이나를 맞이했다.

"제이드, 우리 몇 달 만에 보는 거야. 설마 내가 하나도 반갑지 않은 건 아니지?"

"반갑지 않은 건 아냐."

일말의 희망이 레이나의 얼굴에 스치는 순간, 도준이 말을 이었다.

"그렇다고 반갑지도 않아."

"그게…… 무슨 뜻이야?"

"너에게 쏟을 감정 따위, 없다는 뜻이지."

일말의 감정도 섞이지 않은 가차 없는 대답이었다. 레이나는 심장에 날카로운 못이 쾅쾅 박히는 느낌이었다. 아파도 너무 아프잖아.

"제이드, 난 널 위해서 내 스케줄까지 조정해가면서 모델 제의를 받아들였어."

"생색내지 마. 전속 모델료 섭섭하지 않게 계약한 걸로 알고 있으니까."

"친구라고 인정해주면 그깟 모델료 받지 않고 해줄 수 있어. 그러니까?"

"모델료."

"……?"

"꼭 받아가라."

조금의 틈도 내주지 않는 건 여전했다. 그래도 레이나는 그를 포기할 수 없었다. 그럴수록 더 탐이 나는 존재이니까.

그때 노크 소리와 함께 문이 열리고 다소곳하게 차를 든 제아가 들어왔다.

"사장님, 차 가져왔습니다."

"내가, 차를 시켰었나?"

도준은 잠시 생각에 잠겼다. 차를 부탁한 적이 있는지.

요구하지도 않은 홍차를 물끄러미 바라보는 도준에게 다가서는 제아의 앞을 여자가 막아섰다.

"제이드 동생, 맞죠?"

이 여자가 날 어떻게 알지? 제아가 동그란 눈으로 고개를 틀자, 레이나가 생긋 웃어 보였다.

"우연히 사진으로 봤어요. 둘이 어깨동무하고 찍은 사진."

"아……."

사진까지 봤다고? 정말 친한 사이인가? 제아의 눈에서 호기심이 피어올랐다. 대체 무슨 사이일까, 저 여자랑?

"반가워요, 난 제이드의 유일한 여자 친구 레이나 킴이라고 해요. 우리 친하게⋯⋯."

그때 도준이 일어나서 제아에게 다가서는 레이나의 앞을 막
아섰다.

"회의 있으니까 넌 그만 가보지 그래."

"여기까지 왔는데 문전박대하는 거야? 그럼 난 제아 씨랑 차
나 한잔하고⋯⋯."

"안 돼."

"또 왜?"

"제아는 나랑 할 게 있어. 그러니 너 먼저 나가봐."

레이나는 기가 막힌 표정을 지었지만 어쩔 수 없었다. 사장
이 비서에게 볼일이 있다는데 감히 뭐라 하겠는가. 회사까지
쳐들어와서 사리분별 못하고 일을 방해하는 캐릭터가 되고
싶진 않았다. 잠자코 나가려고 했지만 그냥 나가기에는 뭔가
억울했다.

"제이드, 그래도 귀국했으니까 식사 한 끼 정돈 대접하는 게
예의 아니야?"

다시 돌아선 레이나는 제 눈을 의심했다. 이미 그녀는 안중
에도 없다는 듯 책상에 걸터앉은 그가 다정한 눈빛으로 동생
을 바라보고 있었다. 그를 안 지 10년이 다 되어 가는데 저런
눈빛은 단연코 처음이었다. 동생을 향한 애틋함을 두 눈으로
확인한 레이나는 타깃을 바꾸었다.

"제아 씨, 우리 나중에 차 한잔할래요?"

"아, 네!"

돌아서려는 제아를 다시 끌어당기는 도준의 정적인 눈빛과 손짓은 꽤 야릇했다. 지극히 단순한 동작인데도 야릇하게 만드는 게 바로 도준이란 남자니까. 그래서 레이나는 대수롭지 않게 생각하지 않고 넘겼다.

레이나가 집무실에서 나간 후에도 제아는 옴짝달싹할 수 없었다. 도준이 제 다리 사이로 그녀를 끌어당겨 한쪽 팔로 허리까지 감싸버렸다.

"마셔."

도준이 제아의 입술 바로 앞까지 복숭아 홍차를 대령했다.

"이 홍차를 내게 입으로 다 먹여줄 때까지."

짙어진 도준의 눈빛이 서서히 그녀를 옭아매기 시작했다.

"여기서 못 나가."

당황한 제아의 입술이 그의 이름을 부른다.

"설마 내가 오빠 못 믿고 질투심에 눈이 멀어 쳐들어와서, 그래서 벌 주려는 건 아니지?"

얼떨결에 제아가 홍차를 한 모금 마셨다.

"네가 뭘 하든지 나에겐 다 사랑이야."

그제야 홍차를 내려놓은 도준의 손이 제아의 뒷머리를 움켜잡아 제게로 서서히 끌어당겼다.

"난 지금 방금 보여준 사랑에 보답하려는 중이고."

입술이 맞물리고 도준이 빨아들였다. 보드라운 입술과 뭉클거리는 따스한 혀를, 촉촉한 입 안 내부를. 그리고 그녀가 머금고 있는 달달한 홍차까지 남김없이.

Episode 20

너만 내 곁에 둘 수 있다면……

"제일 아웃렛 온라인 몰 총괄 책임자는 문제아 팀장으로 최종 확정되었습니다."

도준의 발표에 간부들로 가득 차 있는 회의실 안이 세차게 술렁이면서 여기저기서 항의가 터져 나왔다.

"어떻게 일개 사원에게 그렇게 큰 자리를!"

"우린 받아들일 수 없습니다!"

"다닌 지 1년도 안 된 애송이를 어떻게 믿고 팀장 직급을!"

"이상한 소문이 돌더니, 역시 그 소문이……."

그 순간 도준이 '탕!' 하고 손으로 책상을 거세게 내리쳤다. 그 소리에 간부들의 시선이 일제히 그에게 집중되었다.

"제일 아웃렛에 제일 어패럴의 사활이 달려 있는 만큼 외부 책임자를 앉힐 생각은 없습니다. 애초에 이런 인사 결정을 염두에 두고 MD 경력이 있는 특별 비서를 회사 내부에서 채용했습니다. 인사 팀 김 부장이 MD 겸 비서 역할을 착실히 수행

할 적임자를 올린 걸로 아는데, 사람을 잘못 뽑은 겁니까?"

서늘한 도준의 시선이 닿자 인사 팀 김 부장은 아무 말도 못 하고 시선을 바닥으로 내던졌다.

체력 좋고 막일하기 좋은 직원을 골라서 올리라는 유 실장의 언질이 떠올랐지만, 여기서 그 말을 떠벌릴 수는 없는 노릇이었다. 바보같이 이용당한 느낌이 들었다.

"제일 아웃렛에 입점되는 브랜드 계약부터 분석, 관리, 기획, 마케팅 분야까지 모두 문 비서와 함께 진행한 만큼 책임자로 적격입니다. 그리고 문 비서가 연약한 여자의 몸으로 나를 구하는 걸 여기 있는 모두가 목격했습니다. 여러분이 동상처럼 멀뚱멀뚱 보기만 할 때 말입니다. 마음 같아선 무능력하게 자리만 지키고 있는 누군가를 내쫓고 그 자리를 주고 싶지만."

여기 있는 간부들 모두가 화분이 떨어졌던 그 상황에 함께 있었던 만큼, 어느 누구도 함부로 입을 놀리지는 못했다. 그저 헛기침을 하거나 수건으로 식은땀을 닦으며 시선을 피할 뿐. 한심한 간부들을 보며 도준이 끊었던 말을 이었다.

"공과 사는 구분해야 하니, 능력에 맞게 온라인 몰 총괄 책임자로 앉힌 건데 이의 있습니까?"

회의실 상석에 앉아 있는 도준의 살벌한 눈빛은 지금 이 순간 누가 나선다면, 그 사람을 쫓아내고 제아를 앉힐 기세였다.

"그럼 회의는 여기까지 하는 걸로 하죠."

상석에서 일어난 도준이 손목시계를 확인하며 마지막 결정타를 날렸다.

"지금 각자의 메일로 인사 개편 발표가 갔을 겁니다. 확인하세요."

도준의 말이 끝나기가 무섭게 각자 앞에 있는 태블릿 PC에서 메일을 확인한 간부들의 격한 숨소리가 들려왔다.

회사를 그만두라는 뜻이 내포된, 좌천이나 마찬가지인 인사 이동이었다.

"한 사장님, 우리한테 이럴 수는 없습니다!"

"부당합니다!"

"한 부회장님이 가만히 있을 것 같습니까!"

"맞소. 한 부회장님한테 이 부당한 일을 알려야 합니다!"

여기저기서 터져 나오는 소리에 도준이 태연하게 돌아섰다.

"한 부회장을 언급한 분들은, 그분 사람이라는 겁니까? 그럼 더더욱 내가 걸러내야 할 적들이군요."

회의실을 나서는 도준의 입가에 희미한 미소가 어렸다. 아수라장이 된 회의실을 빠져나오자 인호가 다급하게 다가섰다.

"한 사장, 긴급 상황. 문 비서 가족에게 붙여놓은 고용인에게 방금 연락이 왔어."

엘리베이터로 향하는 도준의 걸음이 우뚝 멈추었다. 한국에 들어오는 게 확정이 된 순간부터 제아의 가족들에게 사람을 붙여놨었다. 만일의 상황을 대비하기 위해서 말이다. 그래도 지금까지 잠잠했었는데.

"무슨 일이지?"

"사채업자가 들이닥쳐서 문 비서 집안을 난장판으로 만들었어. 아직 문 비서한테 연락은 안 한 것 같고. 비서실 들렀다 왔는데 아직 모르는 눈치더라고."

도준은 우선 안심부터 했다. 가뜩이나 신경이 예민한 제아가 신경 쓰게 하고 싶지 않았으니까.

"문 비서 아버지가 주식을 하려고 사채까지 끌어들였나 봐. 그런데 사들인 주식이 곤두박질치는 바람에 그 돈이 다 날아갔고."

"액수는."

"1억. 그런데 이자도 1억이다."

"지금 상황은?"

"사채업자들이 문 비서 어머니에게 돈을 마련해 오라고 협박하면서 문 비서 아버지를 끌고 나갔어. 정 안 되면 장기라도 팔아서 돈을 갚게 하려는 심산 같은데. 우선 우리 쪽 사람들이 같이 있어서 당장 무슨 일이 날 것 같지는 않아. 어떻게 할까."

도준은 느릿하게 눈을 감았다 떴다.

"지금 스케줄, 2시간 정도 미룰 수 있나?"

도준이 그럴 줄 알았다는 듯 인호가 씨익 웃어 보였다.

도준이 사채업자 사무실이 위치한 건물에 도착하자 사무실 앞을 지키고 있던 도준의 사람들이 그를 알아보고 깍듯하게 고개를 숙였다. 사무실 안, 휠체어에 앉아 있는 윤식의 뒷모습이 보였다. 세월의 흔적이 묻어나는 윤식의 어깨는 10년 전보다 훨씬 앙상해져 있었다. 도준은 그 어깨에 몇 번이나 올라탔던 기억이 어렴풋이 떠올랐다. 대체, 어쩌다가 이 지경이 되었는지.

인호가 테이블 위에 현금이 들어 있는 서류 가방을 올려놓았다.

"2억입니다."

꽤 험상궂은 표정의 사장이 금액을 확인해보라는 듯, 자신의 수하에게 눈짓을 했다. 영혼이 빠져나간 듯 모든 걸 포기한 윤식의 공허한 눈이 도준을 발견했다. 그는 헛것이라도 본 듯 몇 번이나 손등으로 눈을 비볐다.

"이준이…… 이준이냐?"

도준은 대답 대신 윤식의 얼굴을 차분하게 뜯어봤다. 오른쪽 뺨에 있는 멍과 터진 입술. 미간을 미세하게 구긴 도준이 싸늘하게 한마디를 던졌다.

"유 실장, 서류 가방에서 오천 회수해."

도준의 말이 끝나기 바쁘게 가방을 회수하려는 도준의 사람들과 가방을 지키려는 사채업자들의 신경전이 벌어졌다. 결국 화가 난 사장이 벌떡 일어나 도준에게 다가와 협박처럼 큰 덩치를 들이댔다.

"이봐, 이자는 정확히 1억이라고!"

그러거나 말거나 도준은 태연하게 재킷 안에서 만년필을 꺼내 제 손가락 사이에 꼈다. 무시당한 느낌에 화가 난 사장이 도준의 어깨를 잡으려는 순간…….

"내 말 안 들…… 윽!"

도준의 팔뚝에 목이 눌린 채 사장은 거칠게 벽으로 밀쳐졌다. 가늘고 흰 손가락에 들린 만년필의 날카로운 촉이 사장의 동공 바로 위에 닿을 듯 가까이 있었다.

"내 위치가, 너 같은 놈이 말을 깔 위치가 아니거든."

호수처럼 잔잔한 도준의 음성과 달리 제 동공을 찌르듯이 겨냥하는 만년필의 촉 때문에 사장은 벌벌 떨고 있었다.

"정중하게 존댓말 쓰도록."

사장이 미친 듯이 고개를 주억거리자 그제야 도준이 사장을 놓아주었다. 그리고는 사장의 목을 눌렀던 팔뚝 부분의 옷을 몇 번이나 깔끔한 동작으로 털어냈다.

"오천 회수했습니다."

보고가 들어오자, 도준이 대부 업체 사장에게 차분하게 경고를 되돌렸다.

"뺨의 멍, 터진 입술."

"……?"

"손끝 하나 대지 말라는 경고를 어겼으니, 그만큼 회수야."

"그건 그쪽 사람들이 나타나기 전이었다고……요."

억울한 듯 대들던 사장은 도준의 차가운 눈빛이 닿자, 얼른 '요' 자를 붙였다. 곱상하게 생겨서 펜만 잡을 줄 알았던 손의 엄청난 아귀힘을 경험한 후였다. 게다가 뱀같이 간교한 자인 이상, 위아래는 구분할 줄 알았다. '이 남자는 무조건 나보다 위다. 그것도 한참 위.' 그걸 깨달은 것이다.

도준이 눈짓을 하자 인호가 생글생글 웃으며 사장에게 다가섰다.

"법적으로 정해진 최고 이자율이 27.9%입니다. 대부 업체 사장이니 그 정도는 알고 있겠죠? 문윤식 씨가 빌린 1억에 대한 최고 이자율을 적용한 이자가 1억이 맞습니까?"

1억이라는 이자는 당연히 그 이자율을 넘어서 적용된 금액이었다. 그래서 사장은 어떤 반박도 할 수 없었다.

"그럼 1억 오천으로 합의하는 걸로 알겠습니다."

인호의 말을 마지막으로 고용인들이 윤식의 휠체어로 향했지만, 도준이 저지했다. 그러곤 제 손으로 직접 윤식의 휠체어를 밀고 사무실을 나왔다.

커피숍의 밀폐된 비즈니스 룸 안, 윤식은 아직도 믿기지 않는 표정으로 멍하게 앉아 있었다. 도저히 먼저 말을 할 엄두가 나지 않았다.

"무슨 일이 있어도 사채는 쓰지 마세요. 위험합니다."

떨리는 눈빛으로 이준을 응시하던 윤식이 떨어지지 않는 입을 뗐다.

"우리 이준이, 많이…… 변했구나."

도준은 대부 업체 사장에게 회수한 오천만 원을 내밀었다.

"이 돈은 비상금으로 가지고 계시구요."

"내가 어떻게 이 돈까지 받아. 염치도 없이……."

"어머니께는 제 도움 받았다고 하지 마세요. 좋아하지 않으실 테니까."

"이준아."

"한도준입니다. 지금은 아버지라 부를 수 없는 이름을 가지고 있죠."

"무슨 소리! 넌 지금도 내 아들이나 다름없다!"

윤식이 말도 안 된다는 듯 격하게 대답을 했다. 그런 윤식을 찌르듯이 응시하며 도준이 물었다.

"지금도 저를 친자식처럼 생각하시는 겁니까? 지금도 제가 아버지라 불러도 되는 겁니까?"

눈앞의 훤칠한 청년을. 제 친구의 아들인 이 청년을 진심으로 아꼈다. 그런데 이상하게도 윤식은 섣불리 대답할 수 없었다.

"그럼 다르게 묻겠습니다. 저를 친자식처럼 생각하시는 아버지의 소중한 딸을…… 제가 사랑해도 되겠습니까?"

예상하지 못했던 도준의 말에 윤식은 가슴이 꽉, 막혀버렸다. 너무 놀란 나머지 사고가 정지된 머리가 제대로 돌아가지 않았다.

"저, 저기, 이준아."

"아버지."

이제 조금씩 톱니바퀴를 돌려야 할 때가 왔다. 그 바퀴가 돌아갈 때마다 맞물린 누군가의 가슴이 아프겠지만.

"정신을 차릴 수 없을 만큼 미치도록."

무겁게 짓눌린 룸 안의 공기를 가르며 도준이 말을 끝맺었다.

"제가 제아를 사랑합니다."

마른 눈꺼풀을 몇 번 깜빡이던 윤식이 어색하게 웃으면서 말을 했다.

"그래, 제아를 만났구나. 그 녀석이 또 고집부린 거야. 너 아니면 안 된다고 또 쫓아다녔구나. 워낙 너밖에 모르던 아이였으니."

"……."

"제아 아직 애다. 나이만 27살이지. 그리고 이제 네 말대로 남이 된 만큼 더 이상 책임감 느낄 필요 없다. 그 애가 그렇게 좋다고 매달려도……."

"제아가 아니라, 접니다."

"……?"

"오두막집에서의 키스도, 제아를 사랑한 것도, 그리고 돌아와서 버티는 제아를 끝까지 유혹한 것도."

"그, 그만해라!"

윤식의 얼굴이 새하얗게 질렸다.

"아버지, 저 제아 때문에 돌아왔어요."

조곤조곤 흘러나오는 도준의 음성에 윤식이 거칠게 가슴을 들썩였다. 그 정도로 충격이 컸으리라.

"네가 뭐가 아쉽다고. 대체, 왜…… 고집만 세고, 철없는 그 녀석을……."

차마 말을 잇지 못하는 윤식을 도준은 덤덤히 바라보았다.

"저를 거두어주신 두 분 모두. 판자촌에 살던 저에게 동정심만 느꼈을 뿐 사랑은 아니었습니다. 제아가 아니었다면, 전 아마도 얼마간 동정심을 받다가 잊힌 존재가 되었겠죠."

도준은 아직도 뇌리에서 선명하게 기억을 하고 있었다. 초록색 대문을 넘어선 그날 이후, 밤마다 종종 들렸던 부부의 대화를.

─재경 오빠도 닮았지만 그 여자도 많이 닮았어. 여보, 나 저 아이 엄마 노릇을 잘할지 모르겠어요. 차가운 눈이, 저 표정이, 그 여자를 너무 닮았어.

─노력해봅시다. 나라고 마음이 편하겠어? 하지만 이 집을 마련한 것도 다 재경이 사망 보험금을 우리가 받은 덕분이잖아. 우린 그 아이를 나 몰라라 해선 안 돼.

─그래도 꼭 호적에 올려야 했어요?

─제아가 원하잖아. 우리 제아 고집 당신 몰라서 그래? 착하고 똑똑한 아이니 우리 식구한테 해 입힐 일 없어. 사랑으로 보듬읍시다, 우리.

그 말을 들었을 때 얼마나 불안했던가. 내쳐질까 봐, 또 외톨이가 될까 봐. 하지만 어린 동생이 그를 끝까지 놓지 않은 덕에 가족의 일원이 될 수 있었다.

"지금의 저를 존재하게 해준 게 바로 제아입니다. 그 고집으로 절 구해주고, 살게 해주고, 버티게 해주었습니다. 철없는 순진함으로 절 웃게 하고, 행복하게 해주고, 사랑이란 걸 하게 해주었습니다."

나를 숨 쉬게 하는, 사랑하는 내 여자.

"그런데 제가 어떻게, 버틸 수 있겠습니까."

아무도 돌아보지 않던 존재를 바라봐주고 사랑을 주었다.

"제아를 사랑할 수밖에 없어요, 저."

제아가 아니었으면 이미 스러져버렸을, 보잘것없는 생명. 쓸쓸했던 옛 잔상들을 지워버린 도준은 다시 포커페이스로 돌아왔다.

"반대하셔도 어쩔 수 없습니다."

자리에서 일어난 도준이 갑자기 윤식에게 큰절을 올렸다.

"고마우신 분께 단 한 번의 불효, 제가 저질러야겠습니다."

나쁜 놈이라고 해도 좋아. 문제아 너만 곁에 둘 수 있다면.

"죄송합니다, 아버지."

나가기 전 도준은 그에게 경고를 하는 것도 잊지 않았다.

"김동식이란 친구는 멀리하십시오."

그 말을 마지막으로 도준은 룸에서 나와 고용인들에게 지시했다.

"조심히 모셔다드리고 계속 주시하도록 해."

도준이 제아에게 넘긴 업무는 해도 해도 너무 많았다. 방대한 양의 자료를 취합해서 철저하게 분석하고 파악해야 했다. 성공 요인을 파악해서 새로운 가상 기획까지 얹어서 프레젠테이션 자료를 만들어야 했다. 뇌가 수만 조각으로 나뉘는 고통, 어느 누구도 모를 것이다. 열공 모드로 눈에 쌍심지를 켜고 다시 컴퓨터로 달려드는데 신 비서가 다가왔다.

"제아 씨, 회사 홈페이지에 공지된 인사 개편 봤어?"

"아니요. 제가 지금, 그럴 정신이……."

"지금 회사가 난리가 아니야. 대대적인 인사 개편에 제아 씨가 제일 아웃렛 온라인 몰 총괄 책임자로 내정되어 있던데?"

"예에? 제가 총괄 책임자라구요? 그럴 리가요!"

"홈페이지 공지 들어가서 봐봐. 개별 메일도 왔을 건데, 아무 이야기도 못 들었어?"

그제야 허겁지겁 회사 홈페이지와 회사 메일을 확인한 제아의 눈이 휘둥그레졌다. 총괄 책임자라니!

"이게 대체 어떻게."

이 정도라면 귀띔이라도 한번 해줄 법한데, 도준은 제아에게 어떤 언질도 주지 않았다. 천하의 한도준도 양반은 못되는지 때마침 등장했다.

"사장님, 급하게 보고드릴 게 있습니다!"

집무실로 향하는 도준의 뒤를 아무 파일이나 집어 든 제아가 쪼르르 쫓아 들어갔다. 문이 닫히자마자 따지려던 제아의 입술이 확 틀어막혔다. 정확히는 도준의 입술이 틀어막았다. 순식간에 허리가 휘감기고 입술 안까지 강렬하게 침범해 들어오는 아찔함에 이성이 흐릿해지는 순간 입술이 떨어졌다.

"다녀왔어, 문 비서."

귓가로 스며드는 따스한 숨결과 나른한 음성에 머리끝까지 치밀어 올랐던 화가 눈 녹듯이 사라져버렸다. 아, 정말 바보같아. 제아는 슬그머니 도준의 가슴을 손으로 밀어내며 품에서 벗어났다.

"내가 총괄 책임자라니. 그거 오빠가 힘쓴 거지, 그렇지?"

"그렇다면."

"오빠, 나한테 너무 막중한 자리야. 이제 겨우 1년 된 내가 그 자리를 맡으면 회사 내에서 말도 많을 테고. 뒤에서 얼마나 수군거릴지 몰라서 그래? 나도 그렇지만, 오빠 그거 권력 남용이라고 막……."

"얼마든지 그러라고 해."

도준이 스윽 상체를 기울여 깊숙이 눈을 마주하는 바람에, 입을 꾹 다물었다. 이제 적응할 법한데도 망할 심장이 주책맞게 떨려왔다.

"나 같은 남자를 미치게 만든 건 너잖아."

"……오빠."

"그것도 능력이야. 스스로 올라가기 힘들다면 이용할 줄 아는 것도."

"난 오빠 이용한 적 없어!"

발끈하는 제아를 도준이 가늘게 눈을 뜨고 보았다.

"넌 그것보다 한 단계 위의 능력을 가지고 있잖아."

"……?"

"내가 너에게 스스로 이용당하게 하는 능력."

뭔가 어긋나는 말인데도 묘하게 따져낼 수가 없다. 그만큼 도준의 입을 통해서 흘러나오면 그게 당연하게 느껴졌다. 꿈이 현실로 되고 불가능이 가능으로 바뀌는.

"부당하다는 생각이 드나?"

제아가 조용히 고개를 끄덕이자, 도준이 피식 웃었다. 손을 뻗어 제아의 머리를 부드럽게 쓸어 넘겨주었다.

"넌 충분히 자격이 돼. 지금까지 나에게 올린 보고서만 봐도 말이야."

"……?"

"배우는 속도가 빠르고, 업무 캐치 능력도 뛰어나. 젊은 만큼 머리가 트여 있고 생각하는 것들도 새롭지. 제일 아웃렛 몰은 기존의 쇼핑몰들과는 다른 형태로 온라인 고객들을 사로잡을 거야. 온라인 쇼핑몰은 과포화 상태이지만 온라인 고객들은 한정되어 있지. 그런 고객들을 제일 아웃렛 몰로 끌어들이는 것."

"……"

"그게 바로 네가 할 일이야. 넌 충분히 할 수 있고. 그렇지?"

도준이 업무를 체크할 때 왜 그렇게 냉혹했는지 알게 된 순간이었다. 잘한 부분은 살리라고 콕 짚어주었고, 아닌 부분은 날카롭게 파고들어 따져들고 비판했다. 조금의 자비도, 인정도 없이 매정할 정도로.

"처음부터……"

목이 막혀와 제아는 잠시 말을 멈추었다.

"이러려고 나를 특별 비서로 채용한 거야? 지금까지 나한테 준 업무들까지."

감히 상상조차 할 수 없는 제아였다. 그가 도대체 언제부터 제 인생에 관여하고 있었는지. 이 남자의 철두철미함의 끝은 어디인지.

"오빠 사전에 계획되지 않고 마음대로 되지 않는 게 있긴 해? 대체 이렇게까지 하는 이유가 뭐야?"

도준이 손을 뻗어 다시 제아를 품에 끌어당겼다. 그러고는 지그시 눈을 감은 채 가녀린 목덜미에 얼굴을 파묻었다.

"바로 너."

도대체 내가 뭐라고. 오빠에 비해서 뭐 하나 내세울 게 없는 내가 뭐라고.

"문제아 너만 곁에 둘 수 있다면."

"……."

"난 뭐든지 해. 악마에게 영혼이라도 팔 거야."

또다시 밀려드는 도준의 사랑. 그 감당할 수 없는 크기에 심장이 뻐근해질 정도였다.

"오늘 너무 피곤한 하루였어."

천군만마가 쳐들어와도 무너지지 않을 단단한 태산이, 그녀 앞에서만 꼭 이렇게 나약함을 드러냈다.

"문제아."

태산 같은 남자가 그녀의 손목을 잡고 소파로 이끌었다.

"10분만 재워줘."

결국 제아는 그의 손에 무력하게 끌려가 소파에 앉았다. 제아의 다리 위에 머리를 올린 도준은 눈을 감았다.

"기획안 어디까지 진행되었지?"

시선을 내리자 여전히 눈을 감은 도준의 섬세한 얼굴이 보였다. 재워주라더니, 또 일 타령이다.

"끝나긴 했어. 수정할 데가 있는지 검토 중이야."

"보고해봐."

"잔다면서."

"네 목소리 들으면서 잘 거야."

"자면서 어떻게 들으려구?"

눈을 감은 채 도준이 옅게 웃는다.

"네 목소리는 꿈에서도 들려."

"지금 그걸 나보고 믿으라는 거야?"

"궁금하면 확인해보던지."

"잘 거면서 왜 하필 업무 보고야?"

"……못 버티니까."

앞이 흐린 도준의 말은 들리지 않았다. 고개를 살짝 앞으로 기울이자 도준이 더 내려오라는 듯 손짓했다. 그만큼 고개를 기울이자 그제야 도준이 은밀하게 속살거린다.

"내가 소파라고……."

뜨겁게 타오르는 눈빛으로.

"지금 당장 널 눕히지 못할 것 같아?"

"오, 오픈 한 달 전부터 한시적으로 회원 혜택을 줘서 확 끌어당기는 것부터!"

발작적으로 보고가 시작됐다. 공적인 업무를 흘리지 않으면 지금 당장이라도 옷이 벗겨져 소파에 드러눕게 될 제 모습이 떠올라서.

더듬거리듯 떨리던 제아의 음성은 점점 더 차분한 톤으로 바뀌었다. 가만히 도준을 내려다보자 그는 잠이 든 듯 숨소리조차 들리지 않았다. 제아는 자장가처럼 나긋나긋한 음성으로 끝까지 보고를 했다.

그가 듣는지 듣지 않는지는 중요하지 않았다. 단 10분이라도 그가 깊이 편하게 잠들었으면 하는 마음뿐이었다.

퇴근한 제아를 안고 목 놓아 우는 윤영의 목소리가 닫힌 문까지 뚫고 들어왔다.

"후우."

사실 윤식은 윤영 몰래 동식과 암암리에 연락을 하고 지냈다. 10년 전 잘못된 찌라시를 물고 와 연희에게 받은 돈을 몽땅 투자하게 했던 친구 김동식. 그는 미안하다고 사과하며 끊임없이 찾아왔고 식사를 대접했으며 소액 자본을 빌려주어 조금의 이익까지 내게 해주었다.

그렇게 미안해하는 친구를 거절할 수가 없었다. 그런 친구가 이번에는 정말 정확하다고 했는데. 전문가가 다 된 듯 그가 알려준 주식을 사들일 때마다 손해 본 적이 없었다. 그런데 있는 대로 끌어모아 투자를 한 이번 건은 또다시 주식이 곤두박질친 것이다. 윤식은 동식에게 전화를 걸었다.

"자네 말만 믿었다가 다 날렸어. 그러지 말고 1억만 빌려줘. 내가 꼭 갚을 테니, 응?"

윤식은 절박했다. 아직 갚지 못한 사채가 한 곳 더 남았고 가족의 전부인 이 집만큼은 꼭 지키고 싶었다. 오천만 원을 주고 유예 기간을 얻긴 했지만, 돈을 마련하지 못하면 이 집마저 잃어야 했다.

[어허, 내 탓을 하면 섭섭하지. 나는 그저 조언을 해주었을 뿐이라고. 그래도 책임감을 느껴서 자네한테 천만 원을 그냥 주겠다는 거 아닌가.]

"알지, 잘 알아. 천만 원은 안 줘도 되니, 1억만 어떻게 안 될까? 나 이 집은 꼭 지켜야 하네. 자네 빌려줄 능력 되잖아."

그때 안방의 문이 벌컥 열리면서 제아가 들어왔다.

"아빠!"

다급한 부름과 달리 제아의 눈은 차분했다. 윤영처럼 원망도, 화도 내지 않는 눈. 그가 괜찮은지 살피는 딸의 눈을 마주하고 있으니 억장이 무너질 것만 같다. 난 그저 옛날에 잃었던 그 돈만 적당히 벌고 빠지려 했을 뿐인데. 구실 못하는 가장에서 벗어나고 싶었을 뿐인데. 많은 욕심을 낸 게 아닌데 왜 이 지경이 되어야 하는 건지. 가장으로서 무력한 자신이 싫었다.

"미안하다, 제아야."

제아는 윤식의 휠체어 앞에 털썩 주저앉았다. 축 처진 윤식의 어깨가 보기 싫었다.

"이 집 내가 지킬 거야, 아빠."

"제아야."

"어떻게든 내가 지킬 거니까. 아빠 다신 주식 안 한다고 약속만 해줘. 그럼 돼."

가장 노릇을 하는 의젓한 딸의 말에 자괴감이 물 밀 듯이 밀려왔다.

"제아 너도 아빠가 밉지? 무능력하고 사고만 치는 아빠가."

잔뜩 주름진 윤식의 눈 끝이 축축하게 젖어들었다. 제아의 눈도 함께 젖어들었다. 이런 딸에게 어떻게 말을 할 수 있을까. 이준이는 안 된다고, 절대 안 된다고.

퇴근을 하자마자 일정을 변경한 도준은 연희의 자택으로 향했다. 겉모습은 여전히 태연했지만 그의 속은 용광로 안의 불꽃처럼 거칠게 타들어가고 있었다. 인호가 보고했던 내용을 아로새길수록 분노는 깊어졌다.

─10년 전도, 10년 후인 지금도. 지인인 김동식이 흘린 찌라시에 홀려 주식에 손댄 거야. 10년 동안 꾸준히 문윤식 씨 주변을 맴돌면서 조금씩 도와주며 신뢰를 쌓고 있었더라

고. 근데 중요한 건 문윤식 씨가 사들인 주식을 본인은 사지 않았다는 거지. 그런 김동식 씨와 한 여사님 사람이 만나는 걸 고용인들이 사진까지 찍어놨다.

　자택으로 들이닥친 도준은 바로 연희가 있는 응접실로 안내되었다. 우아하게 차를 마시고 있는 연희는 도준을 봤음에도 눈길 한 번 주지 않았다. 그도 연희의 환영을 바라지는 않았다. 서로에게 반가운 존재가 아니라는 건 서로가 잘 알고 있으니까.

　"이유가 뭡니까?"

　바닥을 긁어내리는 듯 낮게 깔린 음성. 하지만 분노 게이지는 하늘로 치솟고 있었다.

　"못 배운 티 내지 말고 앉으려무나."

　앉지 않으면 대화를 하지 않겠다는 경고에 도준은 연희를 사선으로 둔 채 소파에 앉았다. '먼저 흥분하는 쪽이 지는 거다.'라고 스스로에게 되뇌면서.

　"제가 떠난 직후, 그리고 10년이 지난 지금까지. 그분들을 못 잡아먹어 안달인 이유가 뭡니까?"

　"누가 그러니? 내가 그 사람들을 못 잡아먹어 안달이라고."

　"김동식. 이래도 시치미 떼실 겁니까?"

　찻잔을 내려놓은 연희가 그제야 시선을 들었다.

　"아직도 미련 못 버리고 그 가족들 뒤치다꺼리를 하고 있나 보구나."

"어머니."

"그냥 거슬릴 뿐이야. 그리고 난 거슬리는 걸 치워버릴 능력을 가지고 있고. 그럼 치우는 게 당연한 거 아니니?"

유리알처럼 차가운 연희의 동공이 가늘게 웃음을 머금었다.

"어머니와는 비교도 안 되는 낮은 위치에 있는 분들이세요. 그런데 굳이 신경을 쓰고 거슬려 하는 이유가 뭐냔 말입니다."

"그렇게 소중하니?"

연희가 느닷없이 묻자 도준에게서 반사적으로 날카로운 반응이 튀어나왔다. 그게 흐뭇한지, 연희가 이번엔 입술로 웃음을 머금었다.

"그래, 소중한가 보구나."

그녀가 원했던 반응이었다.

"……건들지 마세요. 마지막 경고입니다."

"싫다면? 난 꼭 치워버려야겠다면?"

연희는 이 상황을 즐기고 있었다. 아주 철저하게. 그 비웃음에도 도준은 흔들림 없이 태연하게 제 할 말을 흘렸다.

"내 목덜미를 물어뜯어버릴 것 같은 잔인한 눈빛이야. 그래서 네 눈빛이 싫어.'라고 어머니가 그러셨죠. 기억나십니까?"

"……."

"계속 건드려보세요. 기꺼이 물어뜯어드릴 테니."

"너 때문이고, 네 아버지 때문이야."

느닷없이 불쑥 토해낸 말이었다. 단 한 번도 먼저 아버지 이야기를 꺼낸 적이 없는 연희였는데.

"그 식구들이 불행한 건, 너라는 존재를 거두어서라고."

연희가 도준의 눈을 정면으로 응시해왔다. 처음이었다. 차가운 눈동자 너머에 서린 격렬한 감정의 기복. 원망이었고, 분노였다.

"돈 몇 푼 얻어보겠다고 나를 이용해먹은 남자나, 그 남자에게 동조해서 순진했던 날 골탕먹인 그 친구들이나! 다 똑같이 벌레만도 못한 존재들 아니겠니? 그러니 치워버려야지. 네 말대로 치울 위치와 환경에 내가 있으니 말이다."

"……."

"그래놓고 인심 쓰는 척 널 거두어들이기까지 했지. 결국엔 또 나한테 돈을 받고 널 팔아넘겼지만."

연희의 입가에 희미한 미소가 어렸다. 목덜미를 물어뜯으려는 잔인한 눈빛, 지금 도준을 보는 연희의 눈빛이 그러했다. 물어뜯은 목덜미에서 피가 흐르기를 간절하게 바라는.

"넌 그냥 죽었어야 했어."

배 아파 낳은 아들에게 어머니가 독설을 퍼붓는데도 도준은 의외로 멀쩡했다. 덤덤하게 시선을 틀자 눈이 뒤섞인 비가 내리는 게 보였다. 비다. 끔찍하게 싫은 비. 항상 어머니인 연희와 맞물리는 비. 바람에 흩날리는 비를 보고 있으니 귓가에 달콤한 음성이 마법처럼 일렁인다.

―오빠는 모르지? 비가 굉장히 낭만적이라는 거.

―비 오는 날은, 키스하기 좋은 날이라는 거.

예고 없이 스며들던 농밀한 복숭아 향, 입술에 닿았던 아찔한 감촉. 비 오는 날은 딥 키스. 문제아, 문제아, 문제아. 그녀 덕분에 도준은 멀쩡하다. 악몽의 늪에서 벗어날 수 있었다. 하지만 그의 어머니인 연희는 아니었다. 상처와 분노에 이글거리는 차가운 눈동자는 아직도 악몽에서 허우적거리고 있었다.

"계약대로 제일 그룹은 어머니에게 안겨드릴 겁니다."

단, 제일 그룹이 온전하리라는 보장만 못 할 뿐이었다.

"그러니 그분들에게 오히려 고마워하셔야 해요."

사랑하는 남자에게 처절하게 버림 받은 악몽. 그런 어머니가 갑자기 불쌍하게 보였다.

"벌레만도 못한 그분들 덕에 제가 살아남아, 어머니께 이용당해주는 중……."

말을 끝내기도 전에 도준에게 찻잔이 날아들었다. 반사적으로 받아든 이태리제 찻잔은 그의 손 악력에 의해 산산조각이 났다. 파들파들 떨리는 연희의 눈꼬리. 흥분하면 지는 거다. 고로 오늘의 승자는 도준이었다. 유리에 깊게 배인 손에서 피가 뚝뚝 흘렀지만 도준은 태연하게 바닥에 떨어진 커다란 조각들을 테이블 위에 올려놓았다. 그리고 덤덤하게 입을 열었다.

"생각해보니 오늘이 12월의 마지막 날이군요."

너무 바쁜 하루하루를 지내다 보니 크리스마스도 챙기지 못하고 넘겨버렸다. 내 여자, 서운하지 않을까. 이 와중에도 머릿속을 가득 채우는 건 제아에 대한 걱정이었다. 마냥 아이 같더니, 그의 여자가 된 후로는 오히려 의젓해졌다. 연인이 되면 없던 응석도 생긴다는데.

"새해 복 많이 받으세요, 어머니."

낳아준 정, 길러준 정 모두 등을 돌리는 한이 있더라도.

"그리고 건강하세요."

그래도 상관없다. 제아 너만 내 곁에 둘 수 있다면.

지독히도 담배가 당기는 순간이다. 불이 붙지 않은 담배를 입에 문 채, 도준은 긴 몸을 차체에 기대었다.

제아의 동네에 도착하자 비는 어느새 눈으로 바뀌어 있었다. 새하얀 눈이 그의 몸 위로 천천히 내려앉고 있었다. 이 하얀 눈이 제 몸에 있는 새까만 더러움을 씻어 내려줄 수 있다면 얼마나 좋을까.

골목길에서 총총걸음으로 빠르게 다가오는 가녀린 실루엣이 눈에 들어왔다. 제아, 제아다. 보는 것만으로도 가슴을 무겁게 내리누르던 체중이 확 내려가는 것 같았다.

"오빠!"

사랑하는 제 여자가 품으로 폭 안겨들었다. 도준의 가슴에 코를 박고 한참 동안이나 킁킁 냄새를 맡다 고개를 든 제아가 담배를 휙 낚아챘다.

쪽―.

얼어붙은 입술 사이로 생명을 불어넣는 달콤한 복숭아 향이 스며들었다.

"담배 피우고 싶어서 달려왔구나?"

배시시 웃는 제아의 얼굴을 도준은 가만히 내려다보았다.
길고 단단한 그의 손가락이 조금은 부어 있는 제아의 눈두덩
이를 가볍게 쓸었다.

"눈이 부었네."

제아가 울었다. 나 때문에.

"요즘 며칠 피곤했잖아. 그래서 그래. 안과 가봐야겠어. 눈
물도 자주 나더라구."

널 곁에 두려는 나 때문에.

─식구들이 불행한 건, 너라는 존잴 거두어서라고.

연희의 말이 떠올랐다. 그를 거두었다는 이유로, 그를 살게
했다는 이유로 제아와 그녀의 부모님은 벌레만도 못한 존재가
되어버렸다. 부은 눈을 들여다보며 일부러 잠시의 여운을 두
었지만 제아는 끝까지 아무 말도 하지 않았다. 모든 걸 알고
왔는데도. 오로지 피딱지가 굳어 있는 도준의 손을 보곤 걱정
만 할 뿐.

"손 또 왜 이래? 무슨 일 있었어?"

넌 눈이 왜 그런 건데. 너야말로 무슨 일 있었잖아.

"오빠 요즘 너무 다치는 거 아니야? 어쩌다 다친 건데?"

자꾸 다치고 상처 받는 건 내가 아니라 너야.

"어휴, 내가 못 살아!"

그런데도 널 놓지 못할 정도로 너무 사랑해서 미안하다. 도준은 제아를 품에 와락 안아버렸다. 숨도 쉬지 못할 정도로 격렬하게.

"……사랑한다."

잠시 방황하던 제아의 가녀린 팔은 조심스레 도준의 허리를 감싸 안았다. 그러고는 부드럽게 등을 쓸어내리면서 다시 걱정스럽게 물었다.

"무슨 일 있었어?"

"비 오는 날은 딥 키스."

"……?"

"그래서 달려왔어."

"……아."

그의 말뜻을 눈치챘는지 품에서 고개를 든 제아가 얼굴을 붉혔다. 도준은 얼굴을 내려 제아와 눈높이를 맞추고 나직하게 속삭였다.

"그러니까 키스해줘."

애틋하게 파고드는 도준의 입술과 숨결엔 욕망이 아닌 간절함이 배어 있었다. 차가웠던 입술이 서로의 온기를 나누고 나서야 따스해졌다. 입술이 떨어졌는데도 서로에게 얽혀든 시선은 여전했다.

소복하게 내린 눈이 도준의 머리와 어깨에 꽤 내려앉아 있었다. 제아의 손이 꼼꼼하게 그 눈들을 털어주었다.

"같이 갈 곳이 있어."

도준은 무작정 손을 잡아 끌자 제아는 아무것도 묻지 않고 끌려갔다. 그 정도로 둘의 믿음은 돈독해져 있었다. 그가 이끄는 방향이 어린 시절 둘의 아지트인 오두막이란 걸 안 건 공원 옆 샛길로 빠질 때였다.

"여긴 갑자기 왜 온 거야? 어두워서 산을 올라가는 건 위험…… 어?"

믿을 수 없다는 듯 좁은 산책로 입구부터 시작되는 촘촘한 조명들을 제아가 믿을 수 없다는 듯 보았다.

"이게 대체……."

인적이 드문 좁은 산책로에 이렇게 많은 가로등을 설치한다는 건 낭비나 마찬가지였다. 제아가 의문이 가득 어린 눈빛으로 도준을 응시했다. 설마, 이것도 다 오빠가 한 거야?

"익명으로 작은 후원을 했을 뿐이야."

별거 아니라는 듯 도준이 희미하게 웃었다. 얼마나 걸어 올라갔을까. 쓰러질 듯 쓰러지지 않은 채 버티고 있는 오두막집이 보였다. 10년 만이었다. 강렬했던 추억과 끔찍한 악몽이 시작된 곳. 그가 떠난 이후 단 한 번도 와본 적이 없는 곳.

"이젠 혼자가 아니야."

떨리는 손끝을 차마 뻗지 못하자 용기를 내라는 듯 제아의 손가락 사이로 길고 단단한 손가락이 흘러들었다. 깍지를 낀 두 개의 손이 축축하게 얼어 있는 오두막집의 문에 닿았다.

"암호를 대야지."

귓가에 와 닿는 나직한 속삭임. 제아는 조심히 오두막의 문을 두드렸다.

톡, 톡톡톡, 톡, 톡톡톡, 톡, 톡톡톡.

"열려라, 참깨."

제아의 입술 사이로 암호가 흘러나오자 도준이 잡고 있는 손에 힘을 주었다. 오두막이 '끼익' 소리를 내면서 좁은 내부를 드러냈다. 도준이 오두막 안에 있던 초에 불을 붙이고 작은 캠핑 난로를 켜자 내부에 나름 훈훈한 온기가 돌았다. 작은 간이 의자 두 개와 좁은 식탁. 천이 깔린 식탁 위에는 케이크와 와인, 그리고 와인에 곁들일 간단한 핑거 푸드 형식의 안주들.

"내가 크리스마스도 그냥 흘려버렸더군."

미안해하는 도준의 말에 제아는 대수롭지 않게 중얼거렸다.

"남의 생일, 뭐가 중요하다구."

그 중얼거림에 피식 웃음을 흘린 도준이 손목시계를 확인했다.

"3분 남았어."

"뭐가?"

"우리가 함께할 새해."

케이크에 초를 꽂고 불을 붙이는 도준의 네 번째 손가락에 반지가 있다. 그 반지를 본 제아도 목에 걸고 다니던 반지를 손가락에 끼었다. 은은한 불빛을 받아 빛나는 반지의 촘촘한 큐빅들이 영롱한 빛을 뿜어냈다.

서로의 손을 깍지 낀 채 촛불을 들여다보던 제아가 중얼거렸다.

"행복해서 죽을 것 같아."

시계의 초침이 정확히 12시에 닿는 순간, 두 사람은 케이크의 촛불을 껐다. 창문 앞에 선 도준의 손짓에 제아는 말없이 그의 품에 안겼다.

"새해 소원 빌어야지."

도준이 나직하게 속삭이자, 제아가 조용히 웃었다.

"이미 빌었어."

'평생 동안 오빠 곁에 있게 해주세요.'

"오빠도 빌었어?"

제아가 묻자 도준도 짧게 고개를 끄덕였다.

"다신 너와 헤어지는 일 없게 해달라고."

아침마다 눈을 뜨는 순간 얼마나 겁이 나는지 모른다. 내 품에 있는 네가 안개처럼 증발해버릴 것만 같아서.

"죽을 때까지 너와 함께 있게 해달라고."

지독한 겁쟁이가 되어버리는 나를.

"네가 없으면 안 돼, 나는."

세상이 모든 빛을 잃고 무채색이 되어버릴 것만 같다.

"미친놈이라고 해도 좋아."

그래서 난 오늘도…….

"나쁜 놈이라고 해도 좋아."

이렇게 어린애처럼 너에게 사랑을 구걸할 수밖에 없어.

"너만 내 곁에 둘 수 있다면."

10년이 지난 사랑 고백은 훨씬 더 지독했다.

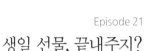

생일 선물, 끝내주지?

도준의 차가 막 회사 주차장을 빠져나오고 있었다. 그런데 창밖으로 레이나와 함께 커피숍으로 들어가는 제아가 보였다. 제일 아웃렛의 전속 모델이자 도준과 미국에서 오래 알고 지냈다는 걸 빌미로 레이나가 제아를 자주 만나는 건 알고 있었지만 더 이상은 두고 볼 수가 없었다. 그녀가 제아에게 접근하는 목적을 알고 있는 이상.

"유 실장, 차 세워."

"또 어디 가려고?"

"10분이면 돼."

도준이 둘이 만나고 있는 커피숍에 예고 없이 나타나자 제아는 꽤 놀란 눈치였다. 하지만 바쁘다는 핑계로 만나주지도 않던 도준의 얼굴을 본 레이나는 반기는 기색이었다.

"제아 너는 얼른 퇴근해. 오늘은 내가 데려다주지 못하니까."

"나 지금 언니랑……."

하지만 도준의 단호한 눈빛에 뭔가를 느꼈는지 제아는 얌전하게 일어나 커피숍을 나갔다. 그가 이렇게 민감하게 반응하는 건 다 그만한 이유가 있을 거라고 믿으니까. 제아가 앉았던 자리에 앉은 도준이 단도직입적으로 말을 했다.

"제아한테 접근하지 마. 네 속셈 다 알고 있으니까."

정곡을 찌르자, 레이나의 눈빛이 잠깐 흔들렸지만 이내 당당하게 다시 고개를 들었다.

"좋아, 인정할게. 사실 제아 씨한테 점수 좀 따려고 했어. 네가 동생을 얼마나 소중히 생각하는 줄 아니까. 네 진짜 가족이 누군지 아니까. 그런데 그게 뭐 어때서? 나랑 친하게 지내서 나쁠 게 뭐 있다고 그렇게 싸고도는 거야?"

"내 뒷조사라도 했나 보지?"

"제이드, 난 그게 아니라……."

당황하는 레이나 따위, 그는 관심 없었다.

"뒷조사, 제대로 못 했군. 경고는 한 번뿐이야. 잘 들어."

"……?"

"내 여자한테 접근하지 마."

'내 여자'라는 말에 잠시 놀라긴 했지만 그녀는 이내 생긋 웃었다.

"피 한 방울 섞이지 않은 동생이구나?"

역시나 레이나다웠다. 어떻게 된 건지 연유도 묻지 않은 채 말을 되돌렸다.

"그게 내가 제아 씨와 친하게 지내면 안 되는 이유야?"

"……."

"넌 아니라고 하지만 난 엄연히 네 친구야. 네 곁에서 오랫 동안 널 지켜봤고 서로에 대해 알 만큼 안다고 생각해. 내 친 구가 사랑하는 여자한테 내가 잘해주었음 잘해주었지, 해를 입힐 거라고 생각해?"

"그래서, 제아를 계속 만나겠다고?"

"언니 동생으로 잘 지내고 싶을 뿐이야. 그러니 남자는 좀 빠져주는 게 어때?"

레이나는 당당해도 너무 당당했다. 도준은 내색하지 않았지 만 속에서 짜증이 치밀어 올랐다. 답답한 여자 같으니라고.

"근데 제이드 너도 대단해. 그 마음이 갑자기 생겨났을 린 없을 텐데. 어떻게 10년 동안 제아 씨한테 연락 한 번 안 할 수가 있어? 그러다가 제아 씨가 누구랑 연애하고 결혼하면 어 쩌려고? 그럼 잊으려고 한 거야?"

"내가 왜 10년 동안 나 몰라라 했을까?"

되돌아온 질문에 레이나가 조금은 당황한 기색을 보였다. 그녀로서도 그건 감이 잡히지 않았다.

"지키기 위해서야. 나부터 철저하게 모른 척해야 다른 누구 도 모를 테니까."

어차피 제아의 존재는 수면 위로 반쯤 솟아오른 상태였다.

서로의 편의에 의해서 아직은 어느 누구도 건드리지 않고 있을 뿐. 숨겨야 할 이들에겐 숨겨야 하지만 제대로 누를 수 있는 이들은 확실하게 눌러놓아야 한다. 눈앞의 레이나 같은 존재에겐.

"네 말처럼 얼마나 소중히 여기는가 하는 정도가 아니야."

"……?"

"가장 소중해. 유일하게 소중하고."

얼음 같은 남자가 거침없이 드러내놓은 진심. 제아무리 레이나라도 당황하지 않을 수 없었다.

"어설픈 친구 사이라는 거 인정해주지. 하지만 그게 널 믿는다는 뜻은 아니야."

도준이 손목시계를 확인했다. 쓸데없는 시간 낭비는 여기까지. 이제 일어날 시간이다.

태연하게 테이블을 돌아온 도준이 레이나에게 몸을 숙였다. 그토록 원했던 남자의 달콤한 숨결이 살벌한 경고와 함께 레이나의 귓가로 스며들었다.

"내 유일한 약점을 알았다고 날 쥐고 흔들 생각은 안 하는 게 좋을 거야. 그걸 건드리는 순간, 내 이름을 걸고 너의 모든 것을 산산조각 내버릴 테니까."

미련 없이 몸을 일으킨 도준의 옷깃을 레이나가 잡았다. 얼굴은 창백하게 질려 있었지만 그를 바라보는 레이나의 눈빛은 진지했다.

"널 감당하기에 제아 씬 너무 평범해. 그런데 왜…… 사랑하는 건데."

도준은 대답할 가치가 없다는 표정을 지었다.

"궁금해. 그러니까 대답해줘. 친구로 인정해준다면서."

참 미련이 많은 여자라는 생각이 들었다. 쿨한 척하지만, 흔들리는 동공에 제 마음을 한껏 드러내고 있었다.

"내 눈에 유일하게 보이는 존재이니까."

아기 오리가 눈을 뜨자마자 제 눈에 보이는 존재를 제 어미로 생각하듯이 말이다. 테이블에 혼자 덩그러니 남겨진 레이나는 표정 변화 없이 중얼거렸다.

"짜증나."

그녀는 눈앞에 놓인 에스프레소를 입술로 가져가 우아하게 한 모금 머금었다.

"더 욕심나잖아."

독한 쓴맛을 가졌는데도 또 마시고 싶은 커피는 마치 도준이라는 남자 같았다.

"뺏고 싶어."

교외에 위치한 요정, 그곳에서도 가장 깊숙한 곳에 위치한 좌식 밀실. 도준은 공손하게 무릎을 꿇고 백발이 성성한 노인 앞에 앉아 있었다. 한 회장에게 미국으로 그를 보내라고 압력을 행사했던 보이지 않는 정치계의 실세, 박중용이었다. 그는 이미 도준에 대한 사전 조사를 끝냈고 보고까지 완벽하게 받은 상태였다. 계집애처럼 곱상한 얼굴의 내면에 도사리고 있는 건 비상을 하기 위해 날개를 펼치려는 독수리. 이토록 눈빛이 살아 있는 젊은이는 실로 오랜만이었다.

"나를 만나자고 한 이유, 우선 들어나 보지."

"한태영 부회장이 다음 대선 후보를 누구로 밀고 있는지 아십니까? 바로 문상태 의원입니다. 어르신과는 척을 지고 있는 문병우 전 국무총리의 아들이지요."

"나는 말을 돌리는 걸 싫어하네."

"한 부회장님 뒤를 봐주시는 일, 그만해주셨으면 합니다."

중용이 도준에게 향긋한 매화주가 들어 있는 백자 주전자를 들어 보였다.

"한 잔 받게나."

도준은 중용이 따라주는 술을 두 손으로 깍듯하게 받았다.

"문병우는 내 상대가 되려면 한참 멀었어. 한 부회장이 왜 그런 무리수를 두겠나?"

상체를 반듯하게 틀어 술잔의 술을 깨끗하게 비운 도준이 두려움 없는 눈빛으로 중용을 응시했다.

"어르신의 건강이 악화되었다는 소문이 은밀하게 나돌고 있습니다. 더불어 시한부 권력이라는 말도. 혹시 아십니까?"

"그런 소문이 돌고 있는지는 몰랐군."

중용은 느슨하게 대답을 했다. 부정도, 긍정도 아닌 대답. 감히 어느 누구도 그에게 그런 소문을 귀띔해줄 순 없다. 아부만 할 줄 알지, 쓴 말은 절대 물어오지 못하는 족속들만 주변에 우글거리니.

"소문의 사실 여부는 중요하지 않습니다. 시한부 동아줄을 잡느니, 좀 더 기다려서 튼튼한 동아줄을 잡는 게 당연한 이치이니까요. 어느 줄을 잡느냐에 따라 기업인들에겐 득과 실이 천차만별로 벌어집니다."

중용이 계속해보라는 눈짓을 했다.

"어르신에겐 외동따님에 외손녀만 있을 뿐입니다. 하나뿐인 사위는 어르신 덕분에 지금은 대접을 받고 있지만, 정치계를 휘어잡을 카리스마가 없는 분이시죠."

"……."

"결론은 어르신의 뒤를 이어 밀어줄 실세가 없는 상황입니다. 어르신의 상대가 안 된다고 하더라도 문병우 전 총리는 확고한 2인자입니다. 1인자가 사라지자마자 순식간에 치고 오를."

거침없이 찔러대는 말투가 서슴없었다. 예리하고 날카로웠다. 새파랗게 젊은 기업인이, 그의 눈을 두려움 없이 직시하며 쓴 소리를 뱉어내고 있었다. 그리고 그 말은 사실이었다.

"그럼 자네는 왜 시한부 동아줄을 잡으려는 게지?"

"저는 어떤 동아줄도 잡을 생각 없습니다."

도준의 말이 이해가 되지 않았는지 중용의 새하얀 눈썹이 꿈틀했다. 도무지 종잡을 수 없는 인물이다. 마치 젊었을 적제 모습을 보는 것 같았다.

"그저 어르신은 어떤 일이 벌어지든 지켜만 봐주십시오."

훗날 무슨 일이 일어나도 한 부회장 편을 들어주지 말라는 뜻이었다.

오늘 시간을 낸 보람이 있군. 눈앞의 젊은 남자는 진국이었다. 젊은 나이에 판세를 읽을 줄 알고 미래를 내다볼 줄 아는 사자 새끼. 거기에 독수리의 날개만 달아주면 천하무적이겠지. 두 눈으로 직접 확인을 했으니.

중용은 드디어 본론을 입에 담았다.

"자네, 내 손녀딸 한번 만나볼 텐가."

생각지 못한 엄청난 제안이었다. 권력과 재력에 조금이라도 욕심이 있다면 감히 거부할 수 없는.

"죄송합니다, 어르신. 저는 정치 쪽에 관심이 없습니다."

그 엄청난 제안을 도준은 1초의 망설임도 없이 딱 잘라 거절했다.

"허허, 누가 정치계 쪽으로 나서라고 했나? 사심 없이 내 손녀딸 한번 만나보라는 거지."

"책임질 만한 짓은 하고 싶지 않습니다."

"젊은 사람이 내 앞에서 노인 같은 발언을 하는군. 당장 약혼을 하라는 게 아니네, 나는. 우선 만나보고 연애를 하다가 맞지 않으면 헤어질 수도 있는 거지."

"연애든 약혼이든 결혼이든, 제게는 일맥상통하는 의미입니다. 저는 단 한 여자와 그 모든 걸 함께할 생각이라서요."

"그게 내 손녀딸일 수도 있지 않은가."

도준은 섣불리 여자가 있다는 말을 입에 담지 않았다. 중용이 나서면 그는 상대가 되지 않는다. 도준이 고집스럽게 침묵하자 중용이 허허, 사람 좋은 웃음을 흘렸다.

"우선은 일어나 보게. 내 나중에 다시 연락하도록 하지."

생각할 시간을 주겠다는 배려였다. 밀실에서 나오자마자 도준은 제아가 보고 싶어 미칠 것만 같았다. 바로 그녀에게 전화를 걸었다. 목소리라도 듣고 싶어서.

"제아야."

그런 도준을 지켜보는 젊은 여자가 있었다. 그 여자도 손에 휴대 전화를 든 채였다. 도준에게서 시선을 떼지 않은 채 여자가 생긋 웃었다.

"할아버지, 나 그 남자 마음에 들어요. 그것도 무척."

중용의 하나뿐인 손녀딸 화연이었다. 재계에 소문이 날 정도로 얼음 같은 남자라고 들었다. 오로지 일만 하는, 차갑고 삭막한 겨울밤 같은 남자. 하지만 소문과 달리 남자의 외모는 달콤한 생크림이었고, 미소는 따사로운 봄 햇살이었다.

"그 남자, 갖고 싶어요."

새해 처음으로 맞이하는 주말, 신 비서가 비서 팀을 소집했다. 선약이 없으면 옆구리 쓸쓸한 여자들끼리 뭉쳐서 새해를 맞이하자는 좋은 의도였다. 장소는 청담동의 '헤네시'라는 위스키 바. 지로와 지연과 자주 왔던 곳이라 제아에게는 익숙한 곳이었다. 나오지 말까 고민했지만 집구석에 처박혀 있어 뭐하나 하는 생각에 나온 터였다. 도준은 바빴다. 그리고 집에 있어봤자 머리만 깨질 듯이 아파왔다. 큰돈을 어떻게 마련할까 궁리하느라 좋지도 않은 머리를 굴리느라. 그래서 무조건 나간다고 했다. 술은 잘 마시지 못했지만, 왜 사람들이 속상할 때 술이 당기는지 이해가 되는 새해 첫 주말이라고나 할까.

"아, 양주 마시고 싶다."

"저두요."

"저두요."

병맥주를 홀짝이던 신 비서의 말에 김 비서와 윤 비서도 맞장구를 쳤다. 가만히 생각에 잠겨 있던 제아가 입을 열었다.

"여기 제 친구들이 자주 오는 바라서 킵해놓은 양주가 꽤 있을 건데 확인해볼까요?"

"에이, 양심이 있지."

신 비서가 말도 안 된다는 표정을 짓자 제아가 싱긋 웃었다.

"제 친구들, 돈 많아서 킵해놓은 양주 거의 안 먹고 버려요. 그럴 바엔 먹어주는 게 오히려 더 좋은 거죠. 걱정 마세요. 원하는 양주 있으세요?"

"혹시 로얄 샬루트 있을까?"

"확인해볼게요."

제아가 테이블을 비우자마자 휴대 전화가 울렸다. 남의 휴대 전화를 받으면 안 된다는 건 알고 있었지만 무시하기에는 액정에 떠 있는 이름이 무시무시했다.

한 사장님

비서들이 망설이는 사이, 전화가 끊겼다. 급한 일이면 자신들에게도 순서대로 전화가 오겠지. 하지만 그녀들의 예상과 달리 다시 울린 건 제아의 전화였다.

"무슨 일인지 물어봐. 급한 일이니 전화하셨겠지."

신 비서의 말에 전화를 받은 김 비서는 순간 달콤하게 파고드는 남자의 음성에 잠시 아무 말도 할 수 없었다.

[제아야.]

우리 사장님이 이런 목소리를 낼 리가 없는데. 설마 그 한 사장이 우리의 한 사장님이 아닌가? 헷갈리기까지 했다.

"저기, 제일 어패럴 한도준 사장님 아니신가요?"

[누구지?]

바로 싸늘하게 얼어붙는 음성은 익숙한 도준의 음성이었다.

"사, 사장님 맞으시죠? 저 김 비서입니다!"

잠시 침묵이 흐르고 이내 도준의 냉랭한 음성이 들려왔다.

[오늘이 출근하는 날은 아닌 것 같은데.]

"새해를 맞이해서 솔로들끼리 모여서 쓸쓸함을 달래자고 술 한잔하고 있었어요."

[나의 비서들이 다 솔로라. 정확한 건가?]

'나의 비서'란 달콤한 단어에 김 비서는 순간 황홀함을 느꼈다. 나의 비서, 나의 비서. 그 단어가 뇌리를 꽉 채우는 바람에 도준이 제아의 이름을 친근하게 불렀다는 사실은 깨끗하게 잊혀졌다.

"그럼요!"

[술집 주소 불러봐.]

홀린 듯이 헤네시 바의 주소를 술술 불어버렸다.

"짜잔! 제가 로얄 샬루트와 조니 워커 블루를 찾아왔답니다! 그것도 거의 새 걸로요!"

기가 막힌 타이밍으로 나타난 제아의 손에 들린 고가의 양주에 비서들이 일제히 환호성을 질렀다. 그 바람에 도준이 방금 전화했다는 사실마저 까맣게 잊어버렸다. 술잔이 오가면서 대화의 주제는 당연히 남자로 흘러갔다.

"맞다! 제아 씨 우리 준환이 깠다면서? 걔 정도면 엄청 괜찮은데. 눈이 무지 높은가 봐?"

"그냥 너무 과분해서. 그래서 거절한 거예요."

제아가 어색하게 웃자, 신 비서가 그제야 수긍이 좀 간다는 듯 고개를 끄덕였다.

"하긴. 준환이가 좀 많이 괜찮긴 하지. 근데 걔는 신경 쓰지 마. 제아 씨 좋다고 쫓아나가더니 줏대 없이 그냥 별로라고 돌아온 거 보면 걔도 참. 그러지 말고 어떤 스타일 좋아해? 내가 이래 봬도 남자 인맥 쩔거든. 소개팅 시켜줄……."

"문 비서는 안 됩니다."

신 비서의 말을 냉혹히 자르는 남자의 음성에 비서들은 일제히 소리가 난 곳으로 시선을 틀었다.

최고급 캐시미어 울 코트보다 더 최고급인 외모를 자랑하는 남자가 보였다. 그 잘난 남자가 제 보스라는 걸 깨달은 비서들은 자동이었다. 취기 어린 눈을 번쩍 뜨고 소파에서 일어난 비서들의 손이 모두 배꼽 위로 모아졌다.

"사, 사장님 오셨습니까!"

주르륵 정갈하게 선 비서들은 투철한 직업 정신을 발휘해서 도준에게 일제히 고개를 숙였다. 제아도 얼떨결에 고개를 숙이고 그 끝에 섰다.

대체 사장님이 왜? 대놓고 물을 수도 없고. 비서들은 속이 까맣게 타들어갔다.

"내가 앉아도 되겠습니까?"

"그, 그럼요!"

신 비서가 자리를 내어주자 도준은 태연하게 테이블에 착석했다. 비서들도 일제히 주르륵 자기 자리를 찾아서 앉았다. 그래도 최고참이라고 신 비서가 용기를 내어 조심히 입을 열었다.

"사장님, 혹시…… 비상 상황인가요?"

"……."

"그게 아니면, 우연히……."

"……."

"그럼 오신 이유가……."

손가락으로 느릿하게 머리를 쓸어 올린 도준의 시선이 날카롭게 제아에게 꽂혔다. 그 강렬한 눈빛에 화들짝 놀란 제아는 술 대신 물 잔을 급히 찾아 들었다.

"내가 문 비서랑 정식으로 교제 중입니다."

그 순간, 부연 설명 같은 건 다 던져버린 느닷없는 선언.

"푸, 푸우우웁!"

제아의 입에서 물이 뿜어져 나왔다. 마른하늘에 날벼락도 아니고! 놀란 건 비서들도 마찬가지였다. 신 비서가 조심히 김 비서의 어깨를 툭 쳤다.

"오늘 만우절이니?"

"만우절은 4월이에요."

제아를 포함한 다른 비서들의 속을 들쑤셔놓은 장본인은 아주 태연하게 말을 이었다.

"내가 문 비서를 여자로서 좋아합니다. 그것도 아주 많이. 그래서 많이 쫓아다녔어요, 내가. 그 결과 문 비서가 내 마음을 받아줘서 교제하는 중이고. 그렇지, 문 비서?"

소리 없는 감탄사가 비서들의 입에서 쏟아져 나왔다. 예고 없는 폭격을 당한 제아의 심장은 미친 듯이 벌컥거렸다.

"아, 네."

제아의 대답을 듣고 나서야 도준의 시선이 신 비서에게로 향했다.

"그러니 문 비서 소개팅은 자제해줬음 하는데."

"그, 그럼요!"

"내가 속이 좁은 편이라 그런 일이 발생하면 신 비서를 해고할지도 모릅니다."

덤덤한 듯 부드러운 음성과 달리 그 의미는 살벌했다. 바짝 얼어붙은 신 비서를 향해 도준이 신용카드를 내밀었다.

"나와 문 비서와의 연애, 적극적으로 협조해달라는 뇌물입니다."

"아…… 뇌물."

"오늘 그 카드로 마음껏 쓰고 반납하도록 해요."

도준은 그 말을 마지막으로 테이블에서 일어났다. 그가 일어나자 비서들도 일제히 따라 일어났다. 따라 나오지 말라고 했지만 이상하게도 그 말엔 비서들이 불복종했다. 놀란 건 놀란 거고, 보스는 보스이니까.

바의 주차장은 야외에 위치해 있었다. 새해의 시작을 축하하려는 건지 하늘에선 시린 바람과 함께 새하얀 눈이 흩날렸다. 도준이 코트 깃을 들어 제아의 머리 위로 들어주자 둘을 지켜보던 여비서들은 난리가 났다.

"눈 맞지 말고 얼른 들어가."

나직하게 속삭였지만, 그의 마음은 제 여자에 대한 그리움에 벌써부터 아우성을 치고 있었다. 그런 속도 모르고 제아가 수줍게 그의 허리에 팔을 휘감으며 몸을 더 밀착해왔다. 제아라고 다르지는 않았다.

좁은 코트 안에 갇혀서 도준의 몸에 밀착을 하고 있으니 뭔가 아쉬웠다. 아기 오리처럼 그에게 처음 눈을 떠버린 수줍은 본능이 자꾸만 뭔가를 요구하고 있었다.

"오빠 따라가고 싶다."

"집에 가는 거면 너 진작 데리고 갔어."

"아, 우리 보스는 항상 바쁘지."

"뒤에서 너 기다려. 얼른 가봐."

아쉽지만 이젠 서로를 놓아주어야 할 때였다. 그런데 쉽사리 서로의 손이 서로를 놓지 못했다.

'내가 먼저 오빠를 보내줘야 해.'

도준의 허리에서 손을 거둔 제아가 까치발을 들었다. 하지만 그는 입술이 아닌 뺨에 입을 맞추었다. 얼굴에 닿는 눈송이보다 더 스치듯이 가벼운 무게감으로.

'뭐야, 시시하게.'

그 눈빛을 이해했는지 도준이 피식 웃었다.

"입술에 하면 나 오늘 너 집에 못 보내."

머리를 쓰다듬으며 제아를 내려다보는 도준의 눈빛은 다정하고 따사로웠다.

"집에 들어가면 메시지 남기고."

"내가 애야?"

제아가 조금은 뾰로통하게 대답을 하자 도준이 피식 웃었다.

"애가 아니라서 걱정하는 거야."

도준이 사라진 후 제아는 차마 뒤돌아볼 용기가 나지 않았다. 호기심 레이저를 무시무시하게 쏘고 있는 세 쌍의 눈빛이 느껴진 것이다. 아, 이를 어떻게 설명한다……? 대략 난감한 상황이 다가온 것이다.

집무실을 벗어나려는 강훈의 사무실로 일리안이 연락도 없이 들이닥쳤다. 수도 없이 연락을 할 땐 받지도 않더니, 저녁

이 되어서야 바람처럼 나타난 것이다. 그러고는 미안한 기색도 없이 당당하게 집무실의 소파를 차지하고 앉았다.

일리안의 비서가 내민 계약서를 마지못해 훑어보던 강훈의 눈에 가장 핵심적인 사항 몇 가지가 꽤 거슬렸다.

제일 백화점 독점 체결이 아닌 제일 어패럴과의 계약도 예정대로 진행하겠다는 게 첫 번째, 일리니 제품의 유통에 대한 모든 권한을 일리안에게 일임하겠다는 게 두 번째였다.

"아버지가 그쪽 협박에 응해준 건, 이번 기회에 망나니 같은 딸의 버릇을 고치려는 아버지의 고집일 뿐이니 착각은 안 하는 게 좋을 거예요."

"맥리가에 감히 협박이라니, 오해입니다. 사진은 기사를 막아주었다는 증거 차원으로 내민 거고. 맥리가와 친분을 쌓아서 나쁠 건 없지 않습니까?"

강훈이 남자다운 미소를 지으며 매끄럽게 받아쳤지만, 일리안은 눈 하나 깜짝하지 않았다.

"아버지한테 지는 시늉은 해줘야 할 것 같아 마지못해 찾아온 거니 계약서 내용 고칠 생각하지 말고 사인이나 해요. 그 마음까지도 변하기 전에."

강훈은 일리안에게 태블릿 PC를 돌려 화면을 보여주었다. 오늘 아침, 일리안과 도준의 스캔들이 터진 것이다.

**미국 부동산 재벌 상속녀와 국내 J 그룹 손자의
은밀한 데이트!**

이니셜을 썼고 기사에 실린 사진 속 인물은 모자이크 처리가 되었지만 재계에서 알 만한 이들은 모두 눈치를 채고 있었다. 아찔한 반라 차림의 상속녀가 일리안이고, 그 여자를 주시하고 있는 J 그룹 손자가 도준이라는 것을.

"그렇게 고집을 부리는 이유가, 이것 때문입니까?"

"즐기는 게 뭐 어때서."

시니컬한 웃음을 흘린 일리안이 짧은 원피스를 입었는데도 요염하게 다리를 바꾸어서 꼬았다.

"내가 여자 좋아한다고 남자 좋아하지 말라는 법 있어요?"

"그건 아니지만."

너무도 당당하게 드러낸 일리안의 성적 취향에 강훈은 잠시 당황을 했다.

"제이드가 그 정도로 매력적인 남자예요. 내 성적 취향을 되돌릴 만큼."

그런 강훈을 재밌다는 듯 바라본 일리안이 육감적인 상체를 테이블 위로 기울이며 속삭였다.

"제이드는 포악한 야수예요. 당신 같은 하이에나의 목덜미는 단번에 물어뜯어버릴."

그 말을 마지막으로 일리안이 소파에서 일어났다.

"그럼 계약은 이대로 진행하는 걸로 알고 가겠어요."

일방적인 선언을 한 후 일리안은 강훈의 집무실에서 미련 없이 사라졌다.

"하아!"

혼자 남은 강훈은 기가 찬 표정을 지었다. 그 얼굴을 비즈니스에까지 이용할 줄은 몰랐다. 고고한 척은 다 하더니! 여자에게 관심 없다는 소문은 그저 철저한 이미지 관리에 불과했던 것이다. 여성 편력이 없는 완벽한 재벌 3세라면 이미지가 꽤 좋을 테니 말이다. 그런데 결국은 뒤에서 은밀하게 즐기고 있었던 것이다. 그의 첫사랑이자 약혼녀가 될 뻔했던 레이나, 스파이로 찔러 넣었던 비서, 그리고 부동산 재벌 상속녀까지. 여성 편력이 어마어마한 놈이었다.

"개자식 같으니라고."

양주에서 소주, 와인으로 이어진 3차 자리. 술을 섞어 마신 탓에 네 여자는 이미 꽤 취한 상태였다.

"사장님이 제아 언니를 바라보는 눈빛 봤어요? 우아하게 움직이던 그 손길까지. 어후, 완전 꿀이 뚝뚝. 정말 한독종 맞나 몰라."

"워크숍 최고의 수혜자는 제아 언니라니까요. 내가 사장님 파트너였으면 그 애인 자리 나였을 수도 있는데."

"세희 씨, 꿈 깨라."

"신 비서님, 제가 뭐 어때서요?"

정작 당사자는 입 다물고 있는데 비서들의 수다는 폭발했다. 부러움에, 아쉬움에, 서러움에…… 다양한 감정이 녹아들어가 있었다. 어찌어찌 이야기를 하다 보니 도준과 연애를 시작하게 된 계기가 워크숍 커플 게임이 되어버렸다. 도준과의 관계를 어떻게 설명해야 할지 난감했던 제아는 굳이 부정을 하지 않았다. 차라리 잘됐다 싶었다.

술이 꽤 취해서 그런지 김 비서가 갑자기 눈을 반짝이며 제아에게 바짝 몸을 기울여왔다.

"제아 언니! 사장님이랑 당연히 키스는 해봤을 테고. 혹시 잠도 잤어요?"

"김 비서! 그런 걸 물으면 어떻게 해!"

몽롱하게 흘러들던 잠기운이 순식간에 날아가버렸다. 그러든지 말든지 꽃다운 나이의 비서들은 기대감 어린 눈빛으로 대답을 기다리고 있었다. 벌겋게 달아오른 얼굴로 제아가 침묵하자 비서들은 오히려 열광했다. 무언의 침묵은 곧 긍정이었으니. 이번엔 본인이 당사자라도 되는 듯 상기된 얼굴로 발을 동동 구르던 윤 비서가 물었다.

"사장님 설마 침대에서도 완벽한 건 아니죠? 체력이나 테크닉이나 뭐 그런. 생긴 건 완전 달콤하신데 침대에서도 그래요?"

침대에서의 도준은 젠틀맨이라기보다는 굶주린 야수 같았다. 능수능란하게 요리해서 느릿하게 배를 채우는 거친 포식자. 그리고 자신은 몇 번이고 먹히고 또 먹히는 무한 충전 먹잇감. 끊임없는 반복에도 지치지 않고 정신 못 차리게 끌어가는 남자. 그에 대한 수식어는 다양했다.

"맞다고 하지 말아줘요, 제발. 그럼 진짜 부러워서 다시 워크숍으로 돌아가고 싶을 것 같단 말이에요!"

제아는 그저 웃을 뿐이었다. 뭐라고 대답을 하기가 참.

"아휴, 마시자, 마셔! 부러우면 지는 거다!"

신 비서가 잔을 높이 치켜들자 비로소 도준의 침대 미스터리는 종료되었다. 술기운을 이기지 못하고 가장 먼저 테이블에 머리를 박은 건 제아였다.

계산을 한 신 비서가 살짝 눈살을 구겼다.

"우리가 좀 쓰기는 썼네. 300만 원이 넘었어."

"에이, 넘치는 게 돈인 우리 사장님이 그런 걸로 뭐라고 하겠어요?"

잠시 생각에 잠긴 신 비서가 갑자기 생긋 웃었다.

"카드를 쓴 만큼, 우리가 사장님의 연애를 도와주면 되는 거 아니겠어?"

무슨 말이냐는 듯 비서들의 시선이 일제히 신 비서에게로 향했다.

"내일이 우리 사장님 생일인 거 다들 알지?"

김 비서와 윤 비서가 급하게 휴대 전화를 찾아 입력된 스케줄을 확인했다.

"뇌물 받은 값 제대로 해줘야지. 나한테 엄청 좋은 생각이 있어."

꾸벅꾸벅 졸고 있는 제아를 가볍게 흔들어 깨운 신 비서가 의미심장한 미소를 지으며 물었다.

"제아 씨, 혹시 사장님 집에 가봤어?"

겨우 눈을 뜬 제아가 몽롱한 정신으로 고개를 끄덕이자, 신 비서가 은밀하게 제안을 했다.

"오늘 사장님 생일이야."

흐릿한 정신에도 제아는 생각했다.

이상하다. 오빠 생일은 3월인데.

"사장님 생일 선물 준비했어?"

"선물……이요?"

"준비 못 했구나. 좋아, 우리한테 맡기라구. 최고의 이벤트를 준비해줄 테니까."

다시 눈꺼풀이 감기기 전, 신이 나 죽겠다는 신 비서의 목소리가 메아리처럼 귀를 울렸다.

"밤에 섹시한 여자는 어떤 남자도 거부 못하는 법이거든."

연애 경험 없는 노처녀 신 비서가 음모를 꾸몄고 김 비서와 윤 비서가 가담했다. 당사자인 제아는 쏟아지는 잠기운에 이성이 흐릿해져 영혼 없이 순종했다.

적당한 음주는 기분을 달래주지만 과한 음주는 사람 자체를 변신시킨다. 하지 않던 생각을 하게 되고, 행동으로 옮기는 추진력까지 덤으로.

밤 11시가 다 되어서야 마지막 일정이 마무리되었다.

"문 비서 부모님이 집을 내놓는 즉시 나한테 먼저 연락이 올 거야. 그리고 경리 팀 박 과장한테도 지시한 대로 말해놨고."

인호의 보고에 도준이 말없이 고개를 끄덕였다. 무슨 일이 있는지 말조차 하지 않는 제아는 절대 도준의 도움을 받지 않을 것이다. 그리고 그 또한 강요하고 싶지 않았다. 제아가 원하는 대로 해주되 그저 보이지 않게 뒤에서 손만 써놓았다.

짧게 고개를 끄덕인 도준의 시선이 손에 들린 서류가 아닌 휴대 전화에 꽂혔다. 시간이 꽤 흘렀는데도 제아에게선 연락 한 통 없었다. 분명 집에 도착하면 연락하라고 했는데.

설마, 아직까지 여자들끼리 술을 마시고 있는 건가? 쿨한 애인이 되고 싶은데도 자꾸만 신경이 그쪽으로 쏠린다. 메시지를 확인하니 '레옹'이라는 바에서 카드가 긁힌 게 밤 8시. 그 이후로 카드가 쓰인 내역이 없었다.

아파트 주차장에 도착해 차에서 내리려는 도준에게 인호가 축하의 말을 건넸다.

"한 사장, 생일 축하한다."

한도준이 된 이후, 그는 생일 따위, 신경 쓸 필요도 없었다.

현관문을 여는 순간 눈앞에서 무언가가 팡팡 터졌다.

"사장님, 생일 축하드려요!"

토끼 머리띠를 한 신 비서와 김 비서, 윤 비서가 그의 집에서 폭죽을 터뜨린 것이다.

바닥에 내려앉은 폭죽 쓰레기. 흐트러져버린 집 안의 공기. 그 모든 게 불쾌했지만 도준은 내색하지 않고 비서들이 내어주는 긴 복도를 따라 걸었다. 그녀들이 이 집에 들어올 수 있는 건 모두 제아 때문일 테니까.

"사장님, 촛불 끄셔야죠!"

김 비서가 쪼르르 달려와 도준에게 촛불이 타오르는 케이크를 내밀었다. 정확히 세 개의 큰 초와 한 개의 작은 초가 케이크에 꽂혀 있었다.

"촛불 끄셔야 저희가 준비한 엄청난 생일 선물을 받으실 수 있어요."

케이크의 촛불을 불어 끈 도준의 등을 비서들이 마구마구 떠밀어 침실 앞까지 몰았다.

"오늘 저희가 쓴 300만 원만큼 톡톡히 되돌려드렸어요."

무심결에 침실 문을 여는 도준의 뒤에서 비서들이 한입으로 외쳤다.

"즐거운 시간 보내세요!"

그의 예상대로 제아가 침대에 누워 있었다. 선물이 제아일 거라고 짐작은 했지만, 잠이 든 여자를 어떻게 하라는 건지. 침대에 걸터앉은 도준은 토끼 머리띠를 한 채 잠이 들어 있는 제아를 가만히 내려다보았다.

"문제아."

아주 나직한 속삭임에도 반응하듯 제아가 몽롱하게 눈꺼풀을 들었다. 잠에 취한 그 모습이 얼마나 아찔한지. 하지만 그는 다정하게 손을 뻗어 제아의 머리를 쓰다듬었다.

"더 자. 깨워줄 테니까."

느릿하게 몇 번 눈을 깜빡인 제아가 갑자기 그의 넥타이를 확 잡아당겼다. 순식간이었다. 침대로 쓰러진 도준의 허리를 제아가 타고 오른 건. 동시에 도준의 눈이 휘둥그레졌다. 이불 안에 숨겨진 제아의 완벽한 바니걸 옷차림 때문에.

토끼 머리띠와 극적인 조화를 이루는 블랙 톱 미니 원피스. 그의 허리를 조이고 있는 늘씬한 다리는 검은 스타킹에 감겨 있었다.

그런데 말려 올라간 치마 밑으로 보이는 무언가에 도준의 시선이 번쩍 뜨였다. 저건, 가터벨트?

그는 단연코 이런 코스프레 옷차림을 좋아하지 않는다. 그런데도, 바니걸 차림의 제아는 취향저격이었다. 고개를 숙이는 바람에 흘러내린 풍성한 머리칼이 그의 얼굴을 쓸고, 내려온 입술이 달아오른 귀에 밀착되었다.

"한도준 씨, 생일 축하해."

제아는 지금 단단히 취해 있었다. 술의 힘을 빌어 이런 발칙한 용기를 내다니. 그런데 술은 입에도 대지 않은 도준이 취하는 기분이었다. 그의 허리를 타고 오른, 바카디 151보다 도수 높은 이 여자 때문에.

"이 지퍼, 오늘 밤 오빠만 손댈 수 있어."

제아의 손이 도준의 손을 잡고 은밀하게 옆구리 쪽으로 잡아끌었다.

"너 지금 뭐 하는……."

쉿, 제아의 손이 도준의 입술을 꾹 눌렀다.

"생일 선물, 끝내주지?"

붉은 입술을 요염하게 당기며 웃는 제아는 도발적이었다. 그의 가슴팍이 거칠게 들썩이고 호흡이 흐트러졌다. 벗겨달라면 벗겨주지. 자발적인 그 선물, 그는 절대 마다할 생각이 없었다. 느릿하게 뻗은 손길이 지퍼에 닿는 순간 거칠게 지퍼가 내려갔다.

지이이익―.

그런데 망설임 없이 지퍼를 거칠게 내리던 도준의 손이 멈췄다. 뭔가 이상함을 느낀 것이다.

"문제아. 제아야?"

가볍게 볼까지 툭툭 건드려봤지만 제아는 제 몸으로 아찔하게 그를 내리누르며 다시 잠이 든 후였다.

"이런."

불만족스러운 숨이 길게 새어 나왔지만 지퍼를 다시 올려주는 손길은 다정해졌다. 기분 좋게 취하기 시작한 타이밍에 술이 끊겨버린 상황. 그래도 짐승이 아닌 이상, 자는 여자를 덮칠 수는 노릇이니.

"아가씨, 지금 이 상황에 잠이 와?"

깊은 잠에 빠진 숲 속의 공주는 대답이 없는 법.

"사람 미치게 해놓고."

목을 조여 오는 답답한 넥타이를 느슨하게 풀어헤친 도준의 목적지는 욕실이었다.

지금 절실한 건 뜨거운 몸을 식혀줄 얼음장 같은 찬물이었다.

잠에서 깨어나자마자 거울에 비친 제 모습을 무심코 확인한 제아의 입술 사이로 비명이 터져 나왔다. 어디서 튀어나온 야한 토끼 한 마리가 그녀를 응시하고 있었다. 슬그머니 가슴 부분의 옷을 들추니, 맙소사! 톱 드레스라서 그런지 속옷이 보이지 않았다. 그래도 몸에 두 개는 걸쳤으니까. 그렇게 스스로를 위로해봤지만, 술에 취해 한 발칙한 행동들이 선명하게 뇌리에서 리플레이가 되었다.

"내가 미쳤지, 미쳤어!"

그녀는 토끼 머리띠를 빼버릴 생각도 못 한 채, 발을 동동 굴렀다. 술이 원수였다.

─제아 씨, 오늘 사장님 껌뻑 죽게 만들어주자.

술기운에 취해 뭐를 거절하고 반박하고 할 만한 게 없었다. 그저 시키는 대로, 입히는 대로 모두 오케이 오케이.

"설마 오빠가 날 취향 특이한 변녀로 보진 않았겠지?"

그나저나 도준은 들어왔을까? 기억을 쥐어짜봤지만 그의 집까지 비서들에게 오픈한 이후의 기억이 없었다. 사람 미치고 환장할 정도로. 차라리 아직 안들어왔으면 좋겠는데.

침실 문을 연 제아는 코트가 있을 드레스룸으로 살금살금 걸음을 내디뎠다.

청소를 너무 잘해놨어! 반질반질한 대리석 바닥에 얇은 스타킹을 신은 발이 미끄러질까 봐 바닥에 시선을 고정하며 걸었다. 그런데 몇 걸음 걷기도 전에 정수리에 단단하고 따스한 무언가가 닿았다.

긴장감에 침을 꿀꺽 삼키며 고개를 든 순간, 너무 놀라 벌러덩 넘어지려는 제아를 도준이 민첩하게 잡아주었다. 젖은 머리, 젖은 얼굴, 젖은 눈빛……. 온통 젖은 도준이 그녀를 품에 안은 채 내려다보고 있었다. 헐렁한 바지만 입은 채 상체를 매끈히 드러낸 도준의 살갗에서 따스한 온기가 아찔하게 뿜어져 나온다.

"하, 하하하. 안녕…… 오빠."

어색하게 인사를 건네보지만.

"난 안녕 못한데."

"아아, 왜……?"

"술에 취해 육탄전으로 덤벼들었던 거, 기억 안 나?"

아, 역시 오빠는 이런 걸 싫어하는 거였어! 불만 가득 어린 그 말투에 제아의 심장이 거칠게 피치를 올렸다. 제아를 가뿐히 안아 올린 도준이 카우치 소파에 그녀를 앉혔다.

얼떨결에 다소곳하게 앉기는 했지만, 이 망할 토끼 머리띠와 변녀 같은 옷차림 때문에 아주아주 불편했다. 눈 마주치는 것도 민망해서 시선을 바닥에 고정했지만 허벅지에 걸려 있는 가터벨트가 또 거슬렸다. 최대한 손으로 가려봤지만 그게 가려질 리가 있나.

제아가 기억하는 한도준은 몸으로 덤벼드는 여자들을 무척 싫어했다. 그런데 술에 취해 이런 차림으로 육탄전을 하다니.

"있잖아, 오빠. 술이란 게 사람을 이상하게 만들더라고."

살그머니 고개를 들자 소파에 몸을 느른하게 기댄 도준이 찌르듯이 그녀를 응시하고 있었다. 머리끝부터 발끝까지 작품 감상하듯이.

"나도 맨정신이었으면, 이런 옷…… 안 입었거든."

그런데 도준이 그답지 않게 뻔뻔할 정도로 씨익 웃었다. 입꼬리를 비틀리며 웃는 게 섹시하다는 거, 본인은 절대 모르겠지. 볼 때마다 적응 안 되는 요요한 미모다, 정말.

"생일 선물이…… 끝내주네."

"……!"

말뜻을 알아차린 제아의 얼굴이 화르륵 달아올랐다.

자, 잠깐! 불현듯 뇌리에서 끊기듯이 떠오르는 기억.

―생일 선물, 끝내주지?

옆구리에 있는 지퍼에 그의 손을 끌어다 대주었던 것까지. 내가 정말…… 미친 광견이 되었었구나. 쥐구멍이라도 있다면 숨고 싶었다. 창피해서 고개를 들 수가 없었다. 벌떡 일어나 줄행랑을 치려던 제아는 어느새 도준의 품에 안겨 있었다. 얇은 속옷만을 사이에 두고 엉덩이에 닿는 그의 단단한 허벅지 근육에 제아의 몸이 파르르 떨림을 머금었다.

"선물, 내가 풀어보지도 않았는데."

조금은 짓궂은 그의 말투.

"어딜 도망가."

"잘못했어! 진짜 잘못…… 읍!"

당황한 듯 횡설수설하던 입술이 막혀버렸다. 곧이어 소파의 팔걸이에 얼굴이 닿고 그의 뜨거운 숨이 오소소 소름이 돋을 만큼 목덜미와 등에 쏟아진다. 사라락, 사라락…… 선물이 풀어져 나갈수록 맨살에 닿는 가죽 소파의 감촉이 오묘했다. 엎치락뒤치락, 소파에서 한동안 열뜬 움직임이 이어졌다.

달뜬 숨을 흘리며 목을 뒤로 젖힌 제아의 눈이 전면 유리창에 박혔다. 어두운 밤하늘에서 새하얀 눈꽃들이 흐드러지게 흩날리고 있었다.

열뜬 몸과 혼몽해진 시야로 바라보는 고층의 풍경은 참 매혹적이었다. 돈 있는 사람들이 왜 펜트하우스를 고집하는지 알 것 같았다.

그 풍경이 어느새 그녀의 시야에서 깨끗하게 사라져버렸다. 뒤에서 다시 덮치듯이 도준이 제아를 공격해온 것이다.

"선물, 아주 천천히 풀어볼 거야."

그가 그녀를 사랑하는 방식

아찔한 하룻밤을 보낸 제아는 또 다른 의미로 잔뜩 긴장한 채 출근을 했다. 오늘부터 새롭게 꾸려진 특별 전략 기획팀에서 일을 하게 된 것이다. 물론 사무실은 여전히 비서실과 나란히, 도준과 같은 층에서 일하게 되었지만.

'내가 그 막중한 자리를 잘 지켜낼 수 있을까.'

고속 승진을 했다는 기쁨이나 기대감보다 걱정이 먼저 앞섰다. 그런데 출근을 한 그녀를 뜻밖의 인물들이 반겼다.

"현영이 네가 특별 전략 기획팀으로 발령 났다고?"

온갖 무시에도 불구하고 제일 어패럴에서 버티게 해준 직장 동료 현영이 같은 팀일 줄이야.

"현영이 너 혹시……."

가만가만 생각을 더듬던 제아는 이내 실없이 웃어버렸다.

설마 현영까지 도준의 사람일 리는 없겠지. 너무 멀리까지 생각한 것 같다.

제아의 머릿속을 들여다본 듯 현영이 생긋 웃었다.

"문 팀장이 생각하는 거 맞는데?"

"……내가 생각하는 거?"

"나 한 사장님 사람이야. 한 사장님 지시로 온라인 기획팀에 입사한 거구."

제아의 입이 딱 벌어졌다.

"맙소사."

너무 놀라 아무 말도 못하는 제아를 보며 현영은 그저 웃을 뿐이었다. 하지만 그 미소가 뜻하는 바를 알기에 제아는 기가 막혔다. 대체 도준은 언제부터 그녀의 인생에 그렇게 철저하게 손을 뻗고 있었던 걸까. 하지만 그게 끝이 아니었다.

"좋은 아침입니다!"

모델 포스로 매끈하게 정장을 소화한 남자가 로비로 들어서자 제아는 쓰러질 지경이었다.

"한지로 너는 또 왜?"

"앗, 문 팀장님? 오늘 새로 특별 전략 기획팀에 입사한 신참 한지로라고 합니다!"

장난스럽게 웃으며 고개까지 꾸벅 숙이는 지로의 손목을 잡고 제아는 비상 계단으로 내달렸다.

"네가 왜 여기 있어?"

"말 그대로야. 나 제일 어패럴에 입사했거든."

"누구 맘대로?"

"들어오는 건 한강훈이 힘써줬고, 누구 마음대로라. 뭐, 도준 선배 마음대로?"

잘생긴 입꼬리를 비틀며 웃는 지로를 제아는 기가 막힌 눈으로 바라보았다. 새롭게 구성되는 특별 전략 기획팀의 팀원은 일급 기밀이었다. 출근 당일에야 알 수 있다고 한 이유가 바로 이거였던 것이다. 기존에 전략 기획팀이 있는데도 도준이 제 사람들로 채용한 특별 전략 기획팀이라 그럴 수도 있겠다 대수롭지 않게 넘겼는데, 이런 꿍꿍이가 있었을 줄이야. 그래도 그렇지.

"한지로, 너도 이제 우리 오빠한테 확 넘어간 거야?"

"넘어간 게 아니야. 각자의 이유 때문에 잠시 동맹을 맺은 거거든?"

뭔 소리냐는 듯 쳐다보는 제아를 보며 지로는 그저 씁쓸하게 웃을 뿐이었다.

얼마 전 도준이 갑자기 지로를 찾아왔다.

"한강훈과 나의 진짜 관계, 넌 알고 있겠지?"

강훈은 지로의 외할아버지가 외도해서 낳은 딸 정선의 자식이었다. 사랑받으면서 당당하게 자란 제 어머니와 다르게 꽁꽁 숨은 채 자라야 했고 정선의 아들도 똑같았다. 왜 하필 유부남의 아들을 임신한 걸까. 정선은 지병으로 젊은 나이에 세상을 떠났지만 강훈은 친아버지 덕에 지금 완벽하게 제일 그룹의 손자 노릇을 하고 있었다. 결론을 말하자면 실상은 피한 방울 안 섞인 손자들이 제일가 후계자 자리를 놓고 경쟁을 하는 것이었다. 그러니 사이가 좋을 리가 없었다.

"하고 싶은 말이나 해요. 선배 얼굴 보는 거 썩 좋지는 않으니까."

"나와 같이 일해보는 건 어때?"

"풉!"

신경질적으로 물을 들이키던 지로의 입에서 물이 뿜어져 나왔다. 그는 미친놈 보듯이 도준을 보았다.

"내가 그 정도로 막돼먹은 새긴 줄 아나."

"……."

"선배 뒤통수를 쳤음 쳤지, 강훈 형 뒤통수치는 짓은 안 합니다."

그때 도준이 서류 봉투를 툭, 던졌다.

"서류나 보고 대답하지 그래."

마지못해 서류를 본 지로의 날카로운 눈꼬리가 실룩거렸다. 탄탄한 중소기업을 운영하는 지로의 부모님 사업이 부도 직전까지 간 적이 있었다. 투명 경영을 한 탓에 주주와 직원들이 믿고 뜻을 모아 기다려주었고 덕분에 위기는 모면했다.

그런데 제 부모님 회사를 부도로 몰아갔던 배후가 강훈일 줄이야. 그리고 또 은밀하게 뒷작업을 하고 있었다. 요즘 부모님의 한숨 소리가 부쩍 늘었다 했더니 강훈이 제 어머니의 복수를 하려는 것이었다. 아, 이 개새끼, 진짜.

바닥에 침을 '퉤' 뱉은 지로는 신경질적으로 서류를 던져버렸다.

꽉 다물린 잇새 사이로 살벌한 한마디가 흘러나왔다.

"나 책상머리에 앉아서 하는 건 딱 질색인데."

"나도 너한테 그런 건 바라지 않아."

아쉬워서 찾아온 놈이 더럽게 기분 나쁘게 말하네. 지로의 눈썹이 휙, 치켜 올라갔다.

"한강훈을 찾아가서 제아에 대한 마음을 털어놔."

"……선배, 미친 거죠?"

"마음속으로 했던 내 욕도 한강훈에게 실컷 하고. 가감할 필요 없이 생각했던 그대로."

그에게 엄청난 쌍욕을 퍼부었다는 걸 아는 모양이다. 지로는 괜히 헛기침을 흘렸다. 테이블 위로 몸을 기울인 도준이 나직하게 제 계획을 털어놓았다. 그 이야기를 찬찬히 듣고 있던 지로의 단순했던 머릿속이 탁 트였다. 천재와 둔재의 차이를 지로는 도준을 보면서 절실히 느꼈다. 한도준의 머릿속을 들여다보고 싶을 정도로.

"그렇게 붙어 지내다가 제아랑 나랑 붙어먹으면 어쩌려고. 남녀 사이는 모르는 거 아닌가."

갑자기 도준이 시니컬한 미소를 짓는다. 오만함의 끝을 찌르는 자신감, 붉은 입술이 팽팽하게 휘어지는 게 남자가 봐도 꽤 요요한 미소였다. 생긴 건 진짜 끝내준다, 아무리 봐도. 게다가 머리까지 똑똑하니. 우리 제아가 넘어갈 만하잖아.

아, 빌어먹을. 기분이 또 바닥을 친다.

"그럴 일은 없어."

"하아, 자신감 끝내주네요."

거절할 수 없는 제안. 결국 지로는 짜증스럽게 버럭 소리를 질렀다.

"……내가 얻는 게 없잖습니까!"

도준이 느른하게 몸을 뒤로 기댔다.

"너는 네 부모님이 당한 만큼 한강훈한테 되돌려줄 수 없잖아. 당하고 있을 성격도 못 되고. 그거 내가 해준다고."

요점만 정확하게 치고 들어오는 도준은 거침이 없었다. 오만하고 당당했다.

"한강훈, 그리고 한태영. 내가 무너뜨려."

그런 남자가 약속을 하고.

"그러니까 한지로. 제아 좀 부탁한다."

어울리지도 않는, 뜻밖의 부탁을 한다. 도저히 거부할 수 없게.

"내가 없을 때. 그리고 한강훈이 방심하게 만들어."

사랑 앞에선 이 오만한 남자도 결국은 무릎을 꿇는다.

이 새끼는 사랑하는 것도, 짜증나게 멋있네.

회상을 마친 지로는 버릇처럼 신경질적으로 짧은 머리칼을 툭툭, 털었다.

"말하자면 길어. 뭐 요점만 말하자면, 선배가 짜증나게도 날 믿나 보더라고."

그런데 제아가 눈을 가늘게 뜨며 그를 빤히 본다.

"한지로 너, 스파이지?"

"아, 또 무슨 개소리야."

"네가 우리 오빠 말 들을 성격이야? 서로 못 잡아먹어 안달이면서? 한 이사가 네 사촌 형이랬잖아? 때리기 전에 이실직고 안 해?"

지로가 답답하다는 표정을 지었다.

"야야! 지금 제일 그룹 후계자 싸움이 치열해! 너랑 온종일 붙어 있을 수 없으니까 나한테 부탁한 거잖아! 그리고 나 그 사촌 형이라는 새끼 겁나 싫어하거든?"

"⋯⋯내가 어떻게 믿어 널?"

"야! 너 내가 성질은 더러워도 거짓말하는 거 봤냐? 완전 서운하다?"

"한지로, 미안해."

그제야 제아가 의심한 것에 대해 사과했다.

"여튼 문 팀장님, 난 사원을 가장한 네 경호원이니까 나한테 일 시킬 생각하지 마라. 컴퓨터 다루는 거 세상에서 내가 가장 싫어하는 것 중 하나라는 거 알지?"

"근데 너 진짜 괜찮아? 나 때문에 괜히 사촌 형이랑⋯⋯."

"방금 말했잖아. 나 이제 그 새끼 겁나 싫어한다고. 그 새끼한테 갚을 빚이 있는데 선배가 대신 갚아준대. 그래서 오케이

했을 뿐이야."

지로의 살벌한 표정에선 조금의 거짓도 느껴지지 않았다. 비틀린 입술 사이로 새어 나온 지로의 중얼거림이 제아의 귓가를 나직하게 긁어내렸다.

"한강훈 그 새끼 무너지는 꼴, 내가 꼭 보고야 만다."

연희는 오후에 있을 자원봉사를 위해 숍 안 프라이빗 룸에서 컬을 말고 있었다. 그때 문이 벌컥 열리면서 도준이 들이닥쳤다. 한겨울의 호수처럼 얼어붙은 아들의 표정에 연희가 우아하게 손짓을 했다. 아들이 들이닥친 이유를 알고 있는 눈치였다.

숍 직원들이 조심히 자리를 비켜주자마자 도준이 신경질적으로 쏘아붙였다.

"어머니, 필요도 없는 그 집 사서 뭐 하시려는 겁니까?"

"흔적도 없이 부숴버릴 거다. 잡초가 돋아나는 공터로 놔둘 거야."

그 집을 지켜서 돌려주려는 도준과 달리 연희는 그 집을 사서 부숴버리겠다는 것이다.

"대체…… 왜 이렇게까지 하세요? 그분들이 무슨 죄를 그렇게 지었다고. 저를 거두고 키워주신 게 그렇게 죽을죄를 지은 겁니까?"

아들의 목소리가 떨리는 걸 연희는 처음 들었다. 기쁠 줄 알았다. 단 한 번도 부서지지 않은 아들의 얼음 막에 금이 가는 걸 보게 되면. 그런데 이상하게 명치를 툭툭 건드리는 불쾌감에 연희는 다시 입을 열었다.

"최윤영 그 여자. 널 거두어들인 죄보다 더 큰 죄를 내게 지었어."

낳아준 어미로서 아들이 하고 있는 최소한의 오해는 풀어주기로 했다.

"그 여자만 아니었으면 어쩌면 내가 널 미워할 일이 없었을지도 모르지."

내가 제일 미워하고 원망하는 건 도준이 네가 아니라 그 여자라고.

"모든 게 그 여자 탓이야. 네 아빠랑 같이 여동생인 척 속이면서…… 뒤에서 그 짓을 했거든."

더러운 그 짓의 결과가 바로 문제아란 그 여자 딸이고.

"굳이 탓을 하자면 나와 네가 그 남자에게 버림받은 건 다 그 여자 때문이었어. 그 남자 푼돈인 사망 보험금도 그들이 가져갔고 그 돈으로 사들인 집이 바로 그 집이야. 원래는 내가 가져야 할 것들. 그러니 당연히 내가 찾아야 하는 거 아니겠니?"

둘의 사랑이 더 커지고 커져야 그만큼 상처를 받을 테니까. 그 여자도, 그 여자의 딸도.

"네가 그 여자의 딸과 헤어진다면, 내가 이 복수를 그만둘지도 모르지."

연희로선 지극히 충동적으로 뱉어낸 말이었다. 말하고도 스스로 놀랐을 만큼.

"도준아."

폭풍 전야 같은 긴장감 속, 어머니와 아들의 눈빛이 격렬하게 충돌했다.

"나를 위해서, 그 여자 딸과 헤어져주겠니?"

지독한 복수에서 벗어나고 싶은 본능적인 바람인 걸까. 아니면 이미 이 세상 사람이 아닌 그 사람 때문에 지쳐버린 마음인 걸까. 누군가 한 명쯤은 복수심에 타들어가는 자신을 말려줬으면 하고 바란 걸지도. 하지만 그런 연희를 응시하는 도준의 눈빛은 싸늘했다.

"어머니 노릇 하실 거였으면 더 빨리 하지 그러셨어요."

제아와 제가 만나기 전에요. 그 말까진 하지 않았다. 느닷없이 가련한 여주인공처럼 나온다고 한들 그 진심이 통할까. 어차피 진심도 아니겠지만.

"그 집을 사서 부수든 말든 마음대로 하세요. 계속 그분들을 속이고 빼앗으세요. 누가 이기나 한번 해보시죠, 어머니."

연희는 차분하게 눈을 내리깔고 있었다. 그래서 지금 제 어머니가 어떤 눈을 하고 있는지, 도준은 알 수 없었다. 궁금하지도 않았고. 미련 없이 제아를 선택하고 돌아서는 도준의 뒤로 연희가 날카롭게 쏘아붙였다.

"네게 그렇게 흥청망청 쓰는 돈이 다 누구 거라 생각하니?"

도준은 천천히 돌아섰다. 그러고는 연희의 코앞까지 다가와 몸을 숙여 얼굴을 가까이했다.

"어머니가 제게 대가 없이 뭘 주신 적 있습니까? 제 기억엔 대가를 모두 치른 걸로 기억하는데."

새까만 머리칼과 달리 붉은빛이 감도는 것 같은 눈동자는 그 남자를 쏙, 빼닮았다. 아련하게 떠오르는 기억에 연희는 고개를 틀어버렸다.

"그래도 어머니보다는 아버지란 사람이 낫다는 생각이 듭니다. 아버지는 마지막에 양심은 지키셨으니까요. 어머니와 헤어지는 대가로 한 회장님께 받은 돈을 쓰지 않고 제 앞으로 해 놓으셨다고 하더군요."

"뭐, 뭐라고?"

처음 듣는 소리인지 연희의 눈이 커다래졌다.

"액수는 얼마 안 되니 기대하지 마십시오. 한 회장님이 보유하신 재력에 비하면 티끌만도 못한 액수이니. 어찌 되었든 누구의 유전자를 물려받았는지 몰라도 제가 워낙 똑똑하지 않습니까?"

"……!"

"어머니가 버린 아들이 돈 불리는 재주도 아주 뛰어납니다."

부동산을 들렀다가 집으로 향하는 윤영은 꽤 신이 나 있었다. 집을 내놓자마자 사겠다는 사람들이 나타난 것이다. 그것도 기존 시세보다 훨씬 더 높은 금액으로 말이다. 빚을 갚고도 몇천만 원은 남는다는 생각에 희망이라는 게 생겼다. 김 씨가 좀 더 액수를 올려볼 테니 기다려보라고 해서 우선은 알았다고 했다.

거실과 현관문 앞의 전구가 나가서 전구까지 사서 대문 안으로 들어서는 윤영이 작게 중얼거렸다.

"혹시 재개발 들어가는 거 아냐?"

가만히 생각해보니 맞은편에 있던 집 세 채를 나란히 사들여서 허물고 지은 고가의 집도 그렇고. 만약 재개발이 들어가는 거라면 좀 더 버텨야 하는데.

마음이 급해진 윤영은 윤식이 들어오면 그 빚을 언제까지 갚아야 하는지 정확히 캐물으리라 마음먹었다.

"전구를 갈아야 하는데."

마지못해 의자를 질질 끌고 나오는데 초인종 소리가 들리고 동시에 벼룩이가 마구 짖어댔다.

"대문 열렸으니까 그냥 들어와!"

택배인가 보다. 어차피 택배 기사인 용수도 건너 건너 알고 있는 미자네 아들이니.

"용수야, 마침 잘 왔다! 아줌마네 현관문 전구 좀……."

몸을 튼 윤영은 석상처럼 굳어버렸다. 대문 안으로 천천히 들어서는 남자는 건너 건너 사는 미자의 아들 용수가 아니었다. 양손 가득 들고 있던 선물 세트를 내려놓은 도준이 윤영의 코앞까지 다가왔다. 말없이 전구를 가져가려 했지만 윤영이 주지 않으려고 손에 힘을 줬다.

"어머니 전구 가는 거 무서워하시잖아요."

그 한마디에 윤영의 손에서 스르륵, 힘이 빠졌다. 그제야 전구를 들고 의자에 오른 도준이 능숙하게 전구를 교체했다. 어두웠던 마당이 환해졌다. 새 전구가 하나 더 있는 걸 발견한 도준이 물었다.

"전구 나간 곳이 또 어디예요."

"거실이지만 안 해줘도……."

하지만 도준은 이미 현관문 안으로 들어선 후였다. 전구를 다 갈고 나자 집안이 환해졌다.

"차 한 잔…… 마실래?"

"주시면요."

모락모락 김이 나는 수제 생강 레몬차가 앞에 놓이자 도준이 덤덤하게 입을 열었다.

"한국 들어온 지는 꽤 되었는데 이제야 찾아왔어요. 죄송합니다."

"아, 아니다!"

격하게 손사래를 치는 윤영의 눈이 조심스럽게 도준을 살핀다. 키도 더 자란 것 같고 더 잘생겨진 것 같고. 무엇보다 전신에서 풍기는 아우라가 마치 재벌 3세처럼 고급스러웠다.

"밥도 잘 먹고 잘 지냈나 보구나……. 보기 좋구나. 걱정했었는데."

해야 할 말만 하는 가감 없는 성격인지라, 도준은 단도직입적으로 용건을 말했다. 그게 아니었다면 모든 일을 마무리한 후에 찾아왔을 것이다.

"집 내놓으셨다면서요?"

"그걸 네가 어떻게……."

"돈 많이 급하시죠?"

살짝 치켜뜬 윤영의 커다란 눈을 보고 있으려니 도준은 제아가 떠올랐다.

"그 돈 제가 드린다고 하면 받으실 생각 있으세요?"

"이준아, 나도 양심은 있어. 너에게 도움 받은 건 한 번이면 족해."

"이 집 사겠다는 사람이 저랑 제 어머니입니다."

윤영은 이해가 가지 않는 표정이었다.

"이런 누추한 집을 사서 뭐하겠다고."

"어머니는 사서 이 집을 부수려 하고. 저는 이 집을 사서 돌려드리려고 합니다."

무릎 위에 놓인 윤영의 손에 바짝 힘이 들어갔다.

"제 돈 받는 게 부담스러우시면. 이 집 저에게 파세요. 명의만 제 이름일 뿐 지금처럼 그냥 쭉 사시면 돼요."

"……."

"그게 아니면. 어머니와 제가 경쟁해서 최고가에 이 집을 팔길 원하시는 겁니까?"

침묵을 유지하던 윤영이 차분하게 떨리는 시선을 들어 도준을 응시했다.

"이준아, 너 우리에게 할 만큼 했어. 이 집을 못 지켜서 네 어머니가 부순다고 해도 그건 우리 일이야."

"……."

"이제 더 이상 우리 가족에게 책임감 같은 거 느끼지 마라. 넌 더 이상 우리 식구도, 내 아들도 아니야. 완벽하게 남이잖니. 넌 이제 너만 잘 살면 돼."

"아들 대신……."

도도하게 내리깔았던 눈을 든 도준의 짙은 눈동자가 윤영을 뚫어지게 바라보았다.

"아들 같은 사위는 안 되겠습니까?"

마지막 말에 윤영은 숨이 탁 막히는 기분이었다.

"뭐, 뭐라고?"

"제아 때문에 돌아왔어요. 제아를 너무 사랑해서. 너무 못 잊어서."

무릎 위에 놓인 윤영의 손가락 마디마디가 새하얘질 정도로 힘이 들어갔다.

"어머닌 이미 알고 계셨잖아요. 제가 제아를 어떻게 생각하고 있는지. 그래서 절 경계하신 것도."

"너무 갑작스러워서·내가 지금…… 머릿속이 너무 혼란스럽구나."

"오늘 당장 대답 들으려고 온 거 아니에요. 오늘은 순수하게 집 때문에 들른 겁니다."

조용히 일어난 도준이 테이블 위에 명함을 올려놓았다.

"집에 대한 건 생각해보시고 연락 주세요. 그리고 저에 대해서도 생각 한 번 해주세요, 어머니."

도준이 조용히 사라진 후 윤영의 시선이 테이블 위에 놓인 골드 명함에 박혔다. 떨리는 손끝이 명함을 드는 순간, 어질어질 현기증이 난 윤영은 바닥에 주저앉아버렸다.

> **제일 어패럴**
> **대표이사 한도준**

불안함이 현실이 되는 순간이었다.

화연은 식사를 하면서 조심스럽게 할아버지인 중용에게 말을 꺼냈다.

"그 남자, 여성 편력이 좀 심한 것 같아요. 일리안이라는 여자에 레이나 킴이라는 조선 호텔 상속녀까지."

중용이 태연하게 화연의 말을 가로막았다.

"그 외모에 능력과 재력까지 겸비한 남자다. 그 정돈 감수해야지."

틀린 말은 아닌지라 화연은 입을 꾹 다물었다. 하지만 일리안과 레이나 킴 모두 알아주는 재벌가의 레이디였다. 그럼에도 그 남자는 어떤 여자도 공식적으로 드러내지도 인정하지도 않고 있다. 설마 나랑도 그래놓고 입 싹 닦으면 어쩌지?

"하지만 할아버지."

"남자는 잡히지 않는 바람이야. 수많은 것들을 스쳐서 제자리로 돌아오는 바람 말이다. 한 사장에게 사랑은 바라지 마라. 제일 그룹 후계자의 안주인은 화연이 너일 테니."

그제야 화연은 제 외할아버지가 어떤 사람인지를 떠올렸다. 대통령 직에서 물러난 지 수십 년이 흘렀지만, 모든 권력은 여전히 제 손에 틀어쥐고 있는 노장이었다. 어차피 정략 결혼할 거 사랑은 사치일 뿐.

"그런데 할아버지, 그 약 진짜 그쪽으로 효과 확실한 거예요?"

"넌 상황만 그렇게 몰아가면 된다. 이후는 이 할아비가 알아서 할 테니."

"어떻게 하시려구요? 요즘 남자들은 여자랑 잠 한 번 잤다고 책임지고 그러지 않아요."

그래도 화연이 불안한 듯 칭얼거리자 중용은 사람 좋은 웃음을 허허, 하고 흘렸다. 제 외손녀가 어지간히도 그 남자가 가지고 싶나보다. 이렇게도 날 못 믿고 불안해하는 걸 보니.

"넌 그런 여자가 아니지 않냐."

"……?"

"감히 나 박중용의 하나뿐인 손녀를 건드려놓고 나 몰라라 할 순 없지. 암, 그렇고말고."

한도준은 화연뿐만이 아니라 중용 자신도 탐이 나는 인재였다. 지금은 후계자 자리에 연연하고 있지만, 재계라는 우물보다 정계라는 드넓은 바다를 보도록 시야를 터주면 될 일. 시작이 비틀어지면 어떤가. 그 비틀어짐을 맞출 권력이란 걸 가지고 있는데.

화연과의 식사를 마친 중용은 윤 비서를 불렀다.

"제일 어패럴 한도준 사장이랑 조선 호텔에서 자리 한 번 마련하도록 해."

"알겠습니다."

"하나부터 열까지 착오 없이 진행하도록 해. 만만치 않은 이니까."

윤영이 도준에게 전화를 한 건 바쁜 일정 때문에 회사도 들르지 못한 채 다음 장소로 이동하던 때였다. 점심 먹을 시간을 반납하면 30분 정도의 여유가 있었다. 회사 근처 커피숍으로 들어가자 윤영이 구석에 자리를 잡고 앉아 있었다. 먼저 전화를 했음에도 아무 말도 못하는 윤영을 보던 도준이 먼저 말문을 터주었다.

"집에 대한 건 생각해보셨어요?"

"그 집이 부서지는 한이 있더라도…… 네 도움은 받지 못하겠구나. 마음만 고맙게 받을게."

"그 돈을 빌미로 제가 채권자처럼 제아에 대한 소유권을 주장할까 봐 그러세요?"

"이준아, 나는 널 내 사위로 받아들일 수 없어. 미안하다."

그토록 아니길 바랐건만, 역시나 예상은 빗나가지 않았다. 그렇다고 접을 마음이었으면 시작도 하지 않았다. 하지만 이유는 듣고 싶었다. 왜 나는 안 되는지.

"이유가 뭐죠?"

달달달 떨리는 윤영의 손이 드문드문 하얀 머리가 섞인 귀밑머리를 넘긴다.

"나는 내 딸이 행복했으면 좋겠어. 하지만 너와는 행복할 수가 없잖니. 너야 그렇다 처도. 모든 걸 말할 순 없지만 네 어머니와 우리가 그렇게 좋은 인연은……."

"압니다."

"……안다고? 그런데도…… 내게 그런 말을 한 거니?"

"어떤 과거가 있었는지 자세히는 모르지만 그건 어른들의 지난 일입니다. 저와 제아까지 부모의 과거에 연연할 필요 없다고 생각해요."

윤영의 얼굴이 확 달아올랐다.

"그것 때문에 내 딸이 불행하다면 난 연연할 거다! 무슨 일이 있어도 내 딸 지킬 거야! 그러니 제아는 제발 건들지 말아 줘. 내가 이렇게 부탁할게, 이준아. 응?"

"제아도 저와 같은 마음이에요. 그리고 어머니가 반대하셔도 제아 흔들리지 않을 겁니다."

"······뭐? 너 설마, 10년 전 일을 말한 거니?"

"하지 않았어요. 그리고 앞으로도 말할 생각 없습니다."

윤영이 다시 무슨 말을 하려 하는 순간, 도준이 손목시계를 확인하며 자리에서 일어났다.

"죄송해요, 스케줄 때문에 먼저 일어나봐야 합니다."

"그, 그래. 내가 바쁜 사람 시간을 빼앗았구나."

돌아서서 나가려던 도준이 마음에 걸리는지 다시 윤영을 향해 돌아서서 봉투를 내민다. 그 안에 뭐가 들었을지 알기에 윤영이 정색을 했다.

"돈은 됐······."

"개인적인 자존심 세우지 마시고 어머니의 자존심을 지키세요. 그러면 제 돈 받으실 수 있을 거예요. 자존심이 밥 먹여주는 거 아니니까. 내 가족을 지킬 수 있으니까. 그리고 난 엄마니까. 10년 전에도 힘들어하셨지만 결국 그러셨잖아요."

윤영은 순간 뜨끔했다. 10년 전, 그녀라고 아들같이 키웠던 그를 팔아먹듯이 보내는 게 쉽진 않았다. 하지만 결국은 가족을 살리기 위해, 필요한 돈을 마련하기 위해 독하게 마음먹었다. 연희와 통화를 끝낸 후 혼자 계속해서 스스로에게 중얼거리며 주문을 걸 듯 며칠 내내 되새긴 그 말을 그가 어떻게 들은 걸까.

"그 돈 받고 그 집 지키세요. 그래야 제아가 힘들어하지 않을 테니까. 그 집 지키실 분, 어머니 말고 없어요."

그 한마디에 윤영의 손이 저절로 봉투를 집어 들었다.

"저와 만난 것도, 제 돈 받은 것도. 제아에게는 비밀로 하시는 게 좋을 겁니다. 제가 아닌 제아를 위해서요."

그제야 도준은 사라졌고 덩그러니 혼자 남은 윤영은 지끈거리는 두통에 가만히 눈을 감았다.

"재경 오빠, 나한테 왜 이러는 거예요. 왜 내 딸까지……."

"대체 내가 모르는 게 뭐야?"

깜짝 놀라 눈을 떠니 호락호락 물러날 마음이 없는 듯, 단호한 표정으로 제 앞에 앉아 있는 딸의 모습이 보였다.

경리 팀에 들러 사내 대출을 알아본 제아였다. 1%의 저금리로 1억까지 가능하다는 말에 얼마나 기뻤는지. 들뜬 마음에 비서 팀과 전략 기획팀에 돌릴 커피를 사러 나왔다가 우연히 커피숍에 앉아 있는 윤영을 보았다. 휴대 전화를 놔두고 온 걸 떠올리며 윤영에게 가서 기쁜 소식을 전해주려던 걸음이 멈추었다.

자신보다 먼저 윤영의 앞에 앉는 남자는 바로 도준이었다. 대화 내용은 들리지 않았지만 분명 둘 사이에 자신이 모르는 무언가가 있다는 건 직감으로 알 수 있었다.

"엄마 정말 이러기야?"

하지만 끝까지 고집스럽게 입을 다물고 있는 윤영을 보고 있노라니 절로 한숨이 나왔다.

"오빠랑 무슨 이야기했냐고? 언제부터 둘이 그렇게 만나고 있었던 거야?"

"그러는 너야말로 왜 이준이가 돌아왔다고 엄마한테 말을 안 했어? 사장이 이준이란 것도!"

순간 뜨끔하긴 했지만 제아도 밀리지 않았다.

"말하려고 했었어! 근데 오빠에 대한 운만 띄우면 엄마가 질 색했잖아. 그런데 어떻게 말해?"

"그래도 말했어야지! 너 얼른 다 말해. 이준이랑 지금 무슨 짓 하고 있는 거야?"

"내 대답 듣고 싶으면 엄마가 먼저 말해줘."

"할 말 없어!"

"말하기 싫다 이거지? 그럼 나도 말 안 해."

씩씩거리는 두 모녀 사이에 양보 없는 팽팽한 긴장감이 감돌았다. 그 긴장감을 먼저 깬 건 제아였다.

"1억 사내 대출 받을 거야. 금리도 1%대라서 저렴해서 감당할 만해. 그러니까 집 때문에 아빠한테 뭐라고 하지 마. 그리고 나 지금 오빠랑 연애하고 있어."

"뭐, 뭐라고? 제아 너 미쳤어? 미쳤냐고? 어떻게!"

드디어 잠겨 있던 윤영의 입이 뻥하고 뚫렸다.

"옛날에 너랑 서류상 오빠였다. 부잣집 남자라서 안 된다. 이딴 말로 나 말릴 생각은 하지 마."

"문제아!"

"나 주제 파악할 줄도 알고 부모님이 반대하는 결혼을 할 만큼 불효녀도 아니야. 엄마 딸 지킬 건 지킨다구."

잔뜩 성이 난 윤영의 눈동자와 의외로 차분한 제아의 눈동자가 충돌했다. 하지만 어차피 도준과 시작했을 때부터 각오한 일이었다. 조금 예상하지 못한 순간으로 다가왔을 뿐.

"그 대신 오빠랑 연애하는 것까지 뭐라고 하진 마. 그것마저 못하게 하면 나 콱 죽어버릴 테니까."

제아의 말은 곧 선언이고 협박이었다. 내가 널 어떻게 키웠는데! 윤영의 눈에서 번쩍 불이 들어왔다. 벌떡 일어난 윤영이 제아의 등짝에 강스매싱을 날렸다.

"이것이 엄마 앞에서 어딜 죽는단 소리를 해? 그것도 불효인 거 몰라?"

"그럼 막무가내로 안 된다고 하지 말고 말을 해주던지! 대체 내가 모르는 게 뭔데? 엄마가 그렇게 이뻐하던 아들이 사위가 안 되는 이유가 뭐냐구!"

"……!"

"봐봐. 또 말 못 하잖아. 나랑 오빠 끝나는 거 보고 싶으면 내가 납득할 만한 이유를 대. 오빠가 진짜 내 친오빠거나, 그게 아니면 나와 오빠가 연애도 하면 안 될 만큼 서로 원수 집안이거나, 그 정도 이유 아니면 나 말리지 말고 지켜봐. 엄마 딸 막무가내 아니니까."

제아가 예시를 든 게 하필이도 모두 윤영의 정곡을 제대로 찔러버렸다. 아무리 죄인이라도 자식 앞에서 제 죄를 들춰내기 싫은 게 바로 부모였으니까.

"나 들어가봐야 해. 엄마, 조심히 들어가."

그 속을 알 리 없는 제아는 윤영을 홀로 남겨두고 일어났다.

늦은 오후가 되어 회사에 도착했을 때 도준은 꽤 지친 상태였다. 기업인과의 만남은 단순하게 득실 관계만을 따지지만 정치인과의 만남은 눈치 싸움이고 기 싸움이었다.

─한 부회장이 내 편에 서겠다고 하지만 그러기엔 그 노인에게 도움을 너무 받았어. 그만큼 약점 잡힐 게 많다는 뜻이지.

─한 부회장은 내게 있어 제 역할을 제대로 못할 인물이야. 하지만 자넨 달라. 어떤 정치인과 관련되어 있지 않고 깨끗해. 그리고 한 회장님의 하나뿐인 손자이지.

─어떤가, 나를 믿고 내 줄에 서 보는 게. 그 노인 권력이야 시한부 권력인 건 잘 알 테고. 자네가 내 손을 잡는다면 내가 완벽하게 한 부회장을 쳐내주지.

중용에게 내밀 만한 확실한 증거가 만년필 녹음기에 고이 녹음이 되어 재킷 안에 있었다.

이제 남은 건 중용의 선택이었다.

15층 중역실에 도착하자마자 회의가 시작되었다. 완벽하게 제 사람들로 채워진 회의는 길어졌다. 그만큼 민감했고 또 열성적이었다. 예상했던 2년보다 더 기간을 짧게 잡으니 업무의 양이 살인적이었다. 지친 표정으로 회의를 끝내고 앉아 있는 도준에게 인호가 넌지시 말을 했다.

"문 비서가 사내 대출 신청을 했어. 네가 지시한 대로 내일 당장 문 비서 통장에 1억이 입금될 거야."

제아가 그에게 손을 벌리지 않을 걸 알고 조치해놓은 사항이었지만 그럼에도 씁쓸함은 물 밀 듯이 밀려온다. 언제쯤이면 편하게 나에게 기대어줄까. 인호마저 나가고 중역실에 혼자 남은 도준은 몰려드는 피곤함에 잠시 눈을 감았다. 그런데 다시 문이 열리는 소리가 들렸다.

혼자만의 시간을 방해받은 것 같아 도준이 신경질적으로 눈을 떠 의자를 돌리는 순간…….

"오빠 나 보고 싶지도 않아?"

그의 허벅지 위로 가뿐한 무게감이 내려앉았다. 어느새 그의 다리 위에 앉아 목에 팔을 두른 제아가 도준을 내려다보고 있었다. 사랑을 듬뿍 담아서.

"나 혼자 남아서 오빠 기다렸어. 덜 바쁜 내가 이렇게라도 해야 우리 볼 수 있잖아."

투덜거리듯 작게 웅얼거리는 음성도, 보드랍고 따스한 여체도, 산뜻한 향기로움도. 이 모든 게 도준은 그리웠다.

"그런데 이렇게 파김치가 되어서 정신 못 차리고 있으면 내가 신경이 쓰여, 안 쓰여?"

제 여자의 모든 걸 각인하고 있는 몸이 기억을 되살리자 지쳐서 늘어졌던 몸 곳곳의 세포가 바짝 곤두섰다.

"진짜 사람 신경 쓰이게 하는 재주는 타고났다니까."

너야말로, 사람 미치게 하는 재주 타고났잖아. 눈웃음까지 살살 흘리니 도준은 정말 미칠 노릇이었다.

"원래 남자는 자기가 더 사랑하는 여잘 만나고, 여자는 자기를 더 사랑해주는 남자를 만나야 행복하대."

느닷없는 제아의 말에 도준이 의문스럽게 그녈 바라보았다.

"나 있잖아. 바보같이 내가 더 오빠를 많이 사랑한다고 생각했어. 근데 오빠가 날 더 많이 사랑하는 것 같아. 그것도 엄청. 그래서 행복한가 봐."

제아는 사랑을 논하며 진지하지만 도준은 다른 의미에서 진지하다. 저열한 욕구, 내가 이렇게 음탕한 놈이었나, 생각하는 중이었다.

얇은 블라우스 안에 있을 연약하고 보드라운 피부를 기억해낸 손이 미칠 것처럼 간지러워졌다. 단 한 번의 손짓으로 이 블라우스, 찢어버릴 수 있는데.

지분거리는 듯 움직이는 도준의 손길에 제아의 촉각이 예민하게 반응했다. 그가 짙게 각인해놓은 감각들이 얇은 피부 밑에서 들끓었다. 하지만 제아는 아랫입술을 터질 듯이 깨물면서 가까스로 말을 이었다.

"오늘 엄마 만난 거 알아."

은밀하고 끈적이게 움직이던 도준의 손이 정지했다.

"오빠한테 물어볼 게 너무 많은데 안 물어볼래. 묻기 시작하면 끝이 없을 것 같아서."

자신을 향한 도준의 지독한 사랑. 제아는 감히 상상조차 되지 않는다. 자신을 향한 그의 마음처럼. 깊이를 알 수 없고, 정도를 알 수 없이 끝이 없는 심연. 그 심연에 빠져버린 스스로도 이렇게 허우적대고 있으니.

"근데 이건 물어볼래. 생각해보니 단 한 번도 오빠한테 물어본 적이 없더라구."

제아의 손이 단정하게 매어진 도준의 넥타이에 닿았다. 수많은 생각을 하는 머리 때문에 만지작만지작, 넥타이를 타고 흐르는 손끝이 아무 생각 없이 움직였다.

"왜 떠난 거야?"

질문은 단정한데 도준의 셔츠 위를 노니는 무책임한 손끝은 고약할 정도로 아찔했다. 미친놈. 스스로에게 욕이 나왔다. 눈을 내리자 대답을 기다리는 제아가 그를 응시하고 있었다.

티 하나 없이 깨끗한 동공을 보는 순간, 저 맑은 눈이 가득 차오르는 열감으로 혼탁해지는 걸 보고 싶어졌다. 마지막 남은 이성의 끈이 파팟 하고 끊어졌다. 이성을 앞지른 본능의 승리였다. 아직까지 셔츠를 만지작거리는 제아의 손을 도준의 손이 움켜잡았다. 생각보다 아귀힘이 셌다.

"대답을 하라는 거야, 말라는 거야."

"……?"

"자꾸만 자극하잖아, 네 손이."

삐딱하게 고개를 기울인 채 길고 곧은 손가락으로 제 머리칼을 쓸어 올리는 도준은 지독히도 섹시했다. 그 손가락을 도준이 얼마나 잘 활용하는지 떠올리자 이상하게도 몸이 달아올랐다. 그때 감당 못 할 한마디가 도준의 입술 사이로 덤덤히 흘러나왔다.

"……하고 싶어졌어."

제아의 입술 사이로 가쁜 숨이 흡, 하고 새어 나왔다.

"지금 너랑."

방금 전까지 자신이 무슨 질문을 던졌는지도 잊어버린 제아는 후다닥 일어나 문으로 내달렸다. 하지만 그 문을 열고 나가기도 전에 뒤에서 뻗어 나온 팔이 문에 손을 댔다.

"네가 먼저 대답해봐. 그럼 나도 대답해줄 테니."

나직하게 읊조리는 어투가 지척이다. 등 뒤, 도준이 바짝 다가와 있었다.

"이런 데서 안으면, 내가 널 존중하지 않는 건가."

저 입술이 주는 지독한 감각을 떠올린 피부가 은밀한 열감을 품었다. 전신을 훑고 지나가는 야릇한 감각을 느끼며 제아는 천천히 그에게로 돌아섰다. 뜨겁게 저를 담고 있는 눈동자는 강렬했지만 그 눈동자를 감싼 눈매는 꽤나 피곤해 보였다.

"오빠, 제대로 자본 게 언제야?"

"……."

"지금 오빠에게 필요한 건 내가 아니라 바로 잠이야."

"……."

"이런 데서 안길 원하면 언제든지 안겨줄게. 그런데 지금은 잠이 먼저야."

제아의 손에 이끌려 도준은 한쪽 벽에 있던 소파에 몸을 뉘이고 있었다. 제아의 다리를 베개 삼아. 이렇게 누워 있는 것 자체가 어색한 도준이 자꾸만 몸을 뒤척이자, 제아의 손이 머리를 어루만졌다. 얼굴을 쓸어주고 어깨도 토닥여주었다. 어린아이 달래듯이.

"오빠한테 너무 받기만 한 것 같아. 내가 이기적이란 생각해본 적 한 번도 없는데."

"이기적인 건 나야. 나 행복하자고 널 곁에 두는 거니까."

"……."

"그러니까 넌 받기만 해. 앞으로도 쭈욱."

"……."

"그러려고…… 멈추지 않고…… 달리는…… 거니까."

졸음이 밀려드는 듯 그의 목소리가 점차 작은 웅얼거림으로 바뀌었다.

"제아 넌, 좋은 것만 보고…… 들어. 나쁜 건 내가 다 보고 들을…… 테니까."

마침내 도준이 잠이 들었다.

"30분이라도 폭 자. 내가 곁에 있어줄게."

감당 못할 만큼 과분한 사랑을 주는 도준에게 제아가 해줄 수 있는 건 이것뿐이었다.

Episode 23
너한테 미쳐 있지

짙은 어둠에 잠긴 커피숍 밖의 풍경을 연희는 말없이 응시했다. 한 회장의 집에 들이닥쳐 도준이 받았다는 돈에 대해서 캐물었지만.

—재경 군이 원했다.

그 한마디를 마지막으로 한 회장은 고집스럽게 침묵했다. 그래도 죽기 전에 아들에 대한 미안함이 들었던 걸까. 그 남자가 미안함을 느끼지 못하는 건 나뿐인 걸까. 갖은 생각이 다 들었다. 오랜 세월이 흘렀지만 그녀의 마음은 생명체 하나 없는 사막 같았다. 남의 가슴에 못질을 한 박재경 당신 때문에.

"사모님, 제아 양이 도착했습니다."

수행 비서의 보고에 연희는 짧게 고개를 끄덕이며 상념에서 벗어났다. 다소곳한 자세로 그녀 앞에 앉는 제아는 최윤영 그 여자와 너무 닮았다. 그 남자도 모자라 이젠 제 아들까지 두 모녀에게 빼앗긴 것만 같아 미치도록 원망스럽고 화가 났다.

"내가 갑자기 연락해서 놀랐죠?"

제아는 살그머니 눈앞의 연희를 올려다보았다.

"사모님께 전화가 와서 많이 놀랐어요."

하필이면 도준이 제 무릎에서 잠들어 있을 때 전화가 와서 들킬까 봐 조마조마하기까지 했다. 다행히도 도준은 깊이 잠이 들었는지 통화 내용을 듣지 못했고 이 자리에 나올 수 있었다.

"도준인 모르죠? 우리 만나는 거."

"네."

'알았다면 이 자리 못 나왔을 거예요.'

제아는 속으로 작게 중얼거렸다.

"어차피 서로 얼굴 보는 거 불편하니 거두절미하고 말할게요. 도준이랑 헤어질 마음 없나요?"

"죄송합니다. 오빠랑 저, 쉽게 헤어질 거였으면 시작도 안 했을 거예요."

연희도 그 대답은 예상하고 있었는지 놀라는 눈치는 아니었다. 그녀의 시선이 물 잔을 꼭 쥐고 있는 제아의 손가락에 닿았다.

"제아 양은 그 반지 가격이 얼만지 알고 있나요?"

"……?"

"웬만한 집 한 채 정도는 우습죠. 크기는 작아도 최상급 다이아거든."

휘둥그레진 제아의 눈이 반지로 향했다. 도준이 짝퉁을 줄

리는 없다고 생각은 했지만 촘촘하게 박힌 큐빅의 수가 너무 많아서 이게 설마 다 다이아는 아니겠지 하고 대수롭지 않게 넘어갔는데. 이런 걸 장난감 반지처럼 쉽게 사줄 수 있는 남자가 제 애인이라는 것을 잠시 망각한 것이다.

"제아 양은 나한테 도준이를 진심으로 사랑한다고 말하고 싶겠죠? 그 말은 믿어줄게요."

제아는 혼란스러운 눈빛으로 연희를 응시했다. 대체 무슨 말을 하려는 걸까. 두렵기까지 했다.

"물론 도준이의 지금 위치와 능력, 재력도 사랑할 테고."

"저기, 사모님."

연희가 손을 들어 제아의 말을 저지했다.

"드라마에서 많이 봐서 식상하겠지만 이게 현실이에요. 재벌가는 재벌가끼리 만나서 결혼하는 법이니까. 남녀 사이에 손해 보는 건 언제나 여자뿐이죠."

좀 더 지켜봤다가 둘이 상처받는 꼴을 보고 싶었다. 하지만 도준에게 막대한 배경이 되어줄 그 집안에서 연락이 온 순간 연희는 마음을 바꾸었다. 그까짓 복수 때문에 엄청난 권력과 재력을 안겨줄 그 집안을 마다하는 건 바보들이나 하는 짓이니까.

"제가 많이 부족한 거 압니다. 저를 받아주실 일은…… 절대 없나요?"

"자식 이기는 부모 없다는 말, 나에게는 해당이 되지 않아요. 난 절대 아가씰 받아들일 일 없어요. 어떻게 할 거죠?"

"……연애할 거예요. 오빠가 절 원할 때까지, 서로 사랑하고 아껴주면서 연애할 겁니다."

그런 제아가 순진하다는 듯, 연희의 입가에 희미한 비소가 어렸다.

"하긴. 지금은 눈에 보이는 게 없을 때지. 하지만 그거 한순간이에요. 남자는 결국 재력과 권력을 쫓는 법이거든. 그게 남자야."

그 말을 하는 연희의 눈에서 서늘 퍼런 칼날이 번뜩이는 것 같은 착각마저 들 정도였다.

"도준이는 제일 그룹 후계자가 될 거고 조만간 약혼식도 올릴 거예요. 지금 헤어지지 않으면 내연녀나 세컨드가 될 텐데, 괜찮아요?"

"내연녀든 세컨드든, 오빠가 절 그렇게 만들지 않을 거예요."

"무슨 자신감이죠?"

"사모님, 그건 자신감이 아니라 믿음이라고 표현을 합니다. 오빠와 저 사이엔 깨질 수 없는 믿음이라는 게 있거든요."

주눅 들기는커녕 제 할 말을 똑 부러지게 하는 제아의 모습에 연희의 안면이 싸늘하게 얼어붙었다.

"그럼 이번엔 질문을 바꾸죠. 도준이가 헤어지자고 하면 그땐 헤어질 건가요?"

"저 싫다는 남자 붙잡을 마음 없습니다. 오빠가 헤어지는 걸 원하면 전 미련 없이 헤어질 거예요."

제아를 빤히 응시하던 연희가 갑자기 생긋 웃었다.

"갑자기 궁금해지네요. 아들처럼 키운 그 아이를 돈을 받고 나에게 넘긴 누구와 제아 양이 과연 얼마나 다를지."

"무슨…… 말씀이신지."

제아의 표정으로 보아 아무것도 모르는 눈치였다. 그래도 제 자식에게는 허물을 보이기 싫었나 보지? 어찌 되었든 연희에겐 다행이었다. 그만큼 그녀가 긁어내려 상처를 줄 수 있다는 뜻이니까.

"몰랐나보네. 10년 전에 나에게 오지 않겠다는 도준이를 설득한 대가로 제아 양 어머니가 나한테 돈 받아 간 거."

한 번에 모든 걸 말해줄 생각은 없었다. 아주 차근차근 긁어내고 후벼 파줄 테니까. 내가 아팠던 만큼, 고통스러웠던 만큼. 피할 수 있는 기회를 주었음에도 거부한 건 바로 그 여자의 딸이니까. 연희는 일어났다.

"부탁 하나 할게요. 나중에 도준이가 헤어지자고 하면 방금 한 말 꼭 지켜요. 구질구질하게 달라붙지 말고. 아, 하나 더. 제아 양 아버지가 주식에 투자하려고 또 사채를 썼다죠? 지금 사는 집도 팔아야 하는 상황이고."

번쩍 고개를 든 제아의 커다란 눈에 불안함이 일렁였다. 그 눈빛에 쾌감을 느끼며 연희는 태연하게 마지막 일격을 가했다.

"사채 빚은 도준이가 갚아줬고. 또 제아 양이 그 집 지키려고 사내 대출 받은 그 돈도 회사가 아닌 도준이 통장에서 나갔고."

"……!"

"모른 척하는 건지 정말 모르는 건지 모르지만. 그냥 알고 있으라구요."

연희가 사라지자마자 제아는 바닥에 주저앉아버렸다. 가까스로 참았던 눈물이 후드득, 볼을 적시고 흘러내렸다.

도준은 새벽 2시가 되어서야 집에 들어왔다.

─우선 1억은 문 비서의 통장에 회사 이름으로 입금되었습니다.

차에서 내리기 전 인호가 한 보고였다. 제아가 알면 난리를 치겠지만 어쩔 수 없었다. 그의 도움을 받지 않으려고 하니 이렇게라도 몰래 도와주는 수밖에. 갑자기 울리는 휴대 전화 소리에 빈틈없이 매어진 넥타이를 느슨하게 잡아당기던 도준의 손길이 멈추었다.

모르는 번호가 찍혔음에도 발신인이 누구인지 알 수 있었다. 이 번호를 알고 있는 사람은 몇 명 되지 않으니까.

전화를 받자 휴대 전화 너머 발신인이 고집스럽게 침묵했다. 참을성 있게 그 침묵을 받아준 후에야 도준이 고요하게 이름을 불렀다.

"문제아."

[…….]

"제아야."

흐릿한 바람 소리와 숨죽인 고요 속, 희미한 여자의 숨소리
가 묻어났다. 귀로는 들리지 않지만 심장으로 느끼는 그 소리.
몇 시간 전까지 해맑게 웃으며 그에게 손을 흔들던 그녀였는
데. 흐느끼는 듯 가늘게 떨리는 숨이 그의 가슴을 묵직하게
쓸어내리는 순간, 도준이 말했다.

"너 지금, 어디야."

[…….]

"대답하기 싫으면 하지 마."

[…….]

"내가 갈게."

[…….]

"어떻게든 찾아낼 테니까."

[…….]

"문제아, 꼼짝 말고 그 자리에 있으라고."

전화를 끊으려는 듯, 달그락거리는 소리가 희미하게 들렸다.
뚜뚜뚜ㅡ.

곧이어 전화는 맥없이 끊겼다. 도준은 망설임 없이 인호에게
전화를 걸었다.

"유 실장, 전화 번호 하나만 위치 추적해줘."

[지금 그게 문제가 아니야. 그렇지 않아도 방금 연락을 받았
는데 한 여사님이 문 비서 만났단다. 뭔 말을 했는지는 모르겠

지만 좋은 말을 했을 리는 없잖아?)

공중전화 박스 안, 제아는 터져 나오려는 울음을 손으로 막았다. 그냥 목소리가 듣고 싶어 전화한 것뿐이다. 제 휴대 전화로는 차마 전화할 자신이 없어서. 그런데 나인 걸 어떻게 알았지?

차마 집으로 들어갈 순 없었다. 미친 듯이 방황하다 도착한 곳은 바로 도준과 처음 만났던 그 판자촌이었다. 아슬아슬한 낭떠러지 앞에 쭈그리고 앉은 제아는 발밑을 내려다보았다.

"……무지 무섭네."

어렸던 도준은 대체 무슨 생각으로 이 밑으로 몸을 던지려 한 걸까? 겁도 없이. 뻥 뚫린 시야에 몰아치는 바람이 매서워 제아의 코끝이 시큰하게 빨개졌다. 구멍가게에서 사온 소주를 따서 작은 종이컵에 따라 홀짝거렸다.

"에이씨! 눈물은 왜 자꾸 흘러."

제아는 거칠게 손등으로 눈물을 훔쳤다. 마시는 소주보다 눈에서 흘러내린 눈물의 양이 더 많은 것 같다.

"한도준! 왜 아무 말도 안 해준 거야!"

바보같이 나한테 그 원망과 분노 다 받으면서 왜. 팔은 안으로 굽는 걸까. 제아는 연희의 돈을 받은 윤영을 이해한다. 어찌 되었든 돈이 절실한 상황이었다. 그때 윤영이 자존심을 버리면서까지 그런 결단을 내리지 않았다면 가족들이 어찌 되었을지 상상도 하기 싫었다. 제아무리 도준이라도 그때 그는 어렸고 어떤 것도 할 수 없었겠지. 그 모든 걸 머리로 이해는 하지만 가슴으로 받아들이는 게 힘들었다.

"염치없다, 문제아."

무릎 사이에 얼굴을 묻었다. 감은 눈 사이로 차오르는 눈물보다 더 빠르게 시야를 점령하는 건 도준의 얼굴이었다.

"그런데도 보고 싶어."

이런 상황에서도.

"나보고 어떻게 헤어지라는 거야."

이렇게 좋아 죽겠는데. 제아는 소주를 다시 들이켰다. 얼굴을 보면 차마 나오지 않을 그 말을 계속해서 되풀이했다.

"오빠, 헤어지자. 아니, 한도준 씨 우리 헤어져. 아니야. 사장님 죄송합니다. 우리 그만……."

"누구 맘대로 헤어져."

그때 불쑥 튀어나온 남자의 확고한 음성이 제아의 말을 싹뚝 잘라버렸다. 목소리의 주인공을 눈치챈 심장이 널뛰기를 시작했다. 코를 훌쩍이며 일어나자마자 휘청이는 제아의 몸을 도준이 강하게 제 품으로 끌어당겼다.

"내가 꼼짝 말고 기다리랬지."

도준의 음성은 나직했는데도 으르렁거리듯이 귓가를 거칠게 긁어내렸다. 목소리는 침착했지만 뺨을 통해 스며드는 심장 박동은 거칠게 날뛰고 있었다. 그가 얼마나 이곳을 들쑤시고 다녔을지 감히 상상이 되자 바보같이도 기뻤다. 이렇게 자신을 찾아준 도준에게.

"……용케 찾았네."

전화 박스 위치는 파악했지만 제아는 어디에도 없었다. 미로처럼 복잡한 판자촌을 뒤지면서 생각했다. 설마 여길 벗어나진 않았겠지. 그러다 떠올린 건 바로 이곳이었다. 그와 제아를 처음 만나게 해준 곳.

"문제아, 나한테 왜 떠났냐고 물었었지?"

눈도 마주치지 못하는 제아의 눈은 토끼처럼 새빨갰다. 볼은 퉁퉁 부어 있고. 대체 얼마나 울었길래.

"이러려고."

갑자기 도준이 얼굴을 내려 제아에게 깊은 키스를 퍼부었다. 입술이 얼얼하고 영혼이 털릴 만큼. 한참 후에야 도준이 거친 호흡을 흘리며 입술을 뗐다.

"제아 너한테 오빠가 아닌 남자가 되고 싶어서."

"……."

"그래서 내 의지로 떠난 거야."

"……."

"그러니까 부모님 원망하지 마."

"부모님 원망 안 해."

"그럼 뭐가 문제지?"

"난 아무것도 모르고 오빠만 미워하고 원망했어! 이젠 내가 모르고 있는 게 얼마나 많은지 두려워서 오빨 제대로 보지 못

하겠다구. 적어도 양심이 있으면 난 오빨 보내줘야 해."

그를 올려다보는 제아의 눈빛은 혼란스러움 자체였다. 시린 공기에도 젖어드는 뺨이 안쓰러워 도준은 부드럽게 뺨을 쓸어내리며 덤덤히 토해냈다.

"12억. 10년 전 내 몸값이자 네 집안을 살린 액수. 그러고도 2억이 더 들어갔지. 널 위해서라면 얼마든지 더 쓸 의향도 있고."

얕게 숨을 헐떡일 뿐 제아는 그때까지도 어떤 말도 하지 않는다.

"내가 다 알아서 해. 그러니까 넌 아무것도 하지 말고 아무 생각도 하지 마."

"……."

"제자리에만 있어주면 된다고."

지독한 그의 사랑이 느껴졌다. 웅얼거리는 입술 사이로 작은 중얼거림이 본능적으로 흘러나왔다.

"오빠 진짜…… 미쳤어."

시선을 부딪혀오는 도준이 느릿하게 한쪽 입꼬리를 비틀며 웃었다.

"너한테 미쳐 있지."

"……."

"그러니까 이제 멈출 생각하지 마."

"……."

"미친놈한테 잡혔으니 넌 이제 못 벗어나."

무섭게 경고하는 도준을 보며 깊은 한숨을 내쉰 제아가 마침내 입을 뗐다.

"우린 둘 다 미쳤어."

그 말뜻을 이해하려는 듯 살짝 고개를 비틀어서 내린 도준의 목에 팔을 두른 제아가.

"이젠 내가 더 오빠 사랑해."

속삭임과 함께 입술을 바짝 붙였다.

"그러니까 키스해줘."

며칠 전 아버지인 민석과의 대화를 떠올리며 레이나는 신경질적으로 손톱을 물어뜯었다.

─제 손녀딸과 한 사장의 만남을 주선하는 자리야. 게다가 호텔 스위트룸까지 예약을 했어. 그게 무슨 뜻이겠냐.
─명목은 미국에서 오랜 생활을 한 한 사장에 대한 배려라고 널 지목했지만. 그분이 굳이 널 지목한 진짜 이유, 네가 잘 생각해봐라.

박중용이라는 남자가 레이나에게 보내는 경고였다. 제 손녀딸의 남자로 그를 찍었으니, 포기하라는. 좋아하는 남자의 선자리에 나갈 음식을 제 손으로 만들어야만 하는 굴욕감보다 더 걱정스러운 건······.

완성한 요리를 가지고 나가는 라운지 레스토랑 매니저의 뒤통수를 레이나는 말없이 노려보았다. 저 음식에 분명 약이 타 있었다. 수면제인지 흥분제인지 둘 중 하나겠지. 게다가 스위트 룸이 예약이 되어 있다. 무슨 수작인지 뻔히 알고 있음에도 입도 뻥긋할 수가 없다. 여긴 미국이 아니고 한국이니까.

"어떻게 해야 막을 수 있지?"

원나잇이라도 상대는 대한민국 최고 실세를 할아버지로 둔 여자였다. 그리고 최고의 실세는 도준을 두고 둘 중 하나를 택할 것이다. 치워버리거나 제 곁에 두거나.

문득 머릿속을 번개처럼 스쳐 지나가는 건 바로 제아의 얼굴이었다. 레이나는 서둘러 프런트에 연락을 했다.

"민화연 씨 이름으로 예약된 스위트룸 옆방 어떻게든 공실로 비워놔. 발생하는 비용은 내가 어떻게든 책임질 테니까."

조선 호텔 최상층에 있는 라운지 레스토랑 프라이빗 룸. 도준은 중용과 마주앉아 있었다. 사람 좋게 껄껄 웃는 중용의 손엔 도준이 건넨 만년필 모양의 녹음기가 들려 있다.

"문 의원까지 자네를 탐낼 줄은 몰랐네. 역시 내가 사람 보는 눈은 있어. 안 그런가?"

녹음기를 보좌관에게 건넨 후 중용이 손짓하자 보좌관이

문을 열고 나갔다. 곧이어 닫혔던 문이 다시 열리면서 향긋한 여자의 향기가 코끝을 스치는 순간 도준은 깨달았다. 중용이 왜 이 자리를 마련했는지.

"민화연, 하나뿐인 내 손녀딸이라네."

"안녕하세요, 민화연이라고 해요."

"한도준이라고 합니다."

시선도 부딪히지 않은 채 도준은 지극히 예의상 간결한 소개를 흘렸다.

"10년간 미국 생활을 했으면 미국 음식이 입에 맞겠지. 그래서 내 오늘은 특별히 자넬 위해 준비했지. 미국에서 아주 유명한 셰프가 한 음식이라 입맛에 맞길 바라네."

그 유명한 미국 셰프가 누구인지 도준은 알 것 같았다. 약속 장소부터가 조선 호텔이니. 내가 널 찍은 이상 다른 여자는 만나지 말라는 경고나 마찬가지였다. 중용이 사랑스러운 눈빛으로 화연을 바라보며 물었다.

"한 사장, 우리 손녀딸 어떤가."

"다른 남자분이 보면 한눈에 반할 정도로 우아하고 아름답습니다."

그 말인즉슨, 난 반하지 않았다는 은근한 거절이었다.

"자네 눈엔 아니고?"

"어르신, 이런 자리는 제게 부담스럽습니다."

도준이 하는 수 없이 대놓고 거절을 드러내보이자 중용이 다시 껄껄 웃는다.

"고작 식사 한 끼야. 내 손녀딸이랑 사고 친 것도 아니고 고작 식사 한 끼에 내가 책임지라는 말을 할 린 없지 않은가. 그러니 마음 놓고 식사하시게."

도준은 감이 좋은 남자였다. 왠지 모를 새까만 기운이 느껴지니 조심하라고 짐승 같은 본능이 날을 세웠다.

"자네가 누굴 닮았나 했더니 한 여사를 쏙 빼닮았더군. 어머님이 아주 미인이야."

왜 갑자기 가만히 있던 연희가 제아를 만났는지 이제야 알 것 같았다. 박중용 정도 되는 이가 손을 내밀었으니 급할 수밖에.

"자, 자, 한 잔 받게나. 남자란 자고로 술을 마시며 친해지는 법이지. 안 그런가."

표정이 굳은 도준에게 그가 술을 권했다. 그런데 자꾸만 권하기만 하고 중용은 술은 입에도 대지 않았다.

"어르신은 드시지 않습니까?"

"내가 며칠 전에 혈압으로 쓰러져서 주치의가 며칠간은 술 담배를 자제하라고 했네."

도준은 중용이 권하는 술을 거절하지 않고 계속 받아 마셨다. 손녀딸도 거절하는데 술까지 거절하면 예의가 아닐 것 같기 때문이었다. 술을 몇 잔 마시고 나니 머리가 어지럽고 슬슬 몸에서 열까지 나기 시작했다. 어젯밤 제아와 찬바람 맞으며 소주를 마셔서일까. 아침까지 좋았던 컨디션이 무너져 내리는 기분이었다.

"잠깐 실례하겠습니다."

룸에서 나오는 도준의 입술 사이로 뜨거운 숨이 훅, 새어 나왔다. 확 달아오른 몸이 터져버릴 것 같았지만 복도의 끝까지 흔들림 없이 걸었다. 복도 끝에 다다라 몸을 틀자마자 다리가 꺾였다. 그때 향긋한 향수 냄새와 함께 여자의 나긋나긋한 몸이 도준의 몸을 부축해서 잡아주었다.

"괜찮아요, 도준 씨?"

화연이 걱정 가득한 눈으로 그를 바라보고 있었다. 힘겹게 시선을 내리자 그의 어깨와 허리를 꼭 붙들고 있는 화연의 손이 보였다.

"……나한테서 손 떼."

"도준 씨, 어디 아파요? 몸이 엄청 뜨거워요."

화연의 손을 털어내 봤지만, 힘이라곤 하나도 없었다.

"저리 가, 당장. 손……."

몸에서 빠져나가는 힘만큼, 바닥 밑으로 가라앉는 의식.

도준의 몸이 푹, 고꾸라졌다.

스위트 객실 다이닝 룸 식탁 위에 레이나가 준비한 음식들이 가득했다.

"저 정말 언니 광팬이에요! 사인에다가 언니 음식까지 직접 맛볼 수 있다니. 혹시 사진도 같이 찍어주시면 안 될까요?"

"사진 찍는 게 뭐 어렵다구."

흔쾌히 지연과 사진까지 찍어주는 레이나에게 제아는 진심으로 고맙다는 눈빛을 보냈다. 갑작스러운 연락에 당황하긴 했지만 레이나는 제아의 부탁을 잊지 않고 있었다.

절친이 광팬이니 시간 한 번만 내주면 안 되느냐고 했는데 이렇게 식사 대접까지 받을 줄은 몰랐다. 그것도 아주 근사하게. 같은 여자인데도 지연의 눈에선 레이나를 향한 팬심 가득한 하트가 무한 발사 중이었다. 어느 정도 식사가 진행이 되었을 때 레이나가 넌지시 제아에게 말을 건넸다.

"제이드 지금 이 호텔에서 선을 보는 중인데 여자가 꽤 대단한 집안이더라구."

"선이요?"

도준 본인도 몰랐던 걸 제아가 알 리가 있나. 하지만 레이나는 시치미를 뚝 뗐다.

"어머? 제이드가 말 안 했나 봐?"

"네."

"내가 말실수를."

"아니에요. 오빠가 말하지 않은 건 그럴 필요가 없으니까 그런 거예요. 선보는 게 바람피우는 것도 아니고. 전 이해해요."

놀라긴 했지만 대수롭지 않다는 제아의 표정에 레이나의 얼굴이 미약하게 구겨졌다. 도준의 휴대 전화가 불이 날 정도로 전화를 하거나, 그게 아니면 쫓아가서 깽판을 칠 줄 알았다. 제아가 저 순진한 미소 속에 앙칼진 발톱을 숨기고 있다는 건 여자의 직감으로 눈치챘으니. 이대로는 안 되겠다. 더 강한 자극이 필요해.

"하긴, 제이드도 미처 몰랐던 것 같긴 해. 그러니까 그쪽에서 그런 파렴치한 짓까지 하려는 거 같아."

드디어 제아의 포크질이 멈추었다.

"그게 무슨 말이에요?"

걸려들었다. 레이나는 속으로 회심의 미소를 지었다.

"사실은 담당 웨이터가 나한테 넌지시 말해주더라구. 그 룸에 들어가는 술에 뭘 타라고 했다고. 그래서 혹시나 해서 알아봤더니 프레지덴셜 스위트룸까지 예약했네? 이건 만약인데 말이야."

의도적으로 짙은 한숨을 내쉬며 리얼함을 더했다.

"술에 탄 게 수면제가 아닐까 걱정이 좀 돼. 어떻게든 원나잇을 핑계 삼아 제이드를 붙잡으려는 것 같아."

어디까지나 심증일 뿐이지만 사실처럼 말을 했다.

"말도 안 돼요! 약을 탄 거라면 당장 경찰서에 신고해야죠! 그리고 요즘 시대에 원나잇했다고 누가 책임져요? 그럼 난 수십 번 재혼했게요?"

발끈한 건 제아가 아닌 지연이었다. 침묵하는 제아에게서 시선을 떼지 않은 채 레이나가 태연히 말을 이었다.

"전화해서 신고해봐. 누가 제 친구에게 약 먹이려 한다고 부르면 경찰이 오나 안 오나. 그것도 대상이 남자라면."

레이나의 말은 틀리지 않았고 둘은 입을 꾹 다물었다.

"상대가 최고의 권력을 쥐고 있는 대한민국 실세야. 그 정도는 가뿐하게 전화 한 통으로 막을 수 있는. 우리 아빠마저 그분한테 꼼짝 못해서. 그런 분의 하나뿐인 외손녀라면 말이 달라지지 않겠어?"

"맙소사! 제아야, 우리 이러고 있을 때가 아니야! 당장 가서 오빠를 구출해내야지!"

"우리 오빠 그렇게 바보 아니야. 그리고 정확하지 않은 걸로 나섰다가 오빠를 더 곤란하게 하면 안 돼."

잔뜩 흥분해서 부추기는 지연과 달리 제아는 의외로 침착했다. 어떤 최악의 상황에서도 도준이 잘 빠져나오리라는 건 믿어 의심치 않는다. 하지만 아예 무시하자니 또 찝찝하다.

"제아 씨, 그래도 확인은 해보는 게 좋을 것 같아. 내 예상이 맞다면 상황이 굉장히 복잡해져. 그런 상황이 벌어졌는데도 제이드가 제아 씨 때문에 손녀딸을 나 몰라라 하면 그 사람이 제일 그룹을 가만히 놔둘 것 같아? 대한민국에 사는 한 끝까지 제이드를 괴롭힐 거야."

"……."

"제아 씨, 아무리 제이드라도 약 기운은 못 이겨."

레이나가 걱정하는 게 바로 그거였다. 부득이한 상황에 의해 그녀 자신보다 더 탄탄한 배경을 가진 그 여자를 받아들일까 봐. 제아는 승산이 있지만 그 여자는 승산이 없다. 다행히도 마지막 말에 제아가 반응을 했다.

"언니 말이 맞아요. 확인해봐야 할 것 같은데, 방법이……."

제아는 말끝을 흐렸다. 무슨 수로 확인을 한단 말인가. 그런데 레이나가 갑자기 눈을 빛내며 조심히 몸을 숙여왔다.

"방법이 아예 없는 건 아니야."

정확히 20분 후, 제아와 지연은 룸메이드 복장으로 10분째 엘리베이터 앞 로비 복도를 어설프게 닦고 있었다.

─예약한 스위트룸으로 가려면 무조건 이 엘리베이터를 타고 올라와서 이 복도를 지나쳐야 해. 프레지덴셜 룸은 이 층에 딱 두 개뿐이거든. 아무 일 없이 무사히 식사가 끝나기를 바라야지.

레이나의 말을 떠올리며 묵묵히 청소를 하는 제아와 달리 곱게 자란 지연은 못 참겠는지 들고 있던 걸레를 반질거리는 대리석 바닥에 내던졌다.

"내가 지금 걸레 들고 뭐 하는 짓이지?"

"너 걸레 던진 거 카메라에 찍히면 어떻게 하려고 그래."

"레이나 언니가 그랬잖아. 오늘 그 대단하신 실세님이 이 층 보안 카메라도 다 꺼버리라고 했다고."

"……맞다."

"어휴, 내가 정말 뭐 하는 짓인지. 제아 너 그냥 이준 오빠 포기해라. 어차피 재벌가는 재벌가끼리 만나게 되어 있다니까?"

"정말 그랬으면 좋겠어? 지연이 너도?"

홧김에 한 말인데 제아가 진지하게 묻자 지연은 한숨과 함께 다시 걸레를 집어 들었다.

"문제아, 너 진짜 친구 잘 둔 줄 알아라."

"지금 엄청 고마워하고 있다. 그런데 지연이 너 의외로 그 복장 잘 어울린다?"

"너도 만만치 않게 잘 어울리…… 제, 제아야, 엘리베이터 움직인다!"

농담까지 주고받는 그때, 멈추어 있던 엘리베이터가 움직이기 시작했다. 둘은 허둥지둥 꺾어진 벽 쪽으로 몸을 숨겼다.

빼꼼히 고개만 내밀자 하얀 원피스를 입은 여자가 먼저 보였다. 곧이어 그 여자의 뒤를 따라 경호원으로 보이는 남자 둘이 축 늘어진 장신의 남자를 부축해서 내렸다. 손등으로 눈을 비비고 다시 봐도 틀림없는 도준이었다.

"저 여자 낯이…… 읍."

무슨 말을 하려는 지연의 입을 제아가 잽싸게 손으로 틀어막았다. 복도 사이로 실루엣이 사라지자마자 지연이 먼저 말을 했다.

"제아야, 우리 이제 어떻게 해?"

"……나도 몰라."

"모르면 어떻게 해?"

"나도 이런 상황이 진짜 일어날 줄 몰랐단 말이야!"

"그럼 이대로 저 여자가 이준 오빠 잡아먹게 지켜보자고?"

"……지켜야지."

"뭐라는 거야, 크게 좀 말해봐."

제아는 일어나서 한 바퀴를 뱅그르르 돈 후에 손에 들고 있던 먼지떨이를 하늘로 뻗쳤다.

"내 남자는 내가 지킨다!"

"세일러문 납셨네."

지연이 기가 막힌 듯 눈웃음을 흘리자 제아도 멋쩍은 웃음을 지었다. 사실 엄청 긴장이 됐기 때문에 이런 유치한 행동으로라도 그 긴장감을 풀고 싶었다.

다시 울리는 구두 굽 소리에 둘은 얼른 다시 벽에 등을 붙이고 주저앉았다. 다행히도 하늘이 도왔는지 경호원들이 엘리베이터를 타고 내려갔다.

"휴, 여자만 밖으로 유인하면 되는데."

어떻게 한다? 혼잣말을 중얼거리는 제아를 응시하던 지연이 갑자기 눈을 번뜩했다.

"잠깐, 나 좋은 생각났어. 저 여자 휴대 전화 번호 내가 알고 있는 것 같거든."

지연이 제아를 보며 의미심장한 미소를 지었다. 정숙한 옷차림에 하마터면 못 알아볼 뻔했지만, 분명 김하은이었다. 파티란 파티는 모조리 쓸고 다니는 파티 여왕. 똑같이 파티를 좋아해서 노는 부분에선 꽤 죽이 잘 맞았는데. 경호원들을 줄줄이 달고 다니면서 신원을 철저하게 숨기기에 어느 집 여식인가 했더니, 정말 대단한 집 여식이었던 것이다. 김하은은 개뿔, 가명까지 쓰면서 말이다.

인사불성이 되어 침대 위에 길게 늘어진 남자를 가만히 바라보는 화연의 시선에 아주 잠깐 갈등이 스쳤다. 이렇게까지 해서 가져야만 하는 걸까. 하지만 그건 잠깐뿐이었다. 그렇게 해서라도 이 남자가 갖고 싶어. 격렬한 소유욕이 솟아올랐다. 상황을 연출하고 암막 커튼을 치면 멀리 떨어져 있는 맞은편 건물에서 파파라치가 사진을 찍을 것이다.

그건 우선 나중 일이고, 지금은 완벽하게 이 남자와 둘만의 비밀스러운 시간을 갖고 싶었다. 야릇한 조명이 비추는 어둑한 침실, 원피스 안은 오늘을 위해 섹시한 란제리를 입고 있다. 눈을 뜬다고 해도 어떤 남자도 거부하지 못할 것이다.

"당신, 내 남자로 만들고 싶어."

은은한 불빛 아래 이마부터 흘러내리는, 선이 부드러우면서도 날카로운 남자의 얼굴 윤곽은 환상적이었다. 홀린 듯 화연이 손을 뻗었다. 정신을 잃는 순간까지 제 손길을 거부하던 남자였다. 좀 더 과감해진 손길이 금욕적으로 매어진 완벽한 넥타이에 닿는 순간, 손목이 거칠게 움켜잡혔다.

"나한테…… 뭘 먹인 거야."

잡은 손을 거칠게 쳐내자 화연이 침대 위로 쓰러졌다. 반사적으로 침대에서 몸을 일으킨 도준이 객실 내부를 빠르게 훑었다.

"먹인 거 없어요. 도준 씨가 갑자기 쓰러져서 급한 대로 객

148

실로 데려왔을 뿐이에요!"

"그럼 병원에 데려가거나 의사를 불렀어야지."

"위중해…… 보이지 않아서."

도준이 잡아먹을 듯 노려보자 화연의 낯빛이 창백해졌다.

"하, 할아버지가 시켰어요. 저한테…… 도준 씨 옆을 지키라
고. 할아버지가, 도준 씨를 많이 아껴요."

"그래서, 내가 마신 술에 수면제라도 탔나보지?"

말과 동시에 도준이 잠시 눈을 감았다. 얼마나 독하게 탔는
지 끈적이는 손길들이 밑에서 뻗어 나와 다시 아래로 잡아끄
는 기분이었다.

"그, 그럴 리가요."

"이런 유치한 짓을 벌이는 이유가 나와 자고 싶은 건가, 결
혼하고 싶은 건가."

농도 깊은 질문에 화연이 잠시 당황했다. 당신과 잠도 자고
싶고 결혼도 하고 싶어요. 그게 진심이었다.

"아, 질문이 틀렸나? 나를 원하는 게 당신이야, 아니면 당신
할아버지야?"

커다래진 눈으로 화연이 도준을 보았다. 휘청거리며 일어나
벽에 몸을 기대고 있는 도준은 딱 봐도 약 기운과 사투를 벌
이는 중이었다. 그래서 더 짙게 쏟아지는 남자의 농밀한 색기
가 살이 떨릴 만큼 섹시해 보였다.

"나한테 약 먹이는 유치한 수작, 대체 누구 머리에서 나온
거냐고 묻잖아."

이왕 이렇게 된 거, 화연은 당당해지기로 했다. 그녀는 아름답고 또 대한민국 최고 실세라는 할아버지를 뒤에 두고 있다. 어떤 남자가 마다하겠는가.

"나와 할아버지, 둘 다 당신을 원해요."

화연이 유혹하듯이 침대에서 일어나 거리를 좁혀왔다. 하늘거리는 원피스 단추에 손을 댄 채.

"나, 민화연을 안아요. 그리고 나와 결혼해요."

바로 앞까지 다가온 화연이 흐느적거리는 손길을 뻗었다.

"당신에게 최고의 부와 명예를 줄게요. 대한민국 최고 실세인 내 할아버지가, 그렇게 해줄 거라…… 흡!"

도준이 덮치듯이 화연을 침대 위에 눕혔다. 그녀의 몸 위에 올라탄 도준이 얼굴을 내렸다. 입술은 닿지도 않았는데 묵직하게 내리누르는 단단한 몸과 목덜미에 훅 닿는 뜨거운 숨결에 화연의 머릿속이 빙글빙글 돌았다.

"도, 도준 씨, 잠깐만…… 숨이."

격렬하게 더 원하는데도 감당 못 할 감각들이 심장을 강렬하게 짓눌렀다. 행위를 하기 위해 태어난 것처럼 이 남자가 주는 감각은 지독했다. 닿지도 않았는데, 피어오르는 기대감만으로 숨통이 조여오는 극한 황홀감이었다.

"내가 계속하면 넌 죽을지도 몰라."

비웃는 듯 그르렁거리는 허스키한 음성이 화연의 귓가를 쓸었다. 그리고 어느새 그녀의 눈앞에 그의 얼굴이 아찔하게 다가와 있었다.

"너 같은 여잔 날 감당하지 못해."

숨을 헐떡일수록 숨통이 막혀오는 건 기분 탓일까. 화연의 동공이 사시나무 떨리듯이 흔들거렸다.

"죽을 각오로 감당할 자신 없으면 꺼져."

잔인한 손길과는 다르게 귓가에 속삭이는 음성은 소름 끼치도록 다정했다. 그때 침실 문이 노크 소리도 없이 벌컥 열렸다. 침실 입구, 메이드 복장을 한 젊은 여자가 스위치를 눌러 어둑해진 침실 안을 환하게 밝혔다. 깜짝 놀란 화연이 후다닥 침대에서 내려왔다.

"너, 뭐야!"

"죄송합니다, 손님. 노크해도 대답이 없으셔서 아무도 없는 줄 알고 들어왔어요. 오늘 특별한 이벤트를 준비하라는 지시를 뒤늦게 받아서요."

"······이벤트?"

"오늘 각별히, 더 신경을 쓰라고 하셨습니다."

화연에게 말하는 제아의 눈은 도준에게 또렷하게 꽂혀 있었다. 그 말을 증명이라도 하듯이 직원이 들고 온 건 향긋한 장미 꽃잎부터 최고급 입욕제, 커플 베스 가운과 고급 샴페인이었다.

"됐으니까 이딴 거 들고 당장 꺼······."

"하은아! 너, 하은이 맞지?"

제아의 뒤에서 지연이 들이닥쳤다.

"지연····· 언니?"

화연의 눈은 꽤 반갑지 않은 기색이었다. 하필 이런 상황에.

"그래, 나 이지연이야. 나도 지인한테 초대받아서 오늘 옆 객실에서 투숙하거든. 근데 네가 이 객실에 남자랑 들어가는 걸 본 것 같아서 긴가민가하고 있었는데 마침 문이 열려 있네?"

"아, 네."

대답을 하면서도 화연이 지연에게 눈짓을 보냈지만 그걸 무시한 채 지연이 천연덕스럽게 말을 이었다.

"조선 호텔 지하에 있는 바(BAR)가 물 죽인대. 같이 가서 놀자."

"저기 언니, 오늘은 곤란해요."

"혹시 저 남자분 때문에. 어머, 근데 하은이 너 옷차림도 너답지……."

"어, 언니! 우리 나가서 이야기해요!"

이중생활이 탄로 날까 봐 놀란 화연이 급하게 지연을 몰고 객실에서 사라졌다. 둘만 덩그러니 남은 상황, 먼저 이렇다 할 말을 꺼내는 이는 없었다. 먼저 움직인 건 제아였다. 도준에게 다가와 그의 팔 사이에 제 몸을 끼워 넣는다. 제아의 부축을 받아 객실을 벗어나면서도 도준은 혼란스러웠다. 지금 이게 무슨 상황인지. 꿈을 꾸고 있는 건가, 착각할 만큼 지금 상황이 믿어지지 않았다. 그 마음을 알아차렸는지 제아가 생긋 웃는다.

"이야기는 나중에 하고. 저 도둑년이 오기 전에 여길 나가야지!"

도준은 방금 자신이 들은 말을 이해하지 못해 되물었다.

"도둑, 뭐?"

"내 남자 훔쳐 가려 했으니까 도둑년 맞잖아. 아니야?"

옆 객실로 들어와서 도준을 침대에 앉히자마자 제아는 깊은 한숨을 내쉬었다. 성공하긴 했지만 문제라도 생길까 봐 얼마나 심장이 쪼그라들었는지. 침대에 앉은 도준이 조심히 손을 뻗어 제아의 얼굴을 어루만지며 물었다.

"오해 안 해?"

도준의 손에 가만히 뺨을 대며 제아가 심술궂게 되묻는다.

"오해할 건 있고?"

"……아니."

"그런데 왜 물어봐. 나 오빠 믿는 거 알면서."

"이제 말해봐. 네가 왜 여기 있는지. 그것도 이런 옷차림으로 말이야."

제아가 멋쩍게 웃었다.

"그냥 007 작전이라고 생각해줘. 레이나 언니 아니었으면 진짜 큰일 날 뻔했어."

의외로 이것저것 물어볼 줄 알았던 도준은 입을 꾹 다물고 있었다.

"왜 아무 말도 안 해? 혹시 어디 안 좋아? 응?"

걱정스럽게 그를 바라보는 제아를 도준은 제 품에 안았다. 레이나가 제아를 끌어들인 목적은 하나였다. 제 손으로 처리하기엔 상대가 거대하니 남의 손을 빌린 것. 어찌 되었든 제아의 앙큼한 007 작전은 성공했고 지금 그의 품엔 제아가 있으니까. 그래서 모른 척해주기로 했다.

"나 괜찮아."

"그럼 다행이구. 오빠 꼭 시간 내서 지연이랑 레이나 언니한테 한턱내야 해. 알았지?"

가만히 고개를 끄덕이는 도준의 마음은 감당하지 못할 만큼 벅차올랐다. 사랑받는, 아낌받는, 소중해지는 느낌. 이 모든 게 제아 때문에 느낄 수 있는 감정들이었다. 유일하게 그가 기댈 수 있고 온전하게 저를 다 드러낼 수 있는 여자이다.

"제아야, 죽을 것 같아."

그 말을 시점으로 나른한 잠기운과 뒤섞인 욕망이 끈적하게 그의 몸을 잠식해나갔다.

"어디? 어디가 안 좋은데? 막 졸려?"

도준이 얼굴을 들어 제아를 찬찬히 올려다보았다. 생일 선물이었던 바니걸에 이어 오늘은 메이드복.

"나도 약은 이기기 힘들어."

뜨거운 몸으로 저를 내려다보는 도준과 눈을 마주한 제아의 눈이 휘둥그레졌다. 그의 눈동자가 머금고 있는 짙은 욕망의 기운을 느낀 것이다.

"뭐 해. 얼른 치료해줘야지."

나른하게 웃는 그 눈동자를 보며 제아는 작게 중얼거렸다.

"……오빠 진짜 미쳤어."

어떻게 이런 상황에도. 방금 전까지 무슨 일이 있었는데.

"너한테 미쳐 있지."

살그머니 허리를 좀 더 끌어당긴 도준이 제아의 손을 잡고 제 셔츠 쪽으로 이끌었다.

"나를 어떻게 치료해야 하는지 알려줄 테니까. 이 단추 먼저 풀어봐."

룸 안으로 들어선 인호가 제아에게 쇼핑백과 비닐 봉투를 내밀었다. 제아가 부탁했던 몇 가지 음식 재료들과 도준의 옷 가지들이었다.

"룸서비스 시켜도 되는데. 조선 호텔 요리사가 아주 유명해요."

"그냥 오늘은 간편한 가정식을 차려주고 싶어서요. 시원한 바지락 콩나물국에 청양고추 팍팍 썰어 넣어서."

생긋 웃는 제아를 보고 있으려니 인호는 괜히 멋쩍었다. 어젯밤 도준에게 무슨 일이 있었는지도 모르고 자신은 호텔 지하에 위치한 바에서 여자와 술을 즐기고 있었으니.

"실장님도 아침 드시고 가세요."

"한 사장이 눈치 없이 끼어든다고 잡아먹을 텐데."

"제가 오빠 이기는 거 아시잖아요. 내일 미국 출장 가시면 아마 제 콩나물국 분명 생각나실걸요? 오빠 수영장에 있으니 가보세요."

돌아서는 제아가 무심결에 손으로 머리칼을 넘겼다. 그때 보았다. 머리칼에 가려져 있던 목과 올라간 블라우스 소매 손목 위에 드러난 선명한 붉은 꽃잎들. 그 녀석이 아주 과격하게 사랑을 표시해놓은 것이다.

자식, 살살 좀 하지. 저 여린 몸으로 짐승 같은 놈을 어떻게 상대했을까. 제아가 가엽다는 생각을 하며 인호는 객실을 나왔다.

최상층의 한쪽에 위치한 유리로 된 천장을 품고 있는 푸른 수영장, 오전은 VIP 룸 투숙객들을 위해 헬스장과 함께 제한적인 개방을 하는 곳이었다.

인호가 들어서자 넓은 물줄기가 파동을 치면서 푸른 물을 뚫고 헐벗은 남자의 상체가 솟아올랐다. 탄탄한 몸에서 물을 뚝뚝 떨어뜨리며 나오는 도준을 향해 인호가 타월을 던졌다.

"물 공포심 이겨낸 게 언젠데 웬 수영?"

"이겨냈을 뿐이지 없어지는 건 아니니까. 몸도 찌뿌듯하고."

찌뿌듯하다는 몸 상태는 아주 좋았다. 탄탄하고 자잘한 근육으로 이루어진…… 으잉? 인호가 눈을 좁혔다. 유려하게 휘어진 등에 새겨진 선명한 손톱자국을.

"아후, 아주 난리가 났었나 보네."

가녀린 외모와 달리 문 비서도 만만치 않은가 보다. 하긴, 그러니 도준을 상대하겠지. 그런데도 부러운 건 뭐란 말인가. 부러우면 지는 거다! 남의 연애사에 관심을 끈 인호는 본래 목적을 상기시켰다.

"지상파 쪽은 힘들고 케이블 쪽 한두 곳은 가능할 것 같아. 켕기는 게 있으니 지상파 쪽은 모두 몸을 사리더라고. 케이블 쪽 두 곳은 세무 조사 들어와도 잡힐 것 없다고 정확한 증거까지 확보된 건수만 던져주라는데?"

"그 정도면 됐어. 수고했어."

그런데 돌아가야 할 인호가 도준의 뒤를 쫄랑쫄랑 따라왔다. 결국 객실 앞까지 다다르자 도준이 돌아섰다.

"······보고만 올리고 쉬어도 된다고 했을 텐데."

"쉴 테니 걱정 마."

"그런데."

"아침 먹고 가려고."

"······뭐?"

"나도 콩나물국 좋아하거든? 문 비서, 아침 먹으러 왔습니다!"

말과 동시에 인호가 도준보다 먼저 객실의 문을 열어젖히며 능청스럽게 외치자 느슨하게 머리칼을 묶고 앞치마를 두른 제아가 국자를 들고 나타났다.

생글생글 웃는 걸로 보아 명백하게 인호를 반기는 표정이었다. 길게 이어질 미국 출장에 오늘 스케줄을 과감히 비우고 둘만의 달콤한 아침을 기대했었는데 그 기대가 산산조각이 나는 순간이었다. 하지만 어쩌겠는가? 제 여자가 허락했으니 따르는 수밖에.

Episode 24
나에게는 네가 전부야

　연락 한 통 없던 강훈이 오랜만에 지로에게 연락을 해왔다. 마음 같아선 꼴도 보기 싫지만, 아직 드러내면 안 되니까.

　일식당 룸 안에서 강훈이 젓가락을 움직이면서 태연하게 물었다.

　"짝사랑하는 네 여자 친구는 여전히 꼼짝도 안 하나?"

　마음먹고 나왔는데도 제 성질을 숨기지 못한 지로가 툭, 쏘아붙였다.

　"참 내, 남 연애에 관심 갖지 마시고 형이나 잘하시지."

　"형이니까. 내 동생이 오랫동안 짝사랑하는 게 마음이 아파서 말이야."

　하아! 아주 가지가지 가식 떠네! 지로는 걱정스러운 듯 가식을 떠는 저 얼굴에 술을 확 끼얹어버리고 싶은 걸 가까스로 참았다. 릴렉스, 릴렉스하자.

　"지로 네가 짝사랑하는 그 여자 말이야. 한 사장이랑 좋지 않은 스캔들이 돌고 있던데. 너 괜찮나 해서."

한지로는 속으로 '쯧쯧' 혀를 찼다. 도준과 제아의 관계를 이제야 알았나보다. 이렇게 느리니 도준에게 당하지. 하긴, 그의 눈과 귀가 모두 제일 어패럴에서 내쳐진 상황이니 어떻게 알겠는가. 지로는 모른 척 시치미를 뚝 뗐다.

"하도 감싸고도니 그런 소문이 나도는 거야. 옛날에도 그 남매 아주 짜증나게 유별났거든. 그 둘 사이 모르면 그런 소문 돌 만도 해."

대충 넘기려는 지로를 흥미롭다는 듯 바라보던 강훈이 무심히 말을 흘렸다.

"둘이 피 한 방울 안 섞인 사이라는 건 알고 있나?"

순간 움찔한 지로였지만, 모르고 있는 척 버럭버럭 성질을 냈다.

"누가 그딴 소리를 해? 형이라고 해도 그런 말도 안 되는 소리 하면 가만 안 둬!"

"워워, 진정해. 난 허튼소리는 안 하니까. 모르고 있었다면 이제 알았으니 잘 지켜봐."

"한도준, 이 미친 새끼. 어쩐지 이상하다고 했어, 내가! 그 새끼가 제아한테 더러운 마음만 품었어봐! 가만 안 둘 거야. 재수 없는 새끼! Fuck you다!"

지로는 보란 듯이 강훈에게 가운데 손가락을 들어 보였다. 도준에게 욕하고 있었지만 명백하게 강훈을 향한 손가락이었다. 그 욕의 대상이 자신이란 것도 모른 채, 강훈이 만족스럽게 웃었다.

"재계에서는 이미지 관리가 참 중요해. 추악한 스캔들 한 번 터지면 한동안 회복이 불가능하지. 난 그 기회를 이용할 생각이고. 넌 증거만 잡아다줘."

"내가 미쳤어? 스캔들 터지면 우리 제아는 어쩌라고."

"걱정 마. 네 여자 친구는 신상 털릴 일 없을 거야."

"뭐 건수가 있어야 확인을 하지. 그냥 봤을 땐 사장이랑 비서야. 아무것도 없어."

"건수야 만들면 되지."

"뭐?"

"넌 가만히 지켜보고만 있으면 돼. 내가 그 여자 너한테 가게 해줄 테니까."

대신 그 여자 상태는 나도 보장 못해. 뒷말은 속으로만 생각하며 강훈은 웃었다.

"네가 재수 없어하는 그 새끼, 내가 깨끗하게 끝내주지."

지로는 지금 이 순간 자신이 애증의 중점에 서 있는 가련한 여주인공이 된 기분이었다. 두 남자가 모두 자신에게 서로를 끝내주겠다고 하다니. 하지만 이 싸움의 승자는 도준이라는 걸 지로는 믿어 의심치 않는다. 눈앞의 강훈은 도준을 절대 이길 수 없을 테니까. 항상 한 발짝 느리게 움직인다. 시야가 좁고 듣는 귀가 작다. 그러니 당할 수밖에.

"그럼 형만 믿는다. 어렸을 때부터 한도준 그 새끼 겁나 재수 없었거든."

"나만 믿어. 내가 후계자가 되면 너한테도 톡톡히 베풀 거다. 핏줄이란 게 뭐냐."

예전 같았으면 그 말을 믿었겠지만, 지금은 아니다. 핏줄이라는 이름으로 강훈이 뒤에서 무슨 짓을 하고 있는지 알고 있으니까. 느긋하게 웃는 강훈을 보며 지로는 왜 도준이 자신에게 그런 제의를 했는지 새삼 깨달았다. 핏줄임에도 뒤통수를 때리려고 남모르게 그 짓을 벌이면서도 또 핏줄이라고 그를 믿고 있는 것이다. 바보같이.

"기대할게, 형."

철없이 웃어 보이며 지로는 속으로 속삭였다.

'개새끼, 너도 뒤통수 한번 맞아봐라.'

지로와 저녁 식사를 마친 강훈은 지금까지 계속 피하던 제일 어패럴 김 부장과 통화를 했다. 단물 빠진 껌, 버리기 전에 마지막으로 써야 할 때가 온 것이다.

[이사님 사람 중에 제가 들키지 않고 이 회사에서 가장 잘 버티고 있는 건 아시죠? 이 회사에 충성하고 한 이사님한테 충성했는데 제가 여기서 나가면 어딜 가겠습니까?]

겨우 통화가 되자 죽는 소리부터 늘어놓는 김 부장의 말을 강훈은 가만히 들어주었다. 1차, 2차, 권고사직 및 좌천으로 인해 그 많던 제 편들이 모두 잘려 나갔다. 유일하게 남은 건 김 부장뿐. 그에 반해 도준은 유 실장만을 곁에 두었다. 그런데도 점점 더 제 힘을 뻗어가며 승승장구하고 있다. 이젠 마지막 승부수를 띄워야 할 때. 그 전에 확인을 해야 한다.

"김 부장, 다른 회사 부장직을 알아봐주지. 대기업은 아니더라도 탄탄한 중소기업으로 말이야."

[역시 한 이사님밖에 없습니다!]

"그 대신 말이야, 제일 어패럴을 나오기 전에 자네가 마지막으로 해줘야 할 일이 있어."

지시를 내리는 강훈의 입술에 비열한 미소가 어렸다.

뉴욕 맨해튼 트라이베카 지역 최고의 펜트하우스는 호화롭기보다는 소박하고 차분한 미학이 돋보였다.

넓은 응접실 테이블에 앉은 도준과 인호는 각자 제 PC로 업무를 보고 있었다.

"지독해도 너무 지독해. 그 몇 시간도 놔주지를 않으면 난 숨을 어떻게 쉬라고."

업무에 열중하는 도준과 달리 키보드를 두드리는 인호의 입은 연신 불만을 토해내고 있었다. 쭉쭉빵빵 금발 미녀들이 넘쳐나는 트라이베카 최고의 클럽에 갔다 오겠다는 걸 도준이 막은 후부터 말이다. 업무를 끝내고 가라고 했지만 업무란 게 끝이 없으니 가지 말라는 소리나 마찬가지였다. 툴툴거리며 회사에서 보낸 메일을 확인하던 인호의 눈이 휘둥그레졌다.

"맙소사. 인사과 김 부장이 문 비서를 물고 늘어졌어. 본인이 뒷돈 받고 넣어준 직원들 명단에 문 비서까지 올렸네. 빼도

박도 못 하게 공식적으로 명단까지 공개했어. 아, 이런 빌어먹을 자식."

도준의 미간이 좁아졌다. 테이블 위를 톡톡 두드리는 손끝은 깊은 생각에 잠겼다는 의미.

"우리의 문 비서가 얼마나 열심히 준비하고 있는데. 이 상황에서 빠지면 안 된다고."

도준도 알고 있다. 제아가 얼마나 제일 아웃렛 온라인 몰 오픈에 신경을 많이 쓰고 있는지. 하지만 어찌 되었든 제아의 입사에 강훈이 연관되어 있는 건 사실이었다. 무조건 편들었다가는 제 사람들에게까지 반감을 살 수 있다.

"권고사직 명단 보고서 승인. 당연히 미뤄야겠지?"

테이블 위를 두드리던 도준의 손가락이 멈췄다. 생각을 끝냈다.

"그럴 필요 없어. 승인해."

제일 아웃렛 사이트 오픈이 막바지에 다다랐다. 처음으로 맡은 대형 프로젝트이니만큼 제아에게는 각별했다. 폐인이 될 정도로 밤을 지새우며 심혈을 기울였다. 출장을 마치고 돌아온 그에게 목표치를 달성한 보고서를 올리고야 말리라. 능력이 없었던 게 아니라 기회가 없어서 능력을 발휘하지 못했다는 걸 증명해 보이고 싶었다. 그런데 인사과로부터 한 통의 메일을 받은 제아는 바로 인사과로 내달렸다.

"권고사직이라니요? 제가 왜요? 너무 갑작스럽습니다!"

마른하늘에 날벼락이 이런 느낌일까. 제아는 당혹스러웠다.

"전 인사과 김 부장이 뒷돈 받고 회사에 넣어준 직원 명단에 문 팀장 이름이 있어요. 아니라고 할 수 있습니까? 증명할 방법은 있고?"

냉철하게 따져 묻는 새로운 인사과 부장의 눈매가 매서웠다.

"증명할 방법은, 없습니다."

제아도 바보는 아니었다. 회사 내부에서 연이은 권고사직을 실시하는 게 도준이 강훈 쪽 사람을 쳐내려 함이라는 걸. 그리고 그녀 또한 강훈의 입김으로 이 회사에 입사를 했다.

"문 팀장 하나 살리자고 1차 권고사직 대상부터 뒤엎어서 없는 일로 할 순 없어요. 억울한 건 알지만 사장님 승인도 떨어졌으니 받아들이세요."

아주 잠깐 눈앞이 새하얘졌다. 도준이 어떤 마음으로 승인을 했을지 알기에 그에게 미안했다. 결국 끝까지 오빠에게 도움이 되지 못하는구나. 난 걸림돌이구나. 제아는 흐트러진 호흡을 골랐다.

"……알겠습니다. 인수인계는 누구한테 하면 될까요?"

"온라인 기획팀 박세호 대리가 팀장으로 승진했으니 박 팀장에게 메일로 하세요."

지금까지 그녀가 밤새우며 노력했던 모든 게 허무함으로 돌아가는 순간이었다. 박세호 대리에게 인수인계를 한 제아는 그날부로 바로 짐을 싸서 회사를 나왔다. 그리고 며칠을 바보처럼 방구석에 처박혀 지냈다. 휴대 전화는 잠잠했고, 그녀도 굳이 도준에게 연락을 하고 싶지 않았다. 그리고 딱 3일째 되던 날, 회사에서 그녀에게 SOS를 보냈다.

"네? 다시 출근하라구요?"

이유야 어찌 되었든 제아는 허겁지겁 다시 회사로 나갔다. 사정을 듣자니 대충 이러했다. 제일 어패럴의 IT 보안을 담당하고 있는 데이콤의 보안망이 일시적으로 뚫렸고 중국 해커로부터 공격을 받았다. 주요 문서는 모두 잠겨버려 아무리 용한 기술자를 불러보아도 풀 수가 없다. 그렇다고 막대한 자금을 요구하는 해커들에게 돈을 줄 수도 없고.

보안망이 뚫린 특별 전략 기획팀과 다른 부서 몇 곳의 PC가 완벽하게 먹통이 되었고 제일 아웃렛 몰 관련 부서만 공격을 당한 것 때문에 모두 은근하게 한 부회장 쪽 소행이 아니냐고 수군거리고 있었다. 잔뜩 붉어진 얼굴로 신규 사업 팀 홍 부장이 제아를 불러들인 이유를 설명했다.

"사장님께서 대대적인 오픈 마케팅이 이루어져서 아웃렛 몰 오픈을 미룰 수 없다고 했습니다. 자료는 다 날아갔으니 급한 대로 문 팀장을 다시 부를 수밖에."

설명한 대로 그의 표정에는 마지못해 부른 기색이 역력했다.

"죄송하지만 저도 인수인계한 자료 모두 삭제했어요. 회사를 그만뒀는데 가지고 있는 건 불법인 것 같아서요."

단단히 경고를 한도준의 말이 기억나 홍 부장의 얼굴이 일그러졌다.

─온라인 몰의 성공적인 선 오픈이 곧 제일 아웃렛 성공의
지름길입니다. 수단과 방법을 가리지 말고 오픈 날짜 및
목표치 꼭 성사시키세요. 아니면 모두 사표 낼 각오해야
할 겁니다.

　문 팀장을 불러들이라고 제안한 건 바로 박 팀장이었다. 어
차피 잘되면 제아를 그냥 복직시키면 되는 거고 잘못되면 제
아에게 모든 책임을 전가하면 되는 거니 홍 부장은 그 제안을
받아들였다.

　"그래서 자신 없다는 건가?"

　제아는 잠시 생각에 잠겼다. 자료는 모두 삭제했지만 그 모
든 기획안이 도준의 도움을 받아 제 스스로 작성한 것이었다.
며칠 밤을 꼬박 새워야겠지만 아직 머릿속에 또렷이 남아 있
었다. 그리고 다시 온 기회를 놓치기 싫었다.

　"최선을 다하겠습니다. 그리고 성공하지 못하면, 제 발로 다
시 걸어나갈게요."

　15층에 도착한 제아는 감회가 새로웠다. 다시는 이 로비 바
닥을 걸을 일이 없을 줄 알았는데. 전략 기획팀에 도착하자 그
녀가 썼던 자리에서 박 팀장이 기다리고 있었다. 온라인 팀이
었을 때 편은 들어준 적 없지만, 그래도 생각해보면 항상 조용
히 업무를 알려준 게 박세호 대리였다. 그가 그녀에게 USB를
내밀었다.

　"문 팀장이 내게 보내준 파일 모두 이 USB 안에 있습니다."

"예에? 하지만 모두 날아갔다고……."

대체 이게 무슨 상황이지?

"이 중요한 걸 제가 삭제할 리가 있습니까? 문 팀장님이 권고사직 당하기 전날 한 사장님이 직접 전화하셔서 제게 지시한 사항입니다. 프로젝트 꼭 성공하셔서 이 자리 지켜내길 바랍니다."

"설마, 저 때문에……."

말문을 잊지 못하는 제아를 보며 박 팀장은 조용히 웃었다. 그는 인호와의 통화 내용을 떠올렸다.

―바로 내일 중국 해커가 보안망을 뚫고 몇 개 부서 PC를 아예 밀어버릴 겁니다. 그 전에 인수인계 파일을 따로 보관하고 있다가 문 팀장이 복직하면 건네주세요. 사장님께서 박세호 씨가 책임지고 나간 대가는 서운하지 않게 지불할 겁니다.

통화를 끝내는 순간, 예상을 넘어선 금액이 통장에 바로 입금이 되었다. 개인 사업을 해도 남을 만한 충분히 금액이. 그래서 그는 제아를 보며 생각했다. 참 복 많은 여자구나, 그런 남자의 사랑을 받다니.

"문 팀장, MD는 절대 손해 보는 딜을 진행하지 않는다는 제 말 기억해요?"

"……네."

"문 팀장 입사한 날부터 지금까지 그에 대한 충분한 보상을 받았으니, 빚졌다는 생각은 마세요."

입사한 날부터? 그럼 박 팀장도? 넋을 놔버린 제아와 달리 박 팀장은 홀가분한 걸음걸이로 짐을 챙겨 들고 사무실을 나섰다. 뒤늦게 정신을 차린 제아는 크게 심호흡을 내쉬며 박 팀장이 준 USB를 컴퓨터에 연결해서 확인했다.

그녀가 기획했던 파일 이외에도 도준이 분석해놓은 타사 마케팅 전략, 고객층 분석 자료와 빅 데이터까지 빼곡하게 들어 있었다. 새삼 느껴졌다. 그녀의 남자가 얼마나 지독하고 완벽한 남자인지.

제아의 입술 사이로 저절로 감탄사가 흘러나왔다.

"한도준 정말, 지독하다."

텅 빈 사무실, 벽시계가 자정을 알리자 그제야 제아는 PC를 끄고 사무실을 벗어났다. 엘리베이터 로비에 도착한 순간 또 속이 뒤집어졌다. 3일 동안 거의 식음을 전폐한 게 떠올랐다. 거기다 과도한 스트레스를 받았고. 그 상태에서 자정까지 버텨보겠다고 독한 커피를 들이켰으니 속이 남아날 리가 있을까. 제아는 몸을 틀어 화장실로 내달렸다.

"웁, 우욱!"

변기를 잡고 비어 있는 속을 더 비워버렸다. 세면대에서 입을 헹구고 손을 씻었다. 거울 속 파리한 안색을 한 여자가 자신을 쳐다보고 있었다.

"얼굴이 말이 아니네."

그러다 문득…….

"오빠 보고 싶다."

중얼거리며 화장실을 나오는 제아의 앞을 남자가 막아섰다. 차가운 뺨을 감싸는 크고 단단한 손.

"문제아 너."

나른하게 가라앉은 짙은 동공과 마주치는 순간, 심장이 널을 뛰었다. 제 남자를 알아본 설렘과 두근거림이 심장에 그득히 차올랐다. 나직하게 속삭이는 음성이 화가 난 듯하면서도 걱정이 가득했다.

"얼굴이 이게 뭐야."

무심하면서도 다정한 도준의 음성에 알 수 없는 서러움이 왈칵 터져 나온 제아는 무작정 도준의 목에 매달렸다. 과한 반가움에 멈칫하던 그였지만 이내 아무 말 없이 그녀를 품에 꼭 끌어안아주었다. 산뜻한 우디 향이 나는 그의 가슴에 얼마나 얼굴을 폭 파묻고 있었는지 모른다. 가까스로 얼굴을 들어 올린 제아가 나직하게 투덜거렸다.

"돌아오기 전에 연락 좀 먼저 해주면 덧나? 정말 매번 놀라게 해."

하지만 도준의 눈은 끊임없이 제아의 안색을 살피고 있었다. 화장실 밖에서 제아가 게워내는 소리까지 다 들어서 더 신경이 쓰였다.

"내가 먼저 물어야겠어. 대체 어디가 안 좋은 거야?"

성격상 걱정 끼치는 건 딱 질색이다. 하지만 이미 밖에서 들었으니, 어영부영 둘러댄다고 속을 도준도 아닐 테고. 제아는 괜찮다는 듯 웃어 보이며 이실직고했다.

"누구 없는 며칠 동안 누가 보고 싶어서 잠도 잘 못 자고 밥도 잘 못 먹었어. 그런데 거기에 권고사직까지 당해버렸네? 그래서 또 며칠 동안 고생 좀 했어. 그렇게 마음고생 시키더니 회사에서 또 복직하라네? 냉큼 복직했고 과도한 업무까지 소화해야 해서 내 심신 상태가 무너져 내렸어. 게다가 빈속에 커피까지 좀 마셨더…… 아얏!"

갑자기 도준이 손가락으로 이마를 팅기는 바람에 제아가 얼굴을 찡그렸다.

"나 없다고 누가 몸 관리 소홀히 하래."

이런 모습이 얼마나 날 속상하게 하는지 모르는 건가. 잠시만 곁을 비우면 이 꼴이다. 제아와 떨어질 때마다 불안해서 미칠 것 같다, 정말.

"내 성격이 이런 걸 어떻게 해. 속이 편하지 않으니 밥도 안 넘어가고 잠도 안 오는데. 나라고 뭐 그러고 싶어서 그랬나? 게다가 보고 싶은 오빠는 한 달 가까이 보지도 못 하지. 힐링할 게 없잖아."

"문제아 너 그 성격 좀 고쳐."

제아는 순간 기가 막혔다. 똥 묻은 개가 겨 묻은 개 나무란다더니. 지금 누가 누구한테 성격 고치라는 건지. 그런데도 얄밉기는커녕 좋아 죽겠다. 보고 싶어 죽는 줄 알았으니까.

제아는 다시 도준의 허리에 손을 두르며 그를 올려다보았다. 그저 좋아 배시시 웃었다.

"아, 몰라. 오빠 얼굴 봤으니까 이제 밥도 잘 먹고 잠도 잘 잘 거야. 됐지? 그러니까 인상 좀 펴. 우리 거의 3주 만에 보는 거거든요?"

"그래서 바로 달려왔잖아."

"……어디에서?"

"공항에서."

뜨헉, 제아의 동공이 팽창되었다.

"바보 아냐? 시차 적응해야 하니 집에 가서 좀 쉬지 여길 왜 달려와? 어차피 내일 볼 건데."

"내일 보는 건 내일 보는 거고, 오늘 보는 건 오늘 보는 거고."

기가 막힌 듯 자신을 응시하는 제아의 가냘픈 얼굴선을 도준의 손끝이 가볍게 어루만지며 흘러내렸다.

"보고 싶으면 난 언제든지 널 볼 거야."

말을 끝맺음과 동시에 도준의 팔이 제아의 어깨를 감쌌다.

"가자."

엘리베이터로 향하며 제아가 묻는다.

"설마 집까지 데려다주려고?"

"아니."

"그럼?"

"너 밥부터 먹이려고."

"이 시간에? 나 배 안 고파."

"먹어야 해."

"오빠, 나 진짜……."

"너 밥 먹는 동안 나는 네 컨디션 파악하면서 천천히 생각해야지."

"뭘?"

"한 달 가까이 참았잖아."

순간 얼어붙어버린 발걸음. 그런 제아를 엘리베이터 안으로 스윽, 끌어당기는 도준이었다.

"오늘 네가 날 감당할 수 있을까 없을까."

제아를 향해 내리깐 눈매 끝 묻어나는 웃음기에 어린 묘한 색기, 눈빛보다 끈적이는 음성이 새어 나왔다.

"널 집에 들여보내야 할까, 말아야 할까."

이 남자 3주 만에 나타나서 또 이렇게 진한 색기를 질질 흘려주신다. 나보고 어쩌라고.

24시간 운영하는 백반 식당에서 제아는 밥을 젓가락으로 뒤적이며 물었다.

"중국 해킹이랑 내 복직, 우연의 일치로 맞아떨어진 거지?"

"내 사전에 우연은 없어. 우연 믿다가 일 틀어지면 안 되니."

결국 해킹까지 도준에 의해 이루어졌다는 말이었다. 제아는 순간 현기증이 일었다. 일을 이렇게 크게 키우다니. 수습은 어떻게 하려고.

"고작 나 하나 때문에 일을 그렇게 키웠다구?"

"고작 나라니."

표현이 마음에 들지 않았는지 도준이 드물게 불편한 심기를 드러냈다.

"나한텐 네가 고작이 아니라 전부야."

감정 표현이 메마른 도준이지만 가끔씩은 이렇게 민망할 정도로 훅 치고 들어왔다.

"그래도 그렇지, 일을 그렇게 크게 벌이면 어떻게 해?"

"난 너만 지키면 돼."

"내 일은 내가 스스로 해결하고 싶어. 그 결과가 좋든 나쁘든. 이번에 오빠가 주는 기회 잡긴 했지만 자꾸 이러면 나 자립심 떨어져. 내가 무능력하게 느껴진다구. 오빠 그렇게 무능력한 여자가 좋아? 아니잖아."

"문제아, 난 기회를 줬을 뿐 그 자릴 지키는 건 철저하게 네 능력에 달려 있어. 이번 일도 기회만 줬을 뿐 네 스스로 증명하지 못하면 스스로 물러나야 되지. 이 정도면 자립심에 책임감까지 얹어준 거라고 생각하는데. 아닌가?"

도준을 본 순간 잊고 있었는데 떠올라버렸다. 성공 못하면 사직서다. 황금 직장도 잃어야 한다. 휴, 내가 잘할 수 있을까.

"능력 갖추기 무지 힘들다."

"제아 너, 능력 있는 여자야."

무슨 소리냐는 듯 제아가 도준을 응시했다. 혹시 이거, 위로?

"내가 원하는 걸 이룰 수 있을 만큼의 능력을 난 가지고 있어. 그런 내가 너라면 수단과 방법을 가리지 않고……."

이번엔 또 무슨 말로 심장을 들쑤시려고 할까. 제아의 귀가 쫑긋 세워졌다.

"그 정도로 네가 날 미치게 했어. 그것도 아주 제대로. 그게 진짜 능력이잖아. 아무나 갖지 못하는. 너만 가지고 있는."

"오빠."

"식사해. 이런 이야기는 식사 자리에 맞지 않아."

마음 편하게 밥을 먹으라는 뜻이었다. 곧이어 대화가 끊겼다.

의자 등받이에 느긋하게 등을 기대고 다리를 꼰 채 제아가 식사하는 걸 빤히 지켜보는 도준 때문에 음식이 입으로 들어 가는지 코로 들어가는지 모르겠다. 그동안 보지 못했던 제아 를 마음껏 눈에 담으려는 마음이었지만 그 시선을 받는 당사 자는 아니었다. 밥을 먹으라는 거야, 말라는 거야! 차라리 일 이야기를 하고 말지! 아, 도저히 못 먹겠다!

"오빠, 나 입맛이 없어서……."

"다 먹기 전까지 못 일어나."

양보는 없다는 듯 도준의 음성은 단호했다. 도저히 목구멍 으로 밥이 넘어가지 않는다고 말하고 싶었지만, 자신을 걱정 해서 그런다는 걸 알기에 꾸역꾸역 밥을 넘겼지만 몇 번이고 화장실로 달려갈 뻔했다. 힘겹게 한 공기를 비우고 나서야 식 당을 나올 수 있었다.

제아를 태우고 차에 오른 도준이 바로 그녀에게 몸을 숙여 왔다. 키스할 듯 확 들이닥친 매끈한 그의 얼굴에 심장이 후 들후들 떨려온다. 무슨 남자가 이렇게 유혹적으로 생긴 거야.

차마 눈을 마주할 자신은 없어 시선을 피하며 떨리는 입술을 조심히 움직였다.

"저기 오빠, 내가 오늘은 컨디션이 안 좋아서……."

"제아야."

차분한 도준의 음성이 제아의 말을 가로막았다.

"아픈 환자까지 잡아먹을 만큼 나 짐승 같은 놈 아니야."

"……?"

"그 정도는 컨트롤해."

다정하게 뻗은 손이 제아의 머리를 어루만졌다.

"그러니까 내 눈 보고 이야기해."

잡아먹힐 것 같아서 못 보는 게 아닌데. 오히려 그 반대인데.

"난 일분일초라도 네 얼굴을 더 보고 싶으니까."

부드럽게 눈매를 휜 채 다정하게 속삭이니 정신을 못 차리겠다. 이런데 어떻게 눈을 보고 거절하라구. 매력이 터져도 문제다, 문제.

갑자기 도준이 몸을 숙여왔다. 그렇지 않아도 몸에 힘이 없는데 훅 스며드는 짙은 도준의 향에 머리까지 어질어질했다. 안 보면 뭐하나. 냄새마저도 이렇게 유혹적인데.

찰칵―.

벨트가 채워지는 소리에 눈을 떴다.

"작은 복숭아 사탕은 금방 입 안에서 사라져. 씹어도 빨아도 성에 차지 않지."

제아는 직감적으로 느꼈다. 비유하는 복숭아 사탕이 자신이라는 것을.

"이왕 먹을 거 난 제대로 된 사탕을 먹어야겠어."

도준의 눈이 마주하고 있던 제아의 눈에서 찬찬히 흘러내렸다.

"천천히, 마음껏, 음미하면서."

지분거리는 손길처럼 은밀하게. 모르면 몰랐지, 이미 경험했기 때문에 눈빛만으로도 바르작바르작 몸이 미세하게 반응을 했다. 제아는 메말라버린 아랫입술을 본능적으로 혀로 축였다.

"그 버릇 꽤 위험해. 환자고 뭐고 다 무시하고 하고 싶어지잖아."

"오빠아!"

노골적인 표현에 새빨개진 얼굴로 꽥 소리를 지르는 제아를 보며 작게 웃음을 터뜨린 도준이 드디어 차에 시동을 걸었다. 운전하는 내내 도준은 핸들을 잡지 않은 다른 손으로 제아의 손을 꼭 잡고 있었다. 마침내 그의 차가 동네 입구에 다다랐다.

"운전 조심히 하고 내일 봐."

차에서 내려 돌아서는 제아의 몸이 갑자기 확 돌려졌다. 등 뒤로 차가운 차의 감촉이 느껴지는 순간, 제아의 마른 입술 위로 젖어 있는 입술이 덮치듯이 비벼지며 파고들었다. 무방비하게 당했지만 이내 불꽃은 타올랐다. 한 달이라는 헤어짐의 시간이 폭발하듯이 발화점을 낮추었다. 도준이 입술을 떼자 제아의 입술 사이로 가쁜 숨이 토해져 나왔다. 촉촉하게 습기를 머금은 입술이 귓바퀴로 옮겨갔다.

"좋은 소식 하나 물고 돌아왔어. 1년까진 걸리지 않을 것 같아."

1년? 무슨 1년? 그러다 떠올랐다. 서로가 서로의 소중한 첫 상대가 되었던 그날 밤, 도준이 했던 말이.

—1년만 기다려. 한도준이란 이름만 남기고 다 버린 후에 너랑 결혼할 거야.

1년의 의미를 헤아리는 순간 정신이 몽롱해졌다. 몽롱해진 정신 너머, 달콤한 도준의 음성이 귓가로 아득하게 쏟아져 들어왔다.

"그러니까 조금만 더 기다려줘, 내 복숭아 사탕."

연희는 이제 막 박중용과 저녁 식사를 끝내고 집으로 돌아온 참이었다. 그날의 계획이 틀어졌다고 들었다. 화연을 겁준 것도 모자라 그 여자의 딸까지 불러들여 옆 객실에서 밤을 같이 보냈다는 말에 하마터면 찻잔을 떨어뜨릴 뻔했다. 집으로 들어가자 한 부회장이 날카롭게 그녀를 맞이했다.

"왜 당신이 어르신을 만나고 다니는지 설명해봐."

설마 내게 사람이라도 붙인 걸까. 고운 눈매를 살짝 찌푸린 연희지만, 그렇다고 주눅 들지는 않았다.

"먼저 만나자고 한 건 내가 아니라 그분이에요. 도준이를 손녀사위로 마음에 들어 해요. 그런 집안이랑 사돈을 맺는 건 제일가에 득이 되는 건데, 나라도 나서서 밀어붙여야 하지 않겠어요?"

"도준이가 아니라 제일가 손자를 원하는 건 아니고? 당신, 강훈이가 우리 집 장남이란 걸 잊지 마."

"잊을 리가요. 호적에 버젓이 올라와 있는걸요. 다른 여자가 낳은 더러운 남의 자식."

조소하듯 연희가 말을 끝맺자 태영도 지지 않았다.

"도준이도 다른 남자 씨를 받아 당신이 낳은 더러운 자식이지. 그러니 나 혼자 그랬다고 피해자인 척하는 건 그만해."

"당신이 먼저 외도했어요! 잊었어요?"

"······당신도 잊었나보군."

태영이 싸늘하게 연희를 응시하며 말을 이었다.

"결혼한 순간부터 당신 몸에 손도 대지 못하게 한 걸 말이야. 혈기 왕성한 젊은 남자가 어떻게 버티길 바라는 거지? 다른 여자라도 찾아야 하지 않겠어? 내가 손만 벌려도 안길 여자가 지금도 수두룩한데."

"더러운 말 그만해요!"

연희는 각방을 쓰고 있는 침실로 들어와 문을 세차게 닫아 버렸다. 흐트러진 호흡을 가다듬었다. 저 비열한 인간을 얼른 치워버리고 싶다. 그러려면 박중용 그 사람의 힘이 절실했다. 얼른 문제아를 도준이한테서 치워버려야 해.

늦은 시간인데도 불구하고 연희는 다시 집을 나왔다. 어차피 그들 사이에 예의란 존재하지 않으니까.

"한연희…… 씨?"

대문 앞에 서 있는 연희를 보고 놀란 윤영은 세월은 이기지 못하는 듯 꽤 늙어 있었다.

"그쪽이 나올래요? 내가 들어갈까요? 선택해요."

거추장스러운 인사 따윈 서로에게 중요하지 않았다. 시간을 확인한 윤영이 가만히 비켜섰다.

"아직 내 딸이 오려면 시간이 조금 남았네요. 누추하긴 하지만 들어와요."

연희가 거실로 들어서자 윤식도 막 안방에서 나오던 차였다.

"우리 제아 왔…… 아니, 연희 네가 왜 여기에……."

귀신이라도 본 것처럼 낯빛이 창백하게 질린 윤식과 달리 연희는 태연자약했다.

"오랜만이에요, 윤식 오라버니."

사뿐하게 바닥에 앉자마자 연희가 본론을 꺼냈다.

"피차 얼굴 보고 있으면 불편할 테니 할 말만 하고 갈게요. 내 아들이랑 이 집 딸이 연애하는 건 알고 있나요?"

급격히 어두워진 표정으로 시선을 피하는 윤영을 보건대 알고 있는 게 분명했다. 알면서도 뻔뻔스럽게 방관하고 있다니. 더럽게. 차가운 연희의 눈빛이 더욱더 냉소적으로 변했다.

"그 두 사람 서로 연애하면 안 되는 사이인 거 본인들이 더 잘 알지 않나요? 지켜보는 난 더러워 죽겠는데."

"……"

"그게 아니면 윤리 같은 것도 다 집어던지고. 돈이 더 중요한 건가요?"

윤식이 무슨 말을 하려했지만 윤영이 손을 꼭 잡고 말렸다. 연희가 뒤에 서 있던 남자가 내미는 봉투를 받아 윤영에게 던졌다.

"그렇게 좋아하는 돈 줄 테니까 일 더 커지기 전에 말려요."

"이보세요, 한연희 씨. 우린 이제 당신 돈 필요 없어요! 그때야 절박했지만 지금은 아니라구요!"

꼴에 자존심은 있다고 윤영이 돈 봉투를 다시 밀었다.

"내 이름 함부로 부르지 마. 염치가 있으면 고개를 조아려도 부족하지."

연희가 싸늘하게 일갈하자 윤영이 입을 꾹 다물었다. 감히 애까지 낳은 남자를 유혹해서 다시 뺏어간 주제에! 더럽게 그 남자아이까지 낳은 주제에! 그래 놓고 감히! 차가운 분노가 들끓었다. 10년이 지났는데도 더했음 더했지 변함없는.

"당신 딸이 더로운 피는 물려받지 않았길 빌죠."

"한연희 씨, 말은 바로 해야죠! 그때 당신도 더러운 불륜이었어! 남편이 있는 여자가 재경 오빠 유혹했잖아! 더러운 건 내가 아니라 당신이야!"

두 여자의 살벌한 눈빛이 부딪치면서 불꽃이 튀었다. 정적으로 일어나 현관문으로 향하던 연희가 갑자기 돌아섰다. 윤영을 빤히 바라보더니 굳게 다물고 있던 작은 입술을 달싹였다.

"사랑 없는 정략결혼에서 벗어날 수 있게 용기를 준 사람이 그 사람이었어."

연희 자신도 왜 이런 말까지 하는지는 알 수 없었다.

"이혼하려고 했어. 그래서 거지 같은 그 판자촌에서 버텼어. 그런데 누가 내 남자를 채간 것도 모자라 아이까지 낳았어. 그래 놓곤 뻔뻔하게 그 사람 친구와 부부로 살고 있고."

그저 입이 멋대로 움직였다.

"그래 놓고 반쪽 피를 나눈 남매가 연애하는 걸 두고 봐? 돈 몇 푼 쥐어보겠다고? 그게 아니면, 날 또 엿 먹이고 싶어서?"

연이은 신랄한 공격에 공격 태세를 무너뜨리고 바닥에 털썩 주저앉은 윤영을 응시하는 연희의 눈에 환멸감이 어렸다.

"당신이 말해봐. 누가 더 더러운 거지?"

윤영은 대답할 수 없었다. 진실을 밝힐 수 없었다. 한 꺼풀 남은 껍질이 벗겨져버리면 둘 모두 무너져 내릴 테니까.

"이번 달 이내에 두 사람 헤어지게 해요. 막장 꼴 보고 싶지 않으면."

연희가 사라지자마자 윤영이 울음을 터뜨렸다.

"여보, 그러지 말고 차라리 밝히자."

"안 돼요! 그건 절대…… 안 돼. 저 여자도 나도…… 둘 다 무너져 내릴 거야."

그 여자는 불쌍하게 가버린 그 사람 때문에 무너질 테고, 윤영 자신은 완전히 발가벗겨져버린 자괴감에 무너질 것이다.

"이준일 만나야겠어요. 이대로 지켜보면 안 돼."

"여보, 시간이 너무 늦었잖아! 내일 같이 가자, 응?"

"아니야! 한시라도 빨리 둘을 떨어뜨려야 해!"

무언가에 홀린 듯 점퍼와 지갑을 챙겨 든 윤영이 급하게 대문을 나섰다.

얼마나 걸었을까. 윤영은 큰 도로 앞에서 얼어붙어버렸다. 갓길에 세워진 비싼 외제차 앞에 살갑게 서 있는 젊은 남녀는 바로 제 딸과 이준이었다.

"맙소사……."

애초에 처음부터 강경하게 말렸어야 했는데. 뜨거워지는 눈시울을 손등으로 훔친 윤영이 다가가자 깜짝 놀란 제아가 도준 앞을 가로막는다.

"어, 엄마!"

"넌 들어가 있어. 이준이랑 할 이야기가 있으니까."

"싫어! 나도 같이 갈래."

"제아야, 들어가 있어."

단호하게 버티던 제아는 도준의 다정한 한마디에 금세 꼬리를 내렸다. 마지못한 듯 제아가 집으로 향한다. 그러면서도 뭐가 불안한지 다시 휙 돌아서서 외쳤다.

"엄마 오빠한테 이상한 말 하기만 해봐!"

이래서 자식 키워봤자 소용없다더니. 윤영은 동네 근처 작은 커피숍에 도준과 나란히 마주앉았다. 조금 부족하긴 하지만 세 식구 행복하게 잘 지내고 있었는데 언제부터 틀어져버린 걸까.

그녀의 직감이 맞다면 도준이 돌아오고 나서 시작이 되었다. 오래전 재경이 그 여자와 연관이 되고 나서부터 불운이 닥친 것처럼. 호흡을 고른 윤영은 마음을 독하게 다잡았다.

"왜 하고많은 여자 중에 제아니."

"하고많은 여자 중에 유일하게 보이는 게 제아뿐입니다."

조금의 망설임도 없는 대답이었다. 그 말을 하는 도준의 눈은 막힘없는 직진이었다. 제아를 향한 사랑처럼 불도저처럼 밀어붙이는 것이다. 결국 윤영은 무너졌다.

"이준아, 제발. 내가 이렇게 부탁할게. 제발 우리 제아 좀 놔줘. 네가 놔줘야만 우리 세 식구 행복할 수 있어."

도준은 느릿하게 눈을 감았다 떴다. 한때 부모였던 눈앞의 여인에게 최선을 다하기 위해 미치도록 방황했던 그 시절. 하지만 이제 더 이상…….

"……죄송합니다."

윤영의 말을 들어줄 수 없다. 그러기엔 제아는 그의 전부이니까.

단호한 거절에 눈물 젖은 윤영의 눈이 살벌해졌다.

"지금은 사랑이라고 치자. 그런데 좀 더 지나면 너도 변해. 네가 가진 재력과 권력이, 널 변하게 할 거다."

눈을 내리깐 도준의 얼굴 위로 누군가가 겹쳐졌다. 윤영의 눈시울이 또다시 붉어졌다. 서로 인연을 찾지 못하면 남매처럼 부부처럼 오순도순 살자고 하던 재경의 얼굴이 시야 가득 차올랐다. 어린 시절 그녀의 유일한 태양이었던 남자 재경. 하지만 희망은 오래가지 않았다.

─나 연희를 사랑해.

해바라기처럼 변함없이 바라보았건만 외면당했다. 재경만은
다른 남자와 다를 거라 생각했는데. 결국은 부와 명예를 가진
그 여자를 선택했다. 그럴 거면 희망을 주지 말았어야지. 회상
을 끝낸 윤영의 입술 사이로 떨리는 목소리가 새어 나왔다.

"내 목숨을 내놓는 한이 있더라도 너희 둘, 내가 말릴 거야."

"어머니."

"난 네 어머니가 아니……."

"저도 행복해지고 싶습니다."

도준의 눈빛은 애절하고 먹먹했다.

단연코 처음이었다. 한결같이 냉랭했던 그 눈에 감정이란 게
어린 걸 본 건. 가끔씩 이 아이는 감정이라는 걸 느끼기는 할
까 하는 생각까지 했었는데…….

'내가 당한 일을, 내 딸도 당하게 할 순 없어!'

낯선 그 눈빛에 순간 독한 마음이 무너져 내릴 뻔했지만 윤
영은 다시 독하게 마음을 다잡았다.

"네 행복 때문에 난 내 딸의 불행을 모른 척할 수 없다. 널
어떻게 믿니? 남녀가 헤어지면 누가 뒷감당하는 줄 아니? 여자
야! 우리 제아라고! 망가지는 건 여자지 남자가 아니거든."

망가진 건 재경이 아니었다. 재경을 사랑한 윤영 자신과 연
희 그 여자였다. 언제나 그렇듯.

"난 내 딸 눈에서 피눈물 나는 꼴 못 본다. 피눈물 나는 꼴

보느니 차라리 안 보고 말아. 제아가 너와 부모 중에 누굴 선택하는지 보자꾸나. 그리고 내 허락도 없이, 제아에게 손끝 하나 댈 생각도 하지 말고."

단호하게 일어나는 윤영의 뒤통수로 도준이 차분한 음성을 흘렸다.

"오래전 제게 독하고 못된 놈이라고 하신 적 있습니다. 기억하세요?"

어렴풋이 떠오른 기억에 윤영은 말문이 막혔다. 퍼붓고 나서 후회했던 그 말을 갑자기 왜.

"어머니가 제대로 보셨습니다. 저란 놈은 원하는 건 어떻게든 가져야 하는 독한 놈입니다. 갖지 못할 바엔 차라리 부숴버려야 직성이 풀리는 못된 놈이구요."

돌아서니 어느새 단호함을 찾은 아름다운 눈동자가 차갑게 가라앉아 있었다.

"그렇게 독하게 말리실 거였으면 애초에 독하게 저를 쳐내셨어야 해요. 지금 제아는 제 전부입니다. 저도 저를 어쩔 수가 없어요."

도준이 천천히 자리에서 일어나 그녀에게 큰절을 올렸다. 윤식에게 그랬던 것처럼.

"죄송합니다, 어머니. 절 받아주실 때까지, 제 방식대로 밀어붙이겠습니다."

불효자가 되더라도 제 전부를 포기할 순 없는 법이다. 죽지 않는 이상.

Episode 25
나랑 키스하고 싶어도 참아

복직은 했지만 제아의 자리는 비서 팀에 마련되었다. 지금으로선 비서 업무보다 전략 기획팀 업무가 더 급하고 많았지만 사장의 지시이니 어느 누구도 태클을 걸 순 없었다. 제 여자를 곁에 두고 보겠다는데 누가 말리겠는가.

정각 8시 30분이 되자, 엘리베이터가 움직이기 시작했다.

비서들과 함께 도준을 기다리는 제아의 마음은 뒤죽박죽이었다. 어젯밤 도준과 만나고 들어온 윤영이 바로 안방에 드러누워버린 것이다.

—엄마 죽는 꼴 보고 싶지 않으면 도준이랑 헤어져.

그게 전부였다.

무슨 말이 오갔는지 궁금해서 죽을 것 같아 도준에게 물어봤지만 별다른 말이 없었다.

—불효자는 나 하나로 족해. 그러니 제아 너라도 어머니 말
  씀 잘 듣고 있어.

이러니 답답하고 미치는 건 제아뿐이었다.

'땅' 소리와 함께 엘리베이터가 열리고 인호의 천진난만한
음성이 로비를 울렸다.

"우리 비서 아가씨들, 잘들 지냈습니까?"

곧이어 무방비한 제아의 시야로 색색의 눈꽃들이 터지면서
밀려들었다. 가장 좋아하는 안개꽃이었다. 놀란 눈을 들자 알
레르기가 있어 생화를 가까이 하지 못하는 그녀 위해 드라이
플라워 다발을 들고 있는 도준이 보였다. 꽃 같은 남자가 들고
있는 꽃은 더욱더 환상적이었다.

"복직 축하합니다, 문 비서."

"……감사합니다, 사장님."

생각지 못한 꽃 선물이었다. 그것도 다른 비서들이 보는 앞
에서. 민망해서 죽을 것 같은데도 심장은 마구 쿵쾅거린다. 꽃
다발을 건네며 도준의 손끝이 은근하게 제아의 손을 어루만졌
다. 지극히 미세한 터치에도 전기에 감전된 듯, 몸을 움찔하는
제아의 얼굴에 발그레한 홍조가 돌았다.

집무실에 들어와서도 미련이 남은 듯 문을 보는 도준에게
인호가 태블릿 PC에 어떤 자료를 띄워서 내밀었다.

"이 정도면 충분하다고 보는데. 한 사장 생각은 어때?"

도준은 잠시 생각에 잠겼다. 박중용이 한 부회장과의 거래

를 언급한 건 조선 호텔에서 식사를 같이했을 때 이미 녹음을 해두었다. 수면제 때문에 흐려지는 의식 속에서도 재킷 안주머니에 있는 볼펜 녹음기를 누르는 걸 잊지 않았다. 녹음기 증거 자료를 넘기며 방심하게 해놓고 동시에 녹음을 한 것이다. 만약 중용이 제 손녀딸 때문에 다른 마음을 품을 때를 대비해 마련해놓은 증거였다. 그가 건드리기에 중용은 너무 거물이었다. 그러니 한 부회장만 무너뜨리고 중용은 나서지 못하게 막기만 하면 된다. 어차피 썩은 동아줄 따위, 중용은 미련 없이 잘라내버리리라.

"비자금 조성 건은 만족스러워. 그런데 정치계 쪽 로비도 꼭 같이 터뜨려야 해. 그래야만 민심이 우리 쪽으로 움직여서 우리가 안전할 수 있어."

언론과 민심이 그들에게 집중이 되어야만 보호막이 쳐진다. 아무리 국민들이 윗선에서 이루어지는 일들을 모른다 하더라도. 국민이 관심을 갖노라면 제 아무리 윗선이라고 해도 그들을 건드릴 순 없을 테니. 그러기 위해서 국민 기업이라는 타이틀도 확보해놓은 것이었다.

"아직 접선해보지 않은 이들이 꽤 남았어. 그 사람들 다 만나보라고 할게."

"거의 다 왔어. 조금만 더 힘내자, 유 실장."

처음엔 가능성 없다고 생각했지만 그 가능성을 현실화시킨 게 바로 도준이었다. 그런 도준을 믿기에 인호는 가만히 고개를 끄덕였다.

전략 기획팀과 오전 중 회의를 가졌고 팀원들은 제아를 격렬하게 반겼다. 제아는 그런 팀원들을 위해서라도 이번 프로젝트 건을 제대로 성공시키리라 다짐하고 또 다짐했다.

졸고 있는 지로의 정강이를 테이블 밑으로 걷어차는 걸 마지막으로 회의를 끝마치자 점심시간이 되었다. 복직 이후 첫 점심시간은 비서들과 함께했다. 식사를 한 후 느긋하게 커피 한 잔의 여유를 걸치니 복잡했던 마음이 조금은 가라앉는 기분이었다.

"권고사직 대상에 언니 이름이 있어서 우리가 얼마나 놀랐는지 알아요? 사장님이 승인해서 더 놀랐다니까요? 아무리 그래도 사랑하는 여자인데 그렇게 냉정하게 나 몰라라 할 줄 몰랐어요!"

"맞아, 그래서 우리가 사장님 욕 엄청 했어요! 사장님이랑 언니가 헤어진 줄 알았어요. 사장님이 언니 가지고 놀다 질려서 버린 거라고."

"입방정들 그만! 제아 씨 다시 스카우트되어 돌아온 거나 마찬가지야. 그러니까 둘 다 쓸데없는 소리 그만해."

입을 샐쭉거리던 김 비서가 냉큼 주제를 돌린다.

"근데 우리 사장님이 꽃을 선물하는 로맨틱함까지 있을 줄은 몰랐어요. 핑계야 복직 축하지만, 엄연히 따지면 이벤트잖아요. 사장님 그 성격에. 사장님이 언니 진짜 좋아하나 봐요."

"꽃만 줬음 다행이게? 사장님 손이 은근히 언니 손 어루만지는 거 내가 다 봤어요."

봐, 봤단 말이야? 당혹스러움에 제아의 얼굴이 발그레하게 달아올랐다.

"꽃다발 받으면서 우연히 스친 거야!"

"스치기는. 나도 만지는 거 봤는데?"

어림도 없다는 듯, 신 비서가 묘하게 웃으면서 말을 이었다.

"어휴, 이런 거 부러우면 지는 건데. 사내 연애 해보고 싶네."

"저두요!"

"저두요!"

티타임이 끝난 후 제아를 제외한 비서들은 다시 사무실로 복귀했다. 마침 도준이 집무실에서 나오고 있었다.

"사장님, 필요하신 거라도 있으세요?"

도준은 대답 대신 유일하게 비어 있는 자리에 시선을 고정하며 작게 중얼거렸다.

"복숭아 사탕이 없군."

귀가 밝은 신 비서가 용케도 도준의 그 중얼거림을 알아들었다.

"복숭아 사탕이요? 사장님 단 거 싫어하지 않으세요?"

"금단 현상이 꽤 심해서."

도준의 말에 신 비서가 그제야 이해한다는 표정을 지었다. 사장님이 담배를 끊었다는 걸 떠올린 것이다. 사장님 같은 남자는 은단보다는 그래도 사탕이 더 잘 어울리니까.

"제가 지금 당장 나가서 복숭아 사탕 사올까요?"

능력 있는 비서답게 신 비서는 도준의 지극히 작은 요구마저도 즉각 처리할 태세였다.

"됐습니다."

"혹시 제가 사탕 심부름을 기분 나쁘게 생각할까 봐 그러시는 거라면?"

"신 비서, 내가 말하는 사탕은 문……."

'비서만이 알고 있습니다.'라고 말을 끝맺으려는 찰나, 그가 그토록 찾았던 복숭아 사탕이 눈앞에 나타났다.

"제가 사오겠습니다!"

복숭아 사탕을 언급하는 도준 때문에 엘리베이터에서 내리자마자 헐레벌떡 뛰어온 것이다.

"제가 사올 테니까 사장님은 집무실에 들어가 계시면 될 것…… 같습니다."

둘을 지켜보는 비서들은 심장이 바짝 오그라들었다. 아무리 연인이라고 해도 하늘 같은 사장님인데. 그리고 우리 사장님이 어떤 분인데.

"그럼 부탁합니다."

말 잘 듣는 강아지처럼 돌아서는 도준의 뒷모습을 바라보는 비서들의 입이 한껏 벌어졌다. 우리 사장님이 정말 문 비서를 사랑하는구나. 진심이었어. 가지고 노는 게 아니었어. 모두 한결같은 생각을 하는 중이었다.

20여 분 후, 제아는 편의점에서 산 복숭아 사탕을 들고 집무실의 문을 두드렸다.

"들어와요."

문을 열고 들어가 집무실 책상까지 바짝 다가갔다. 사탕을 주는 대신 제아는 가슴에 단단히 팔짱을 낀 채 가늘게 뜬 눈으로 도준을 내려다보았다. 바른대로 말하라는 듯.

"진짜 사탕이 먹고 싶었던 거 아니잖아. 그치?"

"진심으로."

길고 새하얀 손가락에 든 펜으로 결재안에 멋지게 사인을 휘갈긴 도준이 드디어 고개를 들었다.

"사탕이 먹고 싶었어."

그 말을 나보고 믿으라고? 제아는 도준을 향해 믿지 않게 눈을 흘겼다. 미친 듯이 바쁜데도 그 입을 막으려고 사탕 심부름까지 해줬다. 도준이 사탕을 가져가려는 순간 제아는 얼른 사탕을 다시 거두어들였다.

"어제 엄마랑 무슨 말 했는지 말해주지 않으면 사탕 안 줄 거야."

"별말 안 했어."

"내가 바본 줄 알아? 그런데 왜 엄마가 드러누워?"

"어머니는 여전히 너와 내가 헤어지길 원하시지."

그 말에 제아의 심장이 철렁 내려앉았다. 상황으로 보아 윤영이 가차 없이 퍼부어댔으리라. 그걸 떠올리니 갑자기 도준에게 미안해졌다.

"미안해."

"미안해할 것 없어. 어머니께 불효자가 되겠다고 선언한 건 나니까."

도준이 집무 의자에서 일어나 천천히 다가왔다.

"넌 내 전부라고 절대 못 헤어지겠다고 선언했거든."

매끄럽게 파고든 손이 양쪽 허리를 잡더니 제아를 번쩍 들어 올려 책상 위에 앉혔다.

"뭐, 뭐 하는 거야?"

제아는 다리 사이로 정확히 파고든 도준의 몸 때문에 이러지도 저러지도 못하고 어정쩡하게 책상 위에 걸터앉아 있을 수밖에 없었다. 그런데 책상 위에서 도준을 내려다보고 있으니 기분이 참 묘했다. 이 남자를 내려다보는 것. 한도준이라는 남자가 주는 특혜. 도준이 사탕의 포장을 벗겨서 내밀었다. 손끝에 들린 짙은 갈색의 동그란 사탕을 제아는 물끄러미 내려다보았다. 이걸 왜, 나를 주지?

"한 달째 참았어. 담배도, 그리고 너도."

"……?"

"내가 지금, 지독한 금단 현상을 느끼고 있거든."

이번엔 사탕이 제아의 입술 가까이 다가왔다.

"뭐 해, 사탕 안 먹고."

그제야 확 깨달음을 얻은 제아의 얼굴이 열꽃이 피듯, 붉어졌다 입술이 닿고 서로의 숨을 섞은 게 이젠 셀 수 없을 정도인데도 도준이 이럴 때면 심장이 발악을 한다. 첫 키스도 안 해본 것처럼.

"나, 나는 사탕이 먹고 싶지 않아."

"그럼 넌 입술에 물고만 있어. 내가 알아서."

발그레한 얼굴을 한 채 뒤로 상체를 빼는 제아의 허리를 바짝 당겨 안으며 도준이 나직하게 웃었다.

"천천히, 마음껏, 음미하면서 먹을 테니까."

입술이 다가온 순간 주도권이 제대로 넘어가버렸다. 서로의 입 안에서 넘나들던 복숭아 사탕이 점점 형체를 잃어갔다. 새끼손톱만큼 작아지자 과격하게 몰아붙이던 도준의 키스가 감질나게 섬세해졌다. 물어뜯고 짓이기며 비벼대는 지독한 감각이 옅어지자 안달이 났다. 조금만 더 진하게. 조금만 더 강하게. 조바심을 느꼈는지 도준의 젖은 입술이 목덜미를 공격했고 시야가 흐릿해질 정도로 동공이 풀렸다.

목덜미에 이어 손가락이 차례대로 순서 있게 도준의 뜨거운 입 안으로 빨려 들어갔다. 오른손이 끝나자 왼손이 이어졌다. 혀끝에 남아 있는 작은 사탕이 손끝의 피부에서 느껴진다. 그 사탕이 형체 없이 사라지는 걸 손끝의 감각으로 느꼈다.

드디어 길고 길었던 키스가 끝났다. 키스하기 전 도준이 엄포를 놓았던 것처럼 천천히, 마음껏, 음미 당하고 먹혀버렸다. 책상에서 내려오려는 제아의 행동을 막으며 도준이 물었다.

"말해봐. 다음 스케줄이 어떻게 되는지."

"GK몰 MD랑 미팅하기로 했어."

업무를 입에 담자 나른하게 풀어졌던 현실 감각이 또렷해졌다.

"시간 여유가 얼마나 있지?"

벽시계로 향한 제아의 눈이 휘둥그레졌다. 체감한 시간은 몇 분밖에 안 된 것 같은데 벌써 30분이 흘러 있었다. 갑작스러운 사탕 심부름에 사탕 키스까지, 엉뚱하게 시간을 허비해 버렸다. 마음이 다급해졌다.

"맙소사! 지각이야!"

"내가 데려다줄게."

"지금 차 막힐 시간이거든? 지하철이 차라리 빨라."

"차로 데려다주겠다고 안 했는데."

"……?"

"오토바이로 데려다줄게. 15분이면 가."

나란히 오피스룩 차림으로 오토바이를 타고 강남 대로를 달리는 건 참 짜릿했다. 정확히 15분 만에 도착을 했고, GK몰과의 미팅은 생각보다 길어졌다.

"3개월. 제일 아웃렛 자사 사이트 외 판매 몰 독점권을 우리 쪽에 주는 게 어때요?"

오픈에 앞서 대대적인 마케팅에 들어가긴 했다. 하지만 온라인 몰 매출이 부족할 걸 대비해서 대형 종합 몰인 GK몰에서 첫 판매를 동시 진행하려는 것이다. 국내에서 가장 많은 회원을 보유한 온라인 종합 패션 몰이니 부족할 수 있는 매출도 채워주고, 한국에 첫 입점하는 브랜드에 대한 홍보 효과도 톡톡히 보고. 어떻게든 목표치를 달성해서 사표를 내는 일은 없어야 하니까.

"GK몰 상단 가장 큰 메인 광고 자리에 3개월 내내 24시간

동안 띄워줄게요. 이 정도면 파격적이지 않아요?"

해외 직구족이 늘어난 만큼, GK몰은 제자리에서 머무르고 있는 매출을 확 끌어올릴 만한 새로운 브랜드가 필요한 상황이었다. 해외 직구가 힘든 고가 또는 희소성 있는 브랜드. 마침 제일 어패럴에서 GK몰 구미에 맞는 브랜드를 우르르 새롭게 론칭하는 만큼 그들도 어떻게든 이 거래를 성사해야 했다.

"수수료는 2% 더 다운! 어때요? 이래도 고민할 거예요?"

득실을 따지느라 제아가 침묵하자, 정 대리가 몸이 달아 수수료까지 파격적으로 제안을 했다. GK몰 미팅에 몇 번 따라갔을 때마다 항상 거만한 태도로 일관하던 정 대리가 이렇게 굽실거리다니. 참 이질적인 광경이었다.

"좋아요."

결국 서로에게 이득이 되는 거래가 체결되었다. 평소답지 않게 엘리베이터까지 배웅을 해주며 정 대리가 조심히 물었다.

"제일 어패럴 사장님이 그렇게 멋지다면서요?"

소문이 여기까지 났나?

"사진 보니까 끝내주던데. 실물은 더 끝내준다면서요?"

"네? 사진이라니요?"

"이쪽 일 오래하다 보면 거래처 사람들끼리 웬만하면 서로 잘 알아요. 제일 어패럴에 있는 지인들 만났다가 우연히 사진 봤거든요. 어후, 노처녀 가슴에 불나는 줄 알았어요. 호호! 회사 다닐 맛 제대로 나겠어요, 문 팀장님은. 우리 회사는 다 아저씨들밖에 없는데."

'회사 다닐 맛 나게 하는 그 남자가 제 남자랍니다.'

제아는 속으로 웃으며 대답했다.

"근데 나 하나 더 물어볼 거 있는데. 문 팀장, 그거 어디서 맞았어요?"

"네?"

"필러 말이에요."

제아의 눈이 휘둥그레졌다. 죽을 정도로 아파도 주사 무서워서 병원 안 가는 내가 웬 필러?

"저 필러 같은 거 안 맞는데요."

"에이, 그러지 말고 공유 좀 해줘요."

"……?"

"입술 필러 맞았잖아요. GK몰 몇 번 왔을 때랑 입술이 확연히 다른데. 너무 자연스럽게 탱탱하다. 병원이랑 의사 이름 좀 나한테 알려주면 안 돼요? 같은 여자끼리 좋은 정보는 공유를 해야 더 친해지고 돈독해지죠."

웃어야 하나, 말아야 하나. 그도 그럴 것이 도준이 사탕과 함께 먹어치운 게 제 입술이었다. 그러니 손만 대도 터질 것처럼 탱탱하게 입술이 부어올랐겠지. 병원명은 제일 어패럴, 의사 이름은 한도준, 시술명은 사탕 필러라고 말해줄 수도 없고. 제아는 그저 얼굴을 붉히며 웃었다. 매출 달성하면 그때 병원명과 의사명, 시술명까지 알려주겠노라고 말하며 건물을 나왔다. 빠른 걸음으로 지하철역으로 향하는데 뒤에서 클랙슨 소리가 들려왔다. 설마 오빠? 기대감에 휙 돌아섰지만 내려간

차 창문 사이로 보이는 건 지로였다.

"대놓고 실망하는 표정 그만 짓고 타기나 해."

도준이 아닌 것에 대한 실망감을 얼굴에 한껏 드러내며 올라타는 제아를 보며 지로가 속으로 중얼거렸다.

'내가 여기서 30분이나 기다린 것도 모르고.'

탐스러운 긴 머리를 휘날리며 버스 정류장으로 향하는 동안 꽤 많은 남자들이 그녈 돌아봤다는 것도 본인은 모르겠지. 사실 제아는 눈에 확 들어올 정도로 눈에 띄는 미모는 아니었다. 그런데 이상하게 본능적으로 생각이 나서 돌아보게 되고 향긋한 향이 코끝에 맴돌았다. 강렬한 첫인상보다 더 무서운 이끌림. 그게 바로 제아라는 여자였다.

"웬일로 데리러 왔어?"

"내 업무가 너잖냐. 아까는 다른 일 때문에 못 데려다줬고 데리러 오는 건 당연한 거지."

지로가 힐끗, 제아를 보았다.

"그나저나 문제아 너, 좋아 보인다?"

"내가? 한 달 가까이 잠도 잘 못 자고 잘 먹지도 못했는데?"

"살이야 안쓰러울 정도로 빠졌지."

"……그런데?"

"표정이 좋아 보인다고. 그전에는 회사 이야기만 나오면 겨우 버티는 것처럼 아슬아슬해 보였는데 지금은 뭐랄까. 얼굴에 열정이 넘쳐난다고 해야 하나. 하여튼 좋아 보인다는 뜻이야. 멋있어 보이고."

지로의 말에 제아가 멋쩍은 웃음을 지었다.

"그래 보여? 그럼 다행이구. 사실 전에는 일하는 즐거움을 몰랐었어. 근데 이젠 그걸 깨달았다고 해야 할까. 내가 하는 만큼 결과가 나오고 그 결과를 인정받고 대가를 받을 수 있다는 게 너무 좋아."

도준이 나타나기 전까지, 그녀에게 회사는 곧 지옥이었다. 빠져나오고 싶지만 빠져나올 수 없는, 나올 수 있는데도 기어이 버텨야만 하는 이상한 지옥. 직원이 아닌 알바생 같았고, 일을 하는 게 아니라 하녀처럼 부림을 당한 기분이었다. 그런데 도준이 나타남으로써 천천히 바뀌었다. 그러곤 결국 이 자리까지 왔다. 기회는 도준이 모두 주었다. 하지만 그 기회를 지켜내는 건 철저하게 제아 자신의 몫이었다.

"부모님은 선배랑 네 관계 알고? 좋아하셔?"

그렇지 않아도 어젯밤 그 일 때문에 신경 쓰여 죽겠는데. 지로가 거침없이 핵심을 찔러들었다.

"엄청 반대하셔. 엄마가 자기 죽는 꼴 보고 싶지 않으면 오빠랑 헤어지래. 이유가 뭐냐고 물어봐도 대화 자체를 거부하셔. 그러니까 내 속이 터질 것 같지."

제아의 시무룩한 목소리와 어두운 표정에 지로는 당황한 기색이었다.

"미안하다. 내가 괜한 걸 물었네."

"자식 이기는 부모 없다니까 차분하게 버텨봐야지. 그동안 넌 우리 집 출입 금지다, 한지로."

"나는 또 왜?"

"너 우리 집에 오면 너랑 붙이려고 난리를 칠 거야. 안 봐도 뻔해."

"……알았다."

"고마워."

"고마운 줄 알면 하나만 약속해라. 선배가 힘들게 하면 나한 테 꼭 말해준다고."

"이 말 믿으려나? 오빠 때문에 힘든 것도 행복하다고 하면. 그래서 말할 일 없을 것 같아."

씩씩하게 웃은 제아는 창밖으로 시선을 던졌다.

웬만해선 짖지 않는 벼룩이가 마구 짖어대는 소리에 윤영은 밖으로 나왔다.

"이놈의 자식, 왜 또 짖는 거니?"

그런데 초록색 철창 사이로 어른거리는 길쭉한 음영. 대문 을 활짝 열어젖히자, 반듯한 자세로 서 있는 도준이 보였다.

"너 또 왜 찾아왔니?"

다짜고짜 면박을 줘보지만.

"어머니가 차려주시는 저녁 얻어먹으려고 왔습니다."

윤영은 잠시 제 귀를 의심했다. 너무 똑똑하다 못해서 드디 어 미쳤나?

"너 방금 뭐라고…… 저녁? 내가 차려주는? 그것도 우리 집에서?"

윤영은 잠시 생각해보았다. 이 아이가 이렇게 안하무인인 적이 있었나. 단연코 한 번도 없었다. 기대에 어긋난 적도 없고 어딜 가나 칭찬일색이었으며 제 말이면 죽는 시늉까지 하던, 가족밖에 모르던 아이였다.

"이게 밀어붙인다는 네 방식인가 보구나. 그런데 이를 어쩌니. 그 방식, 나한테는 하나도 안 먹히겠구나."

매몰차게 대문을 닫으려는 순간…….

"제아 오늘도 굶기실 겁니까?"

괜히 자신을 탓하는 것 같아 윤영이 시뻘건 얼굴로 다시 대문을 열었다.

"굶기긴 누가 굶겨? 그것이 고집 피우면서 밥 차려줘도 안 먹는 거지!"

"제아 한 달째 잠도 잘 못 자고 식사도 잘 못 했습니다. 그래서 살도 많이 빠졌고 몸 상태도 좋지 않아요."

"그렇게 잘 알면 한 살이라도 더 먹은 네가 제아를 좀 봐주지 그러니? 너만 아니면 제아가 그렇게 몸 고생 마음고생 할 일 없잖니!"

"저 때문이라는 건 부정하지 않겠습니다. 그런데 헤어지지는 못해요. 그래서 어머님이 싫어하실 걸 알면서도 찾아온 거예요."

집 앞까지 쳐들어와서 사람 염장 지르려고 하는 게 분명했다. 권력과 재력 다 갖췄다고 이제 내가 만만해 보이는 건가? 거기까지 생각이 미치사 벌컥 성질이 올라왔다.

"소금이라도 끼얹기 전에 당장 내 집 앞에서 사라져라."

더 이상 상대할 가치가 없다고 생각하고 돌아서려는 순간……

"저에게 저녁 주시면 어머니 허락받을 때까지 손끝 하나 대지 않을게요."

"너 지금 그걸 나한테 거래라고 내놓는 거니!"

윤영은 지금 기가 막히고 코가 막힐 정도였다. 아무리 협박할 게 없다고 해도! 돈으로 안 되니 별걸로 다 협박하네! 그런데 또 묘하게 설득력이 있고 무시할 수 없는 윤영이었다.

"제아가 회사에서도 식사를 제대로 못해요. 그 정도로 예민해져 있습니다. 그런데도 저녁은 집에서 먹겠다고 고집하고 집에선 또 다른 핑계로 안 먹겠죠."

틀린 말은 아닌지라 윤영은 어떤 말도 할 수 없었다. 눈에 띄게 살이 빠지고 혈색 안 좋은 딸이 떠오른 것이다. 제 성질 못 이겨서 지 몸뚱이를 갉아먹고 있는 것이다. 대체 누굴 닮아 성질머리가 그 지경인지.

"반대하시는 어머니 마음 돌려달라는 게 아닙니다. 제가 같이 먹으면 제아도 식사할 겁니다. 제아 컨디션 돌아올 때까지만 참아주세요."

"……"

"허락한 거라고 오해받으실까 봐 그러는 거라면 강경하게 다시 한 번 반대하시고 제아에겐 옛정 때문에 못 쳐내는 거라고 해주세요."

"무슨 소리! 난 이제 너에게 옛정 따위 조금도 없다!"

"그럼 연기라도 해주세요. 제아를 위해서라도."

"내가 바본 줄 아니? 그러면서 허락 받아내려고 하는 거 모를 줄 알아?"

갑자기 도준이 윤영을 빤히 응시했다.

"그럼 허락, 해주실 겁니까?"

그게 그 말인가? 제대로 트집이 잡힌 기분이었다. 똑똑하기는 무지 똑똑한 아들이었다. 윤영의 얼굴이 제대로 일그러졌다.

"그럴 일 절대 없어. 그러니 꿈도 꾸지 말고 돌아가!"

"저녁 식사 허락해주시는 동안만큼은 사적으로 둘이 만나지도 않고 손끝도 대지 않겠습니다. 그래도 안 되겠습니까?"

대문을 사이에 두고 오가는 대화에 이웃집에서 현관문이 열리는 소리가 났다. 오래되고 작은 동네이니만큼 그만큼 소문에도 민감하다.

"널 누가 보면 안 되니 우선 들어와라. 대문 안까지만이야."

대문 안으로 발을 들이며 도준은 생각했다. 강철 벽처럼 단단했던 초록색 대문의 경계가 드디어 무너졌다고.

주방에서 윤영이 빠르게 손을 움직이고 있다. 대충 있는 음식 재료로 요리를 하면서도 내가 뭐 하는 짓인가, 생각이 들었다. 하지만 지금 상황에서 둘을 말리려면 이 방법밖에 없었다. 도준이 자제하지 않는 한 자제력 없는 천방지축 딸이 무슨 짓을 할지 몰라 불안해서 미칠 것만 같았다. 덜컥 임신이라도 해서 나타나면 수습 불가였다. 결국 도준을 집으로 들일 수밖에 없었다. 이렇게 해서라도 최악의 상황은 막아야만 하니까. 그놈의 자식이 뭔지. 후생에선 자식 따위 절대 낳지 않으리라 다짐하는 윤영이었다.

주방 너머로 현관문이 열리는 소리가 들렸다. 잠시 나갔다 오겠다는 도준이 들어왔나보다. 그런데 손에 선물 꾸러미가 한가득이었다. 쇼핑백에 새겨진 백화점 로고로 보아 미리 사 온 선물이었다.

"이게 다 뭐니?"

"돈으로 드리기는 뭐해서 간소한 선물 몇 개 준비했어요."

"선물 같은 거 다 필요 없으니 그건 도로 가지고 가거라."

"받으세요. 완벽한 남인데도 불구하고 이렇게 저녁을 차려주시면 제가 착각할지도 모릅니다. 어머니가 조금은 제게 마음을 열었다고 말입니다."

"……."

"절대 손해 보는 짓은 하지 말라고 가르치신 게 어머니세요. 어머니 말씀대로 전 제 손에 권력과 재력을 다 틀어쥐고 있는 놈입니다. 그런 놈한테 이 정도 실속은 챙기셔도 됩니다."

말을 해도 어찌나 잘하는지. 예의바르게 서서 저를 향해 잔잔하게 웃는 도준의 미소는 마약 수준이었다. 재경 오빠를 쏙 빼다 박은, 여자들을 정신 못 차리게 하는 정갈한 미소. 이러니 제아가 정신을 못 차리지. 화장실로 향하는 도준의 손에 전구가 들려 있는 걸 본 순간 윤영은 심장이 뻐근하게 저려왔다. 그제야 생각이 났다. 화장실 등이 깜빡거린다는 걸.

요동치는 심장을 다시 독하게 다잡은 윤영은 다시 요리에 집중하며 중얼거렸다.

"흔들리지 마. 그래도 쟨 안 돼. 남자는 다 똑같아."

때마침 퇴근을 한 제아가 집 안으로 들어왔다.

"다녀왔습니다."

눈조차 마주치지 않은 채 제 방으로 향하는 제아를 윤영이 불러 세웠다.

"저녁 먹어야지."

"배 안 고파. 회사에서 저녁 먹고 왔어요."

"어머니한테 거짓말을 하면 안 되지."

별안간 들려오는 나직한 남자의 음성에 무심코 고개를 돌린 제아의 눈이 격하게 팽창했다.

"……도준 오빠?"

화장실에서 전구를 갈고 나오는 도준의 모습에 제아는 손등으로 다시 눈을 비비고 쳐다봤다.

도준을 보고 넋이 나간 딸의 표정은 꽤 볼 만했다. 멍하니 풀린 눈이 윤영에게 향했다.

"먹기 싫으면 말든지. 이준이 혼자 먹으라고 해야겠구나."

쌩하니 윤영이 주방으로 들어가자 뒤에서 후다닥 급하게 서두르는 소리가 들린다.

"머, 먹어! 나 저녁 먹어! 씻고 나올 테니까 기다려!"

가방이 던져지고 코트가 던져지고 문이 '쾅' 닫히며 물 소리가 들렸다. 쯧쯧, 저렇게 좋나. 방심한 사이 도준은 어느새 윤영이 찧고 있던 마늘 통을 가져가서 찧고 있었다.

"줘라! 손님한테 이런 거 안 시킨다!"

"손목 안 좋으시잖아요. 이것만 해드릴게요."

또다시 가슴 어딘가에서 무언가가 울컥 치밀어 올랐다. 작은 것 하나도 잊지 않고 기억하고 있는 이 아이를 어떻게 해야할까. 마지못한 척 도마의 칼을 쥐는 윤영의 손이 가늘게 떨렸다. 네 식구가 오순도순 행복하게 살던 그때가 떠올랐다. 정말 행복했는데.

"아얏!"

그녀답지 않게 식칼에 손을 베어버렸다.

"괜찮으세요?"

타악―.

놀라서 다가와 뻗은 도준의 손을 윤영이 쳐냈다.

"괘, 괜찮다! 화장실 좀 다녀오마."

화장실로 들어온 윤영의 시야가 흐려졌다.

"내가…… 내가 주책맞게 왜 이러지?"

어차피 돌이킬 수 없는 일이다. 내가 흔들리면 우리 제아가 불행해져. 그러니 내가 독하게 버텨야 해. 윤영은 독하게 다짐한 후 촉촉이 젖은 눈가를 닦은 후에야 아무렇지 않은 척 다시 주방으로 향했다. 얼마나 급하게 씻었는지 물기도 제대로안 말린 채 제아가 반찬을 접시에 담아 옮기고 있었다.

"제아 너 머리 물기 제대로 안 닦아?"

윤영의 나무람에 귀엽게 코를 찡긋한 제아는 물기를 닦는 대신 수건으로 머리를 돌돌 말았다.

"이제 됐지?"

한 성격 하는 윤영이 또 도준을 어떻게 할지 몰라 불안해서 샤워도 5분 만에 끝내고 나온 제아였다. 밥 생각은 없었지만 그래도 도준이 곁에 있으니까.

"엄마, 손 괜찮아? 집밥 최 선생이 왜 그런 실수를 했어?"

"내 손보다 이준이 불편할까 봐 더 신경쓰고 있는 거 알거든?"

마지못해 식사를 차려줬지만 뭐가 그리 불편한지 윤영의 표정은 딱딱하게 굳어 있었다. 하지만 정작 당사자인 도준은 굉장히 편안해 보였다. 도준이 메추리알로 젓가락을 뻗자 제아가 얼른 움직여 메추리알을 집어 그의 밥 위에 올려주었다.

"너도 얼른 먹어야지."

그제야 밥을 한 숟갈도 뜨지 않았다는 걸 떠올리며 밥그릇과 가장 가까운 반찬에 무심코 손을 뻗었다. 그런데 그게 갈치조림이었나보다. 그녀의 젓가락이 닿기도 전에 그 접시가 도준 쪽으로 옮겨졌다.

"넌 갈치조림 좋아하지도 않으면서 뒤적이려고 하니? 먹을 사람 그냥 먹으라고 손대지 마라. 그리고 이준이 넌 얼른 먹고 너희 집 가고! 무턱대고 쳐들어와서 저녁은 대접했다만 다신 그러지 마. 내가 너에게 베푸는 마지막…… 정이니까. 다신 이 정말 간도 부었어."

식사 내내 구박 받는 도준을 보는 제아의 마음은 절대 편하지 않았다. 마음이 아파서 눈물이 날 뻔했다.

"……밥 잘 먹을 테니까. 그러니까 다신 이러지 마."

"이런, 큰일인데?"

부드럽게 휘어진 도준의 눈매에 미약한 웃음기가 번졌다.

"스케줄 빌 때마다 저녁 얻어먹으러 갈 생각이었는데."

"뭐어? 오빠 미쳤어?"

"미친놈 중에서도 상 미친놈이 나지."

그런 소름 돋는 말을 하는 중에도 도준은 참 멋있어 보였다. 심장 떨리게 왜 이렇게 멋진 거야?

"오빠, 나 장난할 기분 아니거든? 심각하다구."

"나도 장난으로 한 말 아니야."

"그런 구박을 받고도 우리 집 와서 밥을 또 먹겠다구? 오늘은 우연히 얻어걸린 거야. 다음엔 어림도 없다구. 우리 엄마 성격 나보다 오빠가 더 잘 알잖아. 오빠 또 우리 집 오면 나 내 명에 못 살 것 같아."

"어머니를 잘 알아서 이러는 거야."

"알면 하지 마, 제발. 나 오빠가 구박 받고 눈칫밥 먹고 자존심까지 버리면서 그러는 거, 보기 싫어."

갑자기 도준이 걸음을 멈추고 제아의 앞에 마주 섰다.

"문제아, 부모님이 반대하는 결혼 나랑 할 수 있어?"

"……아니. 근데 그건 왜?"

런 일 없을 줄 알아."

제아는 지금 신기한 광경을 보는 중이었다. 도준이 언제부터 이렇게 눈치가 없었던 걸까. 아니면 철면피? 윤영의 갖은 구박과 눈치에도 도준은 밥을 두 그릇이나 뚝딱 해치웠다. 설거지 거리까지 싱크대로 모두 옮긴 후에야 도준이 윤영에게 작별 인사를 했다.

"그럼 가보겠습니다, 어머니."

물론 윤영은 끝끝내 돌아보지 않았다.

"오빠 배웅해주고 올게."

도준을 쫓아 대문 밖으로 나오자마자 제아는 당연하다는 듯 팔짱을 꼈다. 그러면서 참았던 질문들을 마구 퍼부어댔다.

"우리 집은 어떻게 들어온 거야? 무슨 말로 엄마 꼬드긴 거냐구. 오빠 우리 집에 있는 거 보고 나 심장 터져버리는 줄 알았단 말이야. 나 놀라서 기절하는 꼴 보려고 연락도 없이 쳐들어온 거야?"

궁금해 죽겠다는 표정으로 올려다보는 제아를 도준이 비스듬히 시선을 틀어 내려다보았다.

"사준다고 해도 싫고, 말은 집에서 잘 먹는다고 하는데 얼굴은 부쩍 야위었고. 내가 두 눈으로 직접 확인하는 수밖에."

순간 얼굴이 화끈 달아오른 제아였다. 이래서 도준에겐 거짓말을 하면 안 되나보다. 집까지 용감무쌍하게 쳐들어올 줄이야.

"그런다고 우리 집까지 쳐들어와? 우리 엄마 성격 알면서?

"부모님이 허락하지 않는 결혼. 제아 네가 행복할 리가 없다는 거 알아."

그럼 우리 정말, 죽을 때까지 연애만 해야 하는 거야? 도준에게 묻고 싶었지만 차마 입이 떨어지지 않는 제아였다. 그저 고개만 자꾸 바닥으로 숙여졌다.

"고개 들어봐, 문제아."

그래도 고개를 들지 않자, 한숨 섞인 도준의 짙은 숨결이 가까이 밀려들었다.

"내 쪽은 장담 못 해. 아니, 아마도 안 되겠지. 하지만 제아네 부모님 허락은 내가 꼭 받아내."

느릿하게 달싹이는 붉은 입술이 고집스러운 약속을 쏟아냈다.

"허락만 받을 수 있다면 나 뭐든지 할 거야. 그까짓 자존심 개나 줘버리라지."

꺾어진 고개가 키스할 것처럼 비스듬히 파고들었다. 그 각도에 놀란 제아의 심장이 어느새 쿵쾅거리며 기대치를 높이고 있었다.

"포기하지 않고 두드릴 거야. 네 부모님이 날 사위로 받아들이실 때까지."

도준을 향한 걱정은 이미 사라진 지 오래였다. 제아는 본능적으로 눈을 감았다. 감은 눈꺼풀이 파들파들 떨렸다. 기가 막히게 키스를 잘하는 입술이 닿을 듯 가까이 있는데 심장이 온전할 리가 없었다. 살그머니 입술을 오므린 채 다가서보지만 지독한 쾌감을 느끼게 해주는 입술은 아무리 기다려도 느껴지지 않는다.

"아, 미치겠네."

나직하게 뱉어내는 도준의 신경질에 제아의 눈이 반짝 뜨였다.

"그 약속은 하지 말 걸 그랬나."

"……?"

"저녁 얻어먹는 동안, 너한테 손끝 하나 대지 않겠다고 어머니한테 약속했거든."

"누구 마음대로!"

미치지 않고서야 그런 약속은 할 수 없는 것이다. 제아는 그저 원망스러운 눈빛으로 도준을 바라보았다. 그도 그럴 것이 제 입으로 내뱉은 말은 꼭 지켜야 하는 그라는 걸 아니까. 키스 중독자로 만들어놓고 이렇게 내빼다니. 그것도 나한테는 물어보지도 않고. 제아가 입을 샐쭉거리며 툭 쏘아붙였다.

"우리 엄마한테는 그런 거 안 통해. 그러니까 이제 저녁 먹겠다고 오지 마."

"자꾸 부딪쳐야 정 드는 법이야."

"못 느꼈어? 우리 엄마가 오빠 못 볼 거 보는 것처럼 쳐다봤어. 구박에다 눈치에다. 부모님한테 간 쓸개 다 바쳐놓고 그런 취급당하는 거, 내가 보기 싫어. 허락은 내가 받아낼 테니까."

갑자기 도준이 나른하게 한쪽 입꼬리를 비틀어 올리며 웃었다.

"너와 다르게 난 희망이 보였는데."

"희망은 무슨! 난 절망감만 느꼈거든?"

"어머니가 해주신 저녁. 대충 있는 걸로 차린다고 하셨지만 결국은 내가 좋아하는 음식들만 다 하셨어."

도준의 말을 듣고 가만히 생각해보니 오늘 식탁 위를 가득 채운 음식들은 다 도준이 좋아하는 것들이었다. 갈치조림만 해도 그렇다. 헤집지 말라고 낚아채서 도준의 앞까지 끌어다 주었다.

"그걸 보려고 무작정 쳐들어와서 밥 차려달라고 한 거야?"

"가망 없었으면 난 오늘 대문 안으로 발도 못 들였을 거야."

공부머리만 똑똑한 줄 알았더니, 잔머리도 보통이 아니었다. 상상을 초월했다. You win. 도준에게 '엄지 척'을 해주고 싶을 정도였다. 제아는 문득 궁금해졌다. 이 남자의 뇌가, 어떻게 생겼는지. 마음먹으면 못하는 일이 있기는 한 건지.

"오빠 사전에 불가능이란 게 있긴 있어?"

"있었지. 지금은 가능해졌지만."

"뭔데?"

궁금해 죽을 것 같다는 얼굴로 바라보는 제아에게 뻗던 손을 도준이 다시 거두어들였다.

"항상 꿈에서만 만날 수 있었던 문제아 네가 나한테는 불가 능이었어."

너라는 불가능을 현실로 내 앞에 끌어다놨으니. 그까짓 자 존심쯤이야, 그까짓 눈칫밥쯤이야, 그까짓 욕쯤이야 얼마든 지 감당할 수 있다. 문제아 널 위해서라면.

"제아야, 내가 아는 어머니는 의외로 정이 많으셔."

아주 또렷하게 기억한다. 말로는 감당 못하겠다고, 두렵다고 밤마다 윤식에게 탄식하던 윤영이 얼마나 그에게 살뜰하게 잘해주었는지 말이다. 엄마의 사랑이 뭔지 제대로 알게 해주신 분이었다. 그런 분이 독할 리가 없다. 그렇게 도준은 굳게 믿었고 그 믿음은 배신당하지 않았다.

"물론 돈도 좋아하시지만."

돈이나 선물을 드릴 때마다 행복해하던 윤영도.

"가장 중요한 건 남자 보는 눈썰미가 좋으시다는 거지."

빠르게 떨리는 제아의 풍성한 속눈썹이 도준의 눈을 자극했다. 작게 새근거리며 새어 나오는 숨소리가 귀를 자극했다. 제아에게서 흘러나오는 젖은 향이 코를 자극했다. 바짝 곤두서서 반응하는 오감, 신경, 본능.

"시간이 좀 걸리겠지만 곧 알아보실 거야."

목구멍이 타들어가는 듯한 고통에 가까운 갈증을 느끼며.

"하나뿐인 딸의 남자는 나 아니면 안 된다는 걸."

그와 동시에 처음으로 약속이란 걸 어겨버리고 싶은 충동도 느꼈지만.

"그러니까 나랑 키스하고 싶어도 참아."

도준은 독하게 그 욕망을 내리눌렀다.

널 최고의 여자로 만들어줄 거야

제일 아웃렛 몰 오픈 일이 드디어 다가왔다. 제아를 포함한 그녀의 팀원들은 모두 새벽부터 출근해서 사이트를 재정비하고 확인했다. 정각 9시, 드디어 사이트가 오픈되었다. 단연 가장 긴장되고 떨리는 이는 바로 제아였다. 하나부터 열까지, 그 모든 게 제 손끝에서 이루어졌다. 게다가 매출 목표를 달성하지 못하면 스스로 사표까지 내야 하는 상황이었다.

"제발, 제발!"

정확히 1시간 후 두근거리는 심장으로 관리자 사이트를 들어가서 매출을 확인하는 순간, 제아의 눈이 휘둥그레졌다.

내가 0을 잘 못 센 건 아니겠지?

덜덜 떨리는 손가락이 숫자의 자릿수를 짚으면서 확인한다.

"아싸!"

그동안의 노력이 무색하지 않게 반응은 폭발적이었다. 믿어지지 않는 매출의 자릿수가 그걸 증명해 보이고 있었다. 오픈 날짜도 맞추었고 매출도 이대로라면 기존 목표치의 200% 이상 달성이었다. 팀원들끼리 서로 얼싸안고 뛰었다. 점심시간이 지난 후 GK몰 정 대리에게서도 연락이 왔다.

[문 팀장님, GK몰 판매율도 대박입니다. 론칭한 브랜드가 고객들에게 제대로 먹혔어요. 우리 앞으로도 잘해보아요.]

이 기쁜 소식을 가장 먼저 전하고 싶은 사람은 바로 도준이었다. 항상 그녀에겐 따스하고 다정한 도준이었지만 일할 때만큼은 매섭게 몰아붙이는 제 남자. 그가 아니었다면 지금의 문제아는 없었다. 하지만 도준은 그녀의 집에서 식사를 한 후로 더욱더 바빠진 스케줄 때문에 회사마저 제대로 들르지 못하고 있었다. 그래도 오픈 일은 잊지 않았는지 그에게 메시지가 왔다.

고생했어, 문제아.

단답형의 짧은 메시지였지만 서운함은 조금도 없다. 항상 응원해주고 버티게 해주는 사람, 무슨 일이 일어나도 유일하게 제 편이 되어줄 사람이 도준이란 걸 아니까. 비록 곁에 있지는 못하지만 어느 누구보다 가장 기뻐하고 있을 거라는 걸 믿는다. 퇴근 시간까지 매출은 고공 행진이 계속되었다.

"문 팀장님, 갑시다!"

퇴근 시간이 되자 지로가 다가왔다. 바쁜 도준을 대신에 지로가 퇴근할 때마다 그녀를 집까지 데려다주고 있었다. 굳이 괜찮다는데도, 보디가드 어쩌고 저쩌고 하면서 말이다. 오늘도 어김없이 지로의 차에 올라탄 제아는 말없이 유리창 밖을 내다보았다. 그 모습을 빤히 보던 지로가 툭, 말을 던졌다.

"선배 보고 싶어서 죽을 것 같냐?"

"무슨! 나 아무 말도 안 했거든?"

"말만 안 하면 다냐? 눈이랑 얼굴에선 아주 나 오빠 보고 싶어 죽겠어요, 하고 뚝뚝 말을 흘리는구만. 아까도 사무실 나올 때 보니까 집무실 문 뚫어버릴 듯 쳐다봤잖아."

"내가 그랬어?"

"시치미까지 떼시게?"

"일주일 넘게 못 봤는데 당연한 거 아니야?"

"아이고, 솔로는 서러워서 살겠나."

"이제 곧 봄이잖아. 옆구리 시릴 일 없으니 서러워하지 마."

"설마 지금 그거 위로라고 한 거 아니지?"

"어. 위로라고 하는 거다, 내유남아."

"내연남도 아니고 내유남은 뭐냐?"

"내 유일한 남자 사람 친구 새끼?"

"계집애가 말하는 거하곤! 새끼는 좀 빼주면 안 되냐? 어휴, 선배 앞에선 내숭 다 까면서 나한테는!"

"당연한 거 아니야? 오빠 앞에선 몸도 마음도 정갈한 문제지."

"하아!"

결국 둘은 서로를 보며 웃음을 터뜨려버렸다. 한때 죽고 못

살았던 첫사랑이자 짝사랑과 이렇게 웃을 수 있다는 게 신기할 정도로 지로는 제아가 편했다. 그런데 항상 집 앞 골목길까지 데려다주던 지로가 오늘은 웬일로 집 근처에서 차에서 내리지도 않고 안녕을 고했다.

"뭐야, 오늘은 안 데려다줘? 나 애인 있다고 이제 매너 상실하는 거야?"

"나 약속 있다. 하루 안 데려다준다고 무슨 일 나는 것도 아니잖아, 치한 거시기도 걷어찰 계집애가. 내리기나 해."

그 순간까지도 지로는 휴대 전화로 누군가에게 메시지를 보내고 있었다. 썸 타는 여자라도 생긴 건가? 그렇다면 기꺼이 내려줘야지. 차에서 내려 익숙한 길을 걸으며 제아는 무심코 생각했다. 오늘따라 차가 좀 많네? 괜히 신경이 쓰였다. 며칠 전에 이 동네 근처에서 변태 출몰했다고 난리가 났었는데. 게다가 가로등의 전등마저 나가버려 골목길은 어두웠다.

"가로등 좀 정비해주면 안 되나?"

투덜거리며 골목길로 접어드는 제아의 앞에 길쭉한 인영이 덮치듯이 뛰어나왔다. 본능적으로 무릎을 올리며 핸드백을 휘두르다가 뒤로 발라당 넘어져버렸다.

"으악!"

제아가 벗겨져서 나뒹구는 힐 한 짝을 얼른 손에 집어 들고 두 눈을 질끈 감은 채 휘둘렀다.

"야, 이 변태······."

그 순간 어둑하던 골목길이 환해졌다. 가로등의 불이 들어온 것이다. 곧이어 향긋한 내음과 함께 시야가 어지러워졌다. 이게 무슨. 느릿하게 눈을 깜빡이자 바로 코앞에 큼지막한 드라이플라워 꽃바구니가 있다. 마른 꽃인데도 향수라도 뿌려놓았는지 뿜어내는 향기가 농밀했다. 아직은 시린 공기를 머금은 2월의 저녁인데도.

"그 힐 좀 내려놓으면 좋겠는데."

서서히 내려가는 꽃바구니 너머, 얕은 칼바람에 휘날리는 부드러운 머리칼이 드러났다. 우수에 잠긴 듯 가라앉은 나른한 눈동자, 높고 곧게 흘러내리는 콧날과 색기 어린 섬세한 입술 선. 도준이었다.

"프로젝트 성공 축하해, 문제아."

제아는 얼떨떨한 표정으로 꽃바구니를 받아들었다.

"타이밍 죽인다. 난 줄 어떻게 알고?"

그 순간 제아의 머릿속에서 무언가가 머리에서 번뜩했다. 차를 운전하는 내내 그녀가 내리던 마지막까지 누군가와 메시지를 주고 받던 한지로. 썸녀인 줄 알았더니 도준이었던 것이다. 맙소사, 한지로가 도준의 스파이가 될 줄이야. 도준에게 존경의 박수를 보내고 싶다.

"오빠 진짜 대단해. 어떻게 적이었던 한지로를 스파이로 끌어들여?"

감탄해 마지않는 눈으로 올려다보는 제아에게 도준이 손을 내밀었다.

"회사로 데리러 가고 싶었는데 시간이 맞지 않아서. 저녁 먹으러 가자."

무거운 꽃바구니가 다시 도준의 손에 들렸다.

"오빠도 대단해. 그 구박에 눈치 또 받으려고 시간 나자마자 이렇게 달려왔어?"

말없이 웃는 도준을 보고 있으니 제아는 손끝이 간질거렸다. 미치도록 그를 만지고 싶었다.

"오늘은 특별한 날이고 아주 잠깐이니까 손은 잡아도 되지?"

그가 미처 거절할 틈도 없이 제아는 그의 손에 살그머니 깍지를 꼈다. 일주일 넘게 제대로 보지도 못했다. 닿은 피부가 간질간질, 입가엔 저절로 미소가 어린다. 사이좋게 손깍지를 낀 채 몇 걸음을 옮겨 골목길을 도는데 갑자기 뒤에서 번쩍번쩍 무언가가 터졌다. 카메라 플래시였다. 기자인지 파파라치인지 모를 사람들이 좁은 틈을 채우며 우르르 몰려들었다.

본능적으로 코트 깃을 든 도준이 제아의 머리끝부터 감싸며 몇 걸음 뒤로 물러났다. 그 바람에 손에 들려 있던 꽃바구니가 바닥에 툭, 떨어졌다. 아름답던 꽃들은 몰려든 사람들의 발에 밟혀 형체를 알아볼 수 없을 정도로 바스라졌다. 그럼에도 야속한 이들은 그 꽃 위로 구두를 움직이며 무자비한 질문들을 쏟아냈다.

"제일 어패럴 한도준 사장님 맞죠? 옆에 여자분은 단순히 교제하는 연인입니까? 약혼녀입니까?"

"연인의 부모님에게 인사를 드리러 가는 길입니까? 꽃바구니는 프러포즈용이구요?"

몇 초 사이에 질문의 강도가 더해졌다.

"회사 여직원과 내연 관계를 맺고 있다는 게 사실입니까?"

"한도준 사장님, 권력을 남용하여 회사 내 연인을 부당하게 밀어주고 있다고 들었습니다. 한 말씀 해주세요!"

하지만 그다음 질문. 그 질문이 여기 있는 누군가의 입에서 흘러나온 순간, 무심하던 도준의 눈빛이 섬뜩하게 돌변했다.

"문제아 씨가 이복동생이 맞습니까? 이복동생과의 불륜 같은 사랑, 맞습니까?"

좁은 골목길을 메운 공기가 얼어붙었는데도, 플래시는 배려 없이 계속해서 터졌다. 제아를 제 품으로 꼭 끌어안으며 도준은 빠르게 머리를 굴렸다. 살고 있는 곳까지 쳐들어와서 잠복했고 실명이 거론되었다. 제아의 신상이 완벽하게 털리고 제일가에서 철저하게 숨기려 했던 과거사까지 파헤쳐졌다. 누군가가 뒤에서 단단히 버티고 있다는 뜻. 밤하늘의 어둑함보다 더 낮고 짙게 가라앉은 도준의 눈빛이 배려 없이 질문을 쏟아낸 기자들에게 빠짐없이 머물렀다. 그들의 얼굴을 일일이 뇌리에 또렷하게 각인하기 위해.

"내가 많은 분들이 수고스럽게 잠복까지 할 만큼 유명인은 아니라고 보는데."

플래시가 멈추었다. 좁은 골목길을 빠듯하게 채우는 광채 나는 존재에 이목이 집중되었다.

"그런데도 와주셨네요."

어떤 매체에서도 모습을 공개하지 않아 얼굴에 다이아를 두른 제일가의 황태자라 불리던 도준이었다. 그런데 그 얼굴이 싸구려처럼 느닷없이 들이닥친 카메라의 메모리 안에 담겨버렸다. 허락 없이, 무분별하고, 예의 없게.

"그것도 아주 갑자기."

갑작스러운 질문과 카메라 세례를 받아 화가 날 법한데도 도준은 미소 지으며 흠잡을 데 없는 젠틀함을 보였다.

"작은 성의는 보여드리는 게 예의겠죠?"

느릿한 음색의 선율에 맞추어 도준이 움직였다. 제 몸으로 완벽하게 제아를 가린 채 코트를 완전히 벗어 제아의 머리 위까지 씌워주었다. 어둑한 골목 안, 검은 코트에 감싸인 제아의 존재는 불쑥 솟아오른 검은 허수아비 같아 우스꽝스러웠다. 하지만 어느 누구도 감히 웃지를 못했다. 그런 제아를 다시 품에 꼭 끌어안은 도준이 느릿하게 입을 열었다.

"현대판 신데렐라가 될……."

사랑스러워 죽겠다는 듯 다정하게.

"나의 피앙세입니다."

순간적인 정적이 골목길을 잠식했다. 피앙세라 일컬어진 제아도, 그걸 들은 기자들 모두.

예상했던 침묵, 그리고 정적. 도준은 그때를 놓치지 않았다.

"나의 피앙세가 아직 세간의 관심에 익숙하지 않으니."

도준의 차분한 손길에 제아의 몸이 천천히 뒤로 돌려졌다.

"우선 집에 먼저 들여보내야겠습니다."

제아의 등을 살며시 손으로 미는 그의 손끝에서 '넘어지지 말고 평소처럼 걸어가.'라는 메시지가 전달되었다. 영혼이 털털 털려버린 기분으로 안전지대인 초록색 대문 안으로 들어선 순간, 제아는 스르륵 주저앉아버렸다. 어깨에 걸치고 있던 도준의 코트가 청량한 향기를 흘리며 매끄럽게 바닥에 떨어졌다.

"제아 왔니?"

익숙한 윤영의 음성이 들리고 곧이어 현관문이 활짝 열렸다.

"너 왜 그래? 무슨 일 있었어?"

주저앉은 제아를 바라본 윤영이 황급히 대문 밖으로 뛰어나갔다가 다시 얼른 들어왔다.

"세상에, 저 사람들 뭐니? 카메라 들고 있는 거 보니 기자 맞지? 이준이 때문에 온 거야? 내가 이럴 줄 알았어!"

흥분하며 다시 나가려는 윤영을 제아가 잡아 세웠다.

"엄마 나가지 마."

엄마가 나가면 일만 커져.

"아무 일 없을 거야."

제아는 믿는다.

"저 사람들 다 돌려보내고, 오빠 저녁 먹으러 곧 올 거야."

가뿐하게 처리하고 나서 아무 일 없다는 듯 돌아와서 초록색 대문을 넘을 거라는 걸.

"누가 또 저녁 준대? 아주 오기만 해봐! 당장 쫓아낼 거야!"

"엄마."

물 먹은 제아의 눈빛이 윤영에게 닿았다.

"10년 전에도 오빠 엄마한테 돈 받고. 또 최근 사채 빚도 오빠가 갚아줬다면서."

"……뭐, 뭐? 누, 누가 그래?"

빨개진 윤영의 눈 끝이 잔뜩 날이 섰다.

"그런데 밥 한 끼 해주는 게 그렇게 힘들어?"

그런 도준이 고작 원하는 건 따스한 집밥일 뿐인데.

"언제까지 오빠만 희생해야 해? 이 정도면 오빠 받아줘도 되잖아. 왜 오빠는 안 된다고 하는 건데?"

하지만 윤영의 입은 또다시 고집스럽게 침묵을 유지했다.

"나 엄마 이해해. 가족 지키려고 자존심 버리고 돈 받은 거 아니까. 그래서 엄마한테 따지지 않는 거야. 그러니까 엄마도 오빠한테 최소한의 예의는 지켜줘. 엄마도 오빠가 엄마가 차려주는 밥 많이 먹으면 기분 좋잖아. 응?"

"기분 좋긴 누가 기분 좋아! 어휴, 내가 정말 못 살아!"

휙 돌아서서 집 안으로 들어가는 윤영의 뒷모습을 보며 제아는 다시 한 번 깨달았다. 도준이 옳았음을. 윤영은 절대 독한 사람이 되지 못한다. 그런데 왜 그 독하지 못한 엄마가 도준을 끝까지 반대하는지 이해가 되지 않았다.

초록색 대문 너머, 유일무이한 약점이 사라진 도준의 얼굴에서도 미소가 사라졌다.

"제게 관심을 가져준 여러분의 소속과 이름이 궁금하군요."

도준의 시선이 가장 왼쪽에 있는 여기자에게 닿았고 그의 시선이 옮겨갈수록 차례대로 자기소개가 이어졌다. 아무리 들어봐도 듣도 보도 못한 생소한 언론사들. 그리고 마침내 그가 노리고 있던 기자의 차례가 다가왔다.

"UBC 연예부 소속, 박기태 기자입니다."

실명도 모자라 '이복'과 '불륜'이라는 단어를 입에 담은 유일무이한 기자. 날을 세운 도준의 눈빛이 박기태 기자에게 머물렀다. 나부랭이들을 앞세워서 혼란을 주고 숨어 있던 진짜 기자. ……잡았다. 이들을 여기까지 이끈 세력의 중심. 그리고 한강훈 또는 한태영과 연관이 되어 있을 몸집이 가장 거대한 UBC 방송국. 도준은 다시 한 번 아찔한 미소를 남발했다. 입꼬리는 비틀렸지만, 눈빛만은 얼어붙은.

"그럼 젠틀한 기사 부탁드립니다."

표면상으론 여기 있는 모든 이들에게 한 말이었다. 하지만 도준의 시선은 한 남자에게만 꽂혀 있었다.

"제가 여러분을 배려한 만큼 말이죠."

온전하게 제게로 쏟아지는 도준의 직설적인 시선을 감당하지 못한 박기태 기자는 얼른 시선을 피했다.

"충분한 기삿거리를 제공했으니 이제 사적인 볼일을 봐도 되겠습니까?"

신비주의에 둘러싸여 있던 제일가의 황태자가 사진을 제공했다. 그리고 엄청난 기삿거리도 터뜨려주었다. 그것도 아주 젠틀하게. 어느 누구도 반박할 수 없었다. 조용히 물러나는 게 할 수 있는 전부일 뿐. 급하게 들이닥친 걸음과 달리, 소리 없이 한 명 두 명 발걸음이 멀어졌다. 그 무리에 끼려는 박기태 기자에게 도준이 소리 없이 다가섰다.

"박기태 씨."

나직한 부름에 어린 불가항력의 힘에 박기태 기자는 돌아섰다.

"이복, 불륜, 내가 굉장히 싫어하는 단어입니다. 무슨 뜻인지 이해하시죠?"

기사는 허락하되, 그딴 단어는 감히 쓰지 말라는 무언의 압력이었다. 지금은 완벽하게 무방비하게 혼자인 상태. 박기태 기자는 덜컥 두려움이 일었다. 여전히 젠틀한 눈앞의 남자 때문에.

"앞을 내다보는 눈이 밝아야 현명한 사람인 법이죠."

도준이 한 걸음 더 다가섰다. 호리호리한 몸과 달리 큰 키 때문일까. 감당할 수 없는 위압감이 해일처럼 쏟아져 나왔다. 기자란 자고로 눈치도 빠르지만 본능적인 촉도 남달랐다. 지금 UBC 뒤에 있는 세력보다 이 남자가 더 거대해지리라.

"그러니 적당히 하세요, 적당히."

그 말을 마지막으로 도준은 골목길 안으로 유유히 몸을 틀었다. 조금이라도 여자의 신상을 까발리거나 해가 되는 기사를 쓰면, 가만두지 않겠다는 경고. 그만큼 내가 이 여자를 사랑한다는 진심. 그것들이 복잡하게 뒤엉켜 박기태 기자의 숨통을 졸랐다.

왜 왔냐고 한바탕 또 난리를 칠 줄 알았던 윤영이 고집스럽게 입을 다문 채 저녁 준비를 하고 있었다. 도준이 어머니에게 무슨 말을 했느냐고 묻는 듯 제아를 바라보자 그녀는 그저 어깨를 으쓱할 뿐이다. 곧이어 식탁 위에 따스한 한 끼 식사가 차려졌다. 대충 차린 듯하지만 도준이 좋아하는 음식이 최소 3가지 이상이었다. 처음처럼 도준은 말끔하게 밥 한 공기를 비웠다.

"잘 먹었습니다, 어머니."

식사를 마친 도준이 예의 바르게 인사를 하자 괜한 불똥이 제아에게 튀었다.

"문제아 넌 밥을 먹는 거야, 마는 거야? 이게 음식 아까운 줄 모르고 밥을 남겨!"

"안 먹다가 한번에 어떻게 많이 먹어? 양을 천천히 늘려야 위가 안 놀라거든?"

부릅뜬 눈으로 딸을 노려본 윤영의 시선이 도준에게 옮겨갔다.

"식사 끝났으면 그만 가줄래? 불편하구나."

도준이 설거지거리들을 싱크대로 모두 옮기는데 제아의 휴대 전화가 울렸다. 웬만해선 자리를 비우고 싶지 않았지만 중요한 전화인 듯 안절부절못하던 제아는 마지못해 자리를 비웠다.

"밖에서 있었던 일은 제 불찰입니다."

드디어 굳게 다물려 있던 윤영의 입에서 말이 터졌다.

"네가 여기 있는 것 자체가 문제야, 모르겠니?"

"어머니가 저를 반대하시는 가장 큰 이유가 그거였죠? 남자는 권력과 재력을 절대 포기하지 못한다고. 그것도 놓지 못한 채 제아에게 이러냐고요."

그 이야기를 갑자기 또 왜. 윤영이 희미하게 눈살을 구겼다.

"포기 안 한 그 권력과 재력으로 제가 뭘 할 수 있는지 곧 알게 되실 겁니다."

그러려고 10년 동안 피나는 노력으로 손에 거머쥔 것들.

"어느 누구도 제아 건드리지 못하고 무시하지 못합니다. 제 가 그렇게 만들 거니까요."

이젠 보여줄 것이다.

"지켜봐주세요, 제가 어떻게 하는지."

얼마나 제아를 사랑하는지.

"결국 허락하실 수밖에 없을 겁니다."

허락하지 않고는 못 배기게 만들 것이다. 그 말을 마지막으 로 도준은 조용히 나갔다. 전화 통화를 끝낸 제아가 그런 도준 의 뒤를 급하게 쫓아나가는 게 보였다. 그런데도 윤영은 따라 나갈 수 없었다. 멍하니 풀린 눈으로 그저 혼자 중얼거릴 뿐.

"너 때문이 아니야. 그 여자 때문이야……."

집을 나와 도준과 어깨를 나란히 하고 걷는 제아는 괜히 서 운하고 아쉬웠다. 오랜만에 만났는데도 같이 할 수 있는 시간 이 고작 몇 분 남짓인데다 제대로 스킨십도 하지 못한다. 닿을 듯 말 듯 스치는 서로의 손끝을 도준은 끝끝내 외면한다. 그 놈의 약속이 뭐라고. 정말 지독한 자제력이다. 융통성이라곤 눈곱만큼도 없는 제 남자의 손을 제아는 먼저 덥석 잡았다.

"오빠 나한테 손끝 하나 대지 마. 나는 마음껏 오빠 만질 테 니까."

그것도 절대 빠져나가지 못하도록 깍지까지 껴서 꼭. 살짝 놀란 듯 내려다보는 도준을 향해 제아가 능청스럽게 웃어 보였다.

"난 엄마랑 그런 약속 한 적 없거든."

일리 있는 말이었다.

"오빠한테는 없는, 나한테만 있는 이걸 뭐라고 하는 줄 알아?"

"글쎄."

"바로 융통성이라고 하는 거야. 그런 건 좀 나한테 배우라구요, 한도준 씨. 공부머리만 똑똑하지, 어휴."

도준은 귀여운 잔소리를 늘어놓는 제아에게 손이 잡힌 채 얌전하게 걸었다. 골목길 끝에서 나뒹구는 꽃바구니가 보였다. 무참히 짓밟혀 가루처럼 바스러진 꽃을 바라보는 제아의 눈빛에 얼핏 슬픔이 어렸다. 예뻤는데, 오빠한테 받은 축하 선물인데. 그저 꽃일 뿐인데, 그 꽃의 운명이 꼭 자신의 운명처럼 느껴지는 불길함은 뭔지.

"문제아, 그런 눈빛 하지 말랬지."

그걸 또 도준이 기가 막히게 알아챘다. 그의 모든 신경과 본능과 촉이 제아에게 그만큼 온전하게 집중되어 있다는 뜻이었다.

"그냥. 오빠가 준 선물인데 제대로 빛도 못 보고 밟혀버렸잖아…… 주인 잘못 만나서."

눈빛과 달리 아무렇지 않은 척 웃어 보이는 제아에게 도준이 코트 안에서 하얀 봉투를 꺼내 내밀었다.

"진짜 선물은 이거야. 그러니까 신경 쓰지 마."

제아가 봉투를 열어보려는 순간, 미묘한 표정의 도준이 그 손을 저지했다.

"집에 가서 확인해야지."

드디어 도로 갓길에 세워놓은 도준의 차에 다다랐다. 아쉽긴 하지만 이제 헤어져야 할 때가 다가온 것이다. 미련 한가득 남은 제아의 손끝이 마침내 도준의 긴 손가락을 타고 미끄러졌다. 두 개의 손이 완벽하게 떨어졌다.

"내일 너와 나에 대한 기사가 날지도 몰라. 놀라지 말라고."

제아는 말없이 고개를 끄덕였다.

"내 신체는 한동안 무용지물이야."

희미한 웃음을 입꼬리에 매단 도준이 상체를 비스듬히 기울였다.

"그러니까 제아 네가 한번 해봐."

"……?"

"키스."

은밀하게 귓가에 닿는 도준의 숨결과 함께 흘러든 속삭임은 아찔했다.

"나 지금 너한테 배운 대로."

귓가에서 멀어진 유혹적인 입술이 다시 얼굴 가까이 다가와 깊숙이 치고 들어왔다.

"융통성 발휘하는 중이야."

닿을 듯 말 듯, 유혹하듯이, 덮쳐달라는 듯. 도준은 아주 똑똑한 학생이었다. 하나를 알려주면 열을 깨우치는.

필터링도 없이 기사는 바로 다음 날 터졌다.

> ### 긴급 속보. J 그룹 차기 황태자의 파격 선언!
> ### 그녀는 나의 피앙세입니다.

> ### J 의류 브랜드 회사 사장, 뜨거운 사내 열애 중!

> ### 현대판 신데렐라의 탄생 vs. 평범한 내연녀의 운명은?

> ### J 그룹 황태자, 연인을 위한 과감한 낙하산 인사 조정!

　다행인지 몰라도 기사의 내용은 제목과 달리 소극적이었다. 실명을 밝히지 않는 이니셜 기사였지만 주인공이 누구인지 가늠한 여론의 관심은 뜨거웠다. 당당하게 뉴스의 1면을 장식하고 베스트 기사가 되었다. 그 덕에 제일 어패럴 홍보부가 발칵 뒤집어졌다. 사전 경고도 없이 터져버린 기사, 확인을 요하는 문의 전화가 쇄도했다. 아웃렛 몰 오픈 때문에 정신이 쏙 빠져 있던 제아는 미처 기사를 확인하지 못한 채 출근을 했다. 제아를 보자마자 김 비서가 휴대 전화를 들이밀며 달려들었다. 하지만 모든 기사를 하나도 빠지지 않고 확인한 눈빛은 의외로 덤덤했다.

"제아 언니, 괜찮아요?"

"사실도 있지만 사실이 아닌 게 더 많아. 그런 것까지 신경 써서 상처받고 울면 나 사장님이랑 연애 못 해."

사실은 사실이니 신경 쓰지 않으면 되고, 사실이 아니면 그냥 무시하면 되는 거다. 제아를 보는 김 비서의 얼굴에 감탄이 어렸다.

"역시. 이 정도 강심장이니까 우리 사장님이랑 연애하는구나. 저 같았으면 무서워서 기절했을지도 몰라요."

아침에 눈을 뜨고 잠에 들 때마다 하는 다짐이 바로 무슨 일이 있어도 이겨내고 견디자는 거였다. 그 정도 각오마저 없으면 한도준이라는 남자는 포기해야 하니까. 물론 어젯밤 도준이 건네주었던 진짜 선물은 진절머리 나도록 마음에 들지 않지만. 나중에 시간되면 단단히 따질 것이다. 난 로봇이 아닌 사람이라고.

시간은 금방 흘러 어느덧 점심시간이었다. 오랜만에 팀원들과 함께 구내식당으로 향했다. 오늘도 여전히 고공 행진하는 매출 때문에 기분 좋게 자리를 잡자마자, 들으라는 듯 뒤에서 속살거리는 말들이 제아의 귀를 자극했다.

"문제아 쟤가 그 내연녀 아니야? 스펙도 없는 주제에 특별 비서에 전략 기획 팀장까지 승승장구했잖아."

"현대판 신데렐라는 무슨. 지금까지 재벌가에서 저런 보잘 것없는 여자를 며느리로 받아들인 적이 없잖아, 그치?"

팀원들의 얼굴이 새빨개졌지만 당사자인 제아는 태연하게 웃어 보였다. 벌떡 일어나려는 단세포 한지로의 손목을 식탁 밑에서 꾹 잡은 채 말이다.

"식사 계속해요. 나는 괜찮으니까."

"우리 사장도 완전 쓰레기다. 딱 보니까 견적 나오네. 그전에 비서들 밥 먹듯이 갈아치운 게 다 건드렸다가 돈 좀 쥐어주고 자른 거겠지."

'반응하면 사실이라고 인정하는 꼴이니 저딴 유언비어 개무시하지 뭐.'라고 생각했지만, 다른 건 다 참아도 이건 못 참는다. 감히 우리 오빠를 욕하는 거.

"그래도 문제아는 좀 오래가는데? 진짜 연애하나?"

"워크숍에서 춤추는 거 안 봤어? 몸매 좀 된다고 사장님 앞에서 춤춰서 유혹했나보지. 춤은 끝내주게 잘 추잖아. 침대에서도 매번 그렇게 춤춰주나 보지. 호호!"

타악─.

식판을 거칠게 내려놓은 제아는 속살거림을 내뱉은 그녀들 앞에 서슴없이 당당히 섰다.

"마케팅의 김한나 대리, 디자인의 오세화 대리. 지금 뭐라고 했어요? 누가 쓰레기라구요?"

이런 것들은 돌려 말할 가치도 없다.

"어머, 켕기는 게 있나 보지? 날카롭게 반응하는 거 봐."

"사장님 믿고 저러는 거 아니야?"

하지만 이 상황을 지켜보는 직원들 모두 속살거렸던 여직원들 편이었다. 그도 그럴 것이 그들은 사실 유무 따윈 궁금하지 않았다. 희박한 확률 속에서 탄생할지 모르는 현대판 신데렐라를 질투하며 지루한 일상에 자극이 될 만큼 싸잡아서 욕할 상대가 필요한 것뿐이니. 제 편들이 늘어나자 두 여자들은 기세등등해졌다.

"기가 막혀서. 간당간당 인턴 유지하면서 죽은 듯이 회사 다닐 땐 언제고. 이제 팀장 달았다고 눈에 뵈는 게 없나 봐요?"

하지만 제아는 오히려 보란 듯이 아주 환하게 웃어주었다.

"저보다 두 분이 더 눈에 뵈는 게 없는 것 같은데요? 저야 그렇다 쳐도 하늘 같은 사장님께 쓰레기라고 하다니."

다른 건 몰라도 그건 엄청난 말실수인지라, 두 여자의 얼굴이 빨개졌다. 둘은 서로 눈빛을 교환했다.

"우리가 언제 사장님한테 쓰레기라고 했어요? 쓰레기는 상사한테 몸 파는 문……."

그때였다. 뒤쪽에서 서릿발 같은 남자의 음성이 날아들었다.

"대체 누가 쓰레기라는 겁니까?"

하필 이 타이밍에 왜 사장이. 모든 이들의 두려운 시선을 받으며 당당한 걸음으로 들어온 도준이 제아의 옆에 나란히 섰다.

"나도 듣고 싶군요."

찌를 듯이 내려다보는 도준의 눈빛이 속살거렸던 여직원들의 얼굴에 사정없이 내리꽂혔다.

"사장님한테 그런 게 절대 아니에요! 문 팀장님이 잘못 들은 거예요!"

통하지 않을 궁색한 변명이었다. 다른 누구도 아닌 도준에게는 더더욱.

"그럼 내 귀가 이상한 겁니까? 내 귀엔 분명 쓰레기란 단어가 들렸는데."

대체 언제부터 듣고 있었던 걸까.

"사, 사실은 회사에 이상한 소문이 돌아서요. 글쎄 문제아 씨가……."

"문 팀장. 호칭 똑바로 쓰세요."

"아, 네. 문…… 팀장님이 사장님을 유혹해서 특별 승진한 거라고. 그래서 그런 단어가 나온 거예요. 능력이 아닌 다른 걸로 상사한테 점수를 따는 건, 쓰레기들이나 하는 짓이잖아요. 무, 물론 사장님께서 그런 것에 넘어갈 리도 없지만. 소문은 소문일 뿐이잖아요. 그렇죠?"

이 상황에서 도준이 해야 할 말은 바로 '문 팀장과 난 아무 사이도 아닙니다.'였다. 그리고 그녀들도 그걸 바랐다. 둘의 관계가 진짜든 아니든. 많은 사람들이 보는 앞에서 제대로 한 번 외면당해봐라. 아주 간사한 심보였다.

"능력이 아닌 다른 걸로 유혹했다는 게 육체를 말하는 겁니까?"

직설적인 도준의 말에 김 대리는 적잖이 당황했다.

"예? 아, 그게…… 뭐, 비슷한……."

흔들림 없는 차디찬 시선으로 제아를 보며 도준이 느릿하게 입을 열었다.

"소문은 전혀 사실이 아닙니다."

도준의 그 한마디에 여기저기서 속살거림이 봇물 터지듯이 터져 나왔다. 역시 그럴 리가 없지. 쟤가 헛소문 낸 거야. 감히 누굴 넘봐…… 등등등. 하지만 도준의 말은 거기서 끝이 아니었다.

"그 유혹이란 거, 내가 먼저 했습니다."

이어지는 또렷하고 확고한 도준의 음성에 식당 안이 급격하게 술렁였다.

"내가 문 팀장 좋다고 쫓아다녔습니다."

마, 맙소사. 이건 어떻게 수습하려고! 제아는 머리가 터질 것만 같았다. 꽉 쥔 손바닥이 땀으로 촉촉이 젖어들었다. 오빠 제발 그만, 여기까지! 하지만 이제 시작일 뿐이었다.

"그리고 지금 나와 문 팀장은 정식으로 교제 중입니다."

정작 일을 크게 벌인 도준은 요지부동. 폭탄의 크기를 점점 부풀려가다가 '빵' 하고 터뜨려버렸다.

"기사에 대해서 침묵으로 일관한 건 제게 가장 소중한 어패럴 식구들에게 가장 먼저 기쁜 소식을 전해주고 싶어서였습니다. 제일 어패럴 직원들, 여러분에게 말입니다."

여기저기서 숨길 수 없는 탄성이 쏟아져 나왔다. 말단 직원들을 개무시하는 일개 사장들과는 달랐다. 제 직원들에 대한 애정을 숨김없이 드러냈다. 간부란 간부는 다 때려잡는 '한독종'이라는 별명을 가진 사장이 말이다.

"내 식구들에게 정확히 짚고 넘어가겠습니다. 문 팀장은 철저하게 능력만으로 이 자리까지 온 겁니다. 그리고 문 팀장이 최연소 승진의 첫 번째 케이스일 뿐입니다."

물 흐르듯이, 관심이 옮겨갔다. 사장의 연애 찌라시에서 회사가 지향하는 인재 방향으로 말이다.

"앞으로 제일 어패럴은 오로지 능력으로만 평가할 겁니다. 인재 채용도 철저하게 스펙 불문하고 열정과 능력 위주로 뽑을 것입니다. 능력을 입증하면 고속 승진을 할 것이고, 능력이 없으면 회사를 나가야 할 겁니다. 회사를 이끌어나가는 건 저와 임원진이 아니라 직접 발로 뛰고 실질적인 업무를 하는 바로 여러분들이니까요. 능력만 있다면 기회는 공평하게 주어질 겁니다."

어느 누구도 반박할 수 없었다. 그도 그럴 것이 도준이 사장으로 취임한 이후 이루어진 공채의 자격 요건이 바뀐 건 사실이었다. 항상 4년제 대졸을 요구하던 학벌이 학력 무관으로 바뀐 것이다. 제일 어패럴은 변화의 물결을 급격하게 타는 중이었다.

"좋은 소식 하나 더 전해드리죠. 제일 아웃렛 몰 사이트가 며칠 만에 매출 목표치 300%를 달리고 있습니다. 500% 넘길 시, 전 직원에게 성과금이 100% 지급될 겁니다. 그러니 문 팀장이 이끄는 특별 전략 기획팀을 전 직원이 응원해주세요."

식사를 하던 공간이 도준의 능수능란한 언변에 의해 강당으로 변해버린 듯했다. 성과금이라는 말 한마디에 제아를 향해 날아오던 날카로운 화살촉이 무뎌져 버렸다. 오로지 현실적인 결과물이 될 성과금 앞에 제아를 향한 시선이 호의적으로 바뀌었다.

"마지막으로 현대판 신데렐라가 탄생할 수 있도록."

도준은 교묘하게 그 틈을 놓치지 않았다

"나와 문 팀장의 연애, 지지하고 응원해주길 바랍니다."

여기저기서 박수 소리가 터져 나왔다. 기가 막힌 언변, 어느 누구도 손가락질 못 하고 욕할 수도 없었다. 험담을 늘어놓았던 김 대리와 오 대리마저도 열심히 박수를 치고 있었다. 제아마저도 제3의 관객이 되어 도준의 언변에 홀려버렸다. 옆에 있던 지로마저도 입을 쩍 벌려 버렸다. '이 남자, 사고 치는 스케일도 남다르구나.'라고 생각하면서.

엄청난 점심시간을 보낸 제아는 집무실로 들어가 도준의 앞까지 바짝 다가갔다. 그러곤 아무리 봐도 질리지 않는 그 얼굴을 아주 빤히 들여다봤다.

"난 가끔씩 오빠 머릿속에 들어가보고 싶어. 대체 무슨 생각을 하고 있는 건지. 식당에서 저지른 일은 정말이지, 아무리 생각해도 감당하기 힘들 정도거든."

"저지르고 감당하는 거지."

시선을 내리깐 도준은 말하는 뉘앙스까지 지극히 여유로웠다. 휴, 속 타는 건 항상 나지.

"걱정하지 마. 다 잘될 거야."

"미안하지만 이번 건 너무 커서 걱정을 안 할 수가 없거든요?"

그런데도 제아가 얼굴을 풀지 않자 도준이 손목을 끌어 제 옆에 앉혔다.

"지금 대한민국 국민들은 정경 유착에 환멸감을 느끼고 있어. 그런데 국내 기업 2위인 제일가의 황태자인 내가 정치인이나 재벌가가 아닌 평범한 널 선택했어. 네가 국민이라면 무슨 생각을 할 것 같아?"

"얼마 못 가겠지, 곧 헤어지고 어느 재벌가 여식이랑 결혼하겠지…… 뭐, 이런 생각?"

"그리고?"

"그래도 혹시나 하는 마음에 응원은 하겠지. 우리나라에서 흙수저 재벌가 며느리는 없었으니까."

"바로 그걸 노린 거야."

이 남자 또 어렵게 설명하네. 제아가 살포시 눈을 구겼다.

"문제아, 넌 내 유일한 약점이야."

도준이 뻗은 손끝이 아지랑이처럼 제아의 얼굴을 어루만졌다.

"날 견제하는 그들이 최악의 상황에 몰리면 널 건드릴 수도 있다는 뜻이지. 그 정도의 재력과 권력은 충분히 가지고 있으니까."

비스듬히 내려다보는 눈길에서 애틋함이 느껴졌다. 너무 소중하고 간절해서 바라보는 것도 아깝다는 듯한.

"쥐도 새도 모르게 너와 부모님을 어떻게 해버릴지도 몰라."

도준의 그 한마디에 등골이 서늘해졌다. 대한민국 최고의 실세까지 도준을 넘보았던 것까지 떠올라서.

"하지만 오늘로서 널 함부로 건드리지 못할 거야."

오늘의 폭탄 발언은 바로 도준이 제 의지를 공식화한 것이었다. 그것도 응원을 받으면서 연애를 하겠다는, 아주 뻔뻔한. 국민들의 대리 만족 심리를 역으로 이용하려는 것이다.

"물론 공개한 이상 내가 널 버리면 나는 천하의 몹쓸 놈이 되어 공공의 적이 되겠지."

하지만 도준이 제아를 버릴 일은 하늘이 무너져도 없을 것이다.

"그건 다른 누군가에게도 마찬가지일 테고."

그만큼 국민의 여론이란 무서운 법이니까.

"국민들의 눈과 귀가 널 보호할 거야."

상위 5%가 95%의 힘을 가지고 좌지우지하는 게 대한민국이었다. 하지만 그 상위 5%를 흔들 수 있는 건 그 안에 속한 이들이 아니다. 고작 5%의 힘으로 끊임없이 흔들고 공격해서 무너뜨리는, 95%의 국민들이다.

"국민을 등에 업은 널 감히 누가 건드려."

머리 좋은 그녀의 남자가 아찔한 미소를 짓는다. 심장이 쿵쾅거릴 정도로.

"난 얼마든지 감당할 자신 있는데 제아 넌 어때?"

달콤한 미소와 나른한 음성에 주위의 공기가 야릇하게 파동했다.

"나도 얼마든지 감당할 수 있어."

어차피 모든 걸 각오했으니까.

"근데 오빠."

키스할 듯 다가온 입술을 손가락으로 꾹 누른 제아가 그의 눈앞으로 종이 한 장을 들이밀었다.

"이건 도저히 받아들이지도, 감당하지도 못하겠어!"

어젯밤 도준이 주었던 선물.

"내가 무슨 고3 수험생도 아니고!"

러브레터라 착각했었다. 도준에게 손 편지는 처음 받아보는지라 얼마나 설레고 떨렸는지. 그런데 종이를 펼치는 순간 절망의 나락으로 떨어졌다. 들었다 놨다 가볍게 흔들어도 그저 가벼운 종이 한 장일 뿐이건만. 그 안의 내용은 수십 톤에 달하는 육중한 무게감을 담고 있었다. 영어에 중국어, 마케팅 전략 및 기획에 관한 수업이 스케줄표로 일목요연하게 정리되어 있었다. 이게 정말 한 장의 종이가 맞단 말인가. 충격의 도가니였다.

"이게 대체 뭐냐구!"

도준이 바르르 떨리는 제아의 손끝에서 종이를 받아 들었다.

"널 위한 맞춤형 커리큘럼."

"누구 맘대로? 난 로봇이 아니고 사람이거든?"

이번만큼은 양보할 수 없다. 그래서 강경한 반대 의지를 드러내 보였다. 내가 이번만큼은 절대…… 그때 도준의 엄지 끝이 묵직하게 제아의 아랫입술을 문질렀다.

"널 사랑하는 내 마음대로."

그윽한 눈빛만큼 그윽한 음성이 요망하도록 흘러나오면서

의지를 쏟아낸다. 이, 이 마성의 손가락을 입술에서 당장 떼지 못할까! 나름 반항하기 위해 고개를 비틀어봤지만, 집요하게 입술이 문질러졌다. 키스할 때 입술에 비벼지듯, 탱탱한 아랫 입술이 짓눌러질 만큼.

"내 여자가 당당하게 설 수 있도록 혹독하게 몰아붙일 생각이야."

사형선고를 내리는 눈앞의 남자는 너무 달콤하기만 했다.

"문제아, 다시 한 번 말해봐. 아직도 못 하겠어?"

반칙, 이건 명백한 반칙이다. 이런 상황에서 부당하게 미남계를 쓰는 건 말이다. 차라리 보지 말아야지. 눈을 피해보지만 이미 입술은 제멋대로 움직여버린다.

"해. 하면 될 거 아니야!"

원하는 대답을 듣고야 만 도준의 손가락이 드디어 제아의 입술에서 떨어졌다.

"제아 네 미래는 이제부터 시작이야. 난 널 최고의 위치까지 끌어올릴 생각이고. 네가 그 위치에 도달했을 때 어느 누구도 널 무시하지 못하게 할 거야."

"오빠, 난 최고까지 올라가지 않아도 돼."

"욕심도 꿈도 크게 가져. 내가 다 이루어줄 테니까."

오롯이 제아만을 담고 있는 도준의 눈동자가 그렇게 말하고 있었다.

"사랑도, 일도 모두 쟁취해."

내가 널 최고의 여자로 만들어주겠다고.

Episode 27
네가 내 밥이야

평창동 본가, 저녁 식사를 하는 한 회장의 얼굴이 점점 굳어가고 있었다. 그만큼 움직이는 수저질도 느려졌다. 급기야 늘어진 한 회장의 눈꺼풀이 씰룩이더니 숟가락을 던져버렸다.

"에잇, 못난 놈들 같으니라고! 그렇게 사이좋게 지내라고 했건만!"

아무에게도 말하지 않았지만 연희가 불쑥 제 핏줄을 데리고 들어온 순간 결심했다. 이놈에게 제일 그룹을 물려주겠노라고. 나이가 들어가니 이상하게도 핏줄에 연연하는 노인네가 되어버렸다. 맨손으로 일으켜 세운 제일 그룹을 생판 남이 아닌 혈육에게 물려주고 싶은 욕심이 들었다. 물론 고생한 한 부회장 부자에게는 섭섭하지 않게 한몫 챙겨주고 자리도 만들어 줄 생각이었고.

"그 미국 부동산 재벌 상속녀는! 그리고 조선 호텔 딸내미는! 그것들이랑 스캔들 난 건 대체 뭐냐고! 어디서 그런 보잘

것없는 여자가 튀어나왔냐 이 말이야!"

잘못한 건 고 집사가 아닌데도, 고 집사가 한 회장에게 머리를 조아렸다.

"죄송합니다."

한 회장은 도준에게 제대로 속은 기분이었다. 스캔들까지 철저히 관리하던 녀석이 기사를 그냥 내보내는 게 이상하긴 했었다. 그래도 스캔들 터진 상대가 나름 괜찮은 집안이라 모른 척 눈감아주고 있었는데 뒤에서 이런 짓을 벌일 줄이야!

"사내 식당에서 도준이에게 꼴사나운 짓을 하게 한 그 상대가 그러니까……."

생각할수록 어이가 없어 한 회장은 말조차 제대로 잇지 못했다. 그런 한 회장을 대신해 친절한 고 집사가 정확히 말을 이어주었다.

"10년 동안 동생으로 지냈던 문제아라는 여자입니다. 지금은 특별 전략 기획 팀장입니다."

"얼씨구! 투명 경영 어쩌고 노래 부르더니 하는 짓하고는! 이런 몹쓸 것들!"

격한 숨을 고른 한 회장이 주제를 돌렸다.

"한 부회장은?"

"한 부회장님 쪽은 아직 이렇다 할 움직임이 없습니다. 한강훈 이사님만 손자분을 끌어내리려고 안간힘을 쓰시는 것 같습니다."

"한 부회장은 느긋하다 이건가?"

"뒷배가 든든하니 서두르지 않으시는 것 같습니다."

한 회장은 눈을 감고 잠시 생각에 잠겼다. 누가 반대하고 자시고, 모든 주식을 도준에게 물려주면 제일 그룹 후계자 자리는 다툼 없이 서열이 정리된다. 하지만 정치인들의 도움 없이 유지할 수 없는 게 바로 한국의 대기업이다.

정치 자금을 대주고, 기업 이득을 취하도록 도움을 받고, 눈 감아주고. 그런 일련의 과정은 기업의 필수 성장 과정이었다.

후계자 자질이야 이미 입증이 되었지만, 투명 경영에 비리 근절을 외치는 도준을 측근들과 정치인들이 반길 리 없었다. 후계자 자리를 물려줘도 정계 쪽에서 끝까지 물고 늘어지면 결국은 망할 수밖에 없는 게 이치였다.

"의원들과 만나는 자리는……."

"손자분께서 일정을 뺄 수 없다고 이번에도 거절하셨습니다."

"에잇! 쯧!"

이러니 속이 타들어가지 않을 수 있나. 정치인들과 단단히 결속을 하고 있는 한 부회장을 상대하려면 적어도 고위급 정계 인사들에게 안면은 터야 할 것 아닌가! 자리를 어렵게 마련해주는데도 도준은 매번 가차 없이 거절했다. 제 여자 뒤꽁무니 쫓아다닐 시간은 있고, 의원들과 장관들 만날 시간은 없다 이거지?

"이천 제일 아웃렛 오픈이 언제라고 했지?"

"이번 주말입니다."

"다음 주 중으로 아웃렛 오픈 축하 명목으로 소규모 파티를 하나 열게. 참가자 명단은 혼기 찬 자제들이 있는 재계나 정계 집안으로 작성해서 나한테 올리고."

"알겠습니다."

"도준이 녀석이 알면 안 되니 은밀하게 진행하도록. 절대 새어나가선 안 돼."

잠자코 있던 고 집사가 조심히 물었다.

"회장님, 혹시 손자분 맞선을 거기서 진행하시려는 겁니까?"

"그걸 꼭 물어봐야 아는 겐가!"

"짐작은 했지만 그래도 정확히 해야 저도 차질 없이 파티 진행을 할 수 있어 물어본 겁니다."

"박 의원 손녀딸은 무조건 참석시켜야 해! 내가 그 자리에서 못을 확 박을 게야! 여기서 네놈 약혼녀 당장 안 고르면 제일 그룹은커녕 어패럴 사장직에서도 쫓아내겠다고 말이야! 협박이라도 해야 이 녀석이 눈썹이라도 까딱할 거 아니야!"

"회장님이 그러신다고 사장직에서 사퇴하라고 할 순 없습니다."

한 회장의 성난 눈이 이제 막 50대를 넘어선 고 집사에게 꽂혔다. 가만 보면 이놈도 도준이처럼 꼬장꼬장하다니까? 맞장구를 쳐줄 줄 모른다. 도무지 융통성이라고는 없다. 그런데 또 시키는 일은 기가 막히게 척척 잘해낸다. 묻지도 않고 대답만 하고는 쓱쓱 해치워버린다. 도준이 그 녀석처럼.

"제일 어패럴 주주들 다 내 옛 회사 동료들일세! 내 말 한마디면 그네들이 도준이를 당장 끌어내릴 거라고! 제 어미처럼 돈 한 푼 없이 굶어봐야 정신을 차리고 나한테 꿈뻑 죽지!"

"손자분이 돈 한 푼 없는 건 아닙니다. 그 전에 박재경 군이 물려준 돈이 있지 않습니까?"

"그깟 10억 가지고는 요즘 세상 살아가기엔 어림도 없네. 그 녀석 하고 다니는 거 봐. 아닌 듯하면서 다 비싼 것들만 휘두르고 다니더만 다 쓰고도 남았지!"

이 말까지 해야 하나 말아야 하나, 고 집사는 고민 중이었다. 그 10억이 사라지기는커녕 몇 년 사이 홍수 나듯 불어나 추정되는 재산만 무려 백억 대라는 것을. 그 정도로 손자분의 돈 불리는 능력이 탁월하다는 것을. 하지만 설핏 스치며 도준이 했던 한마디를 떠올리곤 입을 꾹 다물었다.

─고 집사님, 좀 더 길게 보세요. 회장님을 등지고 내 편이 되라는 게 아닙니다. 적당히 평행을 유지하라는 겁니다. 선견지명으로 미리 보험을 들어놓는 것도 꽤 괜찮은 노후 대비 아닙니까?

도준은 제아를 위해 마련한 집 식탁에 앉아 양파를 손질 중이었다. 너무 매워 눈물이 찔끔찔끔 나오는데 갑자기 입에 무언가가 덥석 물려졌다. 개한테 개 껌 물려주듯이, 제아가 그의 입에 대파를 물려준 것이다. 매운 게 덜해지기는 했지만. 근데 내가 왜 양파를 까고 있어야 하는 거지?

커리큘럼을 받아들이는 대가로 제아가 제시한 건 바로 이거였다. 아무리 바빠도 일주일에 한 번은 이 집에서 오순도순 식사를 하는 것. 소소한 대화를 나누면서.

—울 엄마표 저녁은 잊어! 내가 아주 제대로 된 저녁밥 차려
　줄 테니까!

'난 밥보다 네가 먼저야.'라는 말이 목구멍까지 치밀어 올랐지만, 잔뜩 신이 난 제아를 보니 해달라는 건 다 해주고 싶었다. 양파를 까든, 마늘을 까든, 뭐든지. 프라이팬에 버섯을 볶으면서 도준을 힐끔 돌아보는 시선이 따사로웠다.

식탁 위에 그럴듯한 상이 차려졌다. 소고기 뭇국을 한 숟갈 떠먹은 도준이 제아가 원하는 대답을 내놓았다.

"맛있어."

"맛있어? 다행이다!"

그런데 활짝 웃으며 좋아하는 제아 앞엔 밥이 없었다.

"제아 넌."

"원래 요리사는 간 보면서 질리잖아. 그래서 자기 요리 안 먹는 거 몰라?"

웃음으로 넘겨보려 했지만 어림도 없다는 듯한 도준의 눈빛

에 제아는 하는 수 없이 진실을 털어놓았다.

"아직까지 입맛이 돌지 않아. 내 성격 알지? 입맛 없는데 먹으면 탈 나."

날이 갈수록 핼쑥해지는 제아의 얼굴을 보고 있는 도준의 마음도 무거웠다. 내가 널 너무 몰아붙인 걸까. 내 사랑이 널 그렇게 힘들게 하는 걸까. 자책감이 들었다. 그런데도 널 포기할 수가 없으니.

"그런 눈빛 하지 마, 오빠."

죄책감 가득한 도준의 눈빛의 의미를 알기에 제아가 그를 향해 웃어 보였다.

"나 지금 너무 행복하거든. 오빠한테 이런 소소한 거라도 해줄 수 있다는 게."

이 집으로 오자고 해서 요리를 해준 이유는 따로 있었다. 그에게 따스한 밥도 먹이고 편하게 잠도 자게 해주고 싶었다. 모든 걸 혼자 짊어진 채 숨 가쁘게 달리는 도준에게 해줄 건 이것밖에 없었으니까.

"이 행복함 날마다 느끼고 싶어."

제아가 젓가락을 움직였다. 그가 집기 힘들어하는 메추리알을 하나 집어 하얀 밥 위에 올려주었다.

"그러니까 힘들어도 힘내."

알고 있다. 그가 그렇게 숨 가쁘게 달리는 게 누굴 위함인지.

"오빠가 무리하게 일하는 거 다 나한테 빨리 오기 위한 과정이잖아. 맞지?"

어떤 것도 묻지 않은 채 제아는 그저 힘내라고 격려를 해준다. 그와 같은 유형의 남자를 어떻게 위로해야 하는지 제아는 아주 정확히 꿰뚫고 있었다.

"내가 오빠한테 해줄 수 있는 건 고작 이런 밥밖에 없지만."

아무것도 묻지 않고, 그저 들어주고, 그저 감싸주는.

"재벌이든 거지든 결국 사람을 움직이게 하는 건 밥심이야. 밥 안 먹고 사는 사람 봤어? 없어. 밥 안 먹으면 사람은 죽거든. 그러니까 오빠 내가 해주는 따스한 밥 먹고 힘내서 일해. 그래서 얼른 나한테 와."

제아가 눈을 마주치며 따사롭게 웃었다.

"날마다 아침도 차려주고 와이셔츠도 다려주고 퇴근하는 오빠 기다리고 잘 자라고 밤마다 곁에서 안아주고. 그 모든 거 다 해줄 테니까."

그 미소에 담긴 지극한 사랑이 스며들어 도준의 차가운 심장을 급격하게 데워버렸다.

"우리 부모님 허락은 내가 받아낼 거야. 그러니까 오빠 일에만 신경……."

제아는 더 이상 말을 이을 수 없었다. 의자에서 벌떡 일어난 도준의 상체가 테이블 위를 넘어왔다. 큰 손이 다가와 뒷머리를 움켜잡고 끌어당겼다. 곧이어 입술이 먹혔다. 젖은 입술과 뜨거운 숨이 파고들었다.

갑작스러운 키스는 당황스러웠지만 제아는 얌전하게 받아들였다. 처음엔 그저 잠깐이겠지, 생각하며. 그런데 이 자세가 불편할 법한데도 그는 요지부동이었다. 먹히는 건 식탁 위의 음식이 아니었다. 제 입 안에 모든 음식들이 다 있는 듯 도준이 게걸스럽게 제아의 입술을 먹어치우고 있었다. 다음 단계를 요하는 것처럼, 격렬해졌다. 여, 여긴 주방이고 식탁인데. 그런데도 제 남자를 알아본 몸은 정직하게 반응을 한다. 뭔가를 더 바라고 기대하게 된다. 버티기 힘들 정도로 온몸이 후들후들 떨려왔다.

키스가 길어질수록 찌개가 식어가고 밥이 굳어간다. 후다닥 만들었지만 정성 들여 만든 반찬마저 온기를 잃고 있었다. 도준에게 철저하게 외면당한 채. 집요하게 쫓아오는 입술에서 고개를 뒤로 뺀 제아가 가쁜 숨과 함께 미약한 불만을 토해냈다.

"오빠, 그만. 밥 먹어야지……. 다 식고 있어."

하지만 도준은 젓가락 대신 제아의 손목을 잡아끌었다. 그 바람에 제아는 그의 무릎 위에 앉게 되었다.

"오빠라고 다시 불러봐. 듣기 좋아. 보기도 좋고."

입술을 떠난 길쭉한 손이 지분거리듯 가냘픈 허리선을 지나 등줄기를 훑자 소름이 확 돋아났다.

"오빠라고 발음하는 네 목소리, 움직이는 네 입술 모양."

허리를 감은 손이 바짝 쪼여온다. 놔줄 생각이 없다는 듯.

"그래서 너만 보면 식욕이 확 당겨."

도준의 색기 어린 눈빛과 속삭이듯 나직한 음성에 온몸이 녹아내릴 것 같았다. 얼른 무릎에서 내려오고 싶었지만 도준은 절대 놔줄 생각이 없어 보였다.

"저기, 나 좀 내려가면 안 될까?"

급기야 허락을 구하는 상황. 이대로 있다가는 제아 자신이 식탁에서 질식사하게 생겼다.

"식사하라면서."

어. 그러니까 내가 내려가야 오빠가 편하게 식사를……

"문제아, 아직도 모르겠어?"

웃음기 어린 눈빛에 홀리는 순간, 뜨거운 숨을 토해내는 입술이 그녀의 귓가에 바짝 다가왔다.

"네가 내 밥이잖아."

그 말인즉슨, 널 먹겠다는 메시지. 그 한마디에 제아의 온몸에 열꽃이 퍼지는 것 같았다.

"내가 살기 위해 꼭 먹어야 하는, 유일한 내 밥."

또다시 감당 못할 아찔한 고백이 느닷없이 쏟아진다.

"그 밥을 먹어야 그 밥심으로 내가 버티지."

가볍게 입술을 스친 도준의 입술이 손가락 끝에 닿고, 곧 손가락이 순서대로 뜨거운 입 안으로 빨려 들어갔다. 할짝거리는 촉촉한 느낌에 소스라치듯 놀란 제아의 머릿속이 새하얘져 버렸다. 뜨겁고 차가운 걸 많이 접한 손가락의 피부 감각은 무뎌질 대로 무뎌져 있었다. 하지만 촉촉하고 뜨겁게 감싸인 손가락 피부는 민감하기 그지없었다. 손가락 하나하나가 차례대로 음미하듯이 도준의 입 안으로 빨려 들어갔다.

"난 편식하지 않고 골고루 먹는 편이지."

느릿하게 움직이는 입술과 달리 눈빛만은 제아에게서 떨어질 줄 몰랐다. 움찔거리는 반응을 즐기는 듯.

"반찬을 먹었으니 이제 메인인 밥을 먹어야지."

그 의미를 이해하기도 전에 입술이 먹혔다. 무방비하게 벌어진 입술 사이로 확 치고 드는 격렬함에 놀랐다. 도망가는 혀가 잡아채였다. 그는 느릿하고 꼼꼼하게 맛있는 저녁 식사를 시작했다. '진수성찬', '산해진미'라는 말로는 부족할 인생 최고의 식사를 말이다.

강훈은 집무실에 들어서자마자 책상 위의 물건들을 모조리 손으로 쓸어버렸다. 떨어지고 부서지고 난장판이 된 집무실 내부만큼 더 난장판이 된 건 바로 그의 자존심이었다. 지독한 패배감에 심신이 너덜너덜해졌다.

"빌어먹을 개자식!"

몇 주 전 통화를 한 지로가 귀가 솔깃한 아이디어를 내놓았다.

—온라인 몰과 다르게 아웃렛은 오픈 날짜 홍보 이외엔 별다른 마케팅을 안 했어. 그만큼 자신 있단 거겠지. 시간이 촉박해도 제일 백화점 오픈 날짜도 같이 맞춰보는 게 어때? 우리나라 VIP 고객들은 다 제일 백화점이 꽉 쥐고 있으니, 동시 오픈하면 아마 제일 아웃렛에 파리 날릴걸.

그래서 급하게 날짜를 맞추었건만 오히려 파리가 날린 건 아웃렛이 아닌 제일 백화점이었다. 제일 아웃렛은 강훈 모르게 일리니 리미티드라는 한정판 브랜드를 선보였고, 알게 모르게 상위 계층 사이에서 홍보 팸플릿이 돈 것이다. 그것도 일리니의 대표 이사인 일리안이 직접 홍보를 했고.

일리니 계약 진행에 관한 건 모두 일리안에게 일임하겠다고 계약서에 사인을 했기에 클레임도 걸 수가 없는 상황이었다. 둘은 철저하게 한통속이었고 결국 강훈의 완벽한 패배였다.

똑똑―.

노크 소리와 함께 박 실장이 집무실로 들어왔다. 그는 난장판이 된 집무실을 쓱 훑어본 후 슬그머니 강훈의 눈치를 보았다.

"이번 주말 오후 6시 조선 호텔. 제일 아웃렛의 성공적인 오픈을 축하한다는 명목하에 작은 규모의 파티가 열립니다. 대외적으로 공개하지 않고 은밀하게 진행이 되고 있어서 오늘에서야 겨우 보고를 받았습니다."

"그런데?"

"명목은 제일 아웃렛의 오픈 축하지만 제가 보기엔 아무래도 한도준 사장님을 선보이려는 자리 같습니다. 파티 명단을 확인하니 정·재계 내로라하는 인사들과 그 자녀들까지 동반 참석입니다. 한 회장님 성함으로 초대장이 돌아서 대부분 참석할 것 같구요."

굳게 다물린 강훈의 입술이 씰룩였다.

"결국은…… 핏줄이라 이거군."

지금까지 중립을 유지하는 듯하던 한 회장이 드디어 움직이기 시작한 것이다. 지금까지 한 회장이 조용히 있었던 건 모두 아버지인 한 부회장이 정계 쪽과 인연이 깊어서였다. 하지만 도준에게도 정계 쪽의 막강한 세력이 붙는다면 상황은 순식간에 역전될 것이다. 어떻게든 막아야 한다. 끔찍한 두통에 잠시 눈을 감은 강훈의 머릿속을 스친 건 바로…….

"문제아."

그래, 그 여자라면 가능할지도 모르겠다. 도준의 성격에 사내 식당에서 선언까지 했다면 보통 사이가 아니겠지.

오늘도 도준은 퇴근할 때까지 회사에 얼굴을 보이지 않았다. 단순한 메시지 한 통도 없는 걸 보니 다른 날과는 다르게 오늘은 유난히 바쁜가 보다.

오후 7시가 되어서야 힘없이 차에 오르는 제아에게 지로가 툭 말을 내던졌다.

"오늘도 수업 들으러 가는 거냐? 하루는 좀 빠지고 쉬어라. 제아 너 살 너무 많이 빠졌어."

공부라면 질색하는 지로였기에 이제야 열공에 들어간 제아를 무척 안쓰럽게 생각하고 있었다.

"쌍코피 터지도록 노력해보겠다고 오빠한테 약속했어."

"지금도 충분히 고공 행진하고 있는데 뭐하러 개고생을 해. 너랑 난 공부머리 아니라니까?"

"우씨, 너랑 나랑 다르거든? 넌 공부를 못한 거고, 난 공부를 안 한 거거든?"

제아가 정색하자 지로가 키득키득 웃었다.

"너랑 나, 둘 다 공부 못한 건 똑같거든? 남친이 제일 그룹 후계자가 될 건데 뭐 하러 개고생해. 당장 공부 때려치워."

"남자가 잘나면 여자도 그만큼 잘나야 욕 안 먹는 세상이거든? 난 남자 잘 만나서 팔자 핀 여자 되고 싶지 않고."

도준이 제일 그룹 후계자 자리를 포기하려 한다는 말까지는 지로에게 하지 않았다. 큰 도로로 차가 접어들자마자 지로의 휴대 전화가 울렸다. 발신인을 확인한 지로가 단번에 얼굴을 찌푸렸다.

"아이씨, 이 형은 오늘따라 왜 이렇게 전화질이야?"

퇴근 시간이 임박한 후로 10분에 한 번꼴로 전화하는 강훈 때문에 지로의 음성엔 짜증이 다분했다.

"혹시 모르잖아. 받아봐."

하는 수 없이 블루투스를 연결하자 강훈의 목소리가 선명하게 차 안을 울렸다.

[한지로, 퇴근했나?]

"퇴근했다, 했어! 형 오늘 도대체 왜 이렇게 전화질이야!"

[차 타고 가는 중이지?]

"그럼 내 성격에 대중교통 이용할 것 같아?"

[성북동으로 가는 중인가?]

"그건 왜 물어?"

[술 한잔할까 해서 말이야.]

"나 지금 오류동 가거든? 그러니까 술은 혼자 마셔."

잠시 침묵이 흐른 후 강훈이 다시 말을 했다.

[오늘 저녁 굉장히 중요한 파티가 있는데 난 초대받지를 못했네. 잘난 동생님 선보이는 파티라서. 하긴, 난 뭐 진짜 핏줄이 아니니까 그럴 만도 하지. 거액의 사비까지 들여가며 정·재계 집안의 자녀들까지 동반 초대한 걸 보면 엄청난 집안과 연결해주려는 모양이야.]

잘난 동생님이라면……

당황한 지로의 눈이 제아에게로 향했다.

[아무리 그 녀석이 고집이 세다고 해도 회장님을 거스를 순 없지. 특히 당사자들 집안까지 다 모이는 그 자리에선 말이야.]

"그, 그 이야기를 왜 나한테 하는 건데?"

[도준이가 네 친구랑 연애하는 거 공개 선언했잖아. 나는 위로 못 해줘도 네 친구라도 위로해주라고. 연애 공개한 지 얼마나 됐다고 세컨드로 밀려봐라. 오죽 속상하겠어.]

"아이씨, 주둥아리 좀 닥쳐봐!"

당황한 나머지 제아의 눈치를 보며 얼른 전화를 끊으려는 지로에게 제아가 휴대 전화 액정 화면을 내밀었다.

[계속 통화해서 물어봐. 그 파티, 어디서 몇 시에 하는지.]

보아하니 제아는 전혀 몰랐던 눈치였다. 눈꼬리가 앙큼하게 올라간 걸 보니 저 계집애, 또 성질 돋았네. 그런데도 지로는 제아의 말을 들을 수밖에 없었다. 자신까지 저 성질머리에 당할 것 같아서.

"아, 진짜 돌아버리겠네. 그 파티 어디서 몇 시에 하는데?"

[뭐 궁금하다면야 말해주지.]

여유로운 웃음소리가 차 안을 울렸지만 웃는 건 강훈뿐. 지로도, 제아도 웃지 않았다.

[조선 호텔 6시야. 지금쯤 한참 선 자리가 진행되고 있겠군. 그럼 이 형은 속상해서 술 한잔하러 가야겠다.]

전화는 여기서 마무리되었지만 강훈이 제아가 옆에 있다는 걸 알고 의도적으로 전화했다는 걸 두 사람 다 느낄 수 있었다. 살그머니 제아의 눈치를 보던 지로는 벌컥 성질이 돋았다. 한강훈, 이 새끼가 감히 나를 이용해? 한 방 먹였다 했더니 되돌려 받은 기분이었다.

그런데 제아는 의외로 차분했다. 누군가와 메시지를 주고받더니 갑자기 지로를 빤히 바라보았다.

"한지로, 나 조선 호텔까지만 데려다주라."

"가서 뭐 할라고?"

"빠져나오기 힘든 자리라잖아, 내 왕자님 구하러 가야지."

"너 미쳤냐?"

"왕자만 공주 구하란 법 있어? 공주도 왕자 구할 줄 알거든?"

"얼씨구."

지로가 차선을 변경하자마자 제아는 말끔하게 머리를 틀어 올리고 일할 때만 쓰는 뿔테 안경까지 썼다.

고 집사에게 은밀하게 보고를 받은 도준은 오늘 파티의 주최 목적을 이미 꿰뚫고 있었다. 은밀하게 열리는 것과 달리 파티의 질은 최고급이었다. 게다가 파티의 모든 비용도 한 회장이 지불한다.

돈 한 푼 들이지 않고 자식들을 마음껏 선보이고 이해득실이 맞는 집안끼리 붙어먹으면 되는 자리, 정경유착을 확고히 다질 기회를 그들이 마다할 리가 없었다. 한 회장도 그 자리에서 바로 손자의 약혼자를 찾아내서 속전속결로 진행할 테고.

그걸 알면서도 도준이 참석하는 이유는 그 자리를 역으로 이용하기 위해서였다. 그 자리에 모이는 이들은 한국을 움직이는 정계와 재계의 인사들, 그가 무슨 짓을 해도 모이게 할 수 없는 인맥들이니까. 그 자리를 빌어 공개적으로 선언할 것이다. 제일 어패럴의 분리 경영과 더불어 그 파티에 참석한 어떤 집안의 여식과도 약혼할 생각이 없음을.

다른 집안의 자제들은 오징어로 보이게 할 만큼 눈부신 자태로 모습을 드러낸 도준을 한 회장이 흐뭇하게 쳐다보았다.

"오늘 여기서 네 약혼 자리 알아볼 테니 그리 알아라. 지금까지 제멋대로 하도록 뒀지만 이젠 안 봐줘! 이 할아비가 다 알아서 할 테니 넌 가만히 있으란 말이다. 그렇지 않으면 제일 어패럴 사장직에서도 확 쫓아내버릴 테니."

의외로 담담한 도준의 표정에 한 회장은 옳거니 했다. 그럼 그렇지. 네 녀석이 나를 거역할 수 있으려고.

그런 한 회장을 잠자코 지켜보는 건 다 이유가 있었다. 한 회장의 축사 다음이 도준의 차례, 그때 돌발 선언을 할 계획이었다. 그런데 파티에 참석한 이들이 끊임없이 접근해서 귀찮게 구니 그는 자리를 피할 수밖에 없었다. 테라스로 나와서 담배를 입에 문 도준은 불을 붙일까 하다가 관뒀다. 담배를 피운 걸 알면, 제아가 화를 낼 테니까. 그런데 빌어먹을. 발코니까지 쫓아온 스토커들이 있었다.

"한 사장님, 안녕하세요. 저 백영국 의원님 막내딸 백미란이에요. 저희 아빠가 다음 있을 대선에 나가려는 거 아시죠? 온 누리당 안에서 지지율도 가장 높아요."

그 여자와 다투듯 다른 여자가 앞으로 치고 나왔다.

"같은 회사 여직원이랑 스캔들 난 거 전 이해할 수 있어요. 연애 따로 결혼 따로. 우리 같은 상위 계층에선 기본이잖아요. 물론 그렇다고 저까지 바람피운다는 건 아니구요. 도준 씨를 이해해주면서 사업까지 적극적으로 밀어줄 수 있는 아내가 될 수 있다는 뜻이죠, 호호."

여자들은 끊임없이 자신을 어필하는 말들을 쏟아냈지만 도준은 일언반구도 하지 않았다. 일일이 대답하고 거절하는 것도 귀찮았다. 어차피 곧 있으면 수다스러운 입을 다물게 할 선언을 할 예정이니까. 그래서 입술에 물고 있는 담배 끝을 질겅질겅 씹으며 지루함을 참아내던 도준이 순간 눈을 가늘게 뜨고 시선을 한곳에 집중시켰다.

한결같이 화려한 여자들 틈 사이에서 머리끝부터 발끝까지 고리타분함을 풀풀 풍기는 여자가 홍일점처럼 도준의 시선을 사로잡은 것이다. 검은 투피스 정장에 야무지게 틀어 올린 헤어스타일, 검은 뿔테 안경, 검은 구두. 한 손에 들고 있는 서류가방까지. 머리끝부터 발끝까지 온몸으로 '나 비서예요.'라고 외치고 있는 여자. 믿을 수 없다는 듯 바라보는 도준에게 다가온 그녀가 생글생글 웃으며 말을 한다.

"한 사장님, 담배는 몸에 해롭습니다."

넋이 나간 도준 앞으로 제아가 태연하게 다가왔다.

"금연하신다고 저한테 약속하셨으니 담배는 압수할게요."

순식간에 입에 물린 담배가 사라졌고, 그 담배는 제아의 가는 손가락 사이에서 무참하게 두 동강이 나버렸다. 저거 미친 거 아냐? 지켜보는 여자들의 눈빛이 그렇게 외쳤지만 제아는 눈 하나 깜빡하지 않고 준비했던 말을 태연하게 술술 흘렸다.

"워낙 긴급을 요하는 결재안이 있어서 실례를 무릅쓰고 여기까지 찾아왔습니다. 아, 유 실장님께는 미리 연락했고요."

그 모습이 너무도 천연덕스러워서 도준도 하마터면 속을 뻔했다. 하지만 그가 아는 한 급한 결재안은 없었고 또 그런 게 있다고 하더라도 그 대신 인호가 결재를 할 수도 있었다. 어찌 되었든 제아와 같은 편을 먹고 이번에도 그를 놀라게 한 건 바로 유인호였다. 집 헬퍼 건도 몰래 눈감아주었건만 이번에도 또 말 한마디 해주지 않은 것이다.

우선은 둘만 있을 수 있는 곳으로 가야 했다. 여자들의 속살거림을 뒤로한 채 도준은 제아의 손을 잡아끌었다.

돌고 돌아 마침내 반대쪽 테라스의 외진 공간을 찾아낸 도준이 지그시 내려다보자 그제야 제아는 이실직고했다.

"결재는 그냥 핑계였고 오빠 파이팅 해주려고 온 거야."

인호와 통화를 할 때 그가 귀뜸을 해주었다. 도준이 이 자리에서 중대 발언을 할 계획이고 제아가 걱정할까 봐 비밀로 한 거라고. 그 발언으로 인해 막강한 세력들뿐 아니라 한 회장과도 척을 질 수 있다고 말이다. 그녀는 또다시 한 척의 배로 수십 척의 외구를 상대하는 이순신이 되려는 도준을 응원해주고 싶었다.

"오빠 오늘 밥도 제대로 못 먹었을 거 아니야. 그러니까 나라도 눈으로 보고…… 밥심 좀 내라구 왔지."

신경이 예민하게 곤두설 때면 도준이 물조차 마시지 않는다는 걸 알고 한 말이었다. 제아는 살그머니 치켜뜬 눈으로 그와 눈을 마주치며 수줍게 말을 이었다.

"내가 오빠 밥이라면서."

도준의 표정이 미묘하게 변했다. 문제아 너란 여자 정말, 사랑할 수밖에 없잖아. 제아에게 키스할 듯 기울어지던 도준의 몸이 그를 찾는 안내 멘트에 반듯하게 세워졌다. 때가 된 것이다.

"잘하고 와. 지켜봐줄 테니까."

제아의 떨리는 손끝이 도준의 보타이를, 그리고 셔츠의 목깃을 다시 한 번 단정하게 매만져주었다. 보내주어야 한다는 걸 알면서도 이상하게 보내주기가 싫었다. 우뚝 솟은 단상 위에서 혼자 모든 걸 짊어지려는 도준을 볼 자신이 없었다. 하지만 말린다고 멈출 도준이 아니란 걸 알기에 결국 제아의 손은 마지못해 그에게서 떨어져나갔다. 애달픈 손끝이 떨어져나가자 도준이 날렵하게 턱을 기울여 스치듯이 가볍게 입을 맞추었다. 맞닿은 입술 사이로 서로의 숨결이 진득하게 얽혀들었다.

"금방 끝날 거야."

다시 네 곁으로 올 테니까.

"그러니까 문제아, 여기서 기다려."

어디 가지 말고.

"다시 돌아올 거야."

지켜봐줘.

도준이 파티장 내부로 들어오자 살짝 경직된 표정의 레이나가 그를 바라보았다. 그는 그녀를 스치듯이 지나가며 나직하게 경고를 흘렸다.

"접근할 생각하지 마."

아름다운 색조에 물든 레이나의 얼굴이 미묘하게 일그러졌다.

"제이드, 무슨 오해가 있는 것……."

"오해 같은 거 안 해. 너랑 나, 그럴 사이도 아니지 않나."

내려다보는 도준의 눈빛은 싸늘했다. 하지만 이대로 당하기엔 너무 억울한 그녀였다. 기껏 도와주었건만.

"호텔에서 널 구한 건 나야. 그런데 나한테 대체 왜 이래?"

"날 구한 건 제아야. 그리고 그런 제아를 이용한 건 너고."

"……뭐?"

"조선 호텔 상속녀도 무서워 벌벌 떠는 상대한테 제아를 들이대?"

"제이드, 네가 뭔가 오해하고 있는 것 같은데."

"약에 당할 나도 아니고 또 당했다고 해도 맞대응할 만한 무기를 나도 손에 쥐고 있었어. 굳이 위험하게 제아를 불러들일 필요가 없었다는 뜻이지. 눈감아주는 건 한 번뿐이야. 한 번만 더 제아를 위험하게 하면 그땐 내가 너 가만히 안 둬."

도준이 싸늘하게 스쳐 지나간 후, 레이나의 학처럼 고고한 목과 나긋나긋한 어깨선이 부들부들 떨려왔다. 온갖 원망이 가득한 그녀의 눈이 테라스로 향했다. 반쯤 뒷모습을 드러낸 검은 투피스 차림의 여자가 보이자 레이나는 작게 속삭였다.

"네가 미워. 미치도록. 죽여버리고 싶을 만큼."

레이나는 도준의 경고를 무시하고 테라스로 나갔다.

"레이나 언니? 너무 예뻐요!"

그녀의 속도 모른 채 제아는 무척 반가워하는 기색이었다. 그런 제아를 아주 잠깐 빤히 바라보던 레이나는 뒤늦게 미소를 지었다.

"제아 씨를 여기서 볼 줄은 몰랐네."

"저도 제가 여기 오게 될 줄은 몰랐어요."

"근데 모습이 왜 이래? 파티에 왔으면 기본적인 격식은 차려야지. 제이드의 위치가 있는데. 그럴 능력 안 되면 나 안 입는 거라도 빌려줬을 건데……."

묘하게 가시가 돋친 레이나의 말에 제아는 잠시 당황하긴 했지만 이내 태연하게 대답을 했다.

"겉모습 흉내 낸다고 흙수저가 금수저 되겠어요? 저 비서로 온 거예요. 비서 복장이 이 정도면 괜찮은 편 아니에요?"

그렇게 주제 파악 잘하면서, 왜 분에 넘치는 제이드를 차지하는 건데! 레이나의 동공이 살벌하게 번뜩였다.

"여긴 어떻게 들어왔어? 함부로 통과가 안 됐을 건데."

"한도준 사장님 비서인데 긴급하게 받아야 할 결재가 있다고 둘러댔어요. 그래도 경호원들이 통과 안 시켜줘서 유 실장님이 나와서 좀 도와주셨죠. 물론 아주 잠깐 들어갔다가 나온다고 했지만요."

"그랬구나. 그래도 머리 참…… 좋네. 비서 핑계로 들어올 생각을 하고."

"바늘 가는 데 실 가야죠."

몸을 기울여 살며시 속삭이는 제아는 행복해 죽겠다는 표정과 눈빛이었다. 레이나 자신은 지금 인생 최고로 비참한데 말이다. 왜 내가 아닌 너지? 왜 너냐구.

"그럼 더 있다가 가. 맛있는 것도 많이 먹고 술도 한잔하고. 난 볼일이 있어서 갈게."

우아한 미소를 끝으로 레이나는 파티장을 벗어나 보안실로 향했다. 오늘 경호를 맡은 업체의 팀장을 호출해서 파티장 내부 곳곳을 비추는 화면의 어느 한곳을 손가락질했다.

"경호를 이따위로 하라고 조선 호텔에서 고액을 지불한 게 아니에요. 저 여자, 당장 끌어내요."

"아, 저 여자분은 제일 어패럴 사장님 비서라고."

"비서든 뭐든. 파티 명단에 없으면 모두 잡상인이에요."

레이나의 목소리는 단호했다.

"죄송합니다. 당장 조치를 취하겠습니다."

그 시각 도준은 단상 위에 올라 있었다. 기분이 꽤 좋은 듯 느긋하게 앉아 있는 한 회장은 똑똑한 손자의 연설을 제대로 들으려는 듯 지그시 눈까지 감은 상태였다. 하지만 도준의 연설이 이어질수록 그의 흰 눈썹이 씰룩이더니 급기야 눈을 부릅떴다.

"제일 그룹의 계열사 중 하나인 제일 어패럴은 2017년부터 제일 그룹의 경영권에서 벗어나 단독 경영을 선언합니다. 정치인들과의 결탁을 멀리하여 기업 비리에서 벗어날 것이며, 누드 경영을 통해 국민에게 더 친화적으로 다가가는 국민 기업이 될 것입니다."

파격 발언에 파티장 내부가 급격하게 술렁였다. 테라스 쪽에 몸을 숨긴 채 듣고 있던 제아마저도 손발이 다 떨릴 정도였다. 그런데 당사자인 도준은 오죽할까. 하지만 호화로운 파티장을 발칵 뒤집은 당사자는 태연해도 너무 태연했다.

"도준 오빠……."

안타까움에 작게 그의 이름을 중얼거리는 순간, 시커먼 정장을 차려입은 경호원 둘이 제아에게 다가왔다.

"외부인은 출입 금지입니다. 그만 나가주시죠."

숨어 있는 걸 용케도 찾아냈네. 제아가 살포시 눈살을 구겼다.

"5분만, 아니, 1분만 기다려주시면 안 될까요."

지켜봐주기로 했는데. 애타는 제아의 눈이 단상에 서 있는 도준에게 향했지만 경호원들은 인정사정없었다. 괜히 버텼다가 소란을 일으키기도 싫었고. 결국 경호원들에게 양쪽 팔이 붙들린 채 죄인처럼 끌려나갈 수밖에 없었다. 그때였다.

"그리고 이 자리를 빌어 기쁜 소식을 한 가지 전해드릴까 합니다."

숨어 있으라고 할 땐 언제고. 단상 위에 오른 도준의 손끝이 아주 정확하게 제아를 집어냈다. 순식간에 제아에게 몰려드는 엄청난 시선들.

"제 특별 비서이자 현대판 신데렐라가 될 저의 예비 피앙세를 소개합니다."

찌르듯이 넘어온 싸늘한 눈빛이 경호원들에게 정확히 꽂혀들었다.

'당장 내 여자에게서 손 떼.'

제아의 팔을 움켜쥐고 있던 경호원들의 손길이 후두둑 떨어져나갔다. 그만큼 도준의 눈빛은 살벌했다.

사실 대놓고 드러낼 생각은 없었지만 함부로 제아를 끌고 나가는 경호원들을 보자마자 질러버린 것이다.

'저에게 목숨보다 더 사랑하는 여자가 있습니다. 그래서 이

자리의 어떤 여자와도 약혼을 할 수 없습니다.'

뭐, 어차피 그 말이 그 말이니까.

"바쁜 시간을 내서 파티에 참석해주신 모든 분들에게 감사의 말씀을 전합니다. 즐거운 시간 되십시오."

연설의 마지막을 아주 젠틀하게 끝맺은 도준은 여유롭게 단상에서 내려왔다. 도준이 거침없이 발을 뻗을 때마다 홍해가 갈라지듯 사람들이 길을 터주었다.

"제아야, 가자."

흔들리는 제아의 커다란 동공이 잠시 도준의 얼굴에 머물렀다. 하지만 이내 차가운 손가락이 매끄럽게 도준의 손가락 사이로 스며들었다. 손을 꼭 잡고 보폭을 맞추어 입구 쪽으로 걸음을 내딛자 뒤통수에 꽂히는 시선들이 어마어마했지만 둘다 아랑곳하지 않았다. 파티장 입구를 지키던 가드들이 앞을 막아섰다.

"여자분은 나가도 되지만 도련님은 나가실 수 없습니다. 회장님이 모시라고 했습니다."

오빠 어떻게 해? 바짝 긴장한 제아의 눈이 그를 올려다본다. 경호원에게서 시선을 떼지 않은 채, 도준이 휴대 전화로 어디론가 전화를 걸었다.

"고 집사님, 회장님 좀 바꿔주세요. 쓰러지실 분 아닌 거 알고 있습니다. 네. 회장님께 내일 오후 중으로 찾아뵙겠다고 전해주세요."

도준이 전화를 끊고 정확히 1분 후에 경호원들이 길을 터주었다. 주차장에 도착하자마자 무너져내리는 제아의 몸을 도준이 품으로 받아냈다.

"많이 놀랐어?"

놀라지 않는 게 더 비정상 아닌가? 놀란 정도가 아니라 심장 마비 오는 줄 알았다.

"너한테 미안하다는 말은 안 해. 물릴 생각도 없고. 그러니 각오 단단히 하는 게 좋을 거야."

나보다 힘든 건 오빠겠지. 그런데도 눈앞의 도준은 너무 멀쩡해 보였다.

"근데 오빠 하나도 안 떨렸어, 정말?"

"……조금."

조금이라면, 아주 많이란 뜻이겠지? 하긴, 한도준도 사람이니 떨리지 않을 수가 있을까. 그런 엄청난 일을 저질러버렸는데.

"오빠, 나 좀 안아줄래?"

제아의 말이 끝나기도 전에 도준이 기다렸다는 듯 제 품에 와락 끌어안더니 나직하게 중얼거린다.

"……이제야 살 것 같다."

도준은 이 순간만큼은 아무것도 하고 싶지 않았다. 그저 이렇게 제아를 품에 안은 채 죽어도 좋겠다는 생각만 들었다.

그때 도준의 어깨가 바짝 긴장했다. 등에 닿는 깃털 같은 섬세한 손길. 토닥토닥, 토닥토닥. 허리를 휘감을 줄 알았던 제아의 손이 등을 부드럽게 쓸어내리고 있었다.

"우리 오빠 아주 잘했어요."

칭찬이었고, 위로였다. 지극히 단순한 그 위로에도 도준은 가슴이 뻐근해졌다.

"제아야."

"응?"

쉬지 않고 달리던 그에게 휴식을 주고 숨 가쁜 호흡을 고르게 해주는 여자.

"문제아."

"응."

너만 보면 기대고 싶어져. 어리광을 부리고 싶어져.

"나의 제아."

"······응."

너 때문에. 그리고 너니까. 내가 어떤 모습이어도 넌 날 사랑해줄 테니까. 도준은 등을 좀 더 구부정하게 기울였다.

"······해줘."

도준의 입술 사이로 흘러나오는 바람. 그 중얼거림이 너무 작아 제아는 귀를 쫑긋 세웠다. 아, 이제야 들린다.

"좀 더 안아줘. 토닥여줘."

태산 같은 남자가 지금 그녀에게 어리광을 부리고 있었다. 그걸 깨닫는 순간 심장이 뜨거워졌다. 내 품에서만 온전하게 쉴 수 있는 내 남자. 등을 타고 오른 손길이 도준의 머리까지 가만히 어루만졌다.

"밤이 새도록 해줄게. 오빠가 원할 때까지."

그러니까 힘내. 난 항상 오빠 옆에 있을 거야.

사랑해주겠습니다, 행복하게 해주겠습니다

아침 식사도 마다한 채 화초방에 앉아 있던 한 회장은 도준이 들어오자마자 벌떡 일어나 뺨을 후려쳤다.

짜악—.

"감히 네놈이 내 얼굴에 먹칠을 해?"

노인답지 않게 손이 매서웠다. 씩씩거리던 한 회장이 도준을 노려보더니 딱 한마디 했다.

"박 의원 손녀딸이랑 약혼해라. 그러면 다 눈감아주마."

"죄송합니다."

대체 뭘 믿고 저렇게 당당한 건지. 한 회장은 그런 손자가 답답하기만 할 뿐이었다.

"누구 맘대로 분리 경영이야? 투명 경영한다고 하면 거기 있는 사람들이 네놈한테 박수라도 보낼 줄 알았더냐? 그리고 그 자리가 어디라고 그딴 더러운 관계의 여자를 공개해? 누가 뒷조사라도 해서 터뜨리면 어쩌려고?"

"피 한 방울 섞이지 않았고 서류상으로도 완벽한 남남입니다. 대체 뭐가 문제입니까?"

"네가 평범한 집안의 손자가 아니라는 게 문제다! 대기업의 일원이 된 순간 네 녀석의 결혼은 사랑이 아니라 새로운 사업의 연장이란 말이다!"

도준의 침묵을 긍정적으로 받아들였는지 한 회장의 음성이 살짝 누그러졌다.

"연애까지는 아무 말 안 하마. 단, 그 여동생은 단단히 숨겨라. 내가 양보해줄 수 있는 건 딱 여기까지야."

제아를 내연녀, 세컨드로 만들라는 뜻이었다. 빛도 보지 못하고 음지에서 시들게 하라는.

"그 여자를 포기하느니 차라리 제일 그룹 후계자 자리를 포기하겠습니다."

도준의 충격적인 발언에 한 회장이 숨을 헐떡였다.

"한 부회장님은 정계 인맥에 지나치게 의존하시는 분이죠. 정권 교체가 되면 제일 그룹은 비자금 수사 1순위의 역풍을 맞을 겁니다. 찌르면 터질 게 가장 많은, 정치인들의 특혜 기업이라는 주홍 글씨가 새겨진 게 바로 제일 그룹이니까요. 그리고 그렇게 만든 사람이 바로 한 부회장님입니다."

오랫동안 고심하던 문제를 도준이 건드렸기에 한 회장이 별안간 깊은 한숨을 내쉬었다.

"도준아, 이론과 현실은 다르다. 넌 이론적으로 경영을 하려는 거고 한 부회장은 현실적으로 경영을 하려는 게다. 그리고 우리나라에선 한 부회장의 경영법이 옳고. 그게 터지지 않도록 끊임없이 정계 쪽과 연을 맺고 보수를 해야 하는 거란 말이다. 그러니 잔말 말고 자료 모두 파기해라."

"정치인들에게 대줄 자금으로 당당하게 세금을 내고 투명 경영을 하세요. 그럼 국민이 제일 그룹의 편에 서줄 겁니다. 먼저 털어내면 세금도 감면 받고 정치인들에게 휘둘릴 필요도 없어요. 당장은 휘청하면서 바닥을 치겠지만 빠르게 원상 복구할 수 있습니다. 기업에게 이득을 주는 건 정치권이지만, 기업을 먹여 살리는 건 바로 국민이니까요."

하마터면 그러겠노라고 한 회장은 고개를 끄덕일 뻔했다. 그것도 모자라 언제 대화 주제가 이쪽으로 넘어갔는지.

"잔말 말고 박 의원 손녀랑 약혼해라. 이번이 네 녀석에게 주는 마지막 기회다. 그리고 이마저 거부하면 제일 어패럴 사장직에서도 내쫓아버릴 테니!"

의외로 도준은 담담한 표정으로 자리에서 일어났다.

"끌어내릴 수 있으면 해보세요. 제 스스로 물러날 생각은 없습니다."

화초방을 나서던 도준은 안으로 막 들어오려던 연희와 맞닥뜨렸다. 연희의 차가운 눈이 부어오른 도준의 왼쪽 뺨으로 쏠렸다. 하지만 어떤 말도 하지 않았다. 그렇게 모자는 인사 한마디 없이 서로를 지나쳤다. 화초방으로 들어선 연희는 앙상한 어깨를 들썩이며 씩씩거리는 한 회장을 차갑게 쏘아보았다.

"도준이 얼굴, 아빠가 그런 거예요?"

"귀싸대기 한 대로도 부족하다! 진즉에 이 지팡이로 실컷 두들겨 팼어야 했어! 연희 네가 감싸고도니 저렇게 버르장머리 없이 제멋대로 구는 거 아니냐?"

연희의 매끈한 입술이 나직하게 달싹였다.

"다신, 저 애한테 손찌검하지 마세요."

한 회장이 믿기지 않는 눈빛으로 연희를 응시했다. 제 아들을 못 잡아먹어 안달이던 제 딸이 맞는지 확인하기 위해서 말이다.

"나도 하나뿐인 내 손주 놈이라 때린 게다! 아니었으면 때릴 필요도 없이 내쳤을 게다!"

"내가 데리고 오지 않았으면 아빠 그 아이 존재 자체를 지웠겠죠. 아빠의 유일한 수치심이 바로 나고, 그 아이니까."

"연희야!"

"핏줄에 연연하지 않는다고 하셨죠? 정말 혼자 남고 싶은 게 아니라면 다신 도준이 때리지 말아요."

쏘아보는 연희의 눈빛 속에 바짝 날이 선 칼날들이 번뜩이고 있었다. 한 회장을 향한 원망, 미움, 분노. 연희는 씹어뱉듯이 말을 끝맺었다.

"내 아들이에요. 때려도 내가 때리고 쳐내도 내가 쳐내요."

제아는 주말 동안 윤영과 대화하려고 무던히도 노력했지만 결국은 실패했다. 결국 몸져누운 등만 보다 출근을 했다. 회사에 도착하자마자 도준에게서 전화가 왔다.

[3분 전이니, 지금 엘리베이터 타고 있겠지?]

"내 남자 친구가 아니라 스토커 아니야?"

대답하는 제아의 음성에 웃음기가 묻어났다.

[강박적일 만큼 시간관념을 보인 게 누구더라.]

특별한 일이 있지 않는 한 1분의 오차도 없이 정해진 패턴대로 움직이려는 제아의 습관은 거의 강박에 가까웠다. 특히 아침 출근은 더 그랬다.

"다 오빠한테 배운 거거든요? 그런데 아침부터 웬 전화?"

대답 대신 도준의 나직한 웃음소리가 매혹적으로 넘어왔다. 뭐야, 이 웃음의 의미는. 그때 엘리베이터가 목표 층에 도착했고 그 소리를 들은 도준도 동시에 말을 했다.

[축하해, 문제아. 나의 공식적인 연인이 된 걸 말이야.]

엘리베이터 로비로 발을 내딛는 제아는 눈앞에 펼쳐진 광경이 믿어지지 않았다. 색색의 다양한 드라이플라워가 화원을 방불케 할 정도로 사무실을 가득 채우고 있었다. 눈의 즐거움에 코끝을 간질이는 짙은 향기로움은 옵션일 뿐.

"누가 이렇게 돈을 펑펑 쓰래? 지금 오빠가 이럴······!"

순간 제아는 말을 멈추었다. 하마터면 남자의 자존심을 건들 뻔했다. 어떻게 돌려서 말을 해야 자존심을 건들지 않을까 고민하던 그때, 제아의 속을 들여다본 듯 도준이 말을 했다.

[문제아, 나 돈 많아.]

속마음을 들킨 것 같아 제아는 순간 뜨끔했다.

"누가 돈 없대?"

[알면 계속 걸어, 꽃을 따라서.]

또 뭐가 있는 걸까. 수화기 너머로 들려오는 고른 숨소리에 귀를 쫑긋 세우며 천천히 걸었다. 꽃을 따라, 향기를 따라. 아무도 출근하지 않은 게 이렇게 다행일 수가 없었다. 꽃길은 집무실로 이어졌다.

"설마, 오빠 지금 집무실이야?"

듣기 좋게 귀를 울리는 나직한 웃음소리가 넘어온다.

[글쎄, 열어보면 알겠지.]

발끈 화를 냈지만 그녀 역시 여자는 여자인가 보다. 알 수 없는 기대감에 심장이 쿵쾅거린다. 항상 기상천외한 방법으로 놀라게 하는 재주가 있는 남자였으니까. 집무실로 들어서자마자 기다렸다는 듯 도준이 제아의 허리를 휘감아 제 품으로 끌어당겼다.

"사랑하는 나의 문 팀장."

하루밖에 되지 않았는데도 그립고 그리웠던 품. 제아는 아주 잠깐 동안 그의 품에 안겨 아늑함과 두근거림을 만끽했다. 그 사이 도준이 제아의 목에서 반지를 꺼내 손에 끼워주었다.

"이젠 당당히 끼고 다녀야지."

허전해진 제아의 목에 새로운 목걸이가 걸렸고 앙증맞은 귓불에도 반짝이는 이어링이 자리를 잡았다. 동일한 디자인의 목걸이와 이어링, 반지. 촘촘하게 박힌 어마어마한 큐빅들이 모두 다이아라면……. 반지와 목걸이를 만지작거리는 제아의 표정은 어두웠다. 도준은 그게 미치도록 신경이 쓰였다. 행복하다고 함빡 웃어줄 줄 알았는데. 그 미소 한 번 보려고 이렇게 고생했는데. 네가 웃지 않으면 난 행복해질 수 없는데.

"이것도 다이아몬드지?"

"내 여자한테 큐빅으로 해줬을까 봐?"

말을 멈춘 제아가 목걸이에서 시선을 떼고 도준의 얼굴을 응시한다.

"나한테 감동 줄 수 있는 팁 하나 줄까? 난 오빠 마음이 담긴 이 꽃 한 다발이면 충분히 감동해. 그러니까 무리하게 그러지 마."

이 자리에서 물러나기 전에 마음껏 해주려는 것도 같아 제아는 마음이 아팠다.

"지금 오빠가 가지고 있는 것들, 어차피 다 돌려줘야 할 것들이잖아."

이런 것들, 다 필요 없다. 제아는 그만 있으면 된다.

"난 한도준이란 이름의 남자만 있으면 만족해. 아니, 한도준이란 남자만 좋아해. 이런 사치스러운 것들 하나도 안 좋아한다구."

조곤조곤 달래듯이 토해내는 제아의 음성은 눈빛만큼이나 조심스럽고 다정했다. 혹시라도 드높은 남자의 자존심을 건들지 않을까 조심하는 게 역력했다. 게다가 다음 말은 더욱더 도준의 정신을 번쩍 들게 했다.

"오빠가 백수가 돼도 내가 먹여 살려."

아주 잠깐 도준은 제 귀를 의심했다. 지금 누가 누구를, 먹여 살린다고? 그런데도 감히 반박할 수 없을 만큼 제아의 표정은 진지했다. 뻐근한 심장의 감각에 도준은 잠시 침묵했다.

"내가 잘못 알았어? 오빠가 제일가에서 나오면 나한테 먹여 살리라고 지독하게 공부시키고 스펙 쌓아주려는 건 줄 알았는데."

무거워진 분위기를 전환하려는 듯 장난스럽게 눈을 마주한 제아가 살포시 웃으며 말을 이었다.

"그래서 나 엄청 열심히 노력 중이야. 내 남자 먹여 살릴 능력 쌓으려고 말이야. 그러니까 오빠 아무것도 하지 말고 깔끔하게 마무리하고 나한테 오기만 하면 돼."

이쯤 되니 제아의 무한 상상력이 어디까지 갈지, 조금은 궁금하기까지 한도준이었다.

"이 반지랑 목걸이는 우선 잘 받을게. 비상시에 엄청 소중한 우리의 비상금이 되어줄 수 있는 거잖아?"

받은 지 5분도 안 된 선물을 비상시에 팔겠노라고 말을 하는 제아를 보며 도준은 모호한 감정에 사로잡혔다. 이걸 기뻐해야 하나 말아야 하나. 이런 무한 사랑을 주는 제아 때문에 기쁘면서도 그 정도로 내가 못 미덥나 하는 생각에 서운하기도 하고. 생각이 너무 많아서 탈이다, 문제아는. 예쁘게 종알거리는 저 입술을 확 막아버리고 싶었지만, 쓸데없는 제아의 걱정을 사라지게 해주는 게 우선일 테지.

"문제아, 난 제일가에 돌려줄 게 없어."

제일가에서 제공해준 건 제일 그룹의 손자라는 타이틀뿐. 지금까지 그가 누리는 호화로운 생활은 아주 철저하게 재테크를 통해서 불어난 재산을 조금 썼을 뿐이었다.

"어차피 내 것이 아닌 것, 받을 필요가 없어서 받지 않았거든."

홀로 던져진 미국이란 곳에서 잠도 자지 않고 개처럼 벌어서 버티며 하버드대 입학에 성공한 후에야 제일 그룹에서 엄청난 돈을 입금해주었다. 하지만 조금도 손대지 않고 돌려보냈다. 어차피 내 것이 아닌 것들, 조금도 누릴 생각이 없었으니까.

"네가 상상하는 이상으로 난 치밀하고 계획적인 놈이야."

아버지가 물려준 10억을 허투루 쓰지 않고 굴렸다. 그동안 쌓아온 상위층 인맥과 비상한 머리를 총동원해서 주식과 부동산을 사들이고 파는 짓을 수없이 반복했고, 그 돈은 순식간에 불어났다. 돈이 돈을 벌어온다는 말을 아주 정확하게 경험한 것이다. 물론 그런 일련의 과정들을 제아에게 말해줄 필요는 없었다. 철저하게 제아를 위해 독하게 쌓아 올린 것이니까. 도준의 손끝이 제아의 코끝을 잡고 부드럽게 흔들었다.

"다시 한 번 말하지만 나 돈 많은 놈이야."

나란 남자가 어떤 놈인지 제발 좀 알아주라고.

"제일가에서 나와도 너에게 현대판 신데렐라라는 소리 듣게 할 만큼."

이해를 하지 못한 듯 제아의 동그란 눈동자가 도준을 올려다보았다.

"아, 좀 현실적으로 말해주어야 하나."

상체가 기울어지고 도준의 입술이 제아의 귓가에 바짝 붙었다. 붉은 입술이 나직하게 달싹일 때마다 제아의 눈은 점점 더 커다래졌다. 미국에 보유하고 있는 저택과 건물, 주식의 값어치, 어마어마한 통장의 잔액, 그리고 그 모든 것들이 지금 이 순간도 끊임없이 불어나고 있다는 것을. 도준은 태어나서 처음으로 10억이라는 목숨 값을 물려준 아버지에게 감사의 마음을 표했다.

"그 모든 게 다 네 거야. 나란 남자도, 문제아란 여자 거고."

그리고 마지막 종착점은 항상 제아였다.

"그러니까 적응 좀 해봐. 나란 남자한테."

너무 놀라 작게 벌어진 입술을 입술로 막아버렸다.

한 회장은 도준이 마지막에 했던 말의 의미를 뒤늦게 깨달았다.

―헐값이 되었을 때도 팔지 않고 내가 왜 그 주식을 가지고 있었겠나. 그만큼 제일 어패럴에 애정이 있어서야. 그런데 자넨 매각 위기에 놓일 때까지 제일 어패럴을 방치했어. 그런 제일 어패럴을 다시 살린 게 한 사장이고. 난 이제

자네 편이 아닌 손자 편이네!

—어르신은 바닥 친 제일 어패럴 주식을 단기간에 10배 이
　상 껑충 뛰게 한 능력자를 왜 끌어 내리려 하세요? 못 들
　은 이야기로 하겠습니다.

—그거 아나 모르겠구먼. 지금 자네 손자, 옛날의 자네 같
　네. 열정 넘치고 능력 있는.

　한때는 회사의 옛 동료이자 제일 어패럴을 함께 세운 이들
에게 일일이 전화를 돌렸건만 몇 명 빼고는 거의 완곡한 거절
이었다. 이제 갓 30살이 넘은 손자에게 제대로 한 방 먹은 기
분이었다. 개개인으로 볼 때 제일 어패럴의 주식을 가장 많이
보유한 건 한 회장이었다. 하지만 대주주들이 한편이 되어 반
대를 한다면 제아무리 그라도 이길 수가 없다. 이 녀석, 대체
언제 다 만나고 다닌 게야?

　아니, 대체 언제부터 이런 일들을 계획하고 있었던 것인지 진
심으로 궁금했다. 목덜미를 잡고 쓰러질 정도로 화가 나서 미
칠 것 같았다. 그런데 또 묘하게 기분이 좋다. 크흠, 나를 닮았
다니.

　이래서 피는 물보다 더 진하다고 하는 건가. 물론 한 회장도
영특한 손자를 영영 끌어내릴 생각은 없었다. 버릇을 아주 톡
톡히 고치려는 것뿐이었다. 제일 어패럴에 불쑥 쳐들어가겠다
는 한 회장에게 연세를 생각해서 차를 타고 가라고 고 집사가
말렸지만 그는 한사코 지하철을 고집했다.

"막히지 않고 저렴하고 노인석도 있고 얼마나 좋누. 내가 나라에 낸 세금이 얼마인데."

하지만 지하철에서 내린 순간 복잡한 강남역 지하상가에 발목이 잡혀버리고 말았다. 사람을 붙잡고 물어보려고 해도 어찌나 바쁘게 휙휙 지나다니는지 도통 물어볼 틈을 주지 않았다. 세상 말세야, 말세.

옛날 같았으면 노인들이 이렇게 엉거주춤 서 있으면 저마다 다가와서 도움을 주었을 텐데. 요즘 젊은이들은 지하철에서부터 지금까지 봐도 도통 휴대 전화에서 눈을 떼지 않았다.

고 집사에게 전화를 해야 하나 말아야 하나 고민하는 찰나 아주 예의 바른 아가씨가 그에게 도움의 손길을 뻗었다. 제일 어패럴에 간다는 말에 눈이 살짝 휘둥그레진 아가씨는 아주 친절하게 그를 출구까지 모셔다주었다.

"할아버지, 계단 조심히 올라가시구요!"

힘차게 손을 휘저은 아가씨는 손목시계를 확인하며 급하게 걸음을 옮겼다. 꽤 서두르는 걸음새가 한 회장의 눈에 박혔다.

"꽤 괜찮은 아가씨구면."

도준과 아찔한 아침을 보낸 제아의 첫 스케줄은 바로 제일 백화점이었다. 브랜드 관리 차원으로 들렀지만 직접 눈으로 확인한 제일 백화점의 일리니 매장은 너무 한산했다. 매장을 둘러본 그녀는 제일 백화점 측 마케팅 팀과 백화점 상층 회의실에서 한바탕했다.

"기껏 핫한 브랜드를 내주었더니 너무 관리를 안 하는 거 아닌가요? 매출이 계속 이렇게 유지가 되면 조만간 저희 사장님께 매장 입점 취소 요청을 넣을 겁니다."

물론 갑은 제아였다. 인턴 같은 말단 직원에서 이제 특별 전략 기획 팀장이자 핫한 브랜드, 일리니의 책임자가 됐으니까. 어딜 가나 주눅 들고 비위를 맞춰야 했던 그녀는 당당한 모습으로 제일 백화점 마케팅 팀에 한 방 먹인 후 홀가분하게 제일 백화점을 나왔다. 그런데 빠르게 회사로 복귀를 하던 그녀의 발걸음이 우뚝 멈추어 섰다. 무심코 지나다니는 젊은이들의 손에 들린 무언가는 바로 초콜릿이었다. 도준이 공개 연애를 선언한 후 주위 시선이 의식되어 일부러 밸런타인데이 초콜릿도 준비하지 않았는데. 초콜릿을 보고 있으니 이상하게도 그게 마음에 걸렸다. 그래서 덜컥 초콜릿을 사버렸다.

"몰래 주면 되지 뭐."

이번엔 사탕 대신 초콜릿을 사이좋게 나눠 먹어볼까. 엉큼한 생각에 수줍게 뺨을 붉히며 지하철에서 내린 제아는 복잡한 지하도에서 헤매고 있는 백발의 노인을 발견했다. 제일 어패럴에 간다는 말에 잠시 놀라긴 했지만 워낙 큰 건물이니 그 근처에서 볼일이 있나보다 생각했다. 노인을 지하철 역 입구까지 친히 모셔다드린 후 갈 길을 재촉하던 제아는 문득 다시 돌아섰다. 지팡이로 야무지게 바닥을 짚으며 걷는 노인은 이미 꽤 멀리 걸어간 상태였다.

"근데 목소리가 꽤 낯익어. 내 착각인가?"

제아는 고개를 갸웃거리며 커피숍으로 향했다. 커피를 받아 들고 창가 쪽에 앉은 제아는 은은한 로스팅 향을 맡으며 유리창을 투시해서 들어오는 햇살에 잠시 몸을 맡겼다. 이제 정말 봄이 오나보다. 이렇게 햇살이 따사로운 걸 보면. 제아는 이어폰을 귀에 끼고 눈을 감고 어제 외웠던 영단어를 다시 반복했다. 그사이 도착한 도준이 뒤에서 그녀를 훔쳐보던 남자들과 기 싸움을 벌이고 있는 줄도 모른 채. 물론 상대도 안 되는 기 싸움이었지만. 당당하게 제 여자를 지켜낸 도준이 성큼성큼 걸음을 옮겼다.

톡톡톡ㅡ.

가볍게 테이블 위를 두드리는 소리에 반짝 눈을 뜬 제아의 시야에 흐드러지게 만발한 꽃들이 들어왔다. 갑작스러운 꽃다발보다 더 자극하는 건 그 꽃다발을 들고 있는 남자였다. 떨리는 손끝을 뻗어 꽃을 받아 든 순간 등받이가 없는 회전의자가 핑그르르 돌아갔다. 빈틈없이 매어진 금욕적인 넥타이 위로 길고 강하게 뻗은 남자의 섹시한 목울대가 보이는 순간, 이마에 말캉하고 촉촉한 입술이 짧게 닿았다 떨어졌다.

쪼옥ㅡ.

달달한 숨결로 흡입하듯 제아의 이마에 낙인을 새기고 있는 건 도준의 입술이었다. 너무도 갑작스러워 제아는 로맨틱하지 못하게 눈을 뜬 채로 그대로 당해버렸다.

"오빠가 웬일이야?"

공개적인 장소에서 이러는 건 처음인지라 주변에서 힐긋거리는 시선들이 일제히 두 사람에게 집중되었다. 그럼에도 설레는 심장은 어쩔 수가 없었다.

"내 여자 보고 싶어서 보러 온 건데 꼭 이유가 있어야 하나?"

"아침에 분명 바쁘다고 한 사람이 꽃까지 들고 나타나서 하는 말이지."

"선생님들마다 따라오는 속도가 빠르다고 훌륭한 학생이라고 칭찬하더군. 그래서 상도 줄 겸."

"그럼 오늘 이 자리도 다 오빠가……."

대답 대신 어깨를 으쓱하는 도준을 밉지 않게 흘겨본 제아가 살포시 미소를 입가에 머금었다.

"울 오빠가 준비한 상이 뭘까? 꽃일까, 아니면 서프라이즈하게 나타난 꽃보다 더 눈부신 내 애인? 그게 아니면, 공개적으로 내 이마에 도장을 찍은 게 상?"

"셋 다 아닌데."

도준의 손이 제아의 손목을 야릇하게 어루만지며 무언가를 찰칵, 채웠다. 심플한 크리스털 비즈 팔찌였지만 비즈에 박힌 로고는 고가의 브랜드였다.

"절대 빼지 마."

"예쁘긴 한데 이거 또 무지 비싼 거네?"

"다음 선물은 이거랑 비교도 되지 않을 만큼 더 비싼 거 해줄 거야."

아무리 비싼 반지를 끼고 있어도 남자들이 훔쳐보니. 조만 간 아주 큰 다이아 반지를 손에 끼워줘서 아무도 접근 못 하 게 하리라, 도준은 다짐하고 또 다짐했다.

둘은 창밖을 바라보며 나란히 앉았다. 여유 시간은 20분밖 에 되지 않았지만 소소한 대화를 나누는 지금 이 순간이 너 무 행복한 두 사람이었다.

"오늘은 별일 없었고?"

"글쎄. 있었던 것 같기도 하고 없었던 것 같기도 하고. 비 밀."

"비밀 같은 거 싫어하는데."

"알면 다치거든요?"

'사실 오빠가 싫어하는 초콜릿을 내가 샀거든요.'라고 아직 말해주기는 싫은 제아였다. 그도 그럴 것이 넘치는 인기 탓에 밸런타인데이마다 넘치도록 초콜릿을 받았다. 초콜릿의 '초' 자 도 싫어할 만한 기억이 아주 많은 그에게 주기 위해 굳이 초콜 릿을 산 이유는…….

'초콜릿의 악몽도 내가 바꿔줄 수 있으니까.'

사탕 키스에 이어 초콜릿 키스. 엉큼한 생각에 뺨을 붉히며 실실 웃는 제아를 도준이 모호한 표정으로 바라보았다.

"그 웃음의 의미는 뭐지?"

제아는 대답 대신 일어나 도준의 손목을 잡아끌었다.

"알면 다친다니까? 회사까지 데려다주기나 하시죠?"

영문을 모른 채 도준은 제아에게 끌려 나왔다. 5분 만에 단독 주차장에 도착해서 내리려는 그에게 제아가 무언가를 내밀었다.

"오늘 밸런타인데이야."

그 말인즉슨, 상자에 든 게 초콜릿이라는 의미. 그가 바로 인상을 확 쓰자 제아가 생글생글 웃는다.

"초콜릿 좋아하지 않는 거 나도 잘 알아."

'그런데, 왜.'

도준은 불만 가득한 눈빛이었다.

"내가 먹여줄 건데."

그 눈빛을 받아치며 제아는 초콜릿을 하나 꺼내 입에 물었다.

"이래도…… 먹기 싫…… 읍!"

도준이 성급하게 제아의 입술을 파고들었다. 달콤 쌉싸름한 초콜릿의 맛을 제아의 입술과 혀를 통해 느낀 도준은 초콜릿의 매력에 포옥 빠져버렸다. 하나 더, 하나 더. 사탕보다 금방 녹는 초콜릿인데도 키스는 꽤 오래 지속되었다. 이윽고 입술을 뗀 도준이 짙어진 눈빛을 갈무리하며 말을 했다.

"먼저 올라가. 같이 올라가는 건 또 싫어할 테니."

얼마나 흠빨리고 먹혔는지 제아는 아릿하게 얼얼한 입술을 어루만지며 엘리베이터에서 내렸다. 그런데 믿을 수 없는 상황이 그녀를 맞이하고 있었다. 로비 엘리베이터 앞에서 어떤 노인이 무차별적으로 지팡이를 휘두르고 있었던 것이다. 새하얇게 질린 비서들은 뒤로 물러선 채 말릴 엄두도 내지 못하고 있었고.

지팡이를 휘두르던 노인이 돌아선 순간 둘은 동시에 서로를 보고 얼어붙었다.

"지하철…… 할아버지?"

"아까 그 아가씨?"

잠시 놀란 듯했지만 한 회장의 시선은 곧 차분해졌다. 그 차분한 시선이 이내 제아의 손에 들린 꽃다발에 멈추었다.

"내 회사를 잔뜩 메우고 있는 이 꽃들처럼. 그 꽃도…… 내 손주 녀석이 준 건가?"

침묵은 곧 긍정. 한 회장이 다시 지팡이를 휘둘렀다. 보란 듯이 날 무시하고 감히 내 회사에서 이딴 사랑 놀음을 해? 순간 고 집사의 보고 내용이 떠올랐다.

─손자분이 단단히 홀린 것 같습니다. 꽃과 선물은 기본이
고 시간이 날 때마다 연락을 하고 여유 시간이 날 때마다
항상 같이 시간을 보냅니다. 모든 걸 그 여자분에게 맞추
어서 움직입니다.

그에겐 안부 전화 한 통 없고 불러도 얼굴도 비추지 않는 손자 녀석이었다. 단 한 번도 할아버지라고 부른 적도 없는. 또 다시 엘리베이터가 도착하는 소리가 났고 열린 엘리베이터에서 도준이 모습을 드러냈다. 난장판인 로비를 쓱 훑어보던 도

준이 가장 먼저 한 행동은 제아의 앞을 막아선 것이다. 지지리도 못난 녀석. 도준에게서 성난 눈빛을 거두어들인 한 회장은 오늘의 목표물을 향해 돌아섰다.

"아가씨, 나랑 차 한잔할 텐가."

"회장님, 들어가서 저랑 이야기하시죠."

도준의 말투는 정중했지만, 눈빛만은 사나웠다. 제 여자를 건드리면 가만두지 않겠다는 무언의 경고였다. 보자마자 인사는 하지 못할망정, 무엇이 어쩌고 저째? 핏줄이고 뭐고 확 쫓아내버리고 싶었지만 후계자는 필요했기에 참았다.

"난 네 녀석이랑 할 이야기 없다."

"저도 없었습니다. 그런데 방금 생겼어요. 그러니 들어가시죠."

지금까지 제 말을 들은 적은 없지만 적어도 이런 거만한 말투를 쓴 적은 단 한 번도 없었던 손자였다. 그런데 보잘것없는 여자 하나에 미쳐서, 네놈이……. 그때 도준의 등 뒤에서 불쑥 튀어나온 제아가 한 회장을 향해 정중하게 손짓했다.

"회장님, 제가 모시겠습니다."

곧이어 15층 사무실에 진풍경이 벌어졌다. 한 회장과 제아가 들어간 회의실 문 앞, 귀를 쫑긋 세우고 똥 마려운 강아지처럼 안절부절못하는 남자 한 명이 있었다. 석상이라도 되는 듯 미세한 움직임도 없이 문만 뚫어지게 응시하고 있지만 풍기는 분위기가 그랬다. 분명 심각한 상황이었다. 그런데도 이를 지켜보는 다른 사람들은 의외로 즐거웠다. 지독히도 적응

안 되는 사장의 모습이 낯설면서도 미치도록 재밌어서. 신기하고 희귀해서. 한독종이 저렇게 변할 수가 있나. 사랑이란 참 위대하구나.

　오후 6시 30분, 도준은 집무실 안에서 단정한 자세로 서류를 정리하는 제아를 가만히 지켜보는 중이었다. 몇 번이나 물어봐도 제아는 별 이야기 안 했다는 말로 일관했다. 하지만 산전수전 다 겪은 노장이 쓸데없는 이야기를 하려고 회사까지 몸소 납시진 않았을 터. 대체 무슨 이야기를 나눈 거지?

　문득 시선을 느꼈는지 제아가 고개를 들었다. 눈이 마주치자 또 예쁘게 눈매를 휘며 웃는다. 별 의미 없는 미소였는데도 도준의 심장이 쿵쾅거렸다. 옆에 앉으라는 듯 옆자리를 두드리는 제아의 손짓 한 번에 보이지 않는 꼬리가 엉덩이 쪽 어딘가에서 살랑살랑 흔들리는 기분이었다. 몇 초도 되지 않아 얌전한 강아지가 된 도준이 제아 옆에 자리를 잡고 앉았다. 여전히 그녀는 웃고 있었지만 눈가 밑에 드리워진 그늘을 도준이 모를 리가 없다. 그의 손이 제아의 고집스러운 작은 턱을 움켜쥐고 제게로 끌어당겼다. 가까워진 동공 속이 작게 경련을 일으키는 게 느껴졌다.

　"문제아, 말해봐."

　"……?"

"너 지금 무슨 생각하는 건데."

"무슨 생각이라니. 아무 생각도 안 하는데?"

"한 회장님이 뭐라고 했지?"

뭐라고 하지?

"날 속일 생각은 하지 않는 게 좋을 거야."

눈빛과 호흡만으로도 제아의 미세한 변화를 감지하는 도준이었다. 제 여자에게 모든 오감과 신경을 곤두세우는 촉, 거의 짐승에 가까운 본능이었다. 결국 제아는 졌다는 듯 작게 한숨을 내쉬며 시선을 떨어뜨렸다.

"오빠, 나 회장님 댁에 좀 데려다줄래?"

잘못 들었기를 바랐지만.

"지금 당장."

제아는 고집스럽게 제 결심을 드러냈다. 도준의 차가 본가에 도착할 때까지 제아는 침묵하며 창밖에 고정한 시선을 움직이지 않았다.

―아가씨 한 명 때문에 내 손자는 쟁쟁한 권력을 가지고 있는 이들을 모두 적으로 돌렸네. 그들이 제일 그룹에서 벗어난다고 모욕을 준 그 녀석을 가만히 둘 것 같은가? 그나마 제일 그룹 손자라 못 본 척하고 있지만, 내 그늘에서 벗어나는 순간 그 녀석은 곧 하이에나들에게 먹힐 맹수 새끼일 뿐이야.

―아가씨 부모를 버리고 온다면 내가 받아들여주지. 듣자

하니 효녀라던데. 그러면서 내 손자 놈은 가족까지 버리게 만드는 건 심보가 너무 고약하다는 생각이 안 드나?

한 회장이 내건 조건은 단순 명료했다. 하지만 동시에 감당할 수 없을 만큼 엄청났다. 그의 말 한 마디 한 마디가 칼날이 되어 심장을 아프게 쑤셨다. 넌 하나도 희생하지 않으면서 왜 도준이만 희생을 시키려 하느냐. 그게 사실이라서 피가 철철 날 만큼 아팠다. 심장이, 그리고 가슴이.

─진짜 사랑한다면 도준이를 보내주게. 그 녀석은 타고난 경영자야. 난 그 녀석 어깨에 날개를 달아주고 발톱을 달아줄 거야. 싫든 좋든, 대답은 직접 얼굴 보고 듣기로 하지.

한 회장의 자택에 차가 도착하자마자 끝까지 말 한마디 하지 않고 내리려는 제아의 손목을 도준이 잡았다.
"만날 거면 같이 만나."
나 지금 미치도록 불안해. 문제아 너 때문에. 애달아하는 도준의 눈이 그렇게 말하고 있었다.
"미안해, 오빠."
그 손을 쳐내고 내린 제아는 떨리는 손끝으로 어둠 속 찬 공기를 가르고 초인종을 눌렀다.
"한 회장님을 뵈러 왔습니다. 문제아라고…… 전해주세요."
철컹 하고 육중한 철문이 열리자 제아는 그 안으로 조심히 발을 들였다. 깎아지른 인공 절벽과 작은 폭포, 고풍스러운 나무들까지, 한 폭의 동양화 같은 드넓은 정원은 인상 깊었다. 그런데도 감탄은 나오지 않았다.

"제아 양, 어서 오세요."

무테안경 너머로 제아를 맞이하는 고 집사의 눈빛은 정중했다. 조심히 안으로 들어선 그녀는 다시 한 번 절망할 수밖에 없었다. 한 회장으로도 모자라 하필이면 연희까지 그곳에 있었던 것이다. 다행히도 같은 공간에 있기도 싫다는 듯 연희는 2층 계단으로 사라졌다. 내실로 들어간 제아는 한 회장 앞에 얌전하게 무릎을 꿇고 앉았다.

"결정을 생각보다 빨리 했구먼. 거기 앉게나."

"회장님께서 가신 후에 생각…… 정말 많이 했습니다. 그래서 왔어요."

고르고 고른 첫마디였다. 차라리 연희처럼 돈이라도 들이밀었으면 흔들리지 않았을 텐데. 한 회장은 구구절절 옳은 말만 했다. 그래서 흔들렸고, 아주 잠깐 도준을 놔주어야만 할까 고민까지 했다. 그녀를 빤히 보던 한 회장이 별안간 하얀 봉투를 내밀었다.

"이게 뭔가요?"

"나도 아가씨랑 이야기한 후에 생각을 많이 했지. 정작 나도 아가씨에게 희생만 강요했더군. 이건 결론에 상관없이 내가 아가씨에게 보여주는 성의네. 사심 없이 도움을 준 아가씨에게 그런 말을 한 게 미안하기도 하고. 받기 거북하면 아침에 도와준 것에 대한 답례라고 생각하게."

제아는 그 봉투를 받아서 가방에 넣는 대신 제 앞에 놓았다.

"제 얘기 먼저 들어주세요. 봉투는 그 후에 받든지 할게요."

봉투까지 거절하지 않는 걸 보면. 한 회장은 제 계획대로 돌아가는 거라고 믿어 의심치 않았다.

"자, 말해보시게."

"첫째로 전 절대 제 부모님을 버릴 수 없습니다. 효녀는 아니지만 제 부모님을 버릴 정도로 불효녀도 아니라서요."

"아가씨가 그 정도로 되바라진 이가 아니라는 건 나도 아네."

"두 번째로 경영자인 사장님께 도움이 될 만한 재력과 배경, 그 어떤 것도 전 가지고 있지 않습니다. 제가 사장님께 정말 어울리지 않는 여자라는 걸 절실히 깨달았어요. 제가 얼마나 이기적인지도."

얼씨구나. 한 회장은 속으로 쾌재를 부르면서도 진지한 표정을 유지했다.

"……하마터면요."

하, 마, 터, 면? 한 회장의 새하얀 눈썹이 뒤틀렸다. 지금까지 다소곳하게 눈을 내리깔고 있던 제아가 고개를 들었다. 맑은 동공 깊숙한 곳에 심어진 곧은 심지가 고집을 천천히 드러내기 시작했다.

"사장님은 정리 정돈을 못하면서 더러운 건 끔찍하게 싫어하세요. 간섭 받는 걸 싫어하고 마음먹은 게 있으면 끝을 봐야 하는 지독한 성격이시구요. 누가 옆에서 말려주지 않으면 몸을 혹사시키면서까지 미친 듯이 달립니다. 어디가 좋지 않아도 내색을 안 해서 아주 자세히 봐야 눈치챌 수 있어요."

"아가씨 지금, 나랑 뭐 하자는 겐가."

"사장님은 입술이 아닌 눈으로 웃습니다. 그리고 고집이 참 세요. 저희 부모님도 꺾지 못했고 회장님도…… 꺾지 못했으니 저를 만나신 거 압니다. 누가 보면 감정 없는 로봇 같다고도 하고 얼음 같다고도 하구요."

"이보게!"

"그런데 그런 로봇에게 숨결을 불어넣고 심장을 뛰게 하고 온기를 돌게 하는 게 바로 저예요. 늘 악몽에 시달려서 제가 옆에 있어야 푹 자요. 젓가락질을 너무 못해서 반찬을 집어줘야 밥을 잘 먹고 워낙 완벽주의자라 타인 앞에선 차라리 굶는 쪽을 선택합니다."

하다못해 유일한 측근인 인호조차 도준이 젓가락질하는 걸거의 본 적이 없었다.

"이쯤에서 외람되지만 회장님께 묻겠습니다. 회장님은…… 사장님과 같이 식사하신 적이 있나요?"

제아는 묻고 있었다. 가족이라는 이름으로 도준을 옭아매려 하는 한 회장에게. 회장님은 오빠에게 타인이 아니라 정말 가족이 맞나요? 갑자기 치고 들어온 질문에 한 회장은 어떤 대답도 할 수 없었다. 식사 자리는 자주 있었지만 도준은 단 한 번도 그 앞에서 식사를 한 적이 없었다.

"사장님에 대해서 가장 잘 알고 있는 게 저라고 생각해요."

고집스러운 한 회장의 표정을 보며 제아는 답을 내렸다. 죄책감을 덜려는 이기적인 변명인지도 모르지만.

"회장님은 사장님에게 날개와 발톱을 달아주시려는 게 아니라 이미 가지고 있는 것들을 빼앗으려 하시는 거예요."

한 회장은 모른다. 도준을 비상하게 하는 커다란 날개가 바로 제아 자신임을.

"제일 어패럴이 이중장부 편법으로 내지 않았던 세금까지 사장님이 자진 신고해서 감면받고 모두 완납했습니다. 그 후 투명 경영을 하셨고 파티에선 그걸 공식화하신 것뿐입니다. 사장님이 경영하시는 제일 어패럴, 검찰에서 지금 당장 들이닥쳐도 털어낼 먼지 하나 없이 깨끗합니다. 그런데 뭐가 그렇게 두렵나요?"

어리숙한 줄 알았던 제아가 아주 야무지게 노장인 한 회장의 입을 틀어막았다.

"전 제일 그룹을 훌륭하게 이끌 사장님께 유일한 안식처가 되어줄 여자입니다. 물론 사장님께 제가 많이 부족한 여자란 거 압니다. 하지만 노력할게요. 재력과 배경은 없지만 남편 내조 제대로 하고 웃어른 깍듯하게 공경하는 착한 손자며느리가 될 자신 있어요."

노기 어린 눈빛이 긁어버릴 듯 얼굴에 박혔지만 제아는 두렵지 않았다.

"회장님께서 부족한 절 받아주신다면 더욱더 높이 비상하며 행복해하는 손자분을 보실 수 있으실 거예요. 가화만사성, 제가 꼭 보여드릴……."

제아가 말을 끝내기도 전에 참지 못한 한 회장이 손을 휘둘렀다. 백자 찻잔에 담겨 있던 미지근한 차가 순식간에 허공에 흩뿌려져 제아의 얼굴과 옷을 흠뻑 적셨다.

"이런 고얀! 결국은 허락해달라는 그딴 말이나 하려고 지금까지 말장난을 친 게야!"

"회장님, 저는……."

"입 닥치게! 내 두고 보지! 여자 하나에 미쳐서 가족을 버리고 간 그놈이 얼마나 잘 사는지 말이야! 내 장담허이! 그 녀석 얼마 버티지 못하고 찾아와서 다시 받아달라고 내 발 아래 무릎을 꿇을 거야. 그럼 내가 이 발로 꽝 차버릴 걸세! 여자 보는 눈도 제대로 박히지 않은 손자 따위, 이제 난 필요 없네! 기껏 불쌍해서 거두어줬건만, 은혜를 원수로 갚아? 감히?"

제아는 촘촘한 속눈썹 사이로 뚝뚝 떨어지는 물을 멍하니 응시했다. 진심을 보이면 통할 줄 알았다. 적어도 도준의 진짜 가족이라면. 뼈가 시리도록 처연한 진실이 심장에 아로새겨진 순간 제아는 도준을 떠올렸다.

이런 가족도 가족이라고 10년을 함께했을 생각을 하니 마음이 찢어질 것 같다. 내가…… 가족들 몫까지 오빠 사랑해줄 거야. 외롭지 않게, 아프지 않게, 슬프지 않게.

문득 창밖으로 시선이 향했다. 비가 내린다. 투명한 창문에 몸을 던져대는 빗방울들이 도준이 속으로 흘렸을 눈물처럼 느껴졌다.

자리에서 일어난 제아는 허리를 90도로 숙여 정중히 인사한 후 나가려 했다. 그러다 문득 하지 못한 말이 떠올라 다시 돌아섰다.

"감사합니다, 회장님."

한 회장의 말이 맞다. 희생은 오로지 도준의 몫일 뿐이다.

"죄책감을 느꼈어요. 저와 사장님이 나쁜 거라고 생각했어요. 특히 제가 굉장히 못된 여자라고 생각했어요."

그래서 미안함과 죄책감에 사로잡혀 잠시 흔들리기도 했다.

"그런데 회장님 덕분에 깨달았어요."

지금 이 순간, 제아는 깨끗하게 털어버렸다.

"가족을 버리게 한 저와 버리려고 한 사장님도 나쁘지만."

미안함과 죄책감 따위는 이제 존재하지 않는다.

"그런 결정을 내리게 할 정도로 사장님께 가족이란 의미를 알지 못하게 한 건 제가 아닌 회장님과 사모님이 아닐까 싶어요. 그리고 사장님은 제일 그룹 후계자 자리를 포기한다고 했지, 가족을 버린다는 말은 하지 않았습니다. 그 말을 한 건…… 도준 오빠가 아니라 회장님이세요."

"……"

"사장님을 버릴 테면 버리세요. 제가 잘 주워서 가족들 몫까지 사랑해주겠습니다. 행복하게 해주겠습니다."

닫힌 문 너머로 뭔가가 세차게 부딪혀 깨지는 소리가 들려왔지만 제아는 돌아보지 않았다.

기승전 문제아

후드득후드득, 새까만 하늘에서 굵은 빗줄기가 쏟아져 내렸다. 그 비를 온몸으로 맞으며 도준은 차체에 몸을 기대고 있었다. 제아가 무슨 생각으로 한 회장을 만나러 갔는지는 모른다. 짐작도 되지 않았고. 그럼에도 군말하지 않고 이곳까지 데려다준 건 오로지 믿었고 존중했기 때문이었다.

항상 그의 의견을 따르던 제아가 이 정도로 고집을 내세운다는 건 다 생각이 있어서겠지. 드물게 드러낸 그녀의 고집을 존중해주고 싶었고, 무슨 일이 있어도 흔들리지 않는 너처럼 나도 널 믿는다는 걸 보여주고 싶었다.

그 모든 걸 알면서도 축축하게 젖어드는 몸처럼 도준의 마음도 불쾌하게 젖어들었다. 그녀가 저 안에서 산전수전 다 겪은 늙은 노장에게 상처받을까 봐. 내리간 눈 밑에 여자의 구두코가 밀려들었다. 언제 나온 걸까. 비를 맞으며 서 있는 제아가 보였다.

"어휴, 내가 이럴 줄 알았어."

창백하게 질린 도준의 얼굴에 닿는 제아의 손이 오늘만큼은 따스했다.

"왜 이렇게 늦게 나와. 나 방금 대문 부수고 들어갈 뻔했어."

"비 와서 얼른 달려 나왔거든요?"

"……."

"비 오는 날은 딥 키스. 그 약속 지키려고."

젖은 눈빛과 달리 웃음을 머금은 달콤한 입술이 도준의 입술을 야릇하게 자극한다. 입술이 비벼질수록 도준은 더욱더 고개를 내렸고 제아는 까치발을 들었다. 비가 오든 말든. 몸이 젖든 말든. 둘을 이어주는 따스한 온기와 마음만 있다면.

그 모습을 연희가 2층 창가에서 지켜보고 있었다.

"……더러워. 더러워 죽겠어."

달싹이는 입술 사이로 흘러나온 중얼거림이었다.

연희는 표정 변화 없이 느릿하게 휴대 전화를 손에 들었다. 그리고는 어디론가 전화를 걸었다. 상대방이 전화를 받는 소리가 들리자 감정 없는 톤이 덤덤히 흘러나왔다.

"나 한연희예요. 마지막 경고예요. 더러운 진실을 알려서라도 당신 딸이랑 내 아들 뜯어놔요."

홀딱 젖은 몸으로 차에 오른 두 사람은 다시 한 번 좁은 차 안에서 서로의 눈을 마주 보았다. 도준을 보면서 제아는 배시시 웃었다. 좋아 죽겠고, 행복해 죽겠다. 이런 거지 같은 상황에도 말이다.

도준이 뒷좌석에서 담요를 꺼내 제아의 어깨에 둘러주었다.

"쓸데없는 짓이었어."

도준이 냉혹한 직언을 흘리자 제아는 서운했다. 정말, 혹시나, 설마 하며 1%의 희망도 놓치고 싶지 않았다는 걸 왜 몰라주는지.

"진심을 보이면 그래도 날 허락해주지 않을까 했어. 오빠 어머니는 아니어도 회장님은…… 다를 줄 알았거든. 회장님이 허락하면 오빠 어머니야 당연히 허락하실 수밖에 없잖아."

지하철역에서 헤어지려는 제아의 손에 홍삼 캔디 하나를 쥐어주던 한 회장의 손은 따스했었다. 인자한 웃음도.

"결론은 회장님한테 보기 좋게 거절당했어. 오빨 버렸음 버렸지 나 같은 손자며느리는 진짜 싫으신가 봐. 조금만 방에서 늦게 나갔으면 회장님이 던진 뭔가에 내 뒤통수 구멍 났을걸?"

제아가 장난스럽게 웃으니 더 마음이 아픈 도준이었다. 그의 얼굴에 그늘이 드리워지는 걸 본 제아는 얼른 손을 뻗어 그의 손을 잡았다.

"우리 오빠 배고프지? 나 때문에 저녁도 못 먹고 여기서 기다렸잖아. 가자, 내가 쏜다!"

"집밥 먹고 싶어."

도준이 따스한 눈빛만큼 부드러운 음성으로 말했다.

"나 힘 나게 내 집에서 밥해줘, 제아야."

힘이 나려면 밥이 필요하기는 하지만. 순간 뇌리를 스치는 엉큼한 생각에 제아는 눈을 가늘게 뜨고 도준을 흘겨본다.

"우씨! 내가 쏜다는 게 내 몸은 아니거든요?"

불평 한마디 하지 않고 지금껏 따라와준 제아에게 도준은 고마웠다. 오늘만큼은 아무 생각 없이 제아가 웃었으면 좋겠다. 즐겼으면 좋겠다. 소소한 행복을 느끼게 해주고 싶었다. 아주 잠깐의 고민 끝에 기발한 아이디어가 떠올랐다.

도준이 차곡차곡 생각을 정리하는 사이, 그 속을 알 리 없는 제아가 장난스럽게 손까지 휘이휘이 내젓는다.

"한도준 씨, 걸핏하면 막 야하게 유혹하기 있기 없기? 오늘만은 제발 짐승 되지 말고 젠틀하게 데이트를…… 아얏!"

도준이 손가락으로 제아의 코끝을 튕긴 것이다. 쓸데없는 상상 좀 그만하라는 듯.

"기분이 좋진 않아. 나를 짐승이라고 하다니."

그럼에도 도준의 말투나 눈빛은 전혀 화나 있지 않았다. 부드럽고 그윽하기만 했다. 아이씨, 내가 유혹하고 싶잖아! 제아는 수줍게 눈을 내리깔았다.

"오빠 침대에선…… 짐승 맞잖아."

입술을 오므리며 들릴 듯 말 듯 대답한 걸 도준이 들었을까.

"너만 보면 침대에 데리고 가고 싶다는 건 인정. 하지만 그것에 미쳐 날뛰는 짐승은 아니야."

"뭐 그럼…… 다행이구."

그런데 말과 달리 보드라운 그녀의 눈매 끝에 묻어나는 건 아쉬움이었다. 그 모습에 갑자기 장난이 치고 싶어진 도준이 제아의 귀에 바짝 입술을 가져갔다.

"설마, 차에서 하고 싶은 건⋯⋯."

"꺄악, 오빠아아아!"

상상만으로도 민망하다는 듯 두 손으로 얼굴을 가린 제아는 벌겋게 달아오른 귀만 보였다. 정말 확⋯⋯ 이 자리에서 잡아먹고 싶게. 하지만 생각한 바가 있기에 도준은 가까스로 끓어오르는 욕망을 내리눌렀다.

"급한 볼일이 있어서 그래. 얼른 끝내고 올 테니까 그동안 내 집에서 저녁 준비해줘. 4인분 해치울 테니까, 아주 많이."

고개를 끄덕이는 제아를 도준이 사르륵 품에 끌어안았다.

"최대한 빨리 올게."

제 집까지 데려다주고 다시 가는 도준을 제아는 잡지 않았다. 오늘 도준이 아무것도 묻지 않고 의견을 존중해준 만큼 그녀 또한 마찬가지였다. 꼭 필요하고 급하니까 이렇게 달려가는 거겠지. 얼마나 많이 샀는지 지하 마트의 직원이 바로 배달까지 해주었다. 이 건물 최상층 펜트하우스에 사는 데 놀란 눈치긴 하지만.

식탁 위를 가득 채운 식재료를 본 제아는 야무지게 소매를 걷어 올리고 재료 손질부터 시작했다. 헬퍼를 그만둔 후 이 집에서 요리를 하는 건 처음이었다. 사실 도준은 대놓고 '네가 헬퍼라는 걸 알아.'라고 말한 적은 없었다. 하지만 이미 눈치를 채고 모른 척 배려를 많이 해주었다는 걸 제아도 알고 있었다. 도준은 그런 남자였다. 항상 먼저 마음을 헤아려주고 배려해주고 사랑을 주려고만 하는.

"오늘 진짜 맛있는 저녁 해줘야지!"

바쁘게 손을 놀리는 와중에도 후각에 민감한 도준을 위해 환기를 하고 캔들을 피웠다. 요리를 하다 보니 도준이 요구한 대로 음식의 양이 4인분은 족히 넘어 보였다.

"너무 많은가?"

하지만 이내 대수롭지 않게 넘겼다. 평소 두 그릇은 거뜬히 먹으니 이번엔 네 그릇에 도전하려나 보다 하고 말이다. 그때 들려오는 초인종 소리에 제아는 앞치마에 손의 물기를 닦았다. 시간을 확인하니 30분이나 남았는데. 게다가 초인종까지 누르는 걸 보면 그녀가 직접 맞이해주길 바라는 거다.

"어휴, 내가 못 살아."

입술 끝이 찢어지도록 방긋방긋 웃으면서 반겨주리라. 당연히 도준일 거라 생각하고 의심 없이 현관문을 열었다.

"회장님, 손자분이 찾아오셨습니다."

고 집사가 문을 열자 도준이 단정한 자태로 들어와 한 회장 앞에 무릎을 꿇고 앉았다.

"드릴 말씀이 있어서 연락도 없이 찾아왔습니다. 죄송합니다, 회장님."

이젠 항상 듣던 말투까지도 거슬렸다. 식사 한 끼 제 앞에서 편히 안 하던 녀석은 할아버지라고 단 한 번도 부른 적도 없었다. 좀 전에 있었던 제아와의 일이 떠오르자 불쾌지수는 더 치솟았다.

"여름이 오기 전에 제아와 결혼식을 올릴까 합니다."

치솟은 노기를 다스리기도 전에, 숨을 돌릴 틈도 없이 도준이 2차 공격을 해왔다.

"여자 하나에 미쳐서. 결국은 가족을 버리겠다는 게냐?"

"문제아. 제 유일한 여자이자 유일한 제 가족입니다."

"네 이놈! 뚫린 주둥아리라고 함부로 지껄여!"

한 번도 드러내지 않았던 치밀어 오르는 지독한 감정. 도준은 처음으로 분노라는 감정을 가득 담아 한 회장을 직시했다.

"제일가에 들어온 이후로 저는 단 한 번도 가족 대우를 받아본 적이 없는 걸로 기억하는데 제가 틀렸습니까? 제가 틀렸다면 말씀해주세요. 회장님이 말씀하시는 가족이란 게 뭔지 말입니다. 절 아바타처럼 부리려는 회장님과 복수의 도구로 이용하려는 제 어머니. 저를 잡아먹으려는 한 부회장님과 한 이사님. 그들 중 누가 제 가족이라는 겁니까?"

낯빛이 창백하게 질린 채 한 회장이 숨을 헐떡였다. 내가 호랑이 새끼를 키웠구나.

"그래도 허울뿐인 가족 흉내를 내고 싶어서 제 결혼을 방해하고 반대하고 싶으시면 하세요. 단⋯⋯."

한 회장은 땅을 치고 후회했지만 이미 태산처럼 커져버린 손자는 몸집이 거대했다.

"저한테만 하세요. 오늘처럼 예고 없이 찾아와서 제아에게 함부로 대하는 일 없었으면 합니다."

"으허헉, 컥컥!"

한 회장이 굵직한 기침을 쏟아내는데도 도준은 걱정은커녕 정중함을 유지할 뿐이었다. '당신과 나 사이는 서로를 걱정하는 사이가 아니지 않습니까?'라는 눈빛으로 차갑게 응시하기만 할 뿐이었다. 처음부터 끝까지, 손자 놈은 기승전 그 여자, 문제아였다.

"이 녀석! 넌 할아비 건강이 걱정도 되지 않는 게냐?"

"회장님 건강 상태, 꼬박꼬박 김 박사님이 체크해서 보고하고 있습니다."

겨우 이 정도로 쓰러질 한 회장이 아니란 것도 잘 알고 있는 도준이었다.

"그래서 끝내 그 여자랑 못 헤어지겠다 이거냐?"

"제일 그룹은 관심 없습니다. 누가 후계자가 되는지도 관심 없구요. 제가 하고 싶은 말은 딱 두 가지입니다. 전 제아와 반드시 결혼할 것이고, 제일 어패럴 사장직에서도 물러나지 않을 것입니다."

"웃기는 소리 하지 마! 내가 널 어떻게든 끌어내릴 거다!"

차갑다 못해 명석하게 빛나는 도준의 눈빛이 찌르듯이 한 회장의 심장까지 파고들었다.

"그럼 거래하시죠. 한 회장님이 좋아하시는, 득실 따지는 사업 거래 말입니다."

제아가 처음으로 몸을 담은 직장이자 온 열정과 땀을 쏟아부은 회사. 내색한 적 없지만 제일 어패럴에 대한 제아의 애정은 대단했다. 특히나 도준이 약간의 힘을 실어주자 그녀는 무섭도록 치고 나갔다. 스스로만 모를 뿐, 하나부터 열까지 지금의 자리에 올라온 건 제아의 노력이었다. CEO도 그 정도로 몸을 불사르진 않으리라. 그렇게 유도한 이는 본인이었지만, 그 정도일 줄은 도준도 예상하지 못했다. 그래서 포기할 수가 없다. 제일 어패럴은…… 그녀에게 결혼 선물로 줄 것이다.

한 회장의 자택에서 나온 도준은 압구정역으로 차를 몰았다. 역 근처에 도착하자 지연이 꽤 놀란 표정으로 조수석에 올라탔다.

"갑자기 전화해서 집에 놀러 오라니까 당황스럽잖아요. 못 잡아먹어 안달인 한지로까지 다 초대를 하고."

선약이 있었지만 도준의 전화 한 통에 모든 걸 취소하고 오케이를 한 지연이었다. 절대 쓸데없이 불러들일 남자가 아닌 걸 아니까.

"오늘 많이 힘들었던 날이야. 그래서 오늘은 제아가 아무 생각 없이 웃고 즐겼으면 좋겠어."

도준의 말에 눈알을 도르르 굴리며 생각에 잠긴 지연이 이해가 된다는 듯 생긋 웃는다. 의외로 섬세하네, 이 남자. 남자들은 죽었다 깨어나도 이해 못하겠지만 여자들의 가장 큰 스트레스 해소 방법은 바로 수다였다. 제 남자를 친구들에게 보여주는 것도 좋아하고.

하지만 지금까지 그런 자리는 마련되지 않았다. 그도 그럴 것이 도준도 바빴지만 제아도 그 못지 않게 바빴던 것이다. 제아를 만나 수다를 떤 게 한 달이 훌쩍 넘어 있었다.

"근데 왜 힘들었는데요?"

"내 가정사 때문이라고 해두지."

"아하."

"내 앞에서 괜찮은 척 웃고 있지만 힘들어하고 있어. 그리고 난 위로하는 법을 잘 몰라."

"흐음."

"여자들은 수다로 스트레스를 푼다고 하던데."

"제아랑 내가 한 수다 하긴 하죠."

"대리석 바닥에 금 가도 되니 제발 그렇게 해줘."

장난으로 한 말에 죽도록 진지하게 대답하는 이 남자, 정말 융통성은 더럽게 없었다. 지연이 시선을 틀자 얌전하게 운전을 하고 있는 도준이 보였다. 친구의 남자인 걸 알면서도 심장이 떨릴 만큼 비주얼은 정말 죽여주는 남자다. 이 끝내주는 마스크 어떻게 할 건데. 문제아, 이 계집애. 부러워 죽겠네.

"뭐, 그렇게 말한다면야. 제가 있는 힘껏 노력해서 입 좀 털어보죠, 뭐."

"……한지로?"

가죽 재킷을 입은 지로가 껌을 질겅질겅 씹으며 서 있었다. 대체 네가 왜?

"선배한테 연락 못 받았냐? 나랑 지연이 오늘 저녁 식사 초대받았는데."

"……오빠가?"

"저녁 먹었다는데도 거의 협박 수준으로 오라고 하더만. 얌전하게 저녁 먹고 무조건 네 기분에 맞춰주란다. 내가 무슨 피에로냐? 그 자식은 뭐든 제멋대로야. 기분 더럽게."

툴툴거리는 말과 달리 지로의 손에 들린 두루마리 화장지와 세제. 그걸 본 제아는 웃음이 터졌다. 이제 좀 감이 잡히네. 왜 4인분을 준비하라고 했는지.

"한지로 사원, 오늘 피에로 한번 잘해봐. 그럼 누가 아나? 문팀장이 사원 평가 점수 팍팍 줄지."

새댁처럼 앞치마를 두른 제아가 지로의 손에서 화장지와 세제를 받아들고 총총총 집 안으로 들어갔다. 저녁 식사 준비가 다 되었을 때쯤 도준과 지연이 도착을 했다.

"꺄아, 문제아!"

"꺄아, 이지연!"

인사만으로도 날카로운 하이톤을 발사하는 두 여우를 두 늑대는 그저 멀뚱멀뚱 바라볼 뿐이다. 지연과 얼싸안고 방방 뛰면서 제아는 도준에게 눈빛으로 메시지를 보냈다.

'고마워, 오빠.'

드넓은 식탁 위를 가득 채운 진수성찬, 음식 솜씨도 나무랄

데 없이 훌륭했다. 두 남자는 묵묵히 밥만 먹었고 수다는 제 아와 지연의 몫이었다. 지연과 수다를 떨면서도 제아의 손은 바빴다. 해물의 살을 발라서 도준의 밥그릇에 옮기고 반찬 이 것저것을 집어서 밥 위에 올려주었다. 더 기가 막힌 건 아이처 럼 젓가락은 까딱도 하지 않고 제아가 올려주는 반찬만으로 밥을 두 그릇 해치운 도준의 모습이었다. 염장 아닌 개염장질. 수저를 쥔 지로의 손에 불끈 힘이 들어갔다.

'이거 보고 완전히 포기하라고 부른 거야, 분명!'

이쯤 되니 비뚤어진 생각까지 드는 지로이다.

"설거지는 지로와 내가 하지. 와인 안주도 같이 준비하고."

식사가 끝나자 도준이 지로에게 허락도 없이 일을 저질러버 렸다. 태어나서 설거지는 안 해본 몸인데!

"아 씨, 왜 나까지 끌어들여요?"

눈을 부릅뜨고 강력히 항의해보지만, 살벌한 두 여자의 눈 빛에 결국 지로는 도준과 나란히 앞치마를 하고 설거지를 시 작했다. 지로가 닦고 도준이 헹구고, 은근히 죽이 잘 맞았다.

설거지를 끝내자마자 어색한 침묵을 온몸에 갑옷처럼 무장 한 채 두 남자는 안주거리를 사러 지하의 마트로 향했다. 간 단히 장을 보고 들어가기 전 도준과 지로는 담배를 피웠다. 지로는 담배에 불을 붙였고, 도준은 그저 담배를 입에 물고만 있을 뿐이었다. 지로의 입술 사이에 물린 담배가 거의 타들어 갈 때쯤⋯⋯.

"이젠 좀 접지 그래."

도준이 덤덤한 말투로 무심하게 침묵을 깼다. 주어가 생략됐음에도 지로의 심장을 쿡쿡 찌르는 의미심장한 말.

"이루어지지 못할 사랑이야. 그런데 계속 가지고 있어봤자 상처 아닌가."

들켜버린 마음, 지로는 어떤 대답도 할 수 없었다. 그런 지로를 스윽 바라본 도준이 어깨를 툭 치며 지나갔다. 위로하듯이.

그 시각, 두 여자는 팔자 좋게 소파에 늘어져서 수다를 이어가고 있었다.

"두 남자 어디 가서 치고 박고 싸우고 있는 거 아니야? 아니, 한지로가 일방적으로 쥐어 터지려나?"

"지로도 몇 대는 때리겠지. 지로도 한 주먹 하잖아."

제아로선 정말 오랜만에 느끼는 행복감이었다. 널찍한 거실 소파에 지연과 둘이 다리를 쭉 펴고 앉은 그녀의 얼굴에선 미소가 사라지지 않았다. 생각해보면 도준을 만난 이후 항상 아슬아슬한 줄타기를 하는 기분이었던 것 같다. 행복한 듯하면서도 행복과 멀어진 것도 같고. 극심한 긴장감과 스트레스에 사로잡힌 날의 연속이었다. 물론 지금도 상황은 변하지 않았지만. 이윽고 두 남자가 하얀 마트 봉투를 들고 들어와 바로 주방으로 직행했다. 그 둘을 한참 바라보던 지연이 말했다.

"문제아, 나만 웃긴 거 아니지?"

지연의 말에 고개를 트니 주방에서 앞치마를 나란히 두른 채 와인 안주를 준비하는 도준과 지로가 보인다. 185cm는 거뜬히 넘는 장신의 두 남자가 싱크대에 서서 꼼지락거리고 있는 걸 보니 절로 웃음이 새어 나온다.

"아이씨, 그 손으로 펜대만 굴리지 말고 칼질 좀 잘해봐요. 접어서 모양 그대로 자르면 되는 걸 왜 못하냐고요! 치즈 반으로 접어서 세모로 딱, 이렇게!"

그래도 친구가 운영하는 바에서 안주를 만들어 먹어봤다고 지로가 도준에게 훈계하는 소리가 들려온다.

"……세모 맞잖아."

"그게 무슨 세모예요? 아후, 크기도 제멋대로네. 반 접는 것도 제대로 못해요? 이래 가지고 베이컨이랑 말 수가 있나."

"그럼 네가 다 하던지."

"난 원래 할 생각도 없었는데 선배가 한다고 한 거잖아요! 피해자는 엄연히 접니다."

날 잡은 듯 제대로 잔소리하는 지로와 찌릿찌릿 째려보면서도 마지못해 치즈를 자르는 도준. 두 남자의 모습은 이질적이면서도 묘하게 잘 어울렸다. 아웅다웅하는 형제 같다고 해야 하나. 그야말로 진풍경이었다. 한지로에게 구박받는 한도준이라니. 두 남자 몰래 휴대 전화에 그 모습을 증거로 남긴 지연이 느긋하게 소파에 몸을 기댔다.

"한지로 쟤 완전 날 잡았나보다?"

"그러게. 우리 오빠한테 쌓인 거 많았나 봐."

"쌓인 것만 많았겠니? 낙동강 오리알 신세 되었는데. 저 성격에 저 정도면 양호한 거지."

지연은 지독히도 낯선 도준을 지켜보며 작게 중얼거렸다.

"이준 오빠 정말 지독할 정도로 너밖에 모르는 것 같아. 어떻게 보면 딱 미친……."

흠칫한 지연이 얼른 입을 다물었지만, 제아가 피식 웃음을 흘렸다.

"미친놈 같다고?"

"어머, 내가 언제?"

"괜찮아. 우리 오빠 미친 거 맞으니까."

"야아앙. 어쩜 말을 그렇게 하니."

"나도 같이 미쳤는데 뭐."

"……엥?"

"우리는 미친 커플이야. 그래서 집에서 인정 안 해주나 봐."

갑자기 내려앉는 제아의 표정을 지연이 조심히 살폈다. 그녀는 등을 세우고 엉덩이로 조금 더 바짝 다가왔다.

"집에서 반대가 심해? 기사만 보면 제일 그룹에서도 너 받아들인 것처럼 보이던데. 아니었어?"

"오빠네도 심하고. 우리 부모님도 심하고."

"제일 그룹은 이해가 되지만 네 부모님은 왜? 얼굴 대박이지 능력 대박이지 마음 대박이지. 게다가 아들 같은 사위라는 말이 현실이 되는 그 기회를 왜 싫다는 건데?"

이해가 안 간다는 표정으로 묻는 지연에게 제아는 어떤 대답도 할 수 없었다.

"나도 몰라. 물어도 대답 안 해주고 그냥 안 된다고만 하니 답답해 죽겠어."

"어머니가 그렇게 생각 없으신 분은 아니시잖아. 분명 이유가 있으실 거야."

그래서 두려웠다. 대체 어떤 이유이기에 윤영이 입을 꾹 다무는 건지. 엄청난 말을 들을까 봐 물을 수조차 없었다.

"오빠 배경 때문에 그런 것 같아. 우리 엄마가 드라마를 워낙 좋아하잖아. 재벌가로 시집가면 내가 마음고생할까 봐."

"그렇다고 오빠가 제일 그룹을 버릴 수도 없잖아."

"버릴 거래."

"뭐어어어어? 니네 오빠 진짜 미쳐…… 웁!"

지연의 고성에 두 남자가 거실 쪽을 힐긋 쳐다본다. 다행히 집이 넓은 덕에 대화 내용은 들리지 않았을 테고.

"이지연, 주둥이 닥쳐라. 오빠 듣기 전에."

지연이 얌전하게 고개를 끄덕이고 나서야 제아는 그녀를 풀어주었다. 그런데 오랜만에 기분 좋아 저녁을 많이 먹어서인지 또다시 속이 울렁거렸다. 살짝 고개를 돌리니 도준은 여전히 치즈와 씨름 중이고 그 덕분에 지로는 혼자 분주히 움직이느라 바빴다.

"지연아, 나 밑에 약국 좀 갔다 올게. 속이 안 좋아."

갑자기 창백하게 질린 제아의 얼굴을 지연이 걱정스레 바라보았다.

"어디 안 좋은 거 아니야? 약국이 아니라 병원 가봐야 할 것 같은데. 오빠한테 말해서 응급실이라도 가."

"이 정도 가지고 무슨 응급실이야. 그냥 신경성 위염 같아.

전략 기획 팀장 된 이후로 신경을 좀 많이 썼거든. 그 이후로 기사가 나고 연달아 일이 터지니까 스트레스도 많이 받고."

"어휴, 여하튼 성격하고는. 너도 어떻게 보면 이준 오빠처럼 완벽주의라니까? 예뻐진 게 아니라 살이 빠진 거였어. 근데 이 시간에 약국이 열어?"

"이 건물에 입점한 상가들은 다 24시간이야."

"대박! 괜히 비싼 아파트가 아니네."

카디건을 집어 든 제아는 소리 없이 집을 나왔다. 다행히도 지로의 잔소리 때문인지 도준은 제아가 나가는 소리를 못 들은 것 같았다. 문이 닫히는 순간까지도 지로의 잔소리는 계속되었으니까. 그걸 들으니 또다시 입가에 살포시 미소가 어린다. 약국에 도착하자마자 제아는 아무 생각 없이 약사보다 먼저 말을 꺼냈다.

"신경성 위염 약 좀 주세요."

"병원에서 신경성 위염이라고 한 건가요?"

별다른 생각 없이 한 말에 약사도 별다른 생각 없이 물었다.

"네? 아, 병원을 간 건 아닌데."

살짝 붉어진 얼굴로 서 있는 제아에게 약사가 다시 덤덤히 물었다.

"증상이 어떻죠?"

"속이 울렁거린 지 꽤 됐어요. 넘기면 괜찮아지긴 하는데 또 갑자기 밥을 먹으면 속이 또 그래요. 소화도 잘 안 되고 몸도 좀 무겁고 힘도 없고. 위염 맞죠?"

"통증이나 더부룩함, 혹은 복부 팽만감은 없나요?"

"네. 그건 없는 것 같아요."

"흐음, 그런 증상이 얼마나 되었죠?"

"한 달 정도요."

곰곰이 생각에 잠긴 약사가 약 몇 개를 챙겨서 제아에게 내밀었다.

"여기요. 우선 위염 약은 주지만 내일 문 여는 병원 있을 테니 꼭 가봐요."

"네. 근데 이건 뭔가요?"

약사가 내민 봉투는 두 개였다.

제아가 봉투 안에서 약상자를 꺼내기도 전에 약사가 대수롭지 않다는 듯 안에 든 것의 정체를 먼저 알려주었다.

"임신 테스트기예요."

그 시각 주방에서 티격태격하던 두 남자는 드디어 안주를 완성했다. 안주를 가져와 거실 테이블 위에 올려놓는 지로의 표정은 꽤 뿌듯해 보였다.

"나 아무래도 요리에 소질이 있나 봐."

하지만 도준은 아닌가보다. 깨끗이 씻었는데도 손에 음식 냄새가 배었는지 연신 코로 제 손가락 냄새를 맡더니 결국 방으로 들어가버렸다. 소파 옆에 던져놓았던 재킷 주머니를 뒤진 지로가 지연의 앞으로 무언가를 툭, 던졌다. 지연이 케이스를 열어보니 영롱한 큐빅이 반짝이는 반지였다.

"무슨 반진데 쓰레기 투척하듯 나한테 던지실까?"

"……주인 없다. 환불도 늦었고. 너 가지라고. 팔아먹든 말든 네 맘대로 해라."

반지를 제 손가락에 껴보던 지연이 '아' 하는 표정을 지었다.

"설마 이거 제아한테 고백용으로 샀던 그 반지야?"

"아, 몰라."

꽤 심드렁한 지로의 표정이 갑자기 처량 맞아 보였다.

"고백용이니 큐빅으로 했을 리는 없고. 다이아? 뭐, 나야 좋지. 근데 진짜 포기했나보네?"

지로가 쫙 찢어진 눈으로 지연을 힐긋 째려보았다.

"그럼 너 같으면 이런 꼴까지 보고 포기 안 할 줄 알았냐? 나도 자존심 있는 새끼거든요?"

사실 거짓말이었다. 지로는 끝까지 기다리려 했다. 그런데 그 마음을 도준에게 들켜버리고 위로까지 받아버렸다. 그의 집에서 앞치마를 두르고 새댁 흉내를 내는 제아까지 봐버리니 더욱더 마음이 싱숭생숭했다. 빌어먹을.

어찌 보면 아직까지 버리지 못하고 품고 다니던 그 반지는 미련이었을지도 모른다. 이젠 그 바보 같은 미련마저도 과감히 버려야 할 때가 온 것이다.

이리저리 반지를 살펴보는 지연의 눈은 반지의 디자인이 아니라 반지의 가격을 매기는 예리한 눈빛이었다. 그래, 저 계집애는 팔아먹고도 남을 애지. 지연의 클러치 안으로 들어가는 반지를 보며 우선 안녕을 고해본다.

'문제아, 행복해라.'

방에서 나와 맞은편에 앉는 도준에게 지연이 무슨 일이 있었느냐는 듯 태연하게 말을 건넸다.

"근데 오빠는 제아 어디 갔냐고 안 물어봐요?"

"곧 들어오겠지."

도준답지 않은 무심함에 지연이 의외라는 듯 눈을 치켜떴다. 이제 내 여자 되었다 이건가?

"와아, 대박. 제아가 어디 간 줄 알고 그렇게 태연해요?"

"제아가 로비를 통과하면 나한테 보고가 들어와. 보고가 없다는 건 제아가 건물 내 어느 상가에 들렀다는 뜻이지."

펑―!

품질 좋은 레드 와인의 코르크 마개가 경쾌한 음을 내며 뽑혔다. 도준의 길고 새하얀 손가락에 감긴 와인 병이 기울어지면서 붉은 액체가 흘러내렸다. 지로의 와인 잔이 먼저 채워지고 지연의 와인 잔이 채워지는 순간 도준이 입을 열었다.

"도움이 필요해."

쪼로록, 따라지는 와인 소리는 소프라노였고, 그보다 낮게 깔리는 도준의 음성은 테너였다. 두 소리는 묘하게 어우러졌고 섹시함을 유발했다. 와인에 취하는지 눈앞의 남자에게 취하는지 가늠이 되지 않을 만큼 둘의 표정이 몽롱해졌다.

"조만간 제아에게 프러포즈를 할 생각이거든."

제아가 나가는 소리를 듣고도 말리지 않았던 건 바로 이 타이밍을 노린 것이다. 지금의 타이밍을 놓치면 도준 자신이 따로 시간을 내어 둘을 만나야 하지만 그럴 여유조차 없었다.

그러니 지금 용건만 간단명료하게. 도준이 와인 잔을 느릿하게 입으로 가져가며 본론을 꺼내기 시작했다.

"둘에게 조언을 얻고 싶어."

그가 없는 10년 사이 너무 변해버린 제아였다. 모든 걸 알고 있는 것 같으면서도 도무지 모르겠다. 기뻐할 줄 알았는데 웃어주지 않고 행복해할 줄 알았는데 행복해하지 않는다. 당장 결혼식은 올리지 못하더라도 프러포즈를 하고 제아의 확답을 듣고 내 여자라고 낙인을 찍고 싶다.

"어떻게 해야 제아에게 잊지 못할 프러포즈를 할 수 있을지 말이야."

며칠 동안 공을 들여 포털 사이트를 뒤지기는 했지만 이렇다 할 것을 찾아내지 못했다. 한 가지 정확한 건 여자들이 프러포즈를 굉장히 중요하게 여긴다는 것.

"맨입으로 도움 받을 생각은 없어. 난 공짜를 지독히도 싫어하거든."

지로와 지연의 앞으로 무언가가 놓였다. 제 앞에 놓인 고가의 브랜드 마크가 새겨진 키를 보는 지로의 얼굴이 살짝 상기되었다.

"오토바이 키야. 차보단 오토바이를 좋아했던 걸로 기억하는데, 아닌가? 차는 출근을 핑계로 사수했지만 오토바이는 압수당한 걸로 알고 있는데."

순간 얼굴이 확 붉어진 지로였다. 남의 사생활을 왜 이렇게 잘 알고 있는 거냐고, 이놈은! 지로에게 건넨 뇌물 스케일에 기대감 어린 눈을 반짝이며 제 몫의 봉투를 살그머니 열어본 지연이 외마디 소리를 내질렀다.

"꺄악!"

> **코코디엘 패션쇼
> 초대권**

한국에서도 극소수의 인사들만이 초대되는 명품 중에서도 명품인 브랜드 코코디엘 패션쇼라니! 그것도 초대권이 무려 두 장이다! 지연은 흥분을 감추지 못했다. 이 초대권의 옵션인 비즈니스 티켓과 호텔 숙박권까지 하면 가격이 얼마일지. 이런 엄청난 스케일을 가진 남자 같으니라고! 지연의 눈에서 하트가 뿅뿅 뿜어져 나왔다.

"잘 부탁해, 제아의 친구들."

난생처음 듣는 도준의 부드러운 음성과 봄 햇살처럼 나른한 미소가 그저 눈이 부실 뿐이었다. 하지만 냉큼 받은 지연과 달리 지로는 한사코 거절했다. 이걸 받아버리면 그동안 제아에게 품었던 순정이 짓밟히는 기분이었다.

"그렇게 부담스러우면 결혼까지 골인하게 소개팅 해준 친구들에게 주는 선물 정도로 생각하고 받아."

"저는 제아랑 선배 이어준 적 없습니다."

"너 아니었으면 어림없었을지도 모르지."

또 무슨 말로 날 자극하려는 거냐고 지로가 잔뜩 경계 태세를 세웠지만.

"내가 없는 동안 한지로 네가 제아를 지키지 않았다면, 다른 남자가 채갔을지도……."

그게 더 자존심 상하잖아. 결국은 바보같이 남 좋은 일 시켰다는 뭐 그런! 하지만 이어지는 도준의 한마디에 지로는 오토바이 키를 받을 수밖에 없었다.

"고맙다, 한지로."

지로와 더불어 지연도 깜짝 놀랐다. 오만함이 하늘을 찌르던 한도준이 저런 말을 하다니. 지로가 키를 주머니에 넣자마자 제아가 들어왔다. 황금 같은 15분을 기가 막히게 이용한 순간이었다. 드디어 2차가 시작되었다. 와인만 마셨으면 좋았겠지만 지연은 주인의 허락도 없이 미니 바에서 양주를 가져와 부어라 마셔라 했다. 희석하지 않고 원액을 들이킨 지연은 빠른 속도로 정신을 놔버렸다.

술에 취해 밤의 산책을 고집하는 지연 때문에 그들은 모두 근처 공원으로 달밤의 산책을 나왔다. 고삐 풀린 망아지처럼 넓은 공원을 이리저리 뛰어다니는 지연의 뒤를 쫓아다니느라 지로는 정신이 없었다. 한밤에 이 무슨 운동인지. 도준은 제 옆에 바짝 붙어 말없이 걷는 제아를 힐긋 내려다보았다.

흐릿한 가로등 불빛 아래 내리깐 속눈썹에 드리운 건 근심이었다. 적어도 그의 눈이 잘못된 게 아니라면 말이다. 도준이 가장 싫어하는 것 중 하나가 바로 제아의 침묵이다. 항상 재잘재잘 조잘조잘 떠들던 그녀가 침묵한다는 건 곧 고민이 있다는 뜻이니까.

"앉아봐."

도준에게 손이 잡혀 벤치에 앉고 나서야 제아는 제정신으로 돌아왔다. 부드러운 앞 머리칼이 이마를 간질일 정도로 도준은 제아에게 상체를 가까이 기울이고 있었다.

"너 또 무슨 생각하는 거야."

표정 관리를 했어야 하지만 재킷 안주머니에 있는 그게 자꾸만 신경 쓰이는데 어쩌란 말인가. 그럴싸한 핑계를 대야 한다. 정말 걱정거리가 될 만한.

"오늘 회장님께 선전포고한 게 아무래도 좀 걸려서."

서늘하게 가라앉은 도준의 눈동자가 셜록 홈즈처럼 예리하게 제아를 살펴본다. 다행히 변명이 먹혔는지 옆에 앉은 도준이 제아를 제 품으로 끌어당겼다.

"넌 그냥 가만히 있으면 돼. 나만 믿고."

나직하게 흘러나오는 도준의 음성이 일렁이는 제아의 심장을 어루만져준다. 알 수 없이 불안했던 마음이 도준의 품에 안겨 온기를 느끼고 나서야 사르륵 가라앉는다. 약사가 준 테스트기를 받고서야 제아는 깨달았다. 두 달 가까이 생리를 하지 않았다는 걸. 하지만 평소 생리 주기가 불규칙했기에 전혀 의심하지 않았다. 그래, 아무것도 아닐 거야. 세 달까지 안 했던 적도 있잖아? 문제아, 속단하지 말자.

스스로 결론을 내린 후에야 제아는 도준의 어깨 위에 가만히 얼굴을 기대었다. 벤치 바로 앞에 잔디밭이 드넓게 펼쳐져 있었다. 새하얀 가로등 빛에 드러난 잔디밭은 대낮처럼 훤했다. 날씨가 선선해서일까. 늦은 시간임에도 꽤 많은 사람들이 잔디밭을 채우고 있었다.

애완견을 데리고 나온 혼남혼녀들. 다정한 커플들. 그리고…… 늦은 밤까지 잠을 자지 못하는 아이들을 데리고 나온 부부들까지. 품에 안긴 작은 아기부터 뛰어노는 아이들까지 연령대는 다양했다. 지금까지 단 한 번도 눈여겨본 적 없었는데. 자꾸만 아이들에게 눈이 간다. 오빠와 나, 그리고 우리 아기. 먼 훗날의 이야기일 테지만 생각만으로도 벌써 심장이 벅차오른다. 감당할 수 없을 정도로.

제아의 시선이 오랫동안 움직이지 않자, 도준도 제아의 시선을 쫓아갔다. 시선 끝에 닿은 건 태어난 지 얼마 안 된 작은 아기를 품에 소중히 안고 잔디밭을 거니는 부부였다. 그걸 알게 되자 도준의 마음이 복잡 미묘해졌다. 제아, 넌 지금 저들을 부러워하는 걸까. 두려워하는 걸까.

"방금 나라에 기여할 또 다른 방법이 생각났어."

누구 때문에 지금, 도준은 팔자에 있지도 않은 애국자 노릇을 할 판이다.

"난 아들 딸 가리지 않아."

저출산 국가이니만큼 힘 닿는 데까지 노력해봐야겠다. 말뜻을 알아차렸는지 제아의 얼굴이 새빨개졌다. 사랑스러울 만큼.

"너만 닮으면 돼, 나는."

지독하게 못된 나란 놈만 닮지 않았으면 할 뿐이다.

"내가 노력하는 만큼 힘 닿는 데까지."

점점 내려오는 입술이 스치듯이 이마에 닿는다.

"우리 아이 낳아줄 거지?"

진심이 어린 잔잔한 도준의 음성에 본능적으로 재킷 주머니에 들어간 제아의 손이 테스트기를 움켜쥐었다.

'그 아이, 벌써 생겼을지도 몰라.'

도준에게 말을 해야 할까 말아야 할까. 하지만 쉽사리 입이 떨어지지 않는다. 상황도 상황이고 아직 정확한 것도 아니니까.

"결국 오빠도 기승전 아기야?"

그저 웃으면서 장난스럽게 받아치는 게 할 수 있는 전부였다.

"틀렸어."

나직한 웃음을 흘린 그가 고개를 틀어 제아의 목덜미에 얼굴을 묻었다. 그녀의 체취를 흠뻑 마시고 싶다는 듯.

"제아야."

"……응?"

"기승전, 문제아라고. 나는 항상 그랬어. 처음부터 지금까지. 항상 내 마지막은 너야."

도준이 코끝으로 목덜미를 문지르자 짜릿한 감각이 목덜미의 살갗을 파고들었다. 그 감각에 가만히 눈을 감는 그때…….

"야, 이 나쁜 악당 놈아, 나를 내려놓거라!"

지로의 어깨에 보릿자루처럼 둘러메져 오는 지연이 보였다. 술래잡기에 넌덜머리가 나는지 지로가 지연의 밤 나들이에 종지부를 찍은 것이다.

비에 젖은 프러포즈

제일 어패럴에서 진행한 해외 입점 브랜드는 성공리에 자리를 잡았다. 이제 남은 건 글로벌 패션 사업 확장뿐. 아직까지 아메리카나 유럽 쪽에서 국내 패션 브랜드가 성공한 사례는 없었다. 그 첫 번째 성공 사례를 도준이 제일 어패럴을 통해 시도 중이었다.

국내의 제일 어패럴은 제아에게 맡기고, 해외 산업은 자신이 직접 진두지휘를 할 생각이었다. 뉴욕에 있는 스퀘어 몰과 백화점에 입점만 한다면 제일 어패럴의 연 매출은 1조 원대도 가능할 것이다. 이에 대한 세세한 기획안을 들고 제일 어패럴 대주주들을 만난 덕에 그들은 오랫동안 알고 지내던 한 회장의 손을 놓고 그의 손을 잡아준 것이었다.

이제 막 부산 출장에서 돌아와 짐을 푸는 도준에게 인호가 그 대신 준비한 사항을 줄줄 읊었다.

"크루즈 예약도 끝냈고 폭죽 준비도 완벽하게 해놨다. 이제 남은 건 프러포즈뿐이야. 며칠 안 남았는데 떨리진 않고?"

"떨려. 그것도 엄청."

도준이 너무 순순히 인정하자 인호가 뜨악한 표정을 지었다.

"미국 출장 갔다 온 후 10일 휴가 줄 테니 조금만 더 고생하자."

"내가 10일이나 쉬면 업무에 지장 없겠어?"

"내 옆엔 너 못지않게 훌륭한 문 팀장이 있다는 거, 잊었나보지?"

"너 혹시, 이렇게 부려먹으려고 제아 씨를 스파르타식으로 채찍질한 거 아니야?"

부려먹으려는 게 아니다. 제아의 숨은 능력을 알아보고 그저 키워줬을 뿐이다.

"근데 회장님은 왜 갑자기 양평 별장으로 부르는 거야?"

"반은 헐리웃 액션, 반은 가보면 알겠지."

요양이라도 하는 걸 티 내는 듯, 한 회장이 보란 듯이 양평에 있는 별장으로 오라고 한 것이다. 1시간 30분을 달려 양평 별장에 도착한 도준은 뭔가 수상함을 감지했다. 지나치게 경비가 삼엄했다. 이해가 되지 않을 정도로. 짐승처럼 날이 선 본능이 위험 경고를 울렸다.

"유 실장, 넌 여기서 대기해. 차에서 내리지도 말고."

"응? 갑자기 왜?"

"하라는 대로 해."

이해가 되지 않았지만 결국 인호는 고개를 끄덕였다. 별장 내부로 들어서자 한 회장의 분신인 고 집사가 담담하게 그를 맞이했다.

"회장님은 어디 계십니까?"

싸늘한 눈빛으로 쳐다봐도 고 집사는 어떤 동요도 보이지 않았다. 그의 뒤를 따라가다보니 그제야 다이닝 룸에서 혼자 저녁 식사를 하고 있는 한 회장이 보였다. 내가 너무 민감하게 반응한 건가.

"보시다시피 회장님은 지금 식사 중이십니다. 들어가서 잠시 기다려주십시오."

2층으로 오르는 도준을 그제야 한 회장이 쳐다보며 콧방귀를 흥 하고 뀌었다.

"이번엔 어떻게 빠져나가나 보자, 이놈아."

고 집사가 안내해준 방으로 도준이 발을 들이자마자 방문이 닫히고 문이 잠겼다.

제아는 작게 한숨을 내쉬었다. 핸드백 안에 붉은 두 줄이 간 테스트기를 넣고 들고 다닌 게 벌써 일주일째였다.

─이번 미국 출장만 끝나면 그래도 좀 한가해질 거야. 입점 계약만 따내면 이제 내가 직접 처리해야 할 일들이 확 줄 어들 테니 조금만 참아줘.

그를 보지 못한 게 벌써 며칠째인지. 게다가 도준은 이틀 뒤에 미국 출장까지 잡혀 있다. 마지막 장기 출장이라는 말을 떠올리며 기쁜 소식을 물고 올 도준에게 그녀 또한 기쁜 소식을 전해주고 싶었다.

"오빠도 분명 좋아하겠지?"

퇴근 시간이 다 됐을 즈음, 느닷없이 지연에게 전화가 왔다.

[야! 너 아기 가졌다면서?]

목소리가 얼마나 큰지 깜짝 놀란 제아는 일부러 큰기침을 흘리며 자리에서 벌떡 일어났다. 불안한 눈빛이 주위를 훑었지만 다행히도 팀원들은 못 들은 눈치였다.

'저게 진짜! 입 가벼운 누구랑은 다르다고 하더니!'

그제야 제아의 뿔난 눈빛이 열심히 퇴근을 서두르는 지로에게 꽂혔다. 야외 휴게실 구석에 몰래 숨어서 테스트기를 쥐고 한숨을 내쉬다 지로에게 딱 들켰지만 입단속을 철저히 시켰다. 그런데 그걸 또 지연에게는 일렀나보다.

"저기 지연아, 아직 정확한 게……."

잔뜩 흥분한 지연은 제아의 말을 제대로 들을 생각조차 없는 것 같았다.

[완전 섭섭해! 나한테 제일 먼저 말해야지, 어떻게 지로한테 먼저 말할 수가 있어? 그나저나 오빠는 알고?]

말한 게 아니라 우연히 들킨 거거든? 제아는 눈치를 보며 살그머니 복도로 빠져나왔다.

"아직 몰라. 정확한 건 병원을 가봐야……."

[나 지금 거의 회사 도착했거든? 얼른 나와, 병원 같이 가줄 테니까. 원래 아가씨들은 심장 떨려서 산부인과 혼자 잘 못 가 거든. 이 언니가 기꺼이 같이 가줄게!]

정확히 20분 후 제아는 지연과 함께 지로의 차를 타고 이동 중이었다. 하지만 평소 거칠게 운전하던 지로가 유독 거북이 처럼 차를 운전하자 참다못한 지연이 버럭 성질을 냈다.

"한지로! 좀 밟아라, 응? 이렇게 뚫린 도로에서 그렇게 서행 할 거면 차는 왜 몰고 가냐? 그냥 걸어가고 말지!"

쫙 찢어진 지로의 눈이 룸미러를 통해 살벌하게 지연을 노려보았다.

"초기에 조심해야 한다잖아! 뭘 알지도 못하면서 잔소리냐? 엄마도 안 되어본 게!"

"이게 이씨! 그럼 넌 아빠라도 되어봤어? 알면 여자인 내가 더 잘 알지, 네가 더 잘 알아? 이 정도도 위험하면 걸어 다니 는 것도 위험하거든요?"

잔소리가 듣기 싫은지 클래식 음악의 볼륨을 높이는 지로 를 기가 막힌 눈빛으로 바라보며 지연이 제아에게 자그맣게 속삭인다.

"한지로 쟤 왜 저래? 혹시 애 아빠가 한지로는 아니지?"

산부인과에 도착한 제아는 검사를 받았다. 여자 의사였지 만 그래도 처음 해보는 검사는 지독히도 적응이 되지 않았다. 아, 진짜 싫어! 얼굴이 확 달아오른 제아는 안중에도 없는 듯 여의사가 무심하게 말을 했다.

"힘 빼요. 그래야 덜 아파요."

날카로운 무언가가 하복부를 들쑤시는 느낌은 정말 최악이었다. 순식간에 기분이 다운되었다. 이딴 검사, 다시는…….

"축하드려요. 임신 맞습니다."

뭐? 내가 정말, 임신한 거라고?

순간 떠오르는 건 도준의 얼굴이었다.

"태아 사이즈로 보아 5주가 좀 넘은 거 같네요. 우선 2주 후에 다시 와서 태아 심장 소리를 확인해봅시다."

하지만 그게 끝이 아니었다. 덤덤히 흘러나온 여의사의 다음 말에 제아의 머릿속이 새하얘졌다.

"아, 그리고 여기 콩알만 한 아기집 두 개 보이죠? 딱 보니 쌍둥이 같네요."

한 회장이 도준에게 요구한 건 딱 세 가지였다.

첫째, 한태영 부회장의 비리 건은 그냥 묻어둘 것.

둘째, 민화연과 약혼할 것.

셋째, 제일가의 후계자가 될 것.

지금 도준이 가장 중요한 출장을 앞두고 있는 만큼 제시한 계약서에 바로 사인을 하고 성질내며 이곳을 탈출할 거라 예상했지만 잘난 손자 놈은 이번에도 아주 완벽하게 그 예상을 뒤엎었다. 감금된 지 5일째이건만, 도준은 무서울 만큼 고요했다. 이쯤 되니 속이 타들어가는 건 한 회장이었다. 지독한 놈 같으니라고. 오냐, 누가 이기나 한번 해보자!

예리하게 날이 선 도준의 눈이 다시 한 번 창밖을 훑었다. 정원에 있는 경호원 넷, 입구에 둘, 내부에는 몇 명이 있는지 모른다. 훈련을 제대로 받았는지 미세한 소리에도 민감하게 반응하는 도베르만도 3마리.

경비는 삼엄했고, 정확히 오후 5시 30분에 교대가 한 번 이루어진다. 한곳에 경호원들이 모여 담배를 나누어 피우며 아주 잠깐의 대화가 이루어지는 타이밍이 가장 느슨하다.

그 시간에 탈출을 하면 제아에게 프러포즈를 하려던 계획은 무산되지만 그럼에도 선택의 여지는 없었다. 인호가 알아서 취소했을 거고, 제아가 오지 못할 그를 기다릴 일은 없을 테니. 도준은 24시간 자신을 감시하는 CCTV를 향해 몸을 틀었다.

'누가 이기나 해보자구요, 회장님. 그리고 어머니.'

다음 날도 어김없이 아침은 밝아왔다. 닫혀 있던 문이 열리는 첫 번째 순간이었다. 간편식의 아침식사를 가지고 들어오는 여자는 젊었고 봐줄 만한 외모와 몸매였다. 여자는 오늘도 수줍은 듯하면서도 대담한 눈빛으로 도준을 응시했다.

"음식이 입맛에 맞지 않으시는 거라면 좋아하는 걸로 말씀해주세요. 한식, 양식, 일식 자격증 모두 있습니다."

4일째 한 끼도 아니, 음식엔 손도 대지 않은 건 다분히 의도적이었다. 애가 달아야 그만큼 요구 조건도 들어줄 테니.

"고 집사에게 직접 식사를 들고 오라고 전해줘요. 그럼 먹겠다고."

"예?"

"가장 높은 책임자가 얼굴을 내보이는 예의 정돈 보이라는 말도 함께."

나른한 도준의 동공이 풀어진 여자의 눈 속으로 침투하듯 스며들자 여자는 홀린 듯이 고개를 끄덕였다. 그리고 10여 분 후 닫힌 방문이 열리고 고 집사가 들어왔다. 그에게 다가오려는 고 집사를 도준이 손으로 저지했다.

"그만. 거기서 멈춰요."

"……예?"

"내가 식사하는 동안 그 자리에서 지켜보세요."

사실 고 집사도 내심 바늘방석에 앉은 기분이었다. 지금은 한 회장의 사람이지만, 그도 바보는 아니었다. 이런 말도 안 되는 일을 벌이는 이유가 도준을 후계자로 세우려 하는 한 회장의 뜻이란 건 알고 있었지만.

고 집사를 앞에 세워놓은 채 도준은 식사를 시작했다. 물론 젓가락에는 손도 대지 않았다. 군더더기 없는 동작으로 움직이는 건 숟가락뿐이었다. 음식을 취하는 그의 입술에서 흐트러짐 없는 나직한 음성이 흘러나왔다.

"미리 보고하지 않은 건 내가 너그러운 마음으로 이해하겠습니다. 내가 원할 때까지 당신은 한 회장의 사람이어야 하니."

식사를 하는 도준의 모습에선 조금의 분노도 느껴지지 않았다. 그런데도 고 집사의 등줄기가 서늘하게 곤두섰다.

"긴장하지 마세요. 간단한 대답은 해도 문제 되지 않는 상황이니."

그때 도준이 고개를 들어 서늘한 눈빛을 휘며 비릿한 웃음을 흘렸다.

"고 집사님은 카메라를 등지고 있지 않습니까?"

아, 바보같이 이제야 깨달았다. 지금 자신이 서 있는 위치의 선정까지 도준이 진두지휘했다는 걸. CCTV는 천장 위에 달려 있었다. 화면에서 볼 땐 도준이 말을 하는 건지 식사를 하는 건지 구분이 되지 않을 것이다. 대화의 상대방을 보아야 알 텐데, 그 상대방인 자신은 지금 CCTV를 등지고 있다. 딱 그렇게 사각지대에 세워놓은 채, 도준은 최상위의 위치에 서서 그를 요리하기 시작했다.

"이제 그만 여기서 나가야겠습니다."

CCTV는 잔잔한 호수 같은 도준의 음성까지 잡아내지는 못한다. 고 집사가 불안하게 어깨를 들썩였다.

"유 실장에게 연락하세요."

부탁도 아닌 명백한 상사의 지시였다.

"정확히 오늘 오후 5시 30분, 나를 데리러 오라고 말입니다."

뻔뻔하다 못해 오만한. 그런데도 거스를 수 없는.

"그리고 그 시간에 정원에 있는 사냥개들 짖지 못하게 조치를 취하세요. 그뿐입니다."

그래, 그뿐이긴 하다. 유 실장에게 메시지 한 통, 사냥개들이야 수면제를 약하게 탄 사료를 주면 되니. 그런데 그 뒷감당은 어떻게 하라고? 내면에서 불쑥 솟아오른 그 말을 듣기라도 한 걸까.

"고 집사님이 살짝 손써주시면 내가 알아서 나갈 겁니다."

한 번도 쉬지 않던 숟가락질이 드디어 멈추었다. 그런데도 음식의 양은 거의 줄어들지 않았다. 희고 긴 손가락이 여유롭게 냅킨을 입가로 가져가며 잔인한 선택을 요구했다.

"이제 내게 충성하는 걸 증명해 보일 때입니다. 선택하세요."

도준은 고 집사가 어떤 선택을 할지, 조금의 의심도 하지 않았다. 그걸 증명하듯 저녁 시간이 되자 연신 날카로운 이빨을 드러내던 도베르만들이 한 마리씩 바닥에 몸을 눕혔다.

25분이 되자 경호원들이 모두 일제히 입구 쪽으로 몰려들었다. 일주일 동안 말썽 한 번 피우지 않은 덕에 경비는 꽤 소홀해져 있는 상태였다. 이 시간에 욕실에 있어야 할 그가 창문에 걸터앉아 있음에도 아무 일도 없는 듯 저렇게 여유롭게 모이는 걸 보면 보안실도 비어 있다는 뜻.

높이가 그리 높지 않음에 감사하며 도준은 가뿐하게 창문 밑으로 뛰어내렸다. 푹신한 잔디 위에 착지하자 도베르만 한 마리가 힐긋 시선을 주었지만 그마저도 귀찮은지 눈을 감아버렸다. 분침이 29분에 도달하는 순간, 그는 가뿐하게 담 벽을 뛰어넘었다. 그와 동시에 뻥 뚫린 길 사이로 아른거리던 스포츠카 한 대가 엄청난 굉음을 내며 30초 만에 별장 입구 앞에 딱, 멈추어 섰다. 낯선 차를 경계하며 별장에서 나오는 경호원

보다 도준이 더 빨랐다.

운전석 문을 열자 그럴 줄 알았다는 듯 인호는 조수석으로 옮겨 앉아 있었다. 안전벨트를 매고 위에 있는 손잡이까지 꽉 움켜잡은 채 광란의 질주에 대한 준비까지 마치고 말이다.

"도련님이 탈출했다!"

"차 준비해!"

탈출도 생각하지 못한데다 갑자기 나타난 차는 더욱더 당황스러웠던 경호원들이 우왕좌왕하는 사이, 도준은 액셀러레이터를 거칠게 밟으며 출발했다. 고속도로를 타고 한참을 내달렸다. 가장 먼저 그가 묻는 건 제아의 안부였다.

"제아는."

연락을 못한 지, 그 목소리를 듣지 못한 지 일주일째였다. 물론 연락을 하지 않았다고 투덜거릴 여자는 아니었다. 그런 면에선 지독할 정도로 인내심이 강하고 배려심 많은 제아였다.

"별일 없지. 나한테라도 전화해서 물어볼 법한데 아주 무섭게 일만 착착 하고 있다. 누구 여자 아니랄까 봐. 정상적인 여자들은 하루만 연락 없어도 난리 날 건데."

운전에 집중하는 도준의 머릿속은 다시 문제아로 가득 찼다. 밥은 잘 먹고 있나, 다른 놈이 집적거리진 않았나. 오늘은 얼마나 더 예쁠까. 제아에 대한 그의 병적인 집착은 지극히 사소한 것부터 그렇게 시작이 되었다. 멈출 수도 없는, 멈추어지지도 않는 집착적인 사랑. 결국 이런 상황에도 애가 타는 건 제아가 아니라 바로 자신이었다.

"내가 차질 없이 다 처리해서 걱정은 안 해도 되지만 프러포즈 못 해서 어쩌냐, 한 사장."

막상 프러포즈를 못 한다고 생각하니 쓴웃음이 삼켜졌다. 그래도 우선 목소리 먼저 듣고. 통화조차 못한 게 일주일이나 되었으니.

[고객님의 전화기가 꺼져 있어 소리샘으로 연결되오니……]

배터리가 없어서 그런 거라고 생각하며 몇 분 간격으로 전화를 해봤지만 똑같은 소리만 들려왔다. 그 소리가 들릴 때마다 차 내부의 공기가 무겁게 가라앉는다. 애꿎은 인호마저도 괜히 긴장이 되어 침을 꿀꺽 삼켰다.

"지금 당장 회사에 전화해서 확인해."

주어가 생략되었는데도 눈치 빠르게 몇 군데 전화를 한 후에야 인호가 조심히 입을 연다.

"한 사장, 문 팀장 퇴근하고 없단다."

야근을 하지 않고 정시 퇴근한 거라니 차라리 다행이지 싶었다. 그런데 인호의 말은 거기서 끝이 아니었다.

"지로 군이 데려다준다는 것도 마다하고."

보디가드 한지로와 떨어졌다?

"연신 재채기를 하면서도 활짝 웃는 얼굴로, 손수 들고 꽃바구니를 나갔다고."

꽃바구니라니. 도준의 매서운 눈빛이 인호에게 쏠리자, 그가 찔끔한다.

"그런 눈으로 나 보지 마라? 난 분명히 배달하지 말라고 꽃집에 전화했으니까."

"그럼 그 꽃은 누가 보낸 거지?"

"그게 말이야…… 직원이랑 무슨 착오가 있었다고. 제대로 전달이 안 되었는지 그게 배달이 되어버렸다고 돈은 청구 안 하겠다고."

돈이 문제가 아니다.

"그럼 꽃바구니에 꽂힌 카드는."

"아……."

인호의 얼굴이 눈에 띄게 어두워졌다. 카드 안엔 메시지가 있었다. 그가 제 시간에 도착하지 못할 프러포즈 장소로 안내하는.

"문제아라고 하는데요."

그 한마디를 하자마자 웨이터가 제아를 창가 쪽으로 안내했다. 자리에 앉자 창 너머로 둥둥 떠 있는 귀여운 오리 배들이 보였다.

저 오리 배 중 하나를 오빠랑 타는 거겠지?

일주일 내내 연락이 없다 했는데 결국은 이 프러포즈를 하려고 그랬나보다. 더 속을 바짝 태워서 더 감동 받게 하려고.

"하여튼 은근히 이벤트남이라니까?"

지로와 지연에게 대충 들어서 알고는 있었지만 사실 그녀 자신도 일에 치여서 프러포즈를 까맣게 잊고 있었다. 그러다 가 퇴근 시간 즈음에 꽃바구니가 배달이 되었다. 프러포즈용 이라서 그런지 오늘만큼은 생화 꽃바구니였고 그 안에는 도준 의 자필로 적힌 카드가 꽂혀 있었다.

오늘 밤 7시, 크루즈 레스토랑에서 봐. 오리 배 타자.

집에서 윤영이 불을 켜고 기다릴 걸 알면서도 제아는 결국 휴대 전화까지 꺼버렸다. 선사고 뒷수습. 도준과 지로가 항상 하던 그 말을 떠올리며. 어둠에 잠겨 있는 짙은 흑빛 강을 눈 으로 더듬는 순간 '결혼해줄래'라는 노래가 흘러 나왔다.

나랑 결혼해줄래.
나랑 평생을 함께 살래.
우리 둘이 알콩달콩 서로 사랑하며
나 닮은 아이 하나 너 닮은 아이 하나 낳고.

노래의 가사가 도준의 음성이 되어 프러포즈를 하는 것 같 은 착각이 일었다. 행복한 착각 속 행복한 고민에 서서히 젖 어들었다. 새 생명의 존재를 이 자리에서 그에게 알려야 할까. 결혼해주겠다는 대답보다 아기가 생겼다는 말을 더 기뻐해줄 까. 그때 오색을 머금은 물기둥이 어둠 속에서 치솟았다. 유려

하게 움직이는 물줄기가 오색 빛에 몸을 묻고 흩날렸다. 어둠
속 펼쳐지는 분수 쇼는 환상 그 자체였다. 노래의 리듬에 맞
추어 매혹적으로 흔들리는 물줄기를 보는 제아의 눈이 황홀
경으로 젖어들었다.

"······예쁘다. 아가야, 보고 있니? 아빠가 지금 엄마에게 프
러포즈 중이란다."

조심스럽게 배를 감싼 양팔에 살포시 힘이 들어갔다. 화려
한 분수 쇼도, 달콤한 노래도 피날레에 다다르고 있었다.

내가 더 사랑할게.

내가 더 아껴줄게.

눈물이 나고 힘이 들 때면 아플 때면

함께 아파할게.

평생을 사랑할게.

평생을 지켜줄게.

분수 쇼와 노래가 끝나자 제아는 가만히 눈을 감았다. 고막
을 울리는 심장 소리에 귀를 기울이며, 후각과 청각을 곤두세
웠다. 일주일 동안 보지 못했던 도준이 미치도록 보고 싶었다.

하지만 예민하게 곤두선 청각에 파동을 일으킨 건 하이 톤
의 여자 음성이었다.

"문제아 양."

눈을 뜨자 도준과 닮은 눈을 하고 있는 연희가 서 있었다.

믿을 수 없다는 듯 몇 번이나 눈을 깜빡이고 손등으로 눈을 비벼보아도 눈앞의 실루엣은 사라지지 않았다. 앉아도 되는지 양해도 구하지 않고 연희가 맞은편에 앉았다.

"도준인 오지 않아요. 여기 예약한 사람은 나니까."

"무슨 말씀이신지……."

"말귀를 못 알아먹나보네. 도준이는 못 온다는 뜻이에요."

제아는 그제야 깨달았다. 도준이 일주일 동안 연락을 안 한 게 아니라 못 한 것임을.

"우리 오빠, 어디 있어요?"

문득 제아는 스스로가 우스웠다. 연희가 대답해줄 리가 없는데 바보같이 왜 물었는지. 어찌 되었든 더 이상 이곳에 앉아 있을 이유가 없어졌다. 이곳을 벗어나 도준에게든 인호에게든 전화를 해야 한다. 무슨 일이 벌어지고 있는 건지.

"잠시라도 행복감 느끼게 해주서서 감사했습니다."

받은 만큼 돌려주고 싶었지만 제아는 끝까지 예의를 지키며 자리에서 일어났다. 도준이 윤영에게 모진 소리를 들어도 참은 것처럼 자신도 그래야 할 것 같았다. 어찌 되었든 도준을 낳아준 친모이니까.

"제아 양 어머니와 나 사이에 어떤 일이 있었는지 궁금하면 다시 앉아요."

망설임은 잠깐뿐이었다. 윤영이 끝내 숨기려고 했던 걸 연희가 말해줄 것 같았다. 얼마나 복잡하게 꼬였는지 알아야 하나씩 풀어갈 거 아닌가. 윤영이 못한다면 자신이라도 바짝 옆드려 풀어내리라 마음먹으며 제아가 고집스럽게 앉자 그럴 줄 알았다는 듯 연희가 태연하게 이야기를 시작했다.

"그 남자가 내게 소개한 여자 이름이 최윤영이었어요. 피는 안 섞였어도 같은 보육원 출신에 친동생 같은 여자라고 소개하더군요. 난 그때 너무 어려서 조금도 의심하지 않았죠."

그 남자라 함은 도준의 친부이리라.

"그 여동생한테 내 남자를 빼앗길 줄 알았더라면 경계라도 했을 텐데. 덕분에 아주 비참하게 버림받았어요. 나와 내 아들이."

연희의 눈이 차갑게 빛나는 순간 제아는 깨달았다. 왜 두 사람이 그토록 안 된다고 반대를 했는지.

"내게 아기가 있는 걸 알면서도 그 여동생은 그 남자를 뺏어갔고 그 남자도 보란 듯이 떠났어. 혈육에 대한 정이라곤 조금도 없는 내 아빠가 꿈쩍도 하지 않을 거란 걸 뒤늦게 안 거지. 그래, 그래서였어. 그래도 난 거지 같은 판자촌에서 그 남잘 기다렸어. 내 아버지 협박에 잠시 날 떠난 거라고 혼자 착각한 채."

지금 연희는 제아를 보고 있지 않았다. 그 옛날의 처절한 기억을 더듬는 듯 일그러진 눈빛으로 어둠에 잠긴 검은 강물을 막연히 바라보고 있었다.

"동생이라고 소개했던 여자와 그 짓을 해서 아기를 낳고 가정을 꾸리고 살고 있을 줄은 꿈에도 상상 못 했죠. 난 그 때…… 아무것도 모르는 25살 여자였으니까."

갑자기 시선을 튼 연희의 눈빛이 제아의 얼굴에 꽂혔다. 그리고 속삭인다. 그 여자아이가 바로 너라고.

"유전인가? 그 딸아이도 제 엄마를 똑 닮았네요. 그게 아니면 오빠라는 호칭에 매력을 느끼는 건가요?"

아주 잠깐 최고치로 올라왔던 행복함이 한강 밑으로 처박혀버리는 건 순식간이었다.

"난 몇 번이나 최윤영 씨한테 경고했어요. 두 아이 떼어놓으라고. 그래도 자식한테 밝히기는 창피했나보지. 끝까지 말 안 한 걸 보면. 그러니 제아 양과 내 아들이 이 지경까지 온 거고. 내가 나서서 말해줄 수밖에."

레스토랑에서 나온 제아는 연희의 차에 함께 올라탔다. 연희가 굳이 데려다준다고 했고 제아도 굳이 거부하지 않았다. 나락에 떨어져버린 지금, 집까지 혼자 걸어갈 힘조차 남아 있지 않았다.

차 안은 침묵에 잠겼고, 제아는 멍하니 차창 밖을 내다보았다. 짓궂은 하늘에서 소나기가 내리기 시작했다. 무릎 위 핸드백을 쥐고 있는 손이 가늘게 떨렸다. 애처롭게 떨리는 눈빛이 어둑한 창밖을 정처 없이 더듬었지만 해답은 떠오르지 않았다. 똑똑한 그라면 이 상황에도 명쾌한 해답을 찾아냈을까. 연희가 말도 안 되는 거짓말을 한 게 아니란 걸 알면서도 이상하게도 어머니인 윤영에 대한 믿음이 희미하게 남아 있었다.

말 못 할 사정이 있었을 거야. 그렇게 믿고 싶었다. 간절하게. 그때 반대쪽에서 나타난 오토바이 한 대가 어둠 속에서

빛처럼 나타나 스쳐 지나가며 넋을 잃은 동공을 자극했다. 그 자극에 제아의 본능이 동물적으로 반응을 했다.

……도준 오빠?

창문을 활짝 열자 몰아친 비바람이 옆 좌석까지 넘어갔다.

"몰상식하게 뭐 하는 짓인지. 창문 닫아요."

연희의 말에도 제아는 창밖으로 고개를 내밀었다. 스쳐 지나간 게 환영인지, 현실인지. 비에 젖은 속눈썹 때문에 시야가 흐릿했지만 그럼에도 알아보았다. 눈이 아닌 심장이, 이성이 아닌 본능이. 텔레파시라도 통한 걸까. 빠르게 지나쳤던 오토바이가 다시 역주행해서 차를 쫓아온다.

"마음이 바뀌었어요. 그냥 저 혼자 갈 테니까 내려주세요."

하지만 어느 누구도 제아의 말을 들어주지 않았다. 분명 오빤데. 오빠 맞는데. 제아의 머릿속은 도준에 대한 걱정으로 가득했다. 왕복 이차선밖에 되지 않는 도로는 어두웠고 세찬 비로 축축하게 젖어 자칫하면 미끄러질 수 있었다. 그런데도 엄청난 속도로 차를 쫓아오니 보고 있는 제아만 심장이 타들어갈 뿐이었다. 삼거리가 가까워지자 차가 드디어 속도를 줄였고 이때다 싶었는지 오토바이가 중앙선을 넘어와 차 앞으로 치고 나오려는 시도를 했다. 이대로는 안 되겠다 싶은 제아가 입을 연 순간…….

"차, 차 좀 세워주세요! 네?"

끼이이이이익! 쾅!

비보호 좌회전을 시도한 차가 어둠 속에서 갑자기 모습을 드러내며 믿을 수 없는 광경이 벌어졌다. 눈 깜짝할 사이에 차와 오토바이가 충돌한 것이었다. 오토바이가 빗길에 사정없이 미끄러지고 헬멧을 쓴 남자가 튕기듯이 떨어져 나가는 순간, 거짓말처럼 차가 멈추었다.

"제아 양, 지금 뭐 하는 짓……."

실성한 듯 미친 듯이 발로 차 문을 걷어차고 주먹으로 차창 문을 두드리는 제아를 매섭게 쏘아보던 연희는 눈물로 흠뻑 젖은 애처로운 눈동자가 뿜어내는 짙은 처연함에 잠시 말을 멈추었다.

"……도준 오빠일지도 모른다구요."

달달 떨리는 입술 사이로 흘러나온 그 한마디가 연희를 멍하게 만들었다.

"그러니까 당장…… 이 문 열라구요!"

차 문이 열리자마자 제아는 차에서 내려 미친 듯이 달려갔다. 쏟아지는 폭우 속, 도로 한쪽에 널브러진 남자는 미동조차 없었다.

"도준 오빠! 오빠?"

이 순간만큼은 간절하게 바랐다. 내 심장이 잘못 알아본 것이기를. 착각을 한 것이기를. 하지만 하늘은 지독할 정도로 무심했다. 금이 간 헬멧을 벗기자 얼굴조차 알아보지 못할 정도로 피범벅이 된 건 도준이었다.

"하아, 누가 신고…… 신고 좀……."

시꺼먼 도로 바닥을 홍건히 메우는 폭우 속, 선명한 피가 먹물처럼 잔인하게 번져나가고 비에 젖은 제아의 가녀린 몸도 서서히 바닥으로 추락했다. 얼마 지나지 않아 경찰차와 구급차가 동시에 도착하고 주변이 통제되었다.

"사모님, 비 맞으면 감기 걸리십니다."

김 비서가 차에서 급하게 우산을 가져왔지만 연희는 듣지 못한 듯했다. 쏟아지는 비를 맞으며 피범벅이 되어 응급차 안으로 실려 들어가는 아들을 멍하니 지켜볼 뿐.

'대체 네가 이 시간에, 그리고 어떻게, 여기에 나타난 거니.'

묻고 싶지만 물어볼 수 없는 말이었다. 아들은 대답을 할 수 없는 상태였으니까.

"김 비서."

"네, 사모님."

실신해버린 제아가 누운 이송 침대가 도준이 있는 응급차에 실리는 찰나였다. 그걸 본 연희의 입술 사이로 영혼 없는 탁한 음성이 새어 나왔다.

"저 여자랑 내 아들. 같은 공간에 못 있게 해요."

원수 못지않게 미워했던 아들이었다. 그런데 피범벅이 되어 죽은 것처럼 미동조차 없는 아들을 보고 있으려니 쓰나미에 쓸린 듯 가슴이 쏨빽거린다. 꼴에 나도 어미라고 모정이라도 느낀 걸까. 하지만 이내 연희는 자조적인 웃음을 속으로 흘렸다. 그럴 리가 없잖아. 강력하게 내세울 수 있는 유일한 패가 사라져버릴 뻔한 것에 대한 두려움일 것이다.

"김 비서, 도준이가 어느 병원으로 실려 가는 거지?"

"응급 요원 말이 도련님 상태가 좋지 않다고 합니다. 대성 병원은 거리가 좀 있어서 우선 한길 병원으로 모신다고 했습니다."

"대성 병원 박호성 원장 호출해서 한길로 오라고 해. 그리고 한길 병원 원장과도 통화해야겠어."

"알겠습니다."

이유를 정당화시켰는데도 사라지지 않는 불쾌한 이 감정들. 알 수 없는 복잡 미묘한 감정들이 분노로 한데 뒤엉켰다. 그리고 그 화살은 오롯이 제아에게로 향했다. 저 계집애 때문이야. 제 어미도 모자라 그 딸년까지 내 앞길을 망치려는 거야. 사회의 악과 같은 존재.

연희는 독하게 다짐했다. 이번 기회에 어떻게든 저 불운 덩어리를 아들에게서 떼어놓고 말리라.

얼마나 오랫동안 정신을 잃었는지 모른다. 눈을 뜨자 찌르듯이 파고드는 새하얀 불빛에 눈이 아팠다. 그럼에도 발작적으로 침대에서 일어나는 제아에게 간호사가 다가왔다.

"일어나셨어요? 아직 안정을. 어머, 환자분!"

"오토바이 사고 당한 남자, 그 남자 어디 있어요?"

간호사의 말을 듣고 어떻게 엘리베이터를 찾아 5층까지 올라왔는도 모른다. 휘청거리는 걸음을 몇 걸음 내딛기도 전에 정장을 입은 남자들에 의해 길이 가로막혀 자비 없이 복도 끝으로 내몰렸다. 남자들의 뒤로 연희가 보였다. 그녀답지 않게 흠뻑 젖은 모습으로 의사와 실랑이를 벌이고 있었다.

"보호자분, 고집 부릴수록 환자분이 위험해져요. 수술 동의
서에 사인해주셔야 합니다."

"몇 번을 말하죠? 여기서 수술 못 시켜요. 내 아들, 지금 당
장 대성 병원으로 옮겨야겠어요."

당황한 건 의사도 마찬가지인 듯싶었다.

"보호자분, 지금 환자분은 복강 내 과다 출혈로 위험한 상
황입니다. 대성 병원으로 옮길 시간적 여유가 되지 않는다는
뜻이에요. 지금 당장 수술에 들어가야 합니다."

그때 연희가 고개를 들어 제아와 눈을 마주쳤다. 섬뜩하리
만치 무심한 눈빛, 그리고 표정. 하지만 제아는 그녀가 보내는
잔인한 메시지를 알아들었다.

'내가 지금 당장 사인하길 원한다면 내 아들에게서 떨어져.'

다시 걸음을 내딛는 제아를 남자들이 막아섰지만 연희가
손을 들어 올렸다. 막지 말라는 신호였다. 두 여자가 마주 섰
다. 서로를 주시하는 눈빛은 누구 하나 밀리지 않고 고집스러
웠다.

"의사 선생님, 환자의 목숨이 위험한 긴급 상황에선 동의서
없이 수술할 수 있는 거 아닌가요?"

어떻게든 버티려는 제아의 마지막 발악이었다.

"그렇기야 하지만 보호자분이 있는 경우는 상황이 좀……."

의사도 상당히 곤란한 말투였다.

"사모님, 사람 목숨 가지고 흥정하는 건 아니라고 생각합니
다. 그것도 하나뿐인 아들 목숨이잖아요."

그래도 마지막 모정만은 보여주세요. 그렇지 않으면 우리 오빠 너무 불쌍하잖아요. 하지만 연희는 간절한 제아의 바람을 너무도 쉽게 무시해버렸다.

"제아 양, 기분이 꽤 나쁘군요. 나는 단지 이 병원 말고 좀 더 훌륭한 의료진을 갖추고 있는 전담 병원으로 옮기려는 것뿐인데."

형식적인 말 속에 숨겨진 진짜 속내가 제아에게 잔인하게 전달되었다.

'어차피 버릴 아들. 내가 왜 서둘러야 하지?'

지독히도 모진 어미의 태도에 제아의 심장은 갈기갈기 찢어발겨졌다. 미치도록 화가 나고 치가 떨림에도 선택할 수밖에 없었다.

보호자 같지도 않은 보호자의 사인이 뭐가 중요하다고.

꽉 다물린 잇새 사이로 제아가 말을 흘렸다.

"집에 다녀오겠습니다. 사모님 말이 사실이라면 시키는 건 뭐든지 할게요. 그러니까 제발, 사인해주세요. 부탁드립니다."

연희에게 간절하게 부탁하는 제아가 모르는 게 있었다. 지금 도준이 대성 병원 박호성 원장의 집도하에 다른 수술실에서 이미 수술을 받고 있다는 걸. 연희가 사인을 끝내는 순간 텅 비어 있는 수술실에 불이 들어오고 제아의 눈에서 뜨거운 눈물이 치솟았다. 집으로 어떻게 돌아왔는지도 모른다. 연락이 되지 않아 불안했는지 윤영은 늦은 시간임에도 거실에서 그녈 기다리고 있었다.

"문제아, 너 대체 어떻게 된 애가……."

집에 들어오자마자 느닷없이 무릎을 꿇고 눈물을 뚝뚝 흘리는 딸의 모습에 윤영의 얼굴에서 노기가 깨끗하게 증발했다. 오로지 딸에 대한 걱정뿐이었다.

"문제아, 너 왜 그래? 왜 울어? 무슨 일이야? 이준이가 헤어지자고 했니?"

하지만 대답 없는 제아에게서 돌아오는 건 바닥을 적시는 투명한 눈물뿐이었다.

"제아야, 말을 해야 엄마가 알지!"

"문윤식, 내 진짜 아빠 맞아?"

순간 머릿속이 새하얘진 윤영이었다.

"오빠의 아빠인 박재경이라는 남자랑 나랑…… 상관없는 거지?"

제아가 고개를 들자 윤영은 창백한 낯빛으로 얼어붙어 있었다.

"엄마가 오빠의 아빠를 빼앗았어? 한연희 씨 가정을 파탄 낸 게 엄마냐구! 그래서 낳은 게 나냐구! 오빠랑 내가 진짜 이복 남매냐구! 왜 말을 안 해줘! 응? 아니잖아! 아니라고 해줘, 엄마, 흐흐흐흑."

윤영은 느릿하게 눈을 감았다 떴다. 연희를 만나고 온 게 분명했다. 전화로 했던 마지막 경고를 무시한 것에 대한 응징이라도 하고 싶었던 걸까. 잠시 마음이 흔들리긴 했지만 윤영은 독하게 마음을 먹었다.

"과거가 뭐가 중요하니. 넌 지금 문제아야."

그때는 어쩔 수 없었던 선택. 지금도 마찬가지였다. 연희에게 했던 거짓말을 번복할 수밖에 없었다. 지금 당장은 아프겠지만 나중에 흘릴 피눈물보다는 나을 테니까.

"그럼 그 말이 다…… 사실인 거야?"

"제아야, 이준이랑 헤어져. 그래야만 해, 응?"

제 방으로 들어가버리는 제아를 보는 윤영의 가슴도 찢어질 듯 아팠지만 어쩔 수가 없었다. 연희가 나타남으로써 모든 게 틀어졌고 결국 재경은 비참한 죽음을 맞이했다. 그렇게 아름다웠던 남자가. 그렇지 않아도 약한 몸으로 제 식구 먹여 살리겠다고 무리하게 일을 했고, 뒤늦게 병을 발견했을 땐 치료 시기를 놓친 상황이었다.

죽을 때가 되니 돈 욕심이 난 걸까. 연희의 아버지에게 헤어지는 대가로 10억을 받을 거라고 했고 결국 그 돈은 받지도 못한 채 세상을 떠났다. 불쌍한 오빠……. 어찌 되었든 윤영도, 연희도 버림받았고 결국 재경의 최종 선택은 돈이었다. 처절한 과거의 기억으로 뇌리에 박힌 건 하나뿐이었다. 피는 못 속이는 법이다.

깜깜했던 의식에 불이 들어오자 도준은 자신이 침대에 누워 있음을 깨달았다. 얼마나 시간이 흐른 걸까. 눈을 뜨고 몸을 움직이려 해봤지만 무엇 하나 마음대로 되는 게 없었다. 살

갖에 불이라도 붙인 듯 온몸이 고통스러울 정도로 뜨거웠다. 특히나 하복부 쪽의 통증은 말로 표현할 수 없을 정도였다.

통증이 뚜렷해질수록 먹먹해진 귓가에 맴도는 가녀린 음성.

─오빠 너무 사랑해서 미안해. 독하게 살아남아. 그래서 꼭 날 찾아.

꿈이라도 꾼 걸까. 아련한 그 음성이 반복될수록 심장에 낙인처럼 새겨졌다. 지독한 통증보다 더한 불안감이 도준을 서서히 잠식시켰다. 말을 하고 싶어도 잔뜩 부어오른 목과 메마른 입 안을 무언가가 틀어막고 있었다. 그럼에도 그는 입술을 힘겹게 달싹여 그 이름을 불렀다.

"에아…… 에아야(제아, 제아야)."

"한 사장! 정신이 좀 들어? 웅!"

울먹거리는 인호의 음성에 힘겹게 눈꺼풀을 들어 올리자 희뿌연 시야 속 새하얀 빛이 찌르듯이 아프게 파고들었다. 그는 달달 떨리는 손으로 입을 막고 있던 산소 호흡기를 빼버렸다.

"한 사장! 그걸 빼면!"

그만하라는 듯 미약하게 손을 들어 보인 도준은 고르지 못한 호흡을 몇 번 내쉬었다. 제대로 된 호흡을 하고 나니 머리가 한결 맑아지는 기분이었다.

"……오늘이 며칠이지?"

"너 의식 불명으로 일주일 넘게 누워 있었어."

그의 시선이 병실을 훑는다. 내 옆에 네가 없을 리가 없는데. 발작하듯이 몸을 뒤척이며 일어나려는 도준을 인호가 말렸다.

"야, 인마! 아직 그렇게 움직이면 안 된다고!"

인호의 만류에도 도준은 고집스럽게 몸을 반쯤 일으켜 세웠다.

"제아 어디 있어."

"다, 당연히 회사에 있지."

"유인호, 내가 좀 다쳤다고 병신 취급하지 마."

제대로 떠지지도 않는 눈이건만, 그럼에도 얼어붙을 것 같은 냉기는 여전했기에 하는 수 없이 인호는 어렵게 말문을 열었다.

"여사님이랑 문 팀장 만난 건 알지?"

깨질 것 같은 두통 속 기억이 떠올랐다. 사고가 나기 전 제아를 보았던 마지막 기억.

"여사님도 거짓말하시는 성격은 아니시잖냐. 나한테 그대로 말씀해주시더라고. 너 사고 난 거 문 팀장에게 다 책임 전가하셨더라."

사고는 제아의 탓이 아니다. 철저하게 그의 실수였다. 전혀 그답지 않은. 감금되어 있는 동안 관리하지 못한 덕에 몸 상태가 엉망이었다. 게다가 비는 폭우처럼 내렸고 하늘은 어두웠으며 이성은 마비된 상태. 가장 결정적인 이유는 렌트해서 처음 타본 저가의 오토바이를 성능 좋은 제 오토바이와 착각하고 몰았다는 것.

"제아가 나를 떠났다는 말 따위, 나한테 안 통하니 하지 않는 게 좋을 거야."

"도준아."

흔들림 없는 도준의 믿음에 인호의 얼굴이 어두워졌다. 이 말을 어떻게 전해야 할지.

"수술 결과 별로 좋지 않다. 오죽하면 내가 너의 공백에도 일을 제쳐두고 네 옆을 지키고 있었겠냐. 언제 깨어날지 모른다고 하고 깨어나도 하반신 불구가 될지도 모른다고 했어."

남들은 히스테리를 부리고도 남을 말인데도 도준은 고요했다. 결국 깨어났고, 하반신에도 엄청난 통증을 느끼고 있으니까.

"제아 씨 입장에서 그런 널 감당할 수 있을 것 같아? 사랑이 밥 먹여주는 거 아니다. 그 많은 네 재산도 직계 가족이 1순위라는 거 알지? 너 정신 못 차리면 네 재산 모두 한 여사님한테 돌아가. 나도 버는 족족 다 써버렸는데 거금이 있을 리가 없고. 당장 한 여사님 아니면 네가 받고 있는 이 치료들 모두 멈춘다고."

빌어먹을. 혼인 신고라도 먼저 할 걸 그랬나.

"너와 헤어지면 제일가에서 최선을 다해 널 살릴 거라고 하는데 제아 씨한테 선택의 여지가 있었겠냐. 생각해 봐라. 엄청난 치료비는 당장 감당이 안 되지, 넌 하반신 불구가 될 수도 있다고 하지. 차라리 거금 받고 떨어져 나가주는 게 서로에게 좋은 거잖냐."

말과 동시에 인호가 휴대 전화로 어떤 영상을 틀어준다.

"나도 믿기 힘들지만 문 팀장, 한 여사님 돈 받고 떠났어. 부모님들도 어디 갔는지 모르시더라."

"……제아 찾아내."

화조차 내지 않은 채 덤덤하게, 도준의 입에서 흘러나온 한마디에 인호가 벌컥 성질을 냈다.

"야, 인마! 정신 차려! 너 제아 씨한테 버림받았다고!"

갑자기 귀에서 이명이 느껴지며 호흡이 흐트러지는 도준 때문에 말을 멈춘 인호가 너스콜을 누르려는 찰나, 도준이 그 손을 막았다. 엄청난 통증을 이겨낸 싸늘한 분노가 도준을 버티게 해주었다.

"들어도 내가 직접 들어. 그러니까 수단 방법 가리지 말고 제아 찾아내."

문제아, 지독하게 살아남아서 찾아줄 테니까 기다려.

그래도 나한테 키스하고 싶어?

야속한 시간은 주저 없이 흘러 따사로움을 머금은 6월이 다가왔다. 제아가 아르바이트를 하는 식당의 사장인 영자는 그녀를 제 딸처럼 예뻐했다. 그도 그럴 것이 외모도 반반한데다 싹싹하고 음식 솜씨까지 좋아 손님들을 줄줄 끌어오니 예뻐하지 않을 수가 없었다.

"초기에 조심해야 하는 거야. 병원 갈 때 버스 타지 말고 택시 타고 가. 응?"

"감사합니다, 사장님."

영자가 손에 쥐어주는 2만 원을 주머니에 넣고 식당을 나오자 어느덧 오후 3시가 되어 있었다. 따사로운 햇살에 살랑거리는 향긋한 바람에 살짝 부풀어 오른 배를 부드럽게 쓸며 제아가 수줍게 웃었다.

"우리 아가들, 복숭아티 먹고 싶어요? 그럼 우리 영자 사장님이 준 돈으로 복숭아티 한 잔 사 먹을까?"

커피숍에 들어간 제아는 창가 자리에 앉았다. 달달한 복숭아티를 마시자 휘몰아치는 어떤 잔상이 몸을 나른하게 풀리게 했다. 달콤한 숨결을 나누고 촉촉한 입술을 맞대고 마셨던 복숭아티. 떠올리는 것만으로도 숨이 가빠올 정도로 온몸이 화끈거리는 기억. 도준을 마지막으로 본 게 3개월 전이다. 그런데도 그가 끼치는 영향력은 여전했다. 몸만 떨어졌을 뿐, 여전히 그녀는 도준에게서 벗어나지 못하고 있었다.

"나를 미워하고 있을까, 나를 찾고 있을까."

그는 지금…… 뭘 하고 있을까. 마지막으로 그를 보았던 날, 제아는 중환자실에 누워 있는 도준을 보며 하염없이 울었다. 꿈에서라도 들어주길 바라는 간절함으로 그의 귀에 속삭였다.

─오빠 너무 사랑해서 미안해. 독하게 살아남아. 그래서 꼭 날 찾아.

그가 찾아주길 바라는 추악하고 이기적인 바람에 말이다. 그렇게 떠났고 이후 3개월 동안 제아는 세상사에 눈과 귀를 닫고 지냈다. 어디서든지 도준에 대한 소식을 접할까 봐 두려웠던 것이다. 그렇게 피하고 피했건만. 제아는 지금 2500원짜리 복숭아티 한 잔을 마신 죄로 TV에서 흘러나온 그 이름을 들어버렸다.

[3천억 원대의 비리를 수사하고 있는 검찰이 제일 그룹 한태영 부회장에게 구속영장을 청구했습니다. 또한 제일 백화점과

제일 물산, 제일 건설 등 핵심적인 계열사 오너들도 한 부회장의 비자금 조성 의혹과 관련하여 줄줄이 검찰에 소환되었습니다. 갑작스러운 검찰 수사에서 유일하게 건재한 제일 계열사는 제일 어패럴입니다. 경영권 싸움에서 승리를 거머쥔 한도준 사장이 이끄는 제일 어패럴은 자진 신고 기간 내에 신고를 하고 세금을 모두 납부한 모범 기업에 속합니다. 젊은 나이에도 불구하고 획기적인 경영법으로 단기간 내에 제일 어패럴 주가를⋯⋯.]

심장이 쿵쾅거리고 야릇하게 몸이 떨렸다. 그는 정말 지독하게 잘 버티고 있는 것이다. 아니, 더 지독한 건 그녀 자신이다.

―진짜 헤어질 거면 이 돈 받아요. 그래야 도준이가 믿을 테니.

커피숍 위에 있는 카메라가 이 상황을 담아내고 있는 걸 알면서도 제아는 덤덤히 받았다.

―10억까지는 필요 없습니다. 1억만 받겠습니다.

연희의 돈을 받는 순간, 단 한 번도 가슴으로 이해한 적 없었던 윤영의 심정을 제아는 이해할 수 있었다. 벼랑끝에 몰린 가족을 살리기 위해 자존심을 버리고 연희의 돈을 받았을 윤영이 말이다. 그녀 또한 태어날 아기와 숨어 살 최소한의 삶을 보장 받기 위해 1억을 받았으니까.

나 당분간 어디 가 있어야 할 것 같아.

엄마 아빠한테도 연락 못 할 거야.

그래야만 도준 오빠랑 헤어질 수 있어. 그러니까 나 찾지 마.

차마 얼굴 보고 말할 자신이 없어 부모님에게는 메모만 남기고 떠났다. 너무 막연해 결국 서울을 떠나지는 못했지만 연희에게 받은 돈으로 작은 방을 얻고 보험 적용이 되지 않는 비싼 병원비도 감당하고 있다. 그리고 아기가 태어나면 한동안 그 돈으로 최소한의 의식주도 해결할 수 있을 것이다. 그래서 후회하지 않는다. 연희의 돈을 받은 걸. 치켜드는 자존심을 또다시 콱콱 짓밟아 눌러버린 후에야 제아는 커피숍을 나와 버스 정류장으로 향했다. 버스에서 내리는 순간 훅 끼쳐드는 담배 냄새가 머릿속에서 도준에 대한 생각을 몰아내주었다.

"콜록콜록!"

버스 정류장 10미터 이내는 분명 금연 구역인데 누가 몰상식하게! 제아의 눈이 빠르게 범인을 찾아 헤맸다. 버스 정류장 벽 밑으로 보이는 새하얀 남자의 스니커즈. 그 위로 새하얀 담배 연기가 하늘로 피어오르고 있었다. 그녀 이외에도 노인과 여자 몇 명이 힐끗거리기는 했지만 섣불리 뭐라 할 엄두를 못 내고 있는 게 느껴졌다. 그렇다면 내가…….

"이봐요, 정류장…… 흡!"

순간 돌아서려는 남자의 날카로운 옆 선이…… 낯이 익다? 후다닥 뒤로 빠져 걸음을 빨리 옮겨보지만.

"문제아? 제아야! 제아 맞지!"

결국은 어깨가 잡혀 돌려세워지고 유일한 남자 사람 친구인 지로와 얼굴을 마주할 수밖에 없었다. 사실 지로의 부모님이 사시는 이 동네에 있는 산부인과를 다니는 게 마음에 좀 걸렸었다. 하지만 어쩌겠는가. 진료 기록을 남기지 않고 봐준다는 병원을 찾는 게 쉽지가 않은데.

흔적을 남기지 않고 병원을 다니는 거야 돈 많은 부류들에게나 해당하는 일이었다. 평일 낮에 검사를 받는데다 한 달에 한 번만 가면 되는 거라 방심했고, 그 결과물이 산부인과 입구에 떡하니 버티고 서 있었다. 검사를 하고 나오자마자 지로가 긴장한 얼굴로 그녀에게 달려들었다.

"아가는 괜찮대? 많이 컸대? 정상이래? 너는 괜찮고?"

"응. 나도 건강하고 아기도 건강해."

"휴, 다행이다."

정말 누가 보면 제 아이라고 착각할 만큼 지로의 한숨은 유달리 깊었다. 그런 지로를 빤히 보며 제아는 천천히 입을 열었다.

"한지로, 몇 달 만에 본 거 반갑기는 한데 나 또 너한테 부탁해야 할 것 같아."

"……?"

"나 만났던 거 잊어줘. 누구한테도 말하지 말고."

"……."

"나 잘 지내는 거 봤으니 지연이한테 안부 좀 전해주고."

일방적인 말을 끝낸 후 몇 걸음을 걷기도 전에 신경질적으로 머리를 쓸어 올린 지로가 갑자기 제아의 손목을 무작정 잡아끌었다.

"야아! 너 왜 이래?"

"우선 타. 타고 이야기해."

반 강제적으로 조수석 자리에 올라탄 제아에게 지로가 꽤 고집스러운 표정으로 말했다.

"갑작스러운 부탁에도 지연이랑 나, 아무것도 안 묻고 입 다물었다. 이게 아닌 것 같은데도 네가 울 것 같은 얼굴로 사정하니, 나중에 이야기해주겠지 생각했어. 근데 휴대 전화도 없애버리고 잠수까지 탈 줄은 몰랐다. 배신감, 아주 쩔었어."

제아는 입을 굳게 다물었다. 앞뒤 설명도 없이 가장 친한 친구들에게 아기에 대한 건 비밀로 해달라고 부탁한 건 사실이었으니까.

"근데 말이야, 이젠 모른 척 못 하겠다. 너 그렇게 사라지고 이준 선배 고작 한 게 뭔 줄 아냐? 너 어디 있는 줄 아냐, 연락은 하냐 그 두 개만 달랑 묻고 말더라. 보란 듯이 미국 출장 갔다 오더니 아주 제대로 제일 어패럴 치고 올라가는 중이다. 이러려고 나한테서 너 뺏어갔나 싶어 열 받고 억울해서 쌍욕 터질 것 같아, 지금."

"……잘됐네."

"대체 이유가 뭐냐. 너만 이렇게 죄 지은 것처럼 숨어 지내야 하는. 임신까지 해놓고 왜 이러고 있는지 말을 해줘야 알 거 아니야!"

어떻게 말을 한단 말인가. 추악한 사랑의 결말을. 타들어가는 지로의 날카로운 눈빛을 그저 외면하는 게 제아가 지금 할 수 있는 전부였다.

"왜, 이번에도 말하기 싫냐? 하긴, 이렇게 우연히 마주치지 않았으면 너 영영 연락 안 했을 거다. 그렇지? 근데 어쩌냐. 나 이번엔 꼭 들어야겠거든. 참견도 해야겠고."

지로가 주머니에서 휴대 전화를 꺼냈다.

"선배한테 전화할 거다."

제아의 동공에 지진이 일었다. 한지로, 한다면 하는 놈인데.

"저, 전화해서 뭐하게?"

"돈이 넘쳐나다 못해 줄줄 새는 그 잘난 새끼한테 돈 뜯어서 너 줄라고 한다. 그 돈으로 숨어 지내지 말고 당당히⋯⋯."

"말해. 말하면 될 거 아냐!"

그럼에도 지로는 휴대 전화를 손에 꼭 쥐고 있었다.

"그러니까⋯⋯ 휴대 전화 내려놔."

어설픈 거짓말을 하면 당장 전화를 걸겠다는 듯. 아, 지독한 한지로 놈. 제아는 깊은 한숨과 함께 차마 떨어지지 않는 입을 겨우 열었다.

"오빠랑 나, 아빠가 같아."

"⋯⋯뭔 소리야."

"한국말 몰라? 진짜 이복 남매라구."

길게 찢어진 지로의 눈이 한껏 커졌다. 그런데도 한 번 터진 입에선 잘도 말이 흘러나왔다.

"오빠 그걸 모르고, 부모님은 내가 임신한 걸 모르고. 여러 사람 죄책감에 시달리게 하고 목 잡고 쓰러지게 할 필요 없잖아. 나만 죽은 듯이 아기랑 지내면 되는 거라구. 이제 이해됐어?"

드디어 지로의 입에 지퍼가 채워졌다. 20여 분을 달린 끝에 제아가 사는 동네 어귀에 지로의 차가 멈추어 섰다. 차에서 내리는 제아의 뒤를 지로가 동네 건달처럼 어슬렁어슬렁 따라온다. 꽤 좁고 가파른 돌계단 앞에선 오만상을 다 찌푸리더니.

"뭔 동네가 계단이 이리 많냐? 문제아 살살, 살살 좀 올라가라니까? 아기 멀미 날라."

혹시라도 제아가 뒤에서 넘어지면 받아낼 듯 손까지 오버스럽게 뻗는다. 그때 지나가던 동네 아줌마가 한마디 하고 지나갔다.

"아이구, 애기 아빠가 아주 자상하네. 좋을 때다, 좋을 때야."

"제가 생긴 거랑 좀 다르죠?"

웬일로 넉살 좋게 받아치는 지로를 제아는 기가 막힌 눈빛으로 응시했다. 얘 지금 뭐 하는 거야? 참다못한 제아가 앙칼지게 돌아섰다.

"이제 그만 집에 가줄래? 나 너 엄청 신경 쓰여 죽겠거든요?"

"……질게."

목청 크던 지로가 아기 옹알이처럼 말을 흘렸다.

"뭐라는 거야. 똑바로 말해."

"너랑 뱃속 아기까지 모두, 내가 책임진다고. 엄청난 사랑으로 말이야."

"한지로 너 미쳤지?"

"집에는 사고 쳤다고 하면 되잖아. 내가 등짝 몇 대만 맞으면 끝나. 네 부모님도, 우리 가족도 좋아할 걸. 그럼 굳이 너 이렇게 숨어 살 필요도 없고, 부모님이랑 친구들이랑 연락 끊을 필요도 없잖아."

뿜어내는 눈빛과 분위기로 보건대 지로는 지금 진심이었다. 돌계단 위에서 지금…… 무슨 짓인지. 갑갑한 그녀의 심경을 대변이라도 하듯 푸른 하늘은 어느새 먹구름이 가득 끼어 있었다. 급기야 한 방울, 두 방울 빗방울이 떨어지기 시작했다. 운전하는 내내, 이걸 고민했었나보다.

"이런 걸 일석이조라고 하는 거 아니냐? 난 사랑하는 여자랑 사랑하는 여자를 닮은 아기가 생겨서 좋고. 넌 아기랑 같이 숨지 않고 당당하게 보살핌 받으며 살아도 되고."

"한지로, 너……."

큰 손이 잔말 말라는 듯 그녀의 입을 틀어막았다.

"고민 좀 해보고 거절해라, 이 매정한 것아. 당장 대답하라는 거 아니니까 생각 좀 깊이 해줘 봐."

뭐라고 대꾸를 하고 싶어도 여전히 입은 막혀 있었다.

"비 온다. 저기 지붕 밑으로 들어가 있어. 내가 차에서 얼른 우산 가져올게. 너도, 그리고 아가도 비 맞으면 안 돼!"

히죽 웃으며 긴 다리로 빠르게 계단을 내려가는 지로를 멍하니 바라본 제아는 지붕 밑으로 들어가 얇은 빗줄기를 피했다. 집으로 바로 가버릴까 하다가 지로의 말을 얌전하게 따른 건 어디까지나 거절을 위해서였다.

"내 인생에 마가 낀 게 분명해."

그렇지 않고서야 일이 이렇게 꼬일 순 없어. 가만히 눈을 감고 벽에 기대 이마를 살짝 쿵쿵 치던 제아는 불현듯 눈을 번뜩 떴다. 축축한 공기를 비집고 스며드는 어떤 향이 야릇하게 후각을 자극한 것이다. 본능적으로 몸이 도망가기 위해 움직였다. 하지만 걸음을 떼기도 전에 단단한 팔에 의해 어깨가 잡아채어 끌어당겨졌다. 비릿한 비 냄새에도 유독 도드라지게 훅 끼쳐오는 짙은 남자의 향. 그 향기로 인해 주변 공기의 밀도가 순식간에 높아졌다. 숨도 제대로 쉬기 힘들 만큼.

"찾았다, 문제아."

속삭이는 듯, 중얼거리듯, 한숨 섞인 남자의 음성이 귓바퀴를 야릇하게 맴돌았다. 쿵쾅거리는 심장을 움켜쥐고 버텨봤지만 새하얀 손끝이 다가와 조심히 턱을 잡아 올리니 불가항력의 힘으로 눈을 마주할 수밖에 없었다.

가슴에 사무치도록 그리웠던 도준의 눈동자가 제아의 머리 끝부터 타고 흘러내려 얼굴을 세심히 관찰하고 있었다. 어디 잘못된 곳은 없는지 아주 꼼꼼하게 파고드는 눈빛이 달콤할 정도로 깊고 다정했다. 그런데 좀 더 시선을 내린 도준이 눈을 가늘게 뜬 채 눈을 고정하고 움직이지 않는다. 잠그지 않은 카디건 사이로 드러나 있는 살짝 부풀어 오른 배에서.

"오, 오빠……."

덜덜 떨리는 음성으로 그를 불러봤지만 도준은 이렇다 할 반응을 보이지 않는다. 보슬보슬 내리는 빗소리만 둘 사이를 메우는 공기를 미약하게 채워줄 뿐. 어떻게든 그의 속을 들여다보려 했지만, 새까만 물속처럼 보이지 않아 그녀의 속은 바짝 타들어갔다. 대체 무슨 생각을 하고 있는 걸까. 그때였다.

"아기 아빠, 접니다."

도준의 어깨 너머, 우산을 들고 성큼성큼 다가오는 지로를 보는 순간 제아는 머리가 깨질 듯이 아파왔다. 죽고 싶어서 환장한 게 아닌 이상, 무모한 도발이었다. 꽉꽉 미간을 구기며 피하라는 신호를 보내봤지만 지로는 용감무쌍하게 다가왔다.

"선배, 저랑 얘기 좀 하시……."

하지만 도준은 돌아보기는커녕 살짝 고개를 들어 제아의 눈을 빤히 들여다봤다. 방금 전과는 확연히 다른 그 눈빛의 무게감에 심장이 철렁 내려앉는 순간…….

"꺼져. 사지 멀쩡하게 돌아가고 싶으면."

제아에게서 눈을 떼지 않은 채 삐딱하게 고개를 기울인 도준이 갑자기 독백처럼 중얼거렸다.

"아니면 그냥, 죽여버릴까."

차갑게 가라앉은 도준의 눈빛을 본 제아의 머릿속은 오로지 한 가지 생각뿐이었다. 우선, 한지로부터 살리고 보자. 횡설수설 말이 흘러나왔지만 제아는 믿었다. 똑똑한 그가 알아서 잘 골라 들을 거라는 걸.

"다, 다니는 병원이 지로 부모님이 사시는 동네에 있어! 진료 기록을 안 남기는 곳을 찾는 게 힘들어서. 지로랑도 만날까 봐 엄청 조심히 하고 다녔는데. 그런데 하필 오늘 재수없게 마주쳐버렸어. 그리고 데려다준 거고. 그게 전부야."

"······."

"정말이야, 오빠."

그래도 도준이 움직이지 않자, 제아는 다시 한 번 입술에 힘을 주었다.

"아기 아빠, 지로 아니라구. 지로일 리가······ 없잖아."

그러니까 그런 무서운 눈빛 좀 하지 마.

"앞장서. 아니면, 내가 앞장설까."

그 말뜻을 알아차리는 건 오래 걸리지 않았다. 제아는 지로에게 얼른 사라지라고 휙휙 손짓을 하며 걸음을 옮겼다. 제아는 오래된 주택의 1층에 붙어 있는 단칸방에 머무르고 있었다. 열쇠로 방의 문을 연 제아가 비스듬히 몸을 비켜섰다.

"들어와."

도준이 살짝 고개를 기울여 방문턱을 넘어 좁은 공간으로 들어섰다. 태연한 척 싱크대로 다가가 생수를 컵에 따르는 손끝이 달달 떨린다. 도준이 컵을 받아 들자 아슬하게 스친 손끝에 감전이라도 된 듯 제아는 화들짝 놀라 뒤로 물러섰다. 스치는 것만으로도 반응하는 스스로가 미치도록 싫었다. 그런 제아를 도준은 빤히 주시하고 있었다. 꿰뚫을 듯 쳐들어오는 시선을 피해 창밖으로 시선을 던지며 제아는 자그맣게 말을 던졌다.

"다리, 안 좋은 거야?"

남은 돌계단을 올라 집까지 오는 동안 도준이 한쪽 다리에 유난히 힘을 주고 신경 써서 걷는 걸 제아가 놓칠 리가 없었다. 아마도 그때 그 사고 후유증이겠지.

"회복 중이야. 재활 치료도 받는 중이고. 그러는 넌 얼굴이 왜 이렇게 야위었어? 아직도 제대로 식사를 못하는 건가?"

"이젠 잘 먹어. 근데 살이 안 찌는 것뿐이야."

다시 한 번 제대로 보겠다는 듯 도준이 다가서자 제아가 움찔하며 손을 내저었다.

"다가오지 말고 그냥 거기서 이야기해."

지금도 충분히 숨이 막히는데 도준과 더 가까이 있으면 견뎌낼 자신이 없었다. 그의 존재만으로도 이 작은 공간이 꽉 들어찼고, 남성적인 짙은 향이 좁은 방 안의 공기 밀도를 높이고 있었다. 열린 창문 밖으로 스며드는 잔잔한 빗소리마저 그와의 추억을 불러일으킨다.

―비 오는 날은 딥 키스.

어느 것 하나 그와의 추억이 어리지 않은 게 없으니 미칠 것만 같았다. 그녀와 달리 도준은 천천히 좁은 방 안을 살피는 중이었다.

원룸이라고 할 수도 없는 좁은 방 한 칸. 한쪽에는 작은 싱크대가, 싱크대 옆엔 1인용 식탁이, 반대쪽엔 이불이, 좁은 욕실 옆 작은 공간은 가지런히 개진 옷이 담긴 캐리어가 입을 벌리고 있었다.

"병원은 또 언제 가지?"

"한 달에 한 번 가. 오늘 다녀왔으니 다음 달에 가면 돼."

"내일 같이 가."

"……왜."

꿰뚫을 듯 날카로운 시선이 다시 제아의 동공을 무참히 휘젓는다. 정말 몰라서 묻는 건가.

"우리 아기 나도 보고 싶어."

너무도 당연하게 흘러나온 그 말에 제아가 눈을 치켜떴다.

"난 오빠 아기라고 한 적 없어."

"우리 아기잖아."

차라리 화라도 내면 좋을 텐데. 무섭도록 침착하고 침착하다 못해 다정한 도준의 반응이 그녀를 더 힘들게 하고 있었다. 바르르 떨리는 입술에 힘을 주곤 제아는 또렷하게 내뱉었다.

"우리 아기가 아니라 내 아기야."

고집스러운 그 한마디에 도준의 눈매 끝이 미묘하게 꿈틀거렸다.

"제아야."

도준이 다시 다가오려 하자 화들짝 놀란 제아가 뒷걸음을 쳤다.

"다가오지 마. 나한테…… 손대지 마."

격렬한 거부의 몸짓에 얼어붙은 도준이 나직하지만 또렷하게 말했다.

"독하게 살아서 너 찾으러 왔잖아. 그러니까 나 보고 좀 웃어주면 안 되나."

미처 예상하지 못했다. 사경을 헤매는 중에도 도준이 그 속삭임을 듣고 기억까지 하고 있을 줄은. 듣지 못할 거라 생각하고 한 말인데. 들었다고 해도 꿈이라고 믿을 법도 한데. 도준은 왜 떠났는지 묻지도 않는다. 속삭임처럼 찾아냈으니 웃어달라고 한다. 하지만 어떻게 웃는단 말인가. 정말 찾아버려서, 이제 정말 얼굴을 보고 직접 이별을 고해야 하는데. 그것만은 정말 못 하겠는데. 자신 없는데. 차라리 찾지나 말지.

그를 피해 자꾸만 뒤로 물러서다가 등이 벽에 부딪혔다. 제아는 급하게 시선을 내리깔았다. 저 눈을 보고 있으면, 아무것도 못할 정도로 무기력함을 느끼니까.

"제아야, 나 좀 봐."

못된 짓을 한 건 그녀인데, 사정을 하는 건 도준이었다.

"아무것도 묻지 말고 나 좀 잊어줘. 그냥 놔줘. 그래야 내가 살아. 오빠랑 같이 있으면 내가 너무 힘들어. 죽을 만큼. 그러니까 제발 나좀 내버려두고 가줘."

"내가 널 잊고 놔주기를 원해?"

도준이 한 걸음 더 좁혀왔다.

"그럼 내 눈을 똑바로 보고."

탁—.

도준이 벽에 바짝 붙은 제아를 양팔로 가두었다. 새하얀 형광등 때문에 드리워진 길쭉한 그림자가 제아의 얼굴 위로 쏟아졌다.

"날 사랑하지 않는다고 말해봐."

콧속으로 스며드는 강렬한 그의 향에 온몸의 피가 빠르게 돌았다. 키스할 듯 각도를 틀어 다가온 도준의 입술이 그녀의 입술에 부딪히기 전 아슬하게 멈추었다. 눈빛처럼 뜨겁게 달아오른 숨이 폐부 깊숙이 스며들자 통증으로 퍼져나갔다.

"그럼 잊고 떠나줄 테니까."

반응하는 몸과 달리 거부하는 마음이 충돌을 일으켰다. 심장이 빠르게 쿵쾅거리며 통증을 호소하자 제아는 짧게 숨을 헐떡였다. 호흡이 힘들어지자 눈앞이 새하얘지는 착각마저 들었다.

"나는…… 오빠 사랑……."

하지…… 않아. 말을 끝맺지 못한 가녀린 몸이 스르륵 무너져 내리는 순간 도준이 그 말을 매듭지었다.

"……해."

제아를 품으로 받아낸 도준은 그녀를 꼭 껴안았다. 그러곤 제아의 귀에 속삭였다.

"그리고 나도 널 사랑해."

이불 위에 반듯하게 누운 제아는 안색이 창백하긴 했지만 쌔근쌔근 고른 숨을 토해냈다. 그제야 집 앞으로 나온 도준은 담배를 입에 물고 그 끝을 씹어 물며 가만히 생각에 잠긴다.

마지막 그 속삭임만을 떠올리며 악착같이 버텨서 찾아냈건만, 제아는 그가 가까이 다가가는 것만으로도 민감하게 반응하며 몸서리치도록 싫어했다. 그런데도 그게 마음이 변한 거라고는 느껴지지 않는다. 사경을 헤매는 그를 두고 떠날 만큼, 임신까지 했는데도 숨길 만큼 제아를 몰아붙이는 무언가가 분명 있었다. 그는 알지 못하는. 묻는다고 대답할 거였으면 제아가 그렇게 떠나지도 않았겠지. 작정하고 떠났으니 물어보는 건 무의미했다. 그럼 어떻게 알아내야 할까.

"선배."

불쑥 뒤에서 툭 튀어나온 음성에 도준은 몸을 틂과 동시에 주먹을 날렸다.

퍽—.

얼굴을 움켜쥔 채 지로가 바닥으로 나가떨어졌다. 터진 입술에서 피가 줄줄 흘러나왔다.

"제아를 봤을 때 넌 내게 바로 전화해서 알렸어야 했어."

한 대 세차게 맞고 나니 지로도 갑자기 부아가 치밀었다.

"선배는 제아 사라진 거에 관심도 없었잖습니까! 오히려 잘됐다는 듯 일만 하고 내팽개치더니, 갑자기 찾아와서 왜 이러는 겁니까?"

한지로는 역시나 단순했다.

"네가 뭘 안다고 지껄여."

"……?"

"한 회장 쪽에서 작정하고 숨기면 나라도 제아 찾지 못해."

이 세상에 돈으로 안 되는 건 없다. 돈이라면 있을 만큼 있지만 국내 서열 2위 그룹인 제일 그룹만큼은 아니다. 그런 재력의 부딪힘이라면 그가 진다. 그래서 신경을 끈 척 철저하게 연기를 한 것이다.

"그래도 우리한테는……."

"나보다 제아와 가까운 너희들이 뭘 해줄 건데. 내가 애타게 찾고 있는 걸 알면 더 숨길 게 뻔한데. 내가 왜 그런 너희들에게 내 속을 까발려야 하지?"

"……!"

"오늘 마주쳤는데도 내게 연락을 하지 않은 것처럼 말이야."

지로는 순간 멍해졌다. 그게, 그런 이유였어? 듣고 보니 틀린 말은 아니었다. 자리를 툭툭 털고 일어난 지로가 야무지게 눈빛을 부딪쳤다.

"아기 아빠라고 나선 건 죄송합니다."

"신경 안 써. 너 아닌 거 아니까."

이 남자는 이런 상황에서도 지로의 자존심을 제대로 짓밟았다.

"……제아 좀 잊고 그냥 놔두면 안 됩니까."

도준이 집어삼킬 듯 험악한 짐승의 눈빛으로 지로를 쏘아보았다.

"너, 내가 그 마음 접으라고 경고했었지."

"제아 차지하려고 하는 말 아닙니다. 제가 마음 안 접었다고 해도 어차피 제아가 저를 거들떠도 안 봅니다."

"……."

"전 제아 편이라 선배한테 무슨 말은 못 해드리지만 이거 하나만 말씀드릴게요. 선배가 잊어주셔야 제아가 편합니다."

고고한 도준의 자존심이 바닥에 내동댕이쳐지는 순간이었다. 제아는 눈앞의 이 녀석에게 그 비밀을 털어놓은 것이다. 왜, 왜 또 한지로지? 포커페이스가 벗겨진 도준의 얼굴에 드러난 건 바로 상처받은 남자의 자존심이었다. 고고한 자존심으로 온몸에 철갑을 두른 남자가 상처받은 눈빛이라니. 지로는 그런 도준이 지독하게 낯설었다. 하지만 그것도 잠시뿐. 도준은 잠깐 드러냈던 감정을 기민하게 숨겨버렸다.

"제아를 찾는 동안 수많은 이유를 유추해봤지."

"……."

"그런데 어떤 것도 나와 제아가 헤어질 이유는 될 수 없더군."

진실이 목구멍까지 치밀어 올랐지만 지로는 꾹 참았다. 제아는 제 입으로 그 말을 하길 원할 테니까.

"선배가 모든 걸 다 아는 신은 아니지 않습니까?"

도발적인 말에 도준의 얼굴이 미묘하게 일그러졌다.

"결국은 놔주실 수밖에 없으실 겁니다. 그 이유는 제아에게 직접 들으세요. 그 후부터는 선배야말로 제가 뭘 하든 간섭하지 말아주시길 바랍니다."

지로가 돌계단을 내려갈 때 마침 인호가 올라오고 있었다.

자신을 보고 놀란 인호에게 지로는 건성으로 눈인사만 건넸다. 도준이 부탁한 것들을 챙겨서 돌계단을 오른 인호는 돌계단의 수만큼 끝도 없이 불평을 늘어놓았다.

"현대에 차가 못 올라가는 길이 있다는 게 말이 되냐고. 제아 씨는 여사님한테 돈 받아놓고 왜 이런 달동네에서 사는 거고? 아후, 내 허벅지. 남자는 허벅지 힘이라고 하······."

"제아가 임신을 했어."

도준이 불쑥 꺼낸 한마디에 인호는 얼떨떨한 표정을 지었다. 그러다가 이내 뜨악한 표정으로 바뀌었다.

"설마, 애 아빠가 한지로야? 그렇지? 맞지? 그게 아니고서야 한지로가 여기 있을 리가 없잖아! 대박! 그럼 결론이 제아 씨가 바람피워서 너한테 죽을까 봐 숨은······."

"넌 제발 쓸데없는 소리 좀 하지 마. 상상만으로도 기분 더러우니까."

도준의 타박에 인호가 눈썹을 씰룩였다.

"쓸데없는 건지 어떻게 알아? 애는 낳아봐야 안다. 유전자 검사를······ 악!"

듣지 못할 대화 수준에 도준이 손에 들고 있는 재킷으로 인호의 얼굴을 쳐버렸다.

"내 아이야."

"네가 아기 아빠라면 왜 떠나. 더 달라붙어야지. 분명 찜찜한 이유가 있다니까?"

"그걸 알아내야지."

"……?"

"한지로는 알고 있는데 나는 알면 안 되는 이유."

눈으론 사랑한다고 절절하게 외치면서 몸은 그를 밀어내려 하는 이유.

"스케줄 조정 좀 해놔. 내일부터 무조건 6시 칼퇴근으로."

인호가 급하게 사인을 받은 결재안을 가지고 사라지자 도준은 다시 좁은 방 안으로 들어왔다. 제아의 곁에 비스듬히 몸을 세우고 누워 손을 뻗었다. 잠자는 숲속의 공주처럼 부서질 듯 여린 얼굴부터 서서히 쓰다듬었다. 너무도 소중한 듯 어루만지는 그 손길에 제아는 서서히 정신을 차렸다. 그러다가 흠칫, 몸을 굳혔다. 어루만짐 당하는 곳이 배라는 걸 알고 나서.

조심히 눈꺼풀을 들어 올리자 창문에서 새어 나오는 달빛에 물든 도준이 보였다. 깨어 있는 걸 알면 직시해야 하는 현실에 제아는 숨을 죽였다. 달달 떨리는 눈꺼풀을 눈치챈 걸까, 흐트러진 호흡을 눈치챈 걸까.

"더 자지 왜 깼어."

허스키한 도준의 저음은 부드러운 손길처럼 따사로웠다. 눈물이 날 만큼. 보지 않을 땐 견딜 만했다. 아니, 그렇게 착각하고 있었다. 그런데 이렇게 같은 공간에서 같은 공기를 들이마시며 눈을 마주하고 있으니 미칠 것 같았다. 보는 것만으로도 이렇게 심장이 쿵쾅거리고 가슴이 요동치는데 이 남잘 내가 오빠로 볼 수 있을까. 다른 여자에게 보낼 수 있을까. 하지만 결국은 헤어질 수밖에 없는 관계이다. 시간이 약이니 처음엔 버티던 도준도 결국은 잊고 다른 여자와 결혼하겠지. 그가 다른 여자에게 듣기 좋은 음성으로 속삭이고 그윽하게 바라봐 주고 따스하게 안아준다면…….

생각만으로도 무더운 여름날처럼 불쾌지수가 급속도로 상승했다. 얽혔던 시선을 내려 제아의 배를 다시 조심히 어루만지던 도준이 작게 중얼거렸다.

"신기해. 어떻게 여기에 우리 아기가 있을 수 있지?"

언제 편한 옷으로 갈아입고 샤워까지 한 걸까. 그에게서 풍겨지는 짙은 향에 섞인 익숙한 향은 바로 그녀의 욕실에 있는 보디 샴푸의 향이었다. 그윽한 향도 향이었지만 길쭉한 손가락의 감각적인 움직임이 서서히 몸에 열기를 피어오르게 했다.

"내가 아기 아빠라는 것도."

나른하게 휘어진 도준의 눈매가 그윽하게 제아를 응시했다. 어느새 배를 떠난 그의 손가락이 봄바람처럼 부드럽게 얼굴을 어루만졌다. 굳은살이 배인 엄지에 도톰한 아랫입술이 꾹 눌린 채 쓸리자, 제아는 저도 모르게 몸을 가늘게 떨었다. 벌어진 입술 사이로 달뜬 호흡이 불규칙하게 흘러나왔다. 만지지 말라고 해야 하는데 차마 입이 떨어지지 않았다.

달빛에 은은하게 밝혀진 좁은 방 안이 꽤 운치 있게 느껴질 정도였다. 도준이라는 남자가 있음으로 인해서. 둘의 시선이 스파크가 튀듯 부딪치며 강렬하게 얽혀들었다. 격렬한 욕구에 사로잡힌 순간이었고, 서로가 그걸 열렬히 느끼고 있었다.

키스하고 싶다. 살을 맞대고 싶다. 온몸으로 서로를 마음껏 느끼며 억눌린 그리움을 토해내고 싶다.

"키스는 해도 되지 않나?"

조심스러운 도준의 물음에 본능적인 기대감이 피어올랐고 제아는 혀를 내밀어 아랫입술을 축였다. 앙증맞은 혀의 수줍은 움직임 한 번에 도준의 눈빛이 거칠게 돌변하는 게 어둠 속에서도 확연이 느껴졌다. 온몸에서 뜨거운 열기를 토해내는 도준 때문에 숨이 막힐 정도였다. 자석에 이끌리듯 도준이 서서히 고개를 숙여왔다. 다가올수록 짙어지는 향이 밀도 있게 둘 사이를 채우고, 입술 위로 쏟아지는 그의 뜨거운 숨에 정신이 아득해지는 것만 같았다.

"키스만, 키스만 할게."

거절하지 말라는 듯 애틋하게 탁한 음성을 흘린 도준의 입술이 꽃잎처럼 살짝 벌어진 입술을 집어삼키기 전, 한 줄기 남아 있던 제아의 이성이 예민하게 외쳤다. 이복 오빠야. 정신 차려. 맙소사. 어떻게 그걸 망각할 수 있지?

부드러운 가슴을 막 짓이기려던 단단한 가슴팍이 미약한 손짓에 의해 막혔다.

"……안 돼."

마지못해 고개를 든 도준이 길게 늘어진 눈매로 제아를 빤히 내려다보았다. 움직임은 멈추었지만 얼굴로 쏟아지는 그의 숨은 아직 열기를 품고 있었다. 그는 지금, 가까스로 참고 있는 것이다. 그런 도준을 멍하니 올려다보던 제아는 불현듯 깨달았다. 그와 함께 있는 한 절대 오빠로 보지 못할 거라는 걸.

무조건 그에게서 떠나야 한다는 걸. 하지만 아무리 숨어도 결국은 찾아내고 말겠지. 스스로 포기하게 만드는 수밖에 없다. 혼자 짊어지려고 했던 그 추악한 짐을 같이 짊어져야 하는 것이다. 그렇게 해서라도 이 미친 짓은 멈추어야 하니까.

"박재경."

제아의 입술에서 흘러나온 의외의 이름에 도준의 눈빛이 굳어갔다. 대체, 무슨 말을 하려는 거지? 캐묻는 것도 같았다.

"오빠 아빠이자……."

그녀를 내려다보는 눈빛이 형형했다. 자신의 얼굴을 보는 사람을 돌로 만들어버리는 메두사의 눈빛처럼. 그 눈빛에 안면과 입술 근육이 굳어가는 것 같은 착각이 들 정도였다. 그럼에도 제아는 힘겹게 입술을 달싹여 진실을 토해냈다.

"내 아빠이기도 해."

입술 사이로 흘러나오던 그의 숨이 멈추었다. 극도의 긴장감으로 둘 사이의 공기가 팽팽하게 당겨졌다.

"이젠 오빠가 내 눈 보고 대답해봐."

일그러지는 아름다운 눈매를 피하지 않고 올려다보며 제아는 손을 뻗었다. 어둠마저 베일 듯 날카로운 턱 선을 어루만지던 가는 손가락이 입술에 닿았다.

"그래도 나한테……."

그가 했던 걸 돌려주는 것처럼, 손끝으로 감각적인 입술 선을 더듬자, 도준의 입술에서 멈추었던 숨이 한 번에 토해져 나왔다.

"키스하고 싶어?"

그토록 숨기고자 했던, 판도라의 상자가 열린 순간이었다. 팽팽하게 당겨지던 긴장감이 순식간에 무너져 내렸다. 사라락, 이불과 옷이 스치는 소리에 말이다. 몸을 일으킨 도준은 좁은 창문 앞에 서서 움직이지 않았다. 머리 좋은 그라도 어쩔 수 없겠지. 그도…… 신이 아니니까.

"너에게 그 말을 한 사람, 보나마나 내 어머니겠지."

돌아서지 않은 채 방 안을 울리는 그의 말투엔 짜증이 다분히 배어 있었다. 제아가 예상했던 말이 아니었다.

"헤어지게 하려고 무슨 말을 못 할까."

설마, 믿지 않는 거야? 제아는 확인하지도 않고 갈대처럼 흔들려버린 어린아이가 된 것 같은 착각이 들었다.

"엄마한테도 확인했어."

'그러니 받아들여, 제발. 내가 못하는 거 오빠가 해줘야 해. 나와 달리 오빤 냉정하잖아. 이성적이고 객관적이잖아. 오빠가 날 밀어내줘.'

제아의 머릿속에서 뱉어내지 못한 말들이 끊임없이 맴돌았다. 이윽고 돌아선 도준이 방 안에 불을 밝히고 제아의 앞에 마주앉았다. 서늘한 눈매와 깊게 가라앉은 동공은 이 상황에도 흔들림 없이 고요하기만 했다.

"……어머니가 정확히 그렇게 말씀하셨어? 너와 내 아빠가 같다고?"

정확히? 제아는 당혹스러움에 눈을 또르르 굴렸다. 가만히 생각해보니 정확히는 아니었다. 그저 과거가 뭐가 중요하냐고 했을 뿐이다. 하지만 그때는 감정이 너무 복받쳐 오른 상태라 그걸 판단할 만한 이성이 남아 있지 않았다. 제아는 살짝 얼굴을 붉히며 눈을 내리깔았다.

"정확히 그렇게 말씀하신 건 아니지만, 비슷……."

웅얼거리던 말이 목구멍 안으로 급하게 다시 삼켜졌다.

예고도 없이 얼굴 가까이 훅 치고 들어온 도준의 눈동자는 데일 듯이 뜨거웠고 또 집요했다.

"문제아, 네 눈앞에 있는 난 누구지?"

"……?"

"오빠, 아니면 남자."

"……!"

"전자야, 후자야."

의미심장한 질문이 송곳처럼 제아의 뇌를 꿰뚫었다.

"먼저 대답해주자면, 내 앞에 있는 건 여동생이 아니라, 여자야."

아찔한 얼굴처럼 치명적인 고백이 줄줄 연타로 흘러나왔다.

"우리가 플라토닉한 사랑만 한 건 아니잖아. 몸까지 줬어. 그것도 아주 격렬하게."

노골적인 표현에 제아의 입이 작게 벌어졌다. 미, 미쳤어! 제아는 상체를 뒤로 빼봤지만 그의 손에 턱이 잡혀 다시 끌려갔다.

"눈 보고 대답하라고 했지? 잘 들어."

짙어진 눈빛이 보이지 않는 손이 되어 적나라하게 제아의 입술을 더듬고 쓸어내렸다.

"난 지금도 너랑 키스하고 싶고 잠도 자고 싶어."

그 말을 증명이라도 하려는 듯 도준이 덮치듯이 몸을 숙였다.

"도덕이나 윤리 따위 다 버려버리고 싶을 만큼."

바닥에 몸이 눕혀지면서 등 뒤로 이불의 촉감이 느껴진다. 다리 사이로 파고든 단단한 허벅지의 촉감이 아찔해서 그녀는 눈을 감아버렸다. 더러운 욕망을 느껴버린 눈동자를 도준에게 들키고 싶지 않아서.

"너도 날 원하잖아. 아니야?"

귓가에 바짝 붙은 도준의 입술은 결론을 내렸다.

"그런데 어떻게 너와 내가 남매야."

그따위 말은 믿지 않는다고.

탐하고 싶은 입술이 바로 눈앞에 있었지만, 도준은 기울였던 상체를 곧게 세웠다. 질끈 눈을 감은 채 양팔로 배를 감싸쥔 제아의 여린 몸이 가늘게 떨고 있는 게 보였다. 그에게도 꽤 충격적인 한 방이었다. 그러니 제아가 그 말을 들었을 때 오죽 놀랐을까. 엄청난 죄책감에 사로잡혀 자책하고 또 자책했겠지.

그날의 상황이 파노라마처럼 도준의 머리를 스쳐 지나갔다. 지금처럼 연희가 미운 적이 없었다. 어떻게 감히 그따위 말을. 그럼에도 냉철한 뇌로 차분하게 상황을 따져보았다.

제아가 했던 말의 신빙성에 대해서, 그 말이 거짓일 가능성까지, 모든 걸 유추했다.

피가 반쪽밖에 흐르지 않는다고 해도 엄연히 남매는 남매이다. 그런데 서로가 닮은 구석이 없다. 하얀 피부를 제외하곤. 외모도 성격도 판이하게 다르다. 얇은 윗입술과 달리 유난히 도톰한 아랫입술, 천연 빛을 띤 옅은 머리칼, 마늘처럼 동그스름한 코 끝까지. 그건 윤식의 유전자였다.

결론은 났다.

둘은 절대 남매일 수가 없다는 것.

"이제 내가 알아서 할 테니, 넌 아무 생각도 하지 마."

그를 올려다보는 제아의 한껏 커다래진 눈동자는 티 없이 맑고 깨끗했다. 자신에 의해 더럽혀지고 타락하게 되었는데도 불구하고.

"아기한테 해로워."

"어떻게 아무 생각을 안 해. 오빠가 내 눈앞에 있는데."

"……."

"오빠 말이 맞아. 그 사실을 아는데도 난 여전히 오빨 남자로 보고 있어. 그래서 너무 힘들어. 근데 오빠랑 떨어져 있는 것도 힘들더라구."

옅게 한숨을 내쉬는 제아는 지칠 대로 지친 표정이었다. 제대로 확인도 해보지 않고 믿어버린 게 3개월이 넘었으니 그동안 오죽 마음고생을 했을까.

"그래도 받아들일 건 받아들여야 해. 우리 이러지 말자, 오빠. 오빠도 힘들겠지만?"

도준답지 않게 제아의 말을 가로챘다.

"같이 있어도 힘들고 떨어져 있어도 힘들고. 그게 너와 나 사이인가?"

도준이 반문하자 제아의 눈이 동그래졌다.

"그럼 차라리 같이 있는 걸 선택하는 게 낫지 않나."

차갑게 식어가던 제아의 심장 박동이 격하게 치솟았다.

"왜 급하게 서두르지? 이별에도 시간이 필요한 법이야. 확인도 안 해보고 왜 단정 지어. 너랑 내가 이복 남매라고 치자. 그럼 오빠로 곁에 있으면 되잖아. 손끝 하나 대지 않고."

"……."

"오빠로서 동생 곁에 있는 것도 문제가 되나?"

귀가 멍멍하고 머릿속이 멍해졌다. 도준의 말은 딱히 틀리지 않았다. 그래서 말문이 막혀버렸다.

"그래도 내가 떠나길 원해? 그럼 네가 먼저 날 잊어. 내 존재에 보란 듯이 무신경해져. 그럼 기꺼이 떠나줄 테니까."

눈시울이 뜨거워진 제아는 고개를 떨어뜨렸다. 그런 제아를 품에 끌어안자, 머뭇거리던 제아의 손이 마침내 도준의 허리를 조심스럽게 휘감았다.

"우리 유전자 검사 먼저 하자. 나머진 그 후에, 천천히 생각하는 거야."

Episode 32

무슨 청혼을 이렇게 해?

제아가 다시 눈을 떴을 땐 아침이었다. 좁은 이불 안에서 반듯하게 누운 채 도준과 잠이 들었다. 정말 순수하게 손만 잡고 잠이 든 것이다. 서로의 숨소리에 귀를 기울이면서.

이런 일이 가능할 줄은 정말 몰랐다. 만나기만 하면 성냥에 불이 붙듯 타올랐었는데.

졸린 눈을 돌리니 욕실에서 막 나온 도준이 상체를 헐벗은 채 무심한 표정으로 젖은 머리를 털고 있었다. 유려하게 빠지는 등 라인과 매끈한 상체 근육에 반응한 심장이 미친 듯이 내달린다. 잊으라는 건지, 말라는 건지.

떨어지지 않는 시선을 돌리며 제아가 말했다.

"아침 먹고 출근해, 오빠."

핼쑥한 얼굴이 못내 걸려 아침을 차려준 건데 정작 도준은 반찬은 손도 대지 않고 국과 밥만 떠먹고 있었다. 몇 번이나 그의 밥 위로 반찬을 올려주고 싶었지만 그녀는 젓가락에 꾹 힘을 주고 버텼다. 아침 식사를 마친 두 사람은 어깨를 나란히 하고 나왔다. 돌계단 앞에 다다르자 도준이 손을 내밀었다.

"넘어지면 큰일 나잖아."

3개월을 탈 없이 오르내렸던 계단이다. 그럼에도 제아는 모른 척 그의 손을 잡았다. 수없이 잡았던 손인데 왜 이렇게 떨리는 건지. 지금이 가장 떨리는 것 같았다. 기억처럼 그의 손은 여전히 따스했고 크고 단단했다. 아늑하게 품어주던 품처럼.

"식당에서 일하는 거 이번 주까지야."

차에 오르자마자 도준이 다시 한 번 확답을 받는다. 사실 당장 그만두라고 성화였지만 그동안 잘해준 영자를 떠올리면 그럴 수가 없었다. 고개를 끄덕이며 창밖을 내다보자 너무 느리게 스쳐 지나가는 익숙한 풍경들.

"……오빠."

"어."

"속도 좀 내."

이러면 걸어가느니만 못하다. 방지 턱이라도 있으면 차가 아예 정차하는 느낌이었다. 산부인과에 갈 때 느려 터지게 운전한다고 지연에게 구박을 받던 지로도 이 정도까진 아니었다.

도준에 비하면 지로는 과속 수준이었다.

"차가 너무 덜컹거려서 아기 놀라. 위험해서 안 돼."

이렇게 승차감 좋은 차가 어디가 덜컹거려. 위험하긴 또 뭐가 위험하고. 제아는 잠시 기가 막힌 눈빛으로 도준을 바라보았다.

"이 정도도 태아한테 충격이 가서 위험하면 이 세상에 태어날 아기들 없거든?"

"……."

"아무리 그래도 그렇지, 10km로 달리는 건 아니잖아!"

그렇게 말해도 이 비싼 차는 속도가 붙지 않았다.

"나랑 아기, 스트레스로 말라 죽기 전에 빨리 속도 내."

이를 앙다물고 살벌하게 흘리자, 그제야 마지못한 듯 차에 가속이 붙었다. 도준은 핸들을 꼭 움켜쥐고 운전에 초집중하고 있었다. 타고난 스피드광이 혹시라도 액셀러레이터를 세게 밟을까 봐 신경을 잔뜩 곤두세우고 있는 것이다. 그런 도준의 옆모습을 응시하던 제아는 그만 웃어버렸다.

제아 딴에는 이별을 준비한다는 마음으로 그를 곁에 둔 거지만 잊기는커녕 더 빠져드는 기분이었다. 식당 근처에 도착하자 둘은 차에서 내려 서로를 마주 보았다. 정말 오랜만에 어색한 침묵이 흘렀다.

"퇴근해서 도착하면 7시 정도 될 거야."

도준이 먼저 말을 꺼냈고 제아는 말없이 고개를 끄덕였다. 그의 시선이 집요하게 입술에 달라붙는 게 느껴졌지만 그녀는 애써 모른 척했다.

결국 화끈 달아오른 얼굴로 서로가 눈을 피했다. 처음 연애하는 것처럼 어색하기만 하고 심장은 자꾸만 두근거린다. 제아는 그저 애꿎은 심장만 타박했다. 심장아, 제발 나대지 좀 마.

"다녀올게."

"응."

"조심해야 해. 뭐든지."

"걱정 좀 그만해."

그제야 도준이 차에 올랐다. 제아는 성격 급하게 출발하는 도준의 차를 그 자리에 서서 바라보았다. 차가 보이지 않는데도 움직일 수가 없었다. 어젯밤의 일들이, 방금 전까지 눈앞에 있었던 도준이 꿈만 같아서.

한 치의 틀어짐도 없이 모든 게 연희의 뜻대로 돌아가고 있었다. 도준도 한태영도 아닌 최종 승자는 바로 그녀 자신이었다. 오토바이 사고 당시 중환자실에 입원할 정도로 도준의 상태가 심각한 건 아니었다. 하지만 일부러 도준을 중환자실에 옮겼고 제아가 보게끔 만들었다.

―너 때문에 내 아들이 이렇게 된 거야.

죄책감에 엄청난 자책감까지 느끼게 했다. 약속대로 제아는 부모에게조차 거처를 알리지 않고 잠적했고 도준은 배신감에 젖어 찾지 않는다. 그렇겠지. 버림 받는 아픔이란 건, 어떤 것과도 바꿀 수 없을 만큼 고통스러우니까. 도준은 지금 모든 걸 포기한 듯 미친 듯이 일에만 몰두하고 있었다. 병원과 입을 맞추어서 아들의 몸 상태를 좋지 않게 부풀리고 다리 치료를 늦추게 한 건 순수하게 그녀의 생각이었다. 그래야만 지독한 몸의 상태에 힘들어하며 그 여자 딸에 대한 원망과 분노가 더욱더 커져만 갈 테니까.

한태영도 구속이 되었고 한강훈은 이제 뒷배 없는 나약한 종이배일 뿐이다. 입김 한 번만으로도 날려버릴 수 있는 존재감. 태영의 구속에 제일 그룹이 통째로 흔들리자 한 회장은 분노했지만 그 여자의 딸과 헤어졌다는 소식에 흔쾌하게 도준을 후계자로 지목했다. 명석한 손자가 흔들린 제일 그룹을 다시 원래의 궤도로 올려놓을 거라 믿어 의심치 않으면서. 그리고 도준은 워커홀릭이 되어 한 회장을 만족시키고 있었다.

―민화연과 결혼시켜서 손주만 좀 보게 해봐라. 그러면 남은 내 주식까지 몽땅 연희 네게 물려줄 터이니.

이제 남은 건 중용의 손녀딸인 민화연과 도준을 약혼시키는 일뿐이었다. 하지만 그게 쉽진 않았다. 몇 번이나 자리를 마련하려 시도했지만 도준은 단 한 번도 응하지 않았다. 일 핑계를 대고 정말 미친 듯이 일만 하니, 트집을 잡고 싶어도 잡을 수가 없었다.

―민화연과 결혼해서 아이를 가지면 내가 가진 주식의 반, 네 앞으로 돌려주마.

그리고 오늘 마침내 도준이 식사 자리에 응한 것이다. 화연이 함께한다고는 안 했지만 어련히 눈치챘을 거라 믿는다. 재력과 권력 앞에 장사는 없다. 특히 남자들이란 족속들은. 태영도 그랬고, 그 남자 재경도 그랬으니.

연희가 조선 호텔로 들어서자 얼굴에 따가운 시선이 느껴졌다. 고개를 돌리니 조선 호텔 외동딸인 레이나가 그녀를 바라보고 있었다. 원망 가득하고 상처받은 눈빛으로.

'조선 호텔은 어림도 없지.'

어차피 재력은 연희 자신도 넘치도록 가지고 있다. 지금 필요한 건 기업의 미래를 뒷받침해줄 정치 세력뿐.

라운지 레스토랑 안의 프라이빗 룸엔 화연이 먼저 도착해 있었다. 연희가 들어서자 벌써 며느리가 된 듯 화연이 살갑게 그녀를 맞이했다.

"어머니, 오셨어요?"

화연이 빼주는 의자에 앉은 연희가 입을 열었다.

"화연 양, 내 말 잘 들어요. 내 아들이긴 하지만 도준이 고집이 보통이 아니에요. 오늘 식사 자리에 응하긴 했지만 예의에 어긋날 행동을 할 수도 있다는 뜻이죠. 하지만 그 정도는 이해해줬음 해요. 어차피 결혼하면 남잔 여자에게 잡히기 마련이니까."

"저 그렇게 속 좁은 여자 아니에요, 어머니. 사랑받고 마음을 얻어내는 것도 다 여자 하기 나름 아니겠어요?"

"그래요. 그나저나 의원님께 보낸 선물은 마음에 들어 하시고?"

화연이 서글서글하게 웃는다. 한태영의 비리에 그녀의 할아버지인 중용도 관련이 깊은지라 언론에서 완전히 피해갈 순 없었다. 들쑤심을 당하긴 했지만 대한민국 최고의 실세이기에 결국은 교묘하게 빠져나갔다. 그 비리 건을 터뜨린 게 도준임을 알기에 중용이 불같이 화를 내기는 했지만 한편으로는 혀를 내두르며 감탄했다.

─그 녀석 보통 놈이 아닌 건 내가 알아봤어. 진즉에.

그럼에도 중용이 화를 풀지 않은 척 연희에게 말을 전달한 건 순수하게 그녀에게 예쁨을 받기 위한 화연의 계획이었다.

"네, 마음에 들어 하세요. 아직 화가 조금 덜 풀리긴 하셨지만, 제가 마음에 든다는데 할아버지라고 별수 있겠어요? 할아버지가 후원만 하면 제일 그룹, 금방 일어날 수 있을 거예요."

그때 노크 소리와 함께 문이 열리고 도준이 나타났다. 핼쑥해진 모습조차 멋있는 남자. 샤프하게 날이 선 분위기가 지독히도 섹시했다. 오랜만에 보는 도준의 모습에 화연의 심장이 미친 듯이 폭주했다. 드디어 저 남자가 내 남자가 되는구나. 그녀는 꿈에 젖어들었다.

"불청객이 있는 줄은 몰랐습니다."

힐끗 화연을 쳐다본 도준이 그녀의 옆자리에 털썩 앉았다.

"우연히 시간이 맞아서 내가 화연 양을 불렀다."

수줍게 내린 시선 끝에, 슈트에 감싸인 도준의 단단한 허벅지가 눈에 들어왔다. 맙소사, 펜 만지느라 손만 움직이는 건 아닌가보다. 어쩜 이렇게 몸 관리도 철저하게 했을까.

"제가 결혼해야 할 때가 된 것 같긴 하네요."

가만히 고개를 들어 저를 빤히 바라보고 있는 도준과 눈을 마주친 화연은 속으로 감탄을 했다. 이제 드디어 포기하고 마음을 연 걸까. 하긴 누가 박중용의 후원을 마다할까.

"그래도 약혼 먼저 해야지."

도준의 의외의 대답에 연희가 드물게 부드러운 미소를 희미하게 머금었다.

"좀 급해서요."

싫다고 피해 다니더니 이렇게 득달같이 서두르는 도준의 모습에 연희는 내심 속으로 당황하는 중이었다. 이 녀석 또 무슨 꿍꿍이일까. 보통 머리가 아니라는 걸 아는 만큼 쉽사리 넘길 수 없는 반응이었다.

"꼬박 석 달 걸렸어요."

그리고 불길한 예감은 어김없이 맞아떨어졌다.

"제아 찾아내는 데 말입니다."

느닷없이 언급된 불쾌한 이름에 연희가 소리를 내질렀다.

"한도준!"

너무 완벽하게 자취를 감춘 탓에 혹시라도 연희가 제아를 숨긴 게 아닐까 걱정했었다. 그래서 몸을 잔뜩 사렸고. 하지만 결국 제아를 찾아냈고 이젠 제 손 안에 있다. 지금 식당에서 일을 하고 있을 제아는 절대 모를 것이다. 자신에게 붙여놓은 고용인이 열 명도 넘는다는 걸. 다신 숨지 못하도록, 누군가 건들지도 채가지도 못하도록 말이다. 한 부회장은 감방에 있고 계약은 완벽하게 이행되었다. 이젠 무서울 게 없었다. 홀홀 털고 떠날 때가 온 것이다.

"이 자리에 응한 건 계약 종료를 알리기 위해서입니다."

화연을 투명인간 취급하며 도준이 테이블 위로 서류를 올려놓았다. 대충 봐도 10년 전 연희 자신이 아들에게 내밀었던 그 계약서였다.

"아직도 포기 못 한 거니? 그 애가 뭐라고. 그 앤 네 이복 동생이야! 어디서 더러운 짓을 하려고 감히 결혼을 입에 담아?"

도준의 싸늘한 시선이 다시 화연에게로 향했다.

"제삼자는 낄 자리가 아닌 것 같으니, 그쪽은 이제 좀 꺼져주지 그래."

영문을 모른 채 살벌한 모자 사이에 끼어 있던 화연이 급히 사라진 후에야 도준이 삐딱하게 입매를 곤두세웠다.

"제아가 제 동생이라구요?"

연희의 눈매에 힘이 바짝 들어갔지만 도준은 여유롭게 웃었다.

"뭐, 그럴지도. 또는 아닐지도."

"……너, 너 웃음이 나오니!"

"그런데 어머니가 신경 쓸 일은 아니지 않습니까."

"뭐라고?"

"재기 불가능하도록 한태영 부자를 완벽하게 끌어내렸습니다. 후계자인 제가 물러나도 이제 한 회장님은 그들 부자를 불러들일 수가 없을 정도로 말입니다. 이제 모든 게 어머니에게 넘어올 수밖에 없고 전 계약서대로 완벽하게 이행했습니다."

말을 끝냄과 동시에 보란 듯이 계약서를 갈기갈기 찢어서 허공에 날렸다. 그를 옭아매던 족쇄가 산산조각 나서 룸 내부에 제멋대로 뿌려졌다.

"그러니 이제 그만 저를 놔주시죠."

바닥에 뿌려진 종잇조각들을 따라 연희의 시선도 곤두박질 쳤다. 상처받은 그 여자와 그 딸을 떠올리며, 이제 완전히 제 편이 되어버린 아들을 떠올리며. 요즘 부쩍 낯선 생각을 종종 했었다. 이제 그만 멈춰도 되지 않을까. 복수심에 가녀린 몸을 불태우는 것도 심신이 너덜너덜해진다. 지칠 대로 지쳐 놓을 까 고민하던 순간 도준이 다시 복수심에 불을 당겼다. 아들은 그 여자의 딸을 포기하지 않은 것이다. 오로지 제게서 벗어날 날을 기다리며 기회를 노리고 있었던 것이다. 시니컬한 웃음 이 흘러나올 것 같았다.

"제일가에서 벗어나면 관심에서 벗어나긴 하겠지. 그 후에 그 아이와 결혼이라도 하겠다는 거니? 최윤영이 허락했어? 자신이 한 짓을 딸에게도 시키겠다고 해? 그 정도로 양심도 없 다던? 윤리 도덕이란 게 뭔지도 모르겠다고 그래?"

그녀의 말에도 그 남자 재경을 쏙 빼닮은 아들의 섬세하고 나른한 눈매는 조금의 동요조차 없었다.

"제아 부모님은 아직 모릅니다."

얼굴을 마주한 적은 몇 번 없지만 제 아들의 성격은 잘 알고 있었다. 한다면 하는 녀석이란 걸. 그래서인지 테이블 밑으로 그러쥔 그녀의 새하얀 손끝이 달달 떨렸다.

"어머니께 제일 먼저 말씀드리고 싶었어요. 그래야 도리 같아서."

날 버리고 그 여자 딸에게 가겠다면서 도리를 운운해? 하지만 이어지는 다음 말은 더욱더 그녀를 숨도 못 쉬게 옥죄었다.

"유전자 검사 의뢰했어요."

"……뭐?"

연희는 하도 기가 막혀서 말조차 제대로 나오지 않았다. 자신이 그딴 거짓말로 그 여자 딸을 몰아세운 거라 생각하다니.

"날 최악으로 몰아붙이는구나. 그래, 멋대로 생각하렴. 그런다고 진실이 변하는 건 아니니. 가거라. 꼴도 보기 싫으니."

감히 뭘 바랐던 걸까. 끝까지 일말의 모정도 보이지 않는 연희를 덤덤히 바라보며 도준은 마지막 인사를 건넸다.

"건강하세요, 어머니."

고집스럽게 고개를 돌려버린 연희는 다시 도준을 바라보지 않았다.

"……약 잘 챙겨드시구요."

작은 체구에 가녀린 연희를 보고 있으려니 도준의 가슴 한쪽이 알 수 없는 감정으로 인해 묵직하게 내려앉았다. 이런 게 바로 핏줄이라는 건가. 매몰차게 낯선 그 감정을 끊어내고 자리에서 일어나 몸을 트는 순간…….

"네 아빠처럼!"

격앙된 연희의 음성이 그를 멈추게 만들었다.

"너도 날 버리고 가겠다는 거니? 그것도 그 여자 딸 때문에?"

도준은 천천히 연희를 향해 돌아섰다.

"말은 바로 하셔야죠. 버린 건 제가 아니라 어머니잖습니까."

"그래서 복수하는 거니? 나도 당해보라고?"

"어머니."

"그래, 이제 속이 시원하니? 내가 네 녀석 없다고 못 버틸 줄 알아? 그 남자한테 버림받고 나서도 판자촌에서 몇 년을 버텼어! 알아? 그게 나 한연희라구! 네까짓 게 뭐라고 감히 날 버려? 버려도 내가 버려 알았어? 버려도…… 흑."

급기야 그녀의 작고 가는 손이 얼굴을 가리고 그 손가락 사이로 눈물이 넘쳐흘렀다. 처음 보는 어머니의 눈물에 가슴 깊숙이 품은 채 절대 하지 않던 말을 급기야 해버리고 말았다.

"제가 공증도 받지 않은 이 종이 한 장에 얽매여서 지금까지 제일가에 남아 있었다고 생각하세요?"

연희는 대답이 없었다. 그저 얼굴을 가린 채 흐느끼기만 할 뿐. 들썩이는 어깨가 앙상하고 좁아서 저 어깨로 지난 수십 년을 대체 어떻게 버텼는지 안타까울 정도였다.

"제가 곁에 있는 걸 더 힘들어하셨잖아요. 계약을 이행했고 그래서 이제 사라져주겠다는데 왜 우세요."

감정 표현에 어색한 만큼 말을 잇는 도준의 음성은 딱딱하게 굳어 있었다. 돌 같은 음성에 최대한 제 마음을 담아보지만.

"절 버리셨어도 낳아준 은혜는 갚고 싶었습니다. 그래서 계약서 내용 지킨 겁니다. 유일하게 제가 어머니께 해드릴 수 있는 게 그것뿐이라서요."

돌아온 건 뒤에 있는 벽에 부딪혀 산산조각이 난 유리잔이었다.

"다시 돌아올 일은 없을 겁니다. 건강하세요."

일주일이란 시간이 흐르고 드디어 유전자 검사 결과가 나왔다. 그 결과가 든 봉투를 가지고 도준이 향한 곳은 바로 제아의 부모님이 사는 곳이었다. 윤영에게 직접 듣고 싶었다. 왜 연희와 제아에게 그런 거짓을 흘렸는지. 어찌 되었든 유전자 검사 결과는 제 손에 쥐어져 있고 복잡하게 엉켜 있는 실타래는 드디어 풀어야 할 때가 되었다.

빈집 앞에서 30여 분 정도 기다렸을까. 윤식의 휠체어를 밀고 오는 윤영이 보였다. 그렇게나 나타나지 말라고 했건만, 또 나타난 도준을 보며 윤영은 넌더리 난다는 표정을 지었다.

"이젠 뭐라고 하는 것도 지치는구나."

스윽 지나치려는 순간 도준이 덤덤히 말을 했다.

"제아를 찾았습니다."

"……들어와라."

착하지만 우유부단한 윤식은 윤영이 안방으로 쫓아버렸다. 그렇게 몇 개월만에 윤영은 도준과 마주앉았다. 도준은 거두절미하고 가장 중요한 본론을 먼저 꺼냈다.

"제아가 제 아기를 가졌습니다."

그 말뜻을 이해하려는 듯 몇 번 깜빡이던 윤영의 새까만 동공이 커지는 만큼 길게 늘어진 눈꼬리도 같이 상승했다.

짝―.

도준의 한쪽 뺨에서 불이 났다.

짝―.

다른 쪽 뺨에서도 불이 났다.

"너 때문이었어! 너 때문에 제아가 떠난 거였어!"

윤영이 실성한 듯 도준에게 달려들었다. 하지만 그는 피하지 않고 묵묵히 몸으로 윤영의 분노를 고스란히 받아냈다. 이렇게라도 윤영이 화가 풀린다면 얼마든지 맞아줄 생각이었다. 어찌 되었든 결혼식도 올리기 전에 혼전 임신을 시킨 건 잘못된 거니까.

급기야 때리다 지쳤는지 윤영이 스르륵 주저앉았다. 눈물은 흘리지 않았지만 그녀의 눈가가 붉게 달아올라 있었다.

"아기 핑계로 어쩔 생각은 하지 마. 난 죽어도 널 받아들일 생각 없으니. 아기는 우리가 잘 키울 테니 제아가 어디 있는지만 말해주……."

잠자코 있던 도준이 갑자기 고개를 들고 그녀의 말을 가로챘다. 흘러나오는 음성이 겨울 한파처럼 냉랭했다.

"그렇게까지 끔찍하게 절 반대하시는 이유가, 저와 제아가 이복 남매여서 그렇습니까?"

새하얗게 질린 윤영을 응시하며 도준은 흔들림 없이 다시 물었다.

"질문을 바꾸겠습니다. 제 어머니에게 했던 거짓말을 왜 제아에게도 하신 겁니까?"

"······!"

"그 정도로 제가 싫으세요? 그렇게 싫으시면서 10년 동안 절 어떻게 키우신 건데요."

상처받았음을 가감 없이 드러낸 도준의 짙은 눈빛에 원망이 어려 있었다. 단 한 번도 제게 이런 눈빛을 드러낸 적이 없었기에 윤영은 당혹스러웠다. 질끈 아랫입술을 깨물어보지만 생소한 도준의 눈빛이 그녀의 양심에 줄을 죽죽 그었다.

한때는 정말 제 아들이라고 믿고 싶었던, 잘나도 너무 잘난 아이. 하지만 윤영은 모질게 외면해버렸다. 지금의 도준은 더 이상 옛날의 그 아이가 아니니까. 돈에 눈이 멀어 결국 제 딸을 버릴 파렴치한 나쁜 놈일 뿐이다. 제 아빠가 한 것처럼.

가까스로 떨림을 가라앉힌 윤영이 차분하게 눈을 들자 도준이 그녀 앞으로 서류 봉투를 내밀었다.

"유전자 검사 의뢰 결과가 오늘 나왔습니다."

"······너, 너!"

"아직 열어보지 않았고 제아에게 알리지도 않았어요. 어머니께 직접 듣고 싶습니다."

"너 지금 그걸로 날 협박하는 거니? 어림도 없어!"

그때 안방 문이 열리면서 윤식이 휠체어를 밀고 나왔다.

"윤영아, 제발 그만하자. 아기까지 가졌다잖아."

"여보!"

"자식 이기는 부모 없어. 제아가 그래서 떠난 거 몰라? 이제 제발 그만하자. 도대체 어디까지 가려고 하는 거야?"

하지만 윤영의 눈은 더 독하게 핏발이 섰다. 그 눈빛이 서슬 퍼렇게 도준에게로 향했다.

"왜 널 그렇게까지 반대하냐고 물었니? 그렇게 궁금하면 대답해주마. 피는 못 속이는 법이거든. 제일 그룹 황태자께서 그 자리를 버리고 내 딸을 선택할까? 넌 절대 그러지 못해. 버릴 거면 진즉 버렸어야지."

"……"

"지금 네 모습을 보거라. 머리끝부터 발끝까지 전부 비싼 명품이야. 오죽하겠니? 부자 엄마에게 가서 알아버린 돈맛인데. 너도 그래서 흔쾌히 떠난 거잖아. 그 돈으로 보란 듯이 지원받고 성공해서 후계자 자리도 차지한 거잖니."

"……"

"한 번 알아버린 돈 맛은 절대 못 잊어. 평범해질 수 없다는 뜻이야. 지금이야 모든 걸 포기할 수 있을 것 같지만 절대 아니다. 평범함에 질린 넌 제아를 버리고 다시 돌아가려 할 거야. 그 여자도 그걸 알고 널 내치려 하겠지. 그럼 결국 모든 걸 감당해야 할 사람이 누군지 아니? 우리 제아야!"

지금까지 잠자코 윤영의 말을 고스란히 감내하던 도준이 무겁게 입을 열었다.

　"이 집을 떠난 후로 지금까지. 전 제일 그룹의 돈을 쓴 적도 없고 받은 적도 없습니다."

　어느 누구에게도 말한 적 없던 지난 과거를 덤덤히 풀어놓았다.

　"이 집을 떠난 후 사고를 많이 쳤어요. 그래서 한 달도 되지 않아 미국으로 쫓겨났습니다. 비행기 티켓을 제외한 어떤 지원도 없이 홀로 미국 땅에 돈 한 푼 없이 던져졌습니다. 이 집에서 버림받았는데 제일가에서도 버림받았다는 생각을 떨쳐버릴 수가 없더군요. 그래서 더 방황했습니다. 그냥 죽어버릴까 하는 생각도 하루에 수십 번 했지만 그런 절 버티게 해준 건……."

　잠시 말을 멈춘 도준이 호흡을 골랐다. 항상 제 손을 놓지 않았던 그만의 작은 소녀를 떠올리며.

　"제아였습니다."

　유일하게 그를 존재하게 하고 숨 쉬게 해주는.

　"하루에 2시간 이상 자본 적 없습니다. 딱 죽기 직전까지 미친 듯이 일하고 미친 듯이 공부했어요. 오로지 제아만 생각하면서."

　몇 번이고 자살하고 싶은 충동을 억눌렀다. 양쪽 집안에서 버림받은 느낌은 그토록 처절했다.

　"하버드대에 합격하고 나니 그제야 지원해주겠다고 하더군요. 기다렸다는 듯이. 거지처럼 살고 있는 걸 뻔히 지켜보다가 말입니다."

"지금 그 말을 나보고 믿으라는 거니?"

그걸 증명이라도 하려는 듯 윤영의 눈이 도준의 몸에 닿았다. 머리끝부터 발끝까지 값비싼 브랜드로 휘감고 있는 그를 경멸한다는 눈빛으로. 일개 사장이 되었다고 해도 감히 감당할 수 없는 것들. 하다못해 차지하고 있는 사장직도 모두 제일가의 손자라는 후광 때문이니.

'어디서 감히 거짓말을 하려고 해.'

하지만 도준은 태연하게 말을 이었다.

"하버드대 합격하고 나니 한 회장님이 주시더군요. 제 아버지가 어머니와 헤어지는 조건으로 받은 10억 말입니다. 편법을 써서 세금 하나 떼지 않고 고스란히 말입니다."

윤영과 윤식의 눈이 동시에 커다래졌다. 재경이 받지 못하고 죽었던 그 돈이 도준에게 갔을 줄이야. 재경은 돈을 선택한 게 아니었다. 사랑하는 여자를 위해 모질게 버릴 수밖에 없었던 아들에게 마지막으로 아버지로서 뭔가를 해주고 싶었던 것이다. 제 목숨을 대가로 말이다.

"한 푼도 쓰지 않고 재테크를 했습니다. 어머니 아버지도 아시다시피 제가 머리 쓰는 건 타고났잖아요. 처음이 힘들지 돈이란 게 한 번 붙기 시작하면 돈이 돈을 벌어요. 지금 미국에 소유하고 있는 건물만 해도 몇 채고 주식도 꽤 가지고 있습니다. 한국에 오자마자 제일 그룹에 몸을 담그고 있었던 건 계약을 이행하기 위함이었습니다.”

도준은 연희에게 찢어서 날리기 전 미리 복사해두었던 계약서를 내밀었다. 머뭇거리던 손이 계약서를 받아 들었다.

“공증 받지 않은 계약서라 효력은 발생하지 않지만, 그래도 어머니이니 낳아주신 은혜는 갚아야 한다고 생각했습니다. 그래서 지금까지 버틴 겁니다. 계약서의 내용을 완벽하게 이행했고 이제 전 자유입니다. 제일 그룹엔 털끝만큼도 관심 없고 이곳에 오기 전 어머니를 만나서 말씀드렸습니다. 제일가에서 떠나겠다구요.”

윤영에게 도준의 말은 더 이상 들리지 않았다. 오로지 지독한 계약서의 내용이 머릿속에 꽉 들어찼다. 모든 엄마들이 작은 모정이라도 가지고 있을 거라는 착각을 혹독하게 깨주는. 1년에 1억이라는 매정한 계약서의 내용에 윤영의 머릿속은 지독히도 혼란스러웠다.

“어머니, 다시 한 번 묻겠습니다. 저와 제아가 정말 이복 남매입니까?”

숨 막히는 정적이 돈 후…….

“……아니다.”

마침내 진실을 토해낸 윤영이 갑자기 눈물을 쏟아내기 시작했다. 내가 이 착한 아이에게 무슨 짓을 한 걸까. 당황한 윤식이 도준에게 눈치를 준 후 얼른 윤영을 안방으로 데려갔다.

거실에 홀로 남은 도준은 미동도 없이 차분하게 기다렸다. 흐느끼는 소리와 조곤조곤 대화하는 소리가 안방 안에서 들려왔다.

얼마나 흘렀을까. 다시 안방 문이 열리면서 윤식과 윤영이 나왔다. 후회 어린 눈빛을 도준은 담담히 받아냈다.

"이준아, 내가…… 내가."

"한도준입니다."

억겁의 세월 같은 침묵이 흐른 후, 드디어 윤영이 입을 열었다.

"도준아."

처음이었다. 윤영이 이준이 아닌 도준이라고 부른 건…….

"뻔뻔한 거 알지만 지금이라도 늦지 않았다면……."

도준은 짐승처럼 직감했다. 그토록 버티던 윤영이 마음을 열었음을.

"아들 같은 사위가 되어줄 수 있겠니."

시계를 확인하니 밤 9시가 넘었다. 항상 칼퇴근을 하던 도준이 나타나지 않자 제아는 불안감에 휩싸였다. 하필이면 오늘이 유전자 검사 결과가 나오는 날이었으니까.

오빠로서 곁에 있어주겠다던 도준의 부재. 덜컥 겁이 났다. 아침에 본 도준이 마지막일 것 같아서……. 각오는 하고 있었지만 너무 갑작스러웠다.

급기야 제아는 카디건을 대충 걸치고 대문 밖을 나서서 조심조심 돌계단을 한 걸음씩 걸어 내려갔다. 마지막 계단에 자리를 잡고 앉아 좁은 골목길에 시선을 고정해봤지만 사람 그림자는 얼씬도 하지 않았다. 두려움이 밀물처럼 밀려들어 가슴에서 찰랑인다. 돌계단에 쭈그리고 앉아 있던 제아는 무릎에 얼굴을 묻은 채 끊임없이 속삭였다.

그를 한 번만 더 볼 수 있게 해주세요. 그가 제발 돌아오게 해주세요. 작별 인사라도 하게 해주세요. 그 순간 거짓말처럼 귓바퀴를 맴도는 나직한 음성이 들려왔다.

"왜 여기 앉아 있어. 위험하게."

번쩍 고개를 들자 가로등 불빛마저 밀어내는 도준의 새하얀 얼굴이 바로 눈앞에 있었다. 그런 그가 꿈만 같아 제아는 빠르게 눈을 깜빡였다. 눈을 깜빡일 때마다 걷잡을 수 없는 뜨거운 눈물이 치솟았다. 급기야 후드득, 투명한 이슬들이 주르륵 창백한 뺨을 가르고 흘러내렸다. 그 눈물에 당황한 건 다름 아닌 도준이었다.

"……왜 늦었어?"

서럽게 흘러내리는 눈물과 달리 쏘아붙이는 제아의 음성은 앙칼졌다.

"급하게 처리해야 할 일이 있었어. 만나야 할 사람도 좀 있었고."

"손가락 부러졌어? 그럼 연락을 해줘야 할 거 아니야! 메시지 한 통도 못 보내?"

도준을 기다렸다. 오늘부터 집에 있는 걸 아니 일부러라도 일찍 올 것만 같아서. 오늘 유전자 검사 결과가 나오는 만큼 사이좋게 손을 잡고 병원에 가서 아기도 보여주려고 했다. 그리고…… 마지막으로 예뻐 보이고 싶었다. 다시는 보지 못해도 그의 기억 속엔 동생이 아니라 예쁜 여자로 남고 싶어서. 그래서 예쁘게 화장까지 하고 기다렸는데!

"다시 한 번 말하지만 절대 기다린 거 아니야! 밥을 차려야 할지 말아야 할지! 열쇠는 하나뿐이니까 어딜 나가도 될지 말지! 그래서! 그래서!"

도준은 아무 말도 하지 않고 듣고 있었다.

"영영 안 올 거면 미리 말은 해줘! 그래야 작별 인사도 하고! 사람 이렇게 기다리게?"

"꼭 남편 바가지 긁는 와이프 같네."

"……뭐?"

짓궂게 웃으며 도준이 하는 말에 제아는 제 귀를 의심했다.

"근데 이 모습도 이렇게 예뻐 보이니 원. 이래서야 오빠 동생 할 수가 있나."

아찔하게 상체를 숙여 입술을 들이대는 도준 때문에 제아는 적잖이 당황했다.

"뭐, 뭐야. 왜 이래?"

"많이 기다렸어?"

그걸 몰라서 물어? 눈물 날 정도로 다정하게 물으니 눈물이 더욱더 후드득 소나기처럼 볼을 적셨다. 마지막 키스라도 하려고 그러나. 그래, 마지막 굿나잇 키스 정돈 해도 되잖아? 살그머니 눈을 감으려는데 갑자기 쿡, 웃음을 작게 터뜨리는 도준이 보였다. 순간 민망함에 제아의 얼굴이 확 달아올랐다.

"씨이, 지금 웃음이 나와?"

"안 기다린다고, 신경 쓰지 말고 볼일 보고 퇴근하라고 했던 게 너잖아. 일찍 오면 너 신경 쓰일까 봐 일부러 늦게 왔지."

"……."

"집에 같이 있으면 나랑 닿을까 봐 제아 너 신경 바짝 곤두서잖아."

서러움에 달달 떨리던 입술의 움직임이 뚝, 멈추었다. 오늘 그 말을 했던 게 정말 떠올라버려서. 그렇다고 그걸 또 정확히 기억하고 말하는 그가 너무 얄미웠다. 그러다 그의 손에 들린 하얀 봉투가 눈에 들어왔다. 심장이 철렁, 저 바닥의 언저리까지 추락해버렸다.

"……이제 그만할래."

"제아야."

"그렇게 다정하게 내 이름 부르는 것도 마지막이야. 같이 있어도 힘들고 떨어져 있어도 힘드니 같이 있기로 한 것도 다. 차라리 떨어져서 힘들어할래. 더 이상 이 짓 못 해. 읍!"

누구 맘대로. 더 이상 참지 못한 도준이 그동안의 욕망을 입술로 먼저 터뜨렸다. 입 안에 아기가 있는 건 아니니까. 대리 만족이라도 하려는 듯 거칠게 유영하는 혀가 제아의 입 안을 샅샅이 훑고 찌르고 핥아 내렸다. 온전하게 저를 품었던 그녀의 몸처럼 입 안마저도 뜨겁고 달콤했다. 그 감각이 아찔하도록 심장을 조이고 하복부 어디론가 엄청난 열기를 집중시켰다. 좀 더 했다간 참지 못하고 이 돌 계단에서 제아의 옷을 갈가리 찢어서 눕혀버릴 것만 같아 도준은 거칠게 숨을 몰아쉬며 입술을 뗐다.

쪽—.

얼마나 강하게 빨아들였는지 두 입술이 떨어지는 소리마저도 유별나게 컸다.

"키, 키스하면 어떻게 해."

말과 달리 제아의 눈빛은 뭔가 더 진득한 걸 원하고 있었다.

"나 결혼 좀 시켜주라…… 너랑."

일주일 동안 손끝이 스치는 것조차 조심스러웠던 도준의 키스는 정신이 쏙 나갈 정도로 거칠고 야했다. 정신이 너덜너덜해질 정도로. 그런데 결혼이란 그 단어에 증발했던 정신이 사르륵, 형체를 갖추었다. 결혼? 누구랑? 나랑?

멍하니 넋을 놔버린 제아의 뺨을 도준이 손가락으로 톡톡 두드렸다. 가벼운 그 두드림에 그녀를 얼게 했던 주변 공기가 다시 부드럽게 흐르기 시작했다.

제아는 대답 대신 도준의 손에서 봉투를 낚아채 뜯었다. 이상한 그래프와 설명 같은 건 눈에 들어오지도 않았다. 상단에 위치한 검사 결과란에만 시선이 갈 뿐이었다.

> 유전자 검사 결과가 일치하지 않습니다.

기쁨은 뒷전이었다. 머릿속이 난잡하게 뒤엉켰다. 윤영과 연희가 뇌리를 스쳤다. 산소 호흡기를 한 채 죽은 듯이 누워 있던 도준도. 그동안 흘렸던 눈물이 떠오르고 죄책감에 제 가슴을 쥐어뜯으며 숨죽여 울었던 것도 떠오른다. 마지막으로 축복 받아야 할 쌍둥이들의 존재가 죄책감의 원인이 되어버렸다는 게 분노를 최고의 정점까지 끌어올렸다. 어떻게 이런 거짓말을. 말 한마디 없이 벌떡 일어나는 제아를 도준이 당혹스럽게 응시했다.

"어디 가려고?"

"거짓말쟁이 최 여사랑 한 판 하러."

연희야 그렇다 쳐도 제 엄마까지 그렇게 거짓말을 했다는 게 참을 수 없을 만큼 화가 났다. 원수 같은 연희와 윤영이 입을 맞추었을 리도 없었다. 그럼 대체 왜 그런 거짓말을.

"제아야."

화가 난 제아의 마음이 이해가 되지만 그래도 모녀가 싸우는 건 보고 싶지 않았다. 이제야 모든 게 술술 풀리면서 원위치로 돌아가는 중인데. 무엇보다 한 성깔 하는 두 모녀의 살벌한 싸움에 등이 터지는 건 남자들일 테니까. 급하게 걸음을 옮기는 제아의 손목을 도준이 겨우 낚아챘다.

"어머니가 정확히 말씀하신 건 아니라며."

부드럽게 타일러봤지만.

"집까지 데려다줄 거 아니면 이 손 놔."

말투가 하도 살벌해서 도준은 불에 덴 듯 제아의 손목을 놓았다. 아무리 그라도 제아가 이렇게 화를 낼 때면 어떻게 해야 할지 도무지 감이 잡히지 않았다. 그렇다고 이대로 보낼 수도 없었다. 어떻게 한다? 그러다 불현듯 떠올랐다. 제아에게 했던 청혼이 완전히 묵살 당했다는 걸.

"문제아, 나 좀 전에 너한테……."

청혼했는데, 기억 좀 해주면 안 되나?

그때 골목길에서 나타난 노부부가 도준의 뒷말을 먹어버렸다.

"남자가 인물값 했나보네. 아무리 그래도 그렇지 임신부를 울리면 쓰나."

도준의 미간이 미묘하게 꿈틀했다.

"암 그렇지. 세상에 가장 몹쓸 놈 중 하나가 자기 아이를 임신한 여자 울리는 것들이여. 얼굴 봐봐. 얼마나 울었나 닭 잡아먹은 너구리 꼴이구먼."

너, 너구리? 그제야 제아는 급하게 휴대 전화 카메라를 켜서 제 얼굴을 비추어보았다.

"꺄악, 난 몰라!"

도준에게 먹히고 남은 붉은 립스틱은 입술 주위에 번져서 광대처럼 보였고, 속눈썹을 한껏 풍성하게 보이게 하던 마스카라는 눈물 때문에 번져서 짙은 다크 서클을 형성하고 있었다. 정말 딱, 닭 잡아먹은 너구리 꼴이었다. 달아오른 얼굴로 몸을 틀어 돌계단을 오르려는 순간 그 힘을 역으로 이용한 도준이 제아를 제 품으로 확 끌어당겼다. 폭삭 안긴 가녀린 체구를 품에 꼭 가둔 채 도준이 가만히 눈을 부딪쳐왔다.

"봉투 안까지 야무지게 확인해주었으면 하는 바람인데."

그제야 봉투 안을 다시 들여다본 제아의 눈이 반짝반짝 영롱하게 빛이 난다. 서류 봉투 안에 든 다이아처럼. 분수 쇼를 보며 황홀경에 젖어 제아의 손에 끼워졌어야 할 반지 말이다.

"설마 이거."

"이제야 기억해주니 고맙군. 나 지금 너한테?"

"아니, 무슨 청혼을."

진지하고 정중하게, 진심을 담아 하려는 청혼이 또다시 잘려버렸다. 잔뜩 치켜뜬 고양이 눈이 도준을 앙칼지게 응시하더니.

"……이렇게 해?"

서류를 도준의 품에 확 안겨준 제아는 몸을 휙 틀어 성큼성큼 계단을 올랐다. 서류 마지막 장엔 빛도 발하지 못한 혼인 신고서가 있는데 말이다.

유전자가 불일치한다고 적힌 검사 결과서. 그리고 프러포즈 반지. 법적으로 둘을 묶어줄 혼인 신고서는 윤영과 윤식의 허락을 받았다는 의미.

아무리 생각해도 지금 이 상황을 멋지게 마무리해줄 최고의 선물을 한데 묶은 거였다.

그런데 이번엔 또, 뭐가 잘못된 거지? 이제 모든 게 술술 풀리고 있다고 생각하던 그에게 제아의 반응은 또 다른 난제였다. 다시 한 번 심각하게 뭐가 문제였는지 내일 생각하기로 하고. 지금 가장 급한 건 돌계단을 조심성 없이 팍팍 올라가고 있는 제아였다. 저러다가 태아한테 충격이라도 가면 어쩌려고.

도준은 제아의 뒤를 얼른 따랐다.

"조심히 좀 올라가자, 문제아."

계단을 오르는 제아의 심경은 지금 굉장히 복잡 미묘했고 들쑥날쑥했다. 말로 표현할 수 없을 만큼. 임신을 핑계대고 싶을 정도로. 이복 남매가 아니라고 나온 검사 결과에 뛸 듯이 기쁜 건 사실이었다.

하지만 기쁜 건 기쁜 거고 아닌 건 아닌 것. 로맨틱한 프러포즈를 바란 건 아니었다. 아무리 그래도 그렇지 닭 잡아먹은 너구리 꼴로 청혼 받고 싶은 여자가 이 세상에 어디 있단 말인가!

문득 스스로가 무서울 만큼 현실 적응이 빠르다는 생각이 들었다. 그가 이복 오빠에서 제 남자로 다시 바뀌는 순간, 벌써부터 기선 제압에 들어간 걸 보니.

목숨보다 사랑하는 남자이지만, 그래도 들짐승 같은 남자는 처음부터 제대로 길들이는 게 중요하니까.

"제발 좀 조심히 올라가라니까."

제 뒤에서 도준이 무슨 표정으로 따라오고 있을지 충분히 상상이 되었지만 제아는 일부러 돌아보지 않았다. 그녀는 입 꼬리에 희미한 미소를 머금으며 속으로 중얼거렸다.

'폭죽에 분수 쇼 참 좋았는데.'

오늘 이 남자 애 한 번 제대로 태워보리라 마음을 먹으면서 말이다.

저희 목표가 독수리 5남매예요

웨이터가 열어준 룸 안으로 들어간 지로는 순간 눈살을 찌
푸렸다. 나뒹구는 양주 병들, 룸 안 가득 차 있는 담배와 지독
한 알코올 향.

"이게 누구야. 내 동생 한지로 아닌가."

제 옆에 앉으라는 듯 강훈이 손짓했다. 마지못해 앉자마자
강훈이 핏발 선 눈으로 다그친다.

"한지로, 넌 문제아 어디 있는지 알지? 응?"

"······찾아내서 뭐 하려고."

"너 내가 얼마나 피나는 노력을 했는지 알지? 근데 그 새끼
가 다 채갔다고."

"그러니까 뭘 어쩌려는 건데."

"어쩌긴, 찾아내서 내가 가져야지. 그리고 망가뜨려야지. 그
새끼 보란 듯이 말이야."

휴, 아직도 정신을 못차렸군. 지로는 속으로 혀를 쯧쯧, 찼다.

"이보세요. 화분 사건도 모자라서 사람까지 사서 오토바이 사고 나게 만든 한강훈 씨."

"……뭐?"

"그거 살인 미수인 건 알고 있어? 선배가 증거 자료까지 다 가지고 있는데. 그거 접수하면 형은."

지로가 손으로 목을 쫙, 그어 보였다.

"그러니까 이기지 못할 상대는 그만 자극해."

게다가 도준은 강훈이 조만간 자신을 부를 것까지 예상하고 있었다. 제아에 대해 물어볼 거란 것도. 하나부터 열까지, 완벽하게 꿰뚫고 있었다. 다시 한 번 생각해도 소름 끼치도록 철저한 사람이었다.

"그나마 이런 사치라도 누리면서 남은 생 살고 싶으면 죽은 듯이 조용히 살라고."

보이지 않는 심해 속 같은 남자. 그런 남자를 형이 어떻게 이긴다고 그래?

"한 번만 더 눈에 거슬리면 그땐 증거 자료 경찰 쪽에 넘겨서 감방에 넣고 형이 은닉한 차명 계좌까지 모조리 압류 처리해서 거지 만들 거래."

남은 진지하게 충고를 해주는데 강훈은 미친놈처럼 실실 쪼개고 있었다.

"하, 하하하! 그래, 그랬던 거였어. 이상하다 싶었는데."

"……?"

"한지로, 너도 한도준의 개였던 거야."

412

"……."

"내가 왜 그걸 몰랐지? 한도준 정말 대단한데? 최고의 망나니 한지로까지 지 개새끼로 만든 거 보면."

"내가 개새끼라고 치자. 그런 개새끼한테 물린 찌질이는 뭔데?"

"이 자식, 너 지금 뭐라고? 컥!"

덤벼들던 강훈은 오히려 지로에게 가볍게 제압당했다. 푸른 힘줄이 불뚝 솟아난 지로의 팔뚝이 강훈의 목울대를 강하게 내리눌렀다.

"선배가 조건을 하나 더 내걸었어. 형도 알다시피 내가 개새끼 노릇을 아주 잘해줬잖아?"

컥컥거리는 강훈을 내려다보며 지로는 한 자, 한 자 끊어 경고를 흘렸다.

"나도 몰랐던 내 집안일까지 알아서 챙겨주니 내가 선배 개가 되지 않을 수가 있나. 그것도 모자라 형의 숨통을 조일 증거까지 내게 다 넘겨줬거든. 핏줄이라서 마지막 기회 주는 거야. 개새끼한테 물려서 마지막 숨통 끊기고 싶지 않으면 우리 부모님 회사 건드리지 마. 알았어? 그래서 오늘 온 거니까."

숨이 막히는지 강훈이 버둥거렸다.

"제발 정신 좀 차려라. 형이 한 걸음 내딛으면 선배는 이미 열 걸음 앞서 있어. 그러니 상대가 안 되지. 패배 좀 인정하고 조용히 찌그러져서 살아."

강훈을 풀어준 지로는 룸에서 나가기 전 문득 생각난 게 있다는 듯 다시 돌아섰다.

"아, 참고로 소식 하나 더 전해주자면, 나 제일 백화점 전략 부장으로 발령 났어. 형의 가짜 스파이 노릇하다가 내 적성에 맞는 걸 발견했거든. 선배만 잘 보좌하면 형이 누렸던 비슷한 자리 정도, 아마도 내가 차지할 것 같네."

룸의 문이 닫히는 순간, 술잔이 문에 맞고 깨지는 소리가 들렸다.

쨍그랑—.

그럼에도 지로는 아랑곳하지 않고 홀가분한 마음으로 술집에서 나왔다.

도준이 그렇게 떠난 후, 연희는 아들이 유전자 검사를 의뢰한 병원을 알아내서 결과를 받았다. 하늘은 아들의 편이었고 어디까지가 진실이고 거짓인지 경계선이 흐려져버렸다. 시야가 흐리고 머릿속이 몽롱했다. 가슴이 텅 비어버린 듯한 느낌이었다. 삶의 의지를 상실했다는 게 이런 느낌일까. 최윤영도 밉고 그 여자 딸도 미웠다. 하지만 그 남자가 제일 밉다. 자신을 이렇게 만들어버린 그 남자, 박재경.

어둑해진 창밖을 내다보며 술잔을 기울이던 연희의 뒤로 노크 소리와 함께 김 비서의 음성이 흘러들었다.

"사모님, 최윤영이란 분이 찾아오셨는데 어떻게 할까요?"

하아, 내 몰골이 어떤지 확인이라도 하러 왔나보지? 아주 멀쩡한 모습을 보여주리라. 윤영이 우아하게 제 앞에 앉아 있는 연희를 물기 어린 눈빛으로 가만히 바라보았다. 오래전 처음 보았을 땐 한없이 여리고 순진했었는데. 지금의 그녀는 청초한 외모는 여전했지만 풍기는 분위기는 악에 받쳐서인지 독기가 풍겼다. 그녀를 보니 입이 떨어지지 않았지만, 윤영은 다시 한 번 용기를 내기로 했다. 하나뿐인 딸이 행복해질 수 있다면……. 도준에게 지은 죄를 조금이라도 갚을 수 있다면…….

"한연희 씨, 당신에게 해줘야 할 말이 있어서 찾아왔어요."

"용건은 간단히 해요. 그쪽 얼굴 보는 것만으로도 불쾌하니까."

"내가 당신에게…… 거짓말을 했어요. 제아는 윤식 씨 딸이 맞아요."

이미 알고 있는 사실이었기에 연희는 동요하지 않았다.

"그래서요?"

"당신이 모르는 게 너무…… 많아요."

윤영은 연희의 앞에 낡은 일기장들을 내밀었다. 윤식이 남몰래 간직하고 있던 재경의 일기장이었다. 그 일기를 읽고 난 후 윤영은 지독했던 혼자만의 오랜 착각에서 헤어 나왔다. 그래도 연희가 나타나기 전까지 윤영은 희망을 품고 있었다. 재경이 자신을 봐줄 거라는. 연희가 나타난 뒤로는 재경이 재력과 권력을 뒤에 입은 여자의 후광에 반한 것뿐이라는. 하지만 재경의 일기장은 오로지 한연희라는 여자로만 가득 차 있었다. 한 여자를 향한 지독한 사랑.

—당신 마지막 자존심은 지켜주고 싶어서 숨기고 있었지만
이젠 아니야. 당신이 직접 연희에게 찾아가서 진실을 밝
혀. 당당한 엄마가 되고 싶으면. 재경인 그만 털어내고 이
제 나 좀 봐줘. 응? 윤영아.

윤식답지 않은 단호함과 간절함이 윤영을 이곳까지 오게 만
들었다.

"박재경에게 여자는 한연희 씨 당신뿐이었으니까."

"최윤영, 당신 지금 무슨 말을 하려는 거야. 또 무슨 거짓말
을 하려고."

연희는 바짝 경계했다. 도대체 또 어떤 엄청난 말들을 내게
쏟아내려고.

"내가 거짓말을 했어요. 재경 오빠가 그래달라고 부탁했고,
당신에 대한 자격지심과 질투심에 난 그걸 흔쾌히 허락했어
요. 내가 바보같이 착각하고 있었어요. 재경 오빠가 돈 때문에
나 대신 당신을 선택한 거라고. 그리고 그 거짓말에 대한 대가
로 받은 게 재경 오빠 사망 보험금이구요."

작정한 듯 윤영이 덤덤히 진실을 토해낼수록 연희는 표백제
가 뿌려진 듯 머릿속이 새하얘지고 고막이 멍하게 울렸다. 윤
영의 고백은 한동안 이어졌지만 더 이상 어떤 말도 들리지 않
았다.

"윤식 씨가 간직하고 있던 재경 오빠 일기장이에요. 한연희 씨 당신한테 줘야 할 것 같아서. 용서받지 못할 짓을 한 거 알지만 그래도 이 말은 꼭 하고 싶어요."

"……."

"정말 미안해요. 사람의 탈을 쓰고 이런 짓을 해서 미안해요."

차라리 화를 내고 욕이라도 하면 좋으련만. 눈앞의 연희는 감정 없는 유리 인형 같았다. 눈빛도, 말투도, 표정도.

"뒤늦게 이러는 이유가 뭐죠?"

"내 딸 제아와 당신 아들 도준이가 행복했으면 좋겠어요. 부모들 과거에 너무 치인 불쌍한 애들이잖아요."

"……."

"이런 말 하는 거 뻔뻔한 거 알지만. 당신도 도준이에게 모정이란 걸 느꼈으면 해요."

윤영이 나간 후에도 연희는 꼼짝도 하지 않았다. 감은 눈 사이로 새하얀 미소가 눈이 부셨던 재경의 얼굴이 아스라하게 떠올랐다. 느릿하게 올라간 눈꺼풀 사이로 드러난 텅 빈 눈동자가 테이블 위에 놓인 일기장으로 향했다. 한참 후에야 손을 뻗어 일기장을 손에 쥔 연희는 첫 장을 조심히 넘겨보았다. 일기가 시작되기 전 가장 앞 페이지에 적힌, 그의 외모처럼 정갈한 글씨체에 심장이 울렁거렸다.

연희야, 사랑한다.

사랑한다고 속삭이던 그의 나직한 음성이 귓바퀴에서 맴도는 것 같은 착각마저 들었다. 서로가 처음 만났던 그날부터 그가 세상을 뜬 순간까지, 오로지 그녀 자신에 대한 글로 가득 차 있었다. 일기장은 무려 3권. 하지만 단 하루도 거른 적이 없었다.

우리 아들에게 미안해. 하지만 난 우리 아들보다 당신을 더 사랑해. 내 아들과 날 평생 미워한다고 해도 좋아. 그렇게라도 연희 네가 그 판자촌을 떠나 원래의 화려했던 네 자리로 돌아갈 수 있다면…….

눈물로 얼룩진 마지막 장은 제대로 마무리조차 되지 않았다. 막 한글을 뗀 초등학생처럼 엉망진창인 글씨체. 얼굴처럼 항상 정갈했던 글씨체를 흘렸던 당신이…… 급기야 참았던 눈물이 연희의 눈에서 후드득 떨어졌다.

재경 씨 당신, 얼마나…… 고통스러웠을까. 같이 있으면 어때서. 내가 당신의 마지막을 지켜주는 게 어때서. 이렇게 내게…… 잔인한 짓을 한 거죠? 다섯 평 남짓한 작은 공간에서의 초라한 삶도 마냥 행복하기만 했는데. 평생 견딜 수 있었는데.

그는 아무것도 할 줄 모르는 재벌가의 딸과 제 아들을 위해 몸을 혹사시키면서 밤낮없이 일했었다. 그 당시 그녀는 엄연히 유부녀였고, 그와의 사랑은 불륜이었다. 한 회장이 풀어놓은 사람들에게 잡힐까 봐 병원조차 제대로 다니지 못하고 숨어 지내야만 했던 둘의 사랑. 결국 그를 죽음으로 몰아넣은 건 연희 자신이었다.

"다, 다 내 잘못이었어."

내가 그 사람만 사랑하지 않았어도, 눈부신 미소를 짓는 그 사람은 지금도 여전히 같은 하늘 아래 숨을 쉬고 있을 텐데.

오랜만에 상쾌한 아침을 맞이한 제아와 도준이었다. 손만 꼭 잡고 자던 여느 밤과 다르게 어젯밤은 그야말로 연이은 폭죽 파티였다. 그녀의 머릿속에서, 몸에서 오색의 폭죽들이 끊임없이 터졌다. 수줍은 듯 봉긋이 솟은 배를 감싸보지만 도준이 그 배에 짙고 자잘한 키스를 퍼부으며 속삭였다.

─지금이 가장 아름다워.

임신해서도 관계가 가능하다는 걸 도준은 진즉 알고 있었고 어젯밤 참고 있던 걸 모두 폭발해서 뿜어냈다. 배가 나온 제 몸을 쑥스러워 하던 제아는 새벽 내내 그에게 사랑을 받았다. 온몸이 녹진녹진, 달콤한 솜사탕에 감싸인 기분으로 눈을 뜨자 제 가슴에 안겨 잠이 든 도준이 보인다.

제아는 조금의 죄책감도 없이 애정이 듬뿍 어린 눈빛으로 그를 바라보았다. 곤히 잠에 든 도준의 얼굴은 앳된 미소년의 느낌이 물씬 났다. 문이준이었던 그때를 떠오르게 하는 섬세한 이목구비. 입술 사이로 쌔근쌔근 새어 나오는 따스한 숨이 가슴을 간질일 때마다 야릇한 감각이 아지랑이처럼 온몸을 간질인다. 욕심 같아선 좀 더 안겨 있고 싶었지만 제아는 조심히 그의 품에서 벗어났다. 아니, 벗어나려 했는데 실패했다. 어깨와 등이 감싸지면서 순식간에 이불 위에 다시 눕혀졌다. 떨리는 동공을 들자, 잔뜩 묻어나는 잠기운마저 섹시하게 소화한 남자가 가만히 내려다보고 있었다.

"굿모닝."

꽉 막힌 허스키한 음성마저 섹시하다, 정말. 잠기운이 서서히 사라지는 짙은 동공을 메우는 정제되지 않은 그의 욕망이 깊숙이 파고들어 제아의 심장을 함락했다. 위험……하다.

"아침에 하는 게 건강에도 좋고 임신부한테도 좋다던데."

주어가 생략된 도준의 유혹에 몸이 먼저 반응을 했다. 발끝에서부터 서서히 피어오르는 수줍은 열기.

"누, 누가 그래?"

확 달아오른 얼굴로 일어나려 했지만 실패했다. 단단한 몸에 묵직하게 눌리는 감촉부터가 벌써 남달랐다. 나 완전 미쳤나 봐. 임신하고 나니 더 밝히는 것 같아. 수십 배로 민감하게 곤두선 감각이 그녀를 벼랑 끝까지 몰아붙인다.

"인터넷 포털 사이트에서."

웃음기 어린 탁한 음성과 새어 나오는 날숨이 뜨겁게 여린 살결을 데우기 시작했다.

"……예뻐. 예뻐서 미칠 것 같아. 우리 아기를 품고 있는 지금 네 모습. 우리 아기한테 아침 인사해야 하지 않겠어?"

목덜미에서 옮겨간 그의 입술이 제아의 귀로 은밀하게 옮겨가 나직하게 속삭였다. 설마 새벽 내내 달려놓고.

제아가 말도 안 된다는 듯 올려다보자 도준이 능청스럽게 웃으며 하체를 바짝 들이민다.

"내 몸은 거짓말 안 해."

그걸 증명이라도 하는 듯 정직하게 반응하는 그의 욕망이 느껴졌다.

"다치지 않도록 조심할게."

정확히 2시간 만에야 제아는 그 집에서 빠져나올 수 있었다.

"문제아 씨."

진료실에서 나온 간호사가 그녀의 이름을 불렀다. 초보 아빠와 아기들의 첫 만남의 순간이 다가온 것이다. 제아는 진료실 침대에 누워 화면이 아닌 도준의 얼굴에 시선을 고정했다. 아기들을 처음 만나는 그의 얼굴이 미치도록 궁금했다. 초음파 화면을 뚫어지게 응시하는 도준의 새하얀 얼굴이 유달리 더 새하얘 보이는 건 착각인 걸까.

"어머."

니트를 올리고 부풀어 오른 배가 드러난 순간 여자 의사가 자그맣게 탄성을 흘렸다. 새하얀 배에 아로새겨진 붉은 꽃잎 자국들은 채 한 시간도 되지 않았기에 유달리 선명함을 머금고 있었다.

"엄마랑 태아가 아빠한테 아주 사랑 받나 보네요."

조금은 부럽다는 눈빛으로 붉게 달아오른 제아를 응시한 여의사가 배에 투명 젤을 발랐다. 화면에 흑백의 영상이 뜨자 제아의 손을 잡고 있는 도준의 손에 힘이 바짝 들어갔다.

"힘 좀 빼, 오빠."

도준의 귀엔 작게 속삭이는 제아의 말이 들리지 않았다. 태어나서 이렇게 긴장한 적은 단연코 없었다. 제아의 배를 타고 흘러나오는 쿵쾅거리는 심장 소리가 귀에 바짝 붙어 있는 듯 고막을 울린다. 뭐가 뭔지 하나도 모르겠는 이 화면을 보는 게 이렇게나 긴장되고 떨릴 줄은 몰랐다. 꿈인 듯, 실감나지 않았다. 도준은 화면 가득 채우는 흑백 영상을 무서우리만치 뇌리에 뚜렷하게 새겨 넣었다. 암기, 또 암기. 더듬고 또 더듬어서 기필코 눈, 코, 입의 형상을 찾아내고 말리라. 그는 쓸데없는 승부욕에 불타올랐다.

"아기들 심장 소리도 아주 건강해요. 어때요? 아주 세차죠?"

제아뿐만 아니라 여의사도, 보조하는 간호사도 도준의 얼굴에서 눈을 떼지 못하고 있었다. 뒤늦게 초음파 영상이 뜨는 화면을 주시하던 여의사가 말했다.

"엄마가 많이 힘들겠네요."

교묘하게 말을 돌려서 힌트를 주었다.

"꽤 큰 미사일이 두 개 보여요."

아들, 둘 다 아들이다. 아들이라고 하면 기뻐할까, 실망할까. 아빠들은 딸을 좋아한다고 하던데. 은근한 기대감에 시선을 틀자 새하얀 석고상이 되어버린 채 굳어버린 도준이 보였다. 숨은 제대로 쉬고 있는 게 궁금할 정도였다. 아들이 싫은가?

그런데 길고 단단한 손으로 잠시 입을 막았다 떼는 행동조차 굉장히 초조하게 보이는 순간…….

"윽! 우웁!"

갑자기 도준이 손으로 입을 막으며 진료실을 박차고 나갔다. 깜짝 놀라 일어나려는 제아의 어깨를 여의사가 눌렀다.

"내가 보기엔 남편분이 같이 입덧하는 것 같아요."

입덧이라니? 임신은 내가 했는데 왜 오빠가?

"종종 있어요. 쿠바드 증후군이라고 하는데 아내를 너무 사랑해서 입덧까지 같이하며 힘들어하는 분들이."

"……예에?"

"그런데 지금쯤이면 가라앉을 때인데 입덧이 좀 오래가네요?"

그거야 당연히 진짜 입덧을 할 땐 입덧인지도 몰랐고 또 떨어져 있었으니까. 생각해보니 요 며칠 도준이 식사를 먹는 둥 마는 둥 하긴 했었다. 그땐 당연히 신경이 곤두서서 그러나보다 했는데.

"선생님, 오늘 초음파 사진은 세 장 부탁드려요."

진료실을 나와 무려 10분 동안이나 변기를 잡고 있는 도준을 밖에서 기다리는 제아의 기분은 참 오묘했다. 아내가 입덧을 할 때 남편들 마음이 이럴까. 젖은 손등으로 입술을 닦는 새하얀 얼굴은 힘이 하나도 없어 보였다. 그녀는 입덧 때문에 도준이 깨닫지 못한 사실을 먼저 알려주기로 했다. 제아는 까치발을 들어 그와 눈을 마주하고 달콤하게 웃었다.

"우리 쌍둥이들 잘 만나봤어? 그것도 아들 쌍둥이들."

도준의 입이 작게 벌어지고, 가로로 길어진 눈매가 제아의 배를 더듬었다. 배가 살짝 부풀어 올랐을 뿐, 허리는 아직도 이렇게 가는데.

"이 좁은 공간 안에 사내아이가 둘이나 있다는 걸, 나보고 믿으라고?"

안 믿으면 어쩔 건데. 현대 의학의 힘으로 미사일을 두 발이나 찾았다는데. 제아는 대답 대신 그저 싱긋 웃을 뿐이었다.

"놀라운 사실을 하나 더 알려줘?"

어지러움이 돋는지 도준이 살짝 눈살을 구기며 느릿하게 눈꺼풀을 내렸다.

"울렁거리고 메스껍지? 헛구역질 계속 나오고, 입맛도 없고."

제아가 증상을 정확히 집어내자 도준은 놀란 표정이었다.

"그거 입덧이래."

"……뭐?"

"아내를 너무 사랑하는 남자들한테 드물게 나타나는 증상. 의사 선생님이 전문 용어로 설명해줬는데 난 오빠처럼 머리가 좋지 않아서 외우진 못했고. 입덧 정말 힘들지?"

내가, 입덧이라니. 충격이 꽤 컸는지 도준은 말조차 잇지 못

했다. 하지만 가라앉았던 속이 다시 울렁거리는 바람에 창백한 낯빛처럼 머릿속도 새하얘졌다. 몇 번이나 화장실을 들락날락한 후에야 도준은 겨우 운전대를 잡을 수 있었다.

"부모님께 지나간 일은 묻지 않기로 한 거, 잊지 않았지?"

"……나도 내 입으로 한 약속은 지키거든?"

제아는 살짝 토라진 얼굴로 툭 쏘아붙였다. 사실 부모님에게 화가 많이 났었다. 원망도 많이 했고. 뒷수습은 항상 도준의 몫이었다. 지금 이 순간까지도.

─가장 힘든 게 바로 자신의 잘못을 인정하는 거야. 그것도 자식 앞에서 하기는 더 힘든 법이지. 하지만 어머니는 잘못을 인정하셨고 우리 결혼까지 허락하셨어. 우리도 힘들었지만 어머니도 충분히 힘드셨을 거야. 그러니까 지난 일은 서로 묻지 말고 웃기로 하자. 뱃속의 아기를 생각해서라도 이제부턴 행복하기만 해야 해. 내가 그렇게 만들 거니까.

제 옆을 묵묵히 지키고 있는 남자는 거대한 태산이었다. 단한 번도 흔들리지 않고 묵묵히 그 자리를 지키고 버텨준. 그런 도준에게 미안하고 고마웠다. 그리고 사랑한다. 그런데 한참을 내달린 차가 익숙한 공간으로 들어서자 그제야 제아의 눈이 휘둥그레졌다.

"여긴 왜?"

어차피 돌아올 곳이 여기란 건 예상하고 있었다. 그래도 오늘은 순서가 이게 아닌데? 도준이 차 문을 열어주자 제아는 어안이 벙벙한 얼굴로 내렸다. 그때 현관문이 열리면서 앞치마를 두른 윤영이 후다닥 뛰어나온다.

"제아랑 도준이 왔니?"

제 집인 듯 앞치마를 두르고 있는 윤영을 보고서야 이 모든 상황이 이해가 되기 시작했다. 왜 진작 말해주지 않았냐고 도준을 흘겨보지만 그는 그저 어깨를 으쓱할 뿐이다. 정말 끝까지 감동의 연속이구나. 그런데 이상하게 발이 떨어지지 않았다. 몇 개월 사이 벌어져버린 모녀의 거리감은 좁혀지기가 힘들었다.

"뭐 해, 어머니 기다리시잖아."

살짝 등을 미는 다정한 손길에.

"고마워, 오빠. 모두 다."

"내가 그랬잖아. 이제 행복하게 해준다고."

도준을 향해 얌전하게 고개를 끄덕인 제아가 먼저 다가섰다. 현관문 앞, 두 모녀가 어색하게 마주섰다. 열린 현관문 사이로 맛깔스러운 음식 냄새가 새어 나와 후각을 자극했다. 자신보다 더 핼쑥한 윤영의 얼굴을 보니 남아 있던 앙금이 씻은 듯이 사라져버렸다. 어찌 되었든 윤영은 오로지 딸을 생각해서 그런 거니까.

"엄마 손자들, 쌍둥이야. 그러니까 밥도 두 그릇 먹을 거야."

제아의 눈치를 보던 윤영의 낯빛이 그제야 환해졌다.

"그, 그럼! 엄마가 밥 많이 해놨어! 너랑 이준, 아니 도준이가 좋아하는 음식들로 밥 차려놨으니까 얼른 들어가자!"

제아와 함께 집으로 들어가기 전, 조용히 뒤따라오는 도준에게 윤영이 눈빛으로 고마움을 전했다. 다이닝 룸으로 향하자 8인용 원목 식탁 위를 가득 채운 음식들은 그야말로 진수성찬이었다. 자신이 좋아하는 음식부터 도준이 좋아하는 음식까지, 정말 다양하고 맛깔스럽게 차려져 있었다.

정말 오랜만에 먹는 집밥이었다. 집 나가면 고생이라더니. 구수한 청국장 냄새가 식욕을 자극한다. 입덧은 가라앉은 지 오래이지만 한때 이 냄새를 끔찍하게 싫어했었는데. 그러다 불현듯 떠올랐다. 오빠 괜찮나? 입덧했을 때 제일 맡기 싫은 냄새가 청국장 냄새랑 고기 냄새였는데.

힐끗 시선을 틀자, 새하얀 낯빛으로 청국장을 노려보는 도준이 보였다. 표정만 봐도 알 수 있는 강렬한 거부감, 그걸 윤영이 놓칠 리가 없었다.

"좋아하는 걸로만 차린다고 차렸는데. 이젠 청국장은 안 좋아하나보구나. 미리 물어보고 차릴걸."

"아닙니다. 청국장…… 좋아해요."

말과 달리 새하얀 손이 입으로 가려는 걸 참는 듯 식탁 밑의 도준의 손에는 불끈 힘이 들어가 있었다. 그걸 본 제아는 생각했다. 그놈의 효자 납시기 전에 말리자.

"엄마, 청국장 좀 치워주고 창문 좀 열어서 환기 좀 시켜줘."

"너라도 먹어. 넌 청국장 귀신이잖니."

"그게 아니고 사실은……."

제발 말하지 말라고 식탁 밑으로 손을 꼭 잡는 도준이다.

"오빠 지금 나 대신에 입덧 중이거든요."

"……뭐?"

제아는 웃고 윤영과 윤식은 놀랐다. 그리고 도준은 목까지 붉게 달아오른 채 결국은 입을 틀어막고 화장실로 내달렸다.

"그러니까 청국장 좀 치워줘, 엄마."

✤

그렇지 않아도 손자 녀석 때문에 열불이 나 죽을 지경인 한 회장이었다. 그런데 갑자기 본가로 들이닥친 딸은 더욱더 열불 나는 소리만 했다.

"도준이 한씨 가문 호적에 올려주세요."

"뭐라고?"

"태영 씨랑 이혼 준비 중인데 굳이 그 사람 호적에 계속 놔둘 필요 있어요? 그리고 누가 뭐래도 제일 그룹 후계자는 도준이니까 그렇게 아세요."

제일 그룹을 떠나겠다는 손자의 선언에 드디어 제 딸이 미쳐버린 듯했다.

"연희야, 지금 네가 뭘 잘못 생각하고 있나본데 우리가 그렇게 수그린다고 기어들어 올 녀석이 아니란 말이다. 더 기고만장해질 놈이라고. 도준이 녀석이 얼마나 영특한지 몰라? 영특

428

하고 아주 여우 같은……."

"아빠만 하겠어요."

우아한 입술이 시니컬한 미소를 옅게 머금었다. 하지만 한 회장을 응시하는 연희의 눈빛은 조금도 웃지 않았다. 게다가 어젯밤에는 수면제나 술에 손도 대지 않았는지, 맑고 깨끗한 눈동자가 한 회장을 쏘아보았다.

"나 돌아오게 하려고 그 사람이랑 거래한 거 다 알아요. 죽음을 앞둔 사람한테 어떻게 그럴 수가 있어요."

"여, 연희야!"

"지난 과거, 더는 묻진 않을 생각이에요."

묻고 따지면 끝도 없고 자신 또한 당당하지 않으니까.

"그 사람한테 지은 죄, 이제 도준이한테 갚으세요. 저도 그러려고 노력 중이니까."

양심이란 게 있으면 끄떡할 법한데도 한 회장은 아니었다. 오랜 세월을 버틴 만큼 고집불통 외골수가 다 되어 있었다.

"10억이 어디 개 이름이여? 큰돈 줬음 고마운 줄 알아야지! 그놈만 아니었으면 네가 엇나갈 일도 없었어!"

"죽은 사람 탓 그만해요! 아버진 그럴 자격 없어요!"

그 사람이 얼마나 불쌍한 사람인데! 하지만 뒤에서 다시 나타난 고 집사 때문에 부녀의 전쟁은 잠시 멈추었다. 고 집사가 넌지시 귓가에 속삭이자 한 회장이 말했다.

"거참 낯 두꺼운 아가씨구먼. 여기가 어디라고 또 찾아온 게야. 당장 쫓아내?"

한 회장이 축객령을 내리기도 전, 연희가 우아하게 그의 말을 가로챘다.

"내가 와도 된다고 했어요. 고 집사님, 그 아가씨 들여보내요."

"여긴 내 집이다! 누구 맘대로 들여보내?"

"하나뿐인 딸까지 잃고 싶으세요?"

"이, 이런 고얀!"

결국 한 회장은 지팡이로 바닥을 퉁퉁 내리치며 안방으로 들어가버렸다. 그런데도 아랑곳하지 않은 채 연희는 차를 마시면서 기다렸다. 그 여자의 딸을.

소파에 우아하게 앉아 있는 연희를 발견한 제아는 잠시 흠칫했다. 대체 무슨 말을 하려고 불러들인 걸까.

"⋯⋯안녕하세요, 사모님."

서늘한 연희의 시선이 살짝 부풀어 오른 배에 닿자 순간 소름이 확 돋았다.

쫄지 말자, 문제아. 뱃속의 아기는 이제 죄가 아니라 축복이니까. 하지만 무슨 독언으로 긁어내릴지 몰라 긴장이 되는 건 어쩔 수 없었다. 그런데 연희의 입에서 뜻밖의 말이 흘러나왔다.

"문은 잠그지 않으셨을 테니 저 방에 들어가보렴."

"감사합니다, 사모님."

"어머니."

서로의 눈이 딱 마주쳤다.

방금 '어머니'라고 했던 것 같은데? 아닌가? 내 귀가 잘못됐나? 그러다 제아는 이내 속에서 강하게 부정을 했다. 그래, 바보 같은 착각이야. 어떻게 그런 말도 안 되는 일이.

"사모님이란 호칭은 영 거슬려서."

뒤에서 들려오는 차분한 음색에 다시 돌아보니 연희가 제아를 응시하고 있었다.

"그러니 어머니라고 부르려무나."

착각이 현실이 되는 순간이었다.

"아들이니, 딸이니?"

호수처럼 잔잔한 음성에 제아는 뒤늦게 퍼뜩 정신이 들었다.

"아들이에요. 그것도 아주 건강한 쌍둥이입니다."

"배 나온 걸 보니, 아들 같긴 하구나."

입가에 희미한 미소가 어린 것도 같다. 그 순간 제아는 귀신같이 감을 잡았다. 연희가 그녈 이곳으로 불러들인 건 기회를 주기 위함이란 걸. 쭈그려 박혀 있던 용기가 무한대로 치솟았다. 그녀에게 주려고 준비했던 초음파 사진을 조심히 테이블 위에 올려놓았다.

"저는 싫어하셔도 손자의 존재는 알려드리는 게 기본 도리인 것 같아서요."

"……."

"오빠를 닮아서 똑똑하고 훤칠한 손자들이 태어날 거예요."

"방금 그 말."

연희가 잠시 말을 멈추고 시선을 마주치자 그전에 그녀를 마주했을 때와는 전혀 다른 의미의 긴장감이 제아의 등골을 훑어 내렸다.

"회장님께도 그대로 하려무나."

"……네?"

"우리 집안이 원래 손이 귀하다. 쌍둥이라는 말도 꼭 하고, 똑똑하다는 표현 대신에 도준이처럼 사업 수완 좋은 손자라고 바꿔서 표현하는 게 나을 듯하고. 너무 저자세로 나가면 오히려 무시당할 수 있으니 당당하게 설득하는 게 도움이 될 거다."

옴마야, 이제는 귀까지 잘못됐나 보다. 높낮이가 없는 일정한 톤인데도 왜 이렇게 다정하게 들리는지! 게다가 한 회장을 공략할 팁까지 알려주다니. 무심한 하늘이 드디어 응답하는 순간이었다. 울컥 솟은 감동에 제아의 눈시울이 시큰해지는 순간…….

"뭐 하니, 얼른 들어가보지 않고."

연희가 할 일을 떠오르게 해줬다.

"아, 네! 감사합니다!"

군기 바짝 든 신참처럼 허리를 꼿꼿하게 세운 제아는 그래도 들어가지 않고 연희를 빤히 응시했다. 차를 입으로 가져가던 연희가 왜 그러느냐는 듯 시선을 틀자…….

"……어머니."

평생 못 해볼 줄 알았던 호칭을 수줍게 토해냈다. 그러고는 도망치듯 한 회장의 방문에 노크를 한 후 미닫이문을 드르륵 열고 사라졌다. 제아가 들어올 줄 알았다는 듯, 한 회장은 몸을 병풍 쪽으로 틀고 앉아 있었다. 왜소한 체격이지만 굽은 등은 왜 이렇게 고집스러워 보이는지.

"가방끈이 짧아서 그런가. 기본도 못 배운 아가씬가 보구면."

첫마디부터 노골적인 무시였다. 하지만 가장 힘들 것 같았던 시어머니의 후광을 얻은 제아는 세상을 얻은 기분이었다.

"제게 기본이 제대로 박힌 아가씨라고 칭찬하신 게 할아버지세요. 설마 기억 안 나세요? 전 아주 또렷하게 기억나는데."

기가 막힌 한 회장이 몸을 틀자 마자 제아는 살살살 눈웃음을 흘렸다.

"내가 망언을 했어! 사람은 길게 보아야 하는 법이거늘! 그렇다고 잠깐 보고 한 그 말을 믿은 아가씨가 아둔한……!"

공격할 수 있는 약점을 틀어잡아 확 누르려는데 또 말이 싹 뚝 잘렸다.

"할아버님 말씀, 지당하십니다. 길게 봐야 한다는 말씀이요. 그러니까 지금부터라도 길게 봐주세요. 저 정말 괜찮은 손자며느리거든요."

생글거리는 제아를 보는 한 회장의 속은 발칵 뒤집혔다. 쥐뿔도 없는 주제에 어디서 감히 따박따박 말대꾸하는 것도 모자라서 말끝마다 할아버지라고 해! 정신 바짝 차리라고 물 벼락 한번 줘야겠다!

"누구 맘대로 감히 할아비라 나를 불러?"

찻잔을 집는 한 회장의 손보다 무릎걸음으로 다가온 제아가 더 빨랐다. 무방비한 한 회장의 눈앞으로 이상한 사진이 쑥 내밀어졌다.

"쌍둥이 증손자들에게 물벼락을 맞게 할 셈이세요?"

"……?"

"이 소식 전해드리려고 물벼락 맞을 각오하고 찾아왔는데, 이 정도면 기본은 되지 않았나요?"

"너…… 너!"

"할아버지의 완벽한 유전자를 물려받은 한도준 씨의 유전자를 또 완벽하게 물려받은 증손자들입니다. 아주 건강하고 아주 똑똑한 증손자들이 태어날 거예요. 제일 그룹을 한국의 1위 기업으로 만들 희대의 경영자 쌍둥이가 나오지 않을까, 오빠랑 기대 엄청하고 있어요."

부들부들 떨리는 한 회장의 눈동자 가득 초음파 사진이 담겨 있었다. 오호라, 제대로 먹히고 있구나.

"저는 젊고, 오빠는 혈기 왕성해요. 그래서 저희 목표가 독수리 5남매예요. 쌍둥이는 확보했으니까 3명 남았는데. 할아버지가 허락해주시면 힘닿는 데까지 증손자들을 낳아드리고 싶은데. 그래도 안 될까요?"

"……."

"할아버지?"

"……."

"회장님?"

"……."

"저기요?"

건방진 아가씨의 말은 한 회장에게 더 이상 들리지 않았다. 귓전에서 울리는 건 오로지 아들 쌍둥이와 독수리 5형제뿐. 뒤늦게 호통과도 같은 한 회장의 외침이 뒤통수를 세차게 후려쳤다.

"어디서 감히 협박질이야?"

그런데도 한 회장은 제아의 얼굴이 아닌 남산만 하게 부풀어 오른 배에서 눈을 떼지 못했다.

"당장 와서 무릎 꿇고 잘못했다고 빌라고 해라! 다른 건 몰라도 버르장머리 없는 건 죽었다 깨어나도 용서해줄 수 없으니! 그 거만한 녀석이 무릎 꿇고 사과하면, 내가 널 허락하마."

이젠 허락할 수밖에 없는 한 회장의 마지막 자존심이었다. 벌떡 일어난 제아가 반짝이는 눈빛으로 한 회장을 바라보았다.

"아주 착하고 기똥찬 손자며느리가 되겠습니다!"

무, 무슨 똥찬? 한 회장의 메마른 입술이 작게 '허' 하고 벌어졌다. 하지만 너무 기쁜 마음에 과한 의욕이 앞선 제아는 그걸 인식하지 못했다.

"5분 안에 괘씸한 손자 대령시키고 무릎 꿇게 해드릴게요!"

그리고 제아는 아주 정확하게 약속을 지켰다. 천상천하 독고다이 같던 오만하고 도도한 손자가. 무릎을 꿇고 사과하는 것도 모자라 큰절을 올렸고 약속까지 했다.

"잘못했습니다, 할아버지. 앞으로 버릇없이 구는 일은 없을

겁니다. 회사 일에도 잠시 소홀했던 만큼 더 노력해서 수치로
보여드리겠습니다."

그렇게 쓰나미급 폭풍이 물러난 후 한 회장은 벌러덩 누웠
다. 오랜만에 마음이 편안해져서일까. 세운 무릎 위에 올린 한
쪽 다리를 자신도 모르게 덜덜 떨었다. 그러다가 불현듯 뭔가
떠올랐다. 올 초에 너무 생뚱맞게 꾸었던, 우물 안에서 갑자기
솟아나서 하늘로 승천한 용꿈이 말이다. 몸뚱이 하나에 머리
가 두 개여서 괴이하게 여겼던.

"가만, 그럼 그게 바로 태몽?"

한 회장은 벌떡 자리에서 일어나 목청껏 고 집사를 불렀다.

"고 집사, 고 집사!"

깜짝 놀란 고 집사가 무슨 일이라도 난 줄 알고 노크도 없
이 미닫이문을 벌컥 열고 들어왔다.

"회, 회장님, 괜찮으십니까?"

"아주 신통한 보살 집 얼른 알아보게! 지금 당장!"

"하아, 정말 일에 치여서 죽겠다."

작게 중얼거리는 제아의 앞은 온통 서류 천지에 태블릿 PC
만 해도 무려 3대였다. 5개월만의 복직인 만큼 해야 할 것도,
확인해야 할 것도 엄청났던 것이다.

"내가 도와줄 테니까 너무 스트레스 받지 마. 복탱이한테

안 좋으니까."

소파 위로 쭉 뻗은 매끈한 제아의 다리를 주무르며 도준이 부드럽게 말을 했다. 그런데 도준의 정성스러운 손길이 주무르는 건지 더듬는 건지 모를 만큼, 시원한 느낌보다 야릇한 느낌을 더 주자 제아가 그의 손을 탁, 발로 쳐냈다.

"그만 주물러. 일을 못 하겠잖아."

"초기부터 잘 관리해줘야 고생 안 한다고 했어."

"나 다리 하나도 안 부었어. 정말 괜찮다니까?"

"넌 괜찮을지 모르지만 난 아니야."

"오빠, 진짜?"

"임신한 순간부터 힘들다면서. 그런 너를 난 4개월이나 방치했고."

미처 몰랐다. 도준이 죄책감을 느끼고 있을 줄은. 앉았다 일어나는 것만으로도 벌벌 떨며 과민하게 반응하는 이유가 그거였다니. 도준이 갑자기 자세를 고쳐 앉더니 자신의 허벅지를 손으로 가볍게 두드린다.

"소파 팔걸이에 등 대고 내 다리 위에 두 다리를 올려."

이런 그를 감히 어떻게 거부할 수가 있을까. 하는 수 없이 다리를 올리자 도준은 다시 진지한 표정으로 제아의 종아리를 꾹꾹 누르며 마사지를 해주었다. 그때 집무실의 문이 노크도 없이 벌컥 열렸다.

집무실의 문을 연 한 회장은 드디어 내가 노안이 왔구나 생각했다. 그게 아니고서야 제 손자 놈이 머슴처럼 여자의 다리

나 주물럭거리고 있을 리가 없지 않은가? 화들짝 놀라 다리를 얼른 내리며 일어나는 제아와 달리 도준은 지극히 태연하게 그를 맞았다.

"오셨어요, 할아버지."

못난 놈. 하지만 눈빛과 달리 한 회장은 불쑥 찾아온 목적을 상기했다.

"점심이나 한 끼 하자꾸나."

형형한 그의 시선이 새빨갛게 달아오른 얼굴로 고개를 숙이고 있는 제아에게로 옮겨갔다.

"거기 아가씨도 같이."

회사 근처의 고급 일식당 주차장으로 두 대의 고급 세단이 들어섰다. 얼핏 보니 주차장 바닥은 반들거리는 자갈이었고 낮은 굽이긴 했지만 제아는 구두를 신고 있었다. 그래서 도준은 차에서 내리는 제아를 얼른 부축하며 주의를 주었다.

"바닥이 자갈이니 조심해서 걸어. 잘못하면 넘어…… 윽!"

순간 도준이 눈살을 찌푸리며 한쪽 어깨를 손으로 감쌌다. 제 여자밖에 모르는 손자 놈이 눈꼴셔서 보다 못한 한 회장이 뒤에서 지팡이로 내리친 것이었다.

저런 팔불출 같으니라고! 자신의 나이가 벌써 칠십이 넘었고, 게다가 다리가 불편해서 지팡이까지 짚고 있건만! 그런데도 손자란 놈이 할아비는 신경 쓰지 않고 제 여자 다칠까 봐 안절부절못하고 오두방정 떠는 게 아주 가관이었다.

"젊은것들이 앞에서 걸리적대지 말고 얼른 비켜라!"

괜히 성질을 버럭 내며 손자의 어깨를 다시 한 번 지팡이로 내리친 한 회장은 식당 안으로 들어섰다. 일식당임을 알고 임신부는 날것을 먹으면 안 된다며 정색하는 도준의 옆구리를 제아가 꼬집고 나서야 고얀 손자의 입이 다물어졌다.

한 회장의 못마땅한 눈이 제아를 쏘아보았다.

─꽃뱀 한 마리가 우물 안에 잠자고 있는 이무기를 냉큼 무니. 그 이무기가 머리 두 개 달린 황금 용이 되어 하늘로 승천하다 훔쳐보는 회장님을 덮쳤다는 거죠?

─길몽에 태몽이요, 그것도 범상치 않은. 꽃뱀이야 보잘것없지. 하지만 그 꽃뱀에게 물린 이무기가 품은 두 개의 황금 용 머리는 필시 나라에 이름을 떨칠 인물들이 날 거란 의미요. 두고 보라지. 대통령 감이 나올지 아나?

─아, 혹시라도 꽃뱀 뜯어낼 생각은 절대 하지 말아요. 그 꽃뱀이 옆에 딱 붙어 있어야 이무기가 용이 되고 그 용이 황금색을 띨테니. 그리고 애초에 손 귀한 게 회장님 집안 팔자야. 그런데 그 꽃뱀이 붙어 있으면 손을 많이 볼 수 있어.

기가 막히게 용하다는 무당 집에서 해준 꿈 풀이가 아직까지도 뇌리에 선명했다. 사실 한씨 가문 대대로 자식이 한 명 이상 넘어본 역사가 없었다. 딸인 연희마저도 아들만 하나 덜렁 낳고 아이를 갖지 못하는 몸이 되어버렸으니. 단연코 쌍둥이는 한 회장 가문의 족보에 없었다. 그것도 아들 쌍둥이라니. 제 여자밖에 모르는 손자 놈이 얄밉긴 했지만 또 어찌 보면 좋은 점도 있긴 했다. 저 아가씨만 휘어잡으면 손자 놈을 제 입맛에 맞게 움직이게 할 수 있을 테니.

그렇게 스스로를 설득한 한 회장은 획 손자 놈 앞으로 종이 한 장을 던졌다.

"내가 좋은 날 받아왔으니 결혼 날짜는 이날로 해라. 결혼식도 나랑 네 어미가 알아서 할 테니 너흰 결혼식만 하면 돼. 그게 허락 조건이다."

'결혼을 허락하겠다는데 감히 거절은 없을 것이다.'라고 기고만장해하던 한 회장의 예상은 이번에도 어긋났다.

"결혼 날짜는 할아버지 뜻대로 하겠습니다. 단, 결혼 방식은 제아가 하자는 대로 할 생각입니다."

또 팔불출 납셨다. 흰 눈썹을 거칠게 씰룩이며 이딴 결혼 당장 때려치우라는 말이 목구멍까지 치밀어 오르는 순간…….

"결혼식은 스몰 웨딩으로 진행할 겁니다."

무, 무슨 웨딩? 듣도 보도 못 한 단어에 한 회장이 잠시 생각하는 그 틈을 도준은 놓치지 않았다.

"제아가 임신을 해서 너무 성대하게 하는 결혼식은 스트레스를 받을 거예요. 그래서 별장을 하나 빌려 가족들만 초대해서 조촐하게 선약만 할까 합니다."

"이놈아! 그간 내가 결혼식에 뿌린 축의금만 해도 빌딩 몇 채는 샀다! 그리고 다 그런 자리에서 내 편인지 아닌지 확인을 다시 하고 편먹는 게다! 뭘 알지도……."

"축의금은 받으세요. 축의금 낸 명단으로 할아버지 편이 누군지 확인도 하시구요. 단 축의금은 지원 받지 못하는 영아원이나 보육원을 찾아서 모두 기부할 겁니다. 축의금을 시점으로 제일 그룹에서도 지속적으로 후원할 예정이구요."

"……뭐, 뭐라고?"

"한 부회장님 비리 사건 이후로 떨어져버린 제일 그룹의 이미지를 다시 쇄신할 방법 중 하나입니다. 제일 어패럴이 유일하게 살아남은 이유는 투명 경영을 선언하고 국민 기업으로 거듭나려 노력하는 걸 증명해 보여서 그런 거구요. 이젠 제일 그룹도 국민 기업에서 더 나아가서 사회적 기업으로도 거듭나야 할 때입니다. 재계 2위 그룹의 후계자인 제가 소박하게 스몰 웨딩을 하고 축의금은 모두 기부를 하면 톡톡한 홍보 효과가 될 것이고, 국민들에게 사랑받는 기업이 되는 첫 번째 시발점이 될 거예요."

능수능란한 도준의 화술에 한 회장은 자신도 모르게 점점 빨려 들어가는 기분이었다.

"이 모든 게 제아의 머리에서 나온 아이디어입니다."

입술을 씰룩이던 한 회장은 결국 자신이 이번에도 졌음을 인정할 수밖에 없었다. 그래도 괜히 부아가 치밀어 올라 제아에게 버럭 소리를 질렀다.

"며늘 아가는 독수리 5남매 약속이나 잘 지켜라!"

Episode 34

날 미치게 하는 건 그대뿐이라는 걸

연희의 초조한 눈빛이 자꾸만 벽시계로 향했다. 곧 아들 부부가 도착할 시간이었다.

─저녁 한 끼 대접하고 싶구나.

한 회장의 집을 나서는 도준을 잡고 연희가 힘겹게 꺼낸 말이었다.

하지만 오랫동안 멀어져 있던 도준은 쉽사리 대답을 하지 않았고, 그런 그를 다독여 대답을 하게 한 건 바로 제아였다.

─이번 주말 저녁에 들르겠습니다.

무뚝뚝하게 대답하고 나가는 도준의 뒤를 따라나가는 제아를 잡고, 연희는 혹시나 하는 마음에 물었다.

―혹시 도준이가…… 입덧을 하니?

―그걸 어떻게 아셨어요?

연희는 그저 웃었다. 피는 못 속인다고 하더니 그것까지 닮았을 줄이야. 문득 들려오는 초인종 소리에 연희의 떨리는 눈빛이 현관문으로 향했다. 테이블 위를 가득 채운 음식은 당연히 가정부가 차렸지만 입덧을 하는 도준을 위해 그녀가 따로 준비한 음식이 있었다. 자신이 임신했을 때 입덧을 같이 하던 재경이 유독 잘 먹었던.

"안녕하세요, 어머니! 저녁 식사에 초대해주셔서 감사합니다."

음식을 먹는 사람은 셋인데 식탁에 차려진 음식은 거의 뷔페 수준이었다.

"웬만한 음식은 다 하라고 했는데 입맛에 맞을지 모르겠구나."

"저는 이제 입덧이 가라앉아서 뭐든지 잘 먹어요, 어머니."

제아는 연희에게 싹싹하게 웃으며 복스럽게 음식을 먹는 와중에도 도준에게 이것저것 반찬을 골라주는 걸 잊지 않았다. 그 모습이 그렇게 얄미웠건만, 이제는 자신을 대신해서 오랫동안 아들을 챙겨주었을 제아에게 연희는 고마움을 느꼈다. 그런데도 도준은 영 입맛이 없는지 음식을 먹는 둥 마는 둥 했다.

"이거라도 먹어보지 그러니."

잠시 머뭇거리던 연희는 얼음이 동동 떠 있는 달달한 콩국수를 도준 앞에 살그머니 놓아주었다.

"소금 대신 설탕을 듬뿍 넣은 거란다."

콩국수에 설탕을 넣었다는 말에 도준과 제아의 눈이 동시에 휘둥그레졌다. 듣도 보도 못한 레시피였다.

"내가 널 임신했을 때 네 아빠가 다른 건 못 먹어도 이건 먹었어. 콩국수에 설탕을 엄청 넣어주면 그렇게 잘 먹더구나. 그러니 너도 한번 먹어보렴."

쉽사리 숟가락을 들지 못하는 도준의 다리를 제아가 식탁 밑에서 툭 쳤다. 어머니가 생각해줘서 준비한 건데 맛이라도 보라고. 하는 수 없이 숟가락으로 샛노란 콩국수를 입 안에 넣는 순간, 도준의 얼굴에 미미한 생기가 돌았다. 아니, 의외로 입맛에 맞았다. 오랜만에 입맛이 돈다는 게 옳은 표현이었다. 달달하면서도 고소하고 시원한 콩 국물은 일품이었다. 도준은 면은 거의 손조차 대지 않고 아예 그릇째 들고 국물을 후르륵 마셨다.

그가 너무 잘 먹자 맛이 궁금했는지 제아가 살그머니 숟가락을 뻗었다. 하지만 한 숟갈 떠먹자마자, 하마터면 입에서 뱉어낼 뻔했다. 식겁한 표정으로 고개를 들자 연희와 눈이 딱 마주쳤다. 이젠 꽤 다정해진 그녀의 눈빛이 제아에게 말을 건넸다.

'나도 너처럼 그랬단다.'

자꾸 울리는 휴대 전화에 도준이 양해를 구하고 잠시 자리를 비우자 연희가 대화의 주제를 바꾸었다.

"스몰 웨딩을 원한다고 들었다."

그녀의 말에 제아의 심장이 마구 두근거렸다. 며칠 전 도준의 출근 시간을 한 시간 늦추고 침대에서 나눈 대화가 바로 결혼식과 관련된 것이었다. 도준은 당연히 오케이였고, 한 회장까지 가뿐하게 설득해주었다. 하지만 재벌가 외동딸인 연희가 성대한 결혼식을 하라고 할까 봐 아직 그녀에겐 말을 하지 못하고 있었다. 사랑받는 며느리가 되고 싶은데.

그런데 이어지는 연희의 말은 뜻밖이었다.

"나도 그땐 스몰 웨딩을 원했었지. 그 사람이랑."

과거를 회상하는 듯한 잔잔한 말투. 말투처럼 잔잔한 눈빛으로 연희가 시선을 마주쳐왔다.

"그 스몰 웨딩, 내가 도와주면 안 되겠니? 내가 하고 싶었던 장소와 꼭 입고 싶었던 드레스가 있단다. 다른 건 몰라도 예물도 꼭 맞추어주고 싶고. 내 아들 턱시도도…… 직접 골라주고 싶구나."

태연한 척 머리칼을 귀 뒤로 넘기는 연희의 손끝이 가늘게 떨리는 게 보였다. 지금 제아의 눈에 비치는 그녀는 차가운 얼음을 깨고 나온 여린 새싹이었다. 이제 막 엄마가 되고 싶어 하는. 자연스럽게 '내 아들'이라고 말하는 연희에게 제아는 예쁘게 웃어 보였다.

"예물 싫어하는 며느리가 어디 있어요? 감사히 받겠습니다. 결혼 준비도 어머니랑 꼭 하고 싶었는데 먼저 말씀해주셔서 감사해요. 저희 엄만 살림 솜씨는 끝내주지만 그쪽으론 문외

한이시거든요."

그때 통화를 끝내고 돌아온 도준이 잠시 머뭇거리나 싶더니, 연희에게 무뚝뚝하게 말을 건넸다.

"어머니, 콩국수 더 있어요?"

"그, 그럼! 아주 많이 있다!"

잠시 놀란 듯 멈추어 있던 연희가 허겁지겁 의자에서 일어나 냉장고로 달려가자, 그제야 도준이 제아에게 나직하게 속삭였다.

"식사 끝나면 납골당에 어머님을 모시고 갈까 해."

"납골당에 누가 계시는데."

"……아버지."

전화는 윤식에게서 온 것이었다. 그는 윤영도, 그리고 연희도 화장했다고 알고 있는 그의 아버지 박재경을 납골당에 모셨다고 했다. 그의 인생을 움켜쥐고 비틀어버린 채 던져버린, 미치듯이 원망하고 또 원망했던 아버지란 남자. 이젠 마지막 남은 가슴의 응어리를 털어낼 차례가 왔지만 쉽사리 용기가 나지 않았다.

"……같이 가줄래, 문제아?"

가슴 깊숙이 박혀버려 보이지도 않는 끔찍한 가시를 유일하게 빼줄 수 있는 제 여자. 식탁 밑, 무릎 위로 꽉 그러쥐고 있는 도준의 커다란 손을 작은 손이 다정하게 감싸 안았다. 그러곤 사랑스럽게 도준을 올려다보며 사람 미치게 하는 달콤한 미소를 지었다.

"당연한 거 아냐? 그럼 아버님한테 며느리랑 손자 인사 안 시켜주려고 했어?"

저녁 식사를 마치고 납골당으로 가자는 말에 연희는 적잖이 놀랐지만 이내 묵묵히 따라나섰다. 그녀는 잠시만 시간을 달라고 하더니 젊은 아가씨처럼 곱게 차려 입고 나왔다. 이젠 하늘나라에 있는 남자이지만 그럼에도 사랑하는 남자에게 예쁘게 보이고 싶은 마음. 그런 연희가 제아는 이백 퍼센트 이해가 되었다.

"우와, 진짜 잘생기셨다. 아니, 예쁘시다."

납골당 안, 눈부신 미소를 짓고 있는 사진 속의 재경은 도준과 쏙 닮아 있었다. 도준의 얼굴에서 날카로움을 빼면 딱 재경이었다. 얼마나 사랑했으면 그런 지독한 결정을 내렸을까. 도준의 지독한 사랑을 받아봤기에 재경의 사랑 방식이 가슴 저리도록 이해가 되었다. 사진을 본 순간부터 오열하는 연희를 두고 두 사람은 조용히 자리를 피해주었다. 창 쪽으로 다가가 밑을 내려다보는 도준의 눈빛은 씁쓸해 보였다. 그 모습이 마음이 아파 제아는 뒤에서 그를 꼭 껴안아주었다.

"내가 오빠한테 더 잘할게. 더 많이 사랑해줄게. 그러니까 이제 털어버려."

절절하고 애틋한 사랑이 느껴졌는지 도준이 제아를 품에 꼭 끌어안았다.

"제아 널 만나지 못했다면 난 어떻게 됐을까."

귓가에 닿는 눈물 젖은 그의 음성에 제아의 눈시울이 뜨거

위졌다. 숨도 제대로 쉬기 힘들 만큼 단단한 팔이 아플 정도로 몸을 옥죄었지만 그럼에도 꼭 안겨 있었다. 납골당을 들른 후 연희는 두 사람과 함께 제아의 부모님을 만나러 갔다. 갑작스러운 연희의 방문에 놀라긴 했지만 윤식 부부는 연희를 반겨주었다. 어색하게 마주앉은 셋 중에서 먼저 입을 연 건 연희였다.

"고마워요, 윤식 씨. 재경 오빠를 다시 만나게 해줘서."

납골당에 안치해줘서 고맙다는 뜻이었다. 하지만 윤식을 더 놀라게 한 건 평온을 되찾은 연희의 표정이었다.

"내가 고집만 안 부렸어도, 재경 씨가 그런 결정을 내리진 않았겠죠."

너무 뒤늦게 깨달았다. 모든 게 재경을 포기하지 않으려고 악착같이 버틴 자신의 고집 때문이었다는 걸.

"오늘 찾아온 건 내가 용서받기 위해서예요. 오빠가 섰던 보증부터 주식 놀이, 그리고 끌어다 쓴 사채까지. 다 내가 그렇게 되도록 오빠 사람들을 돈으로 사서 조종했어요."

끊임없이 들이닥쳤던 불운, 그것 때문에 얼마나 자괴감이 들었는데. 자살하고 싶을 만큼. 파들거리는 윤식의 입을 막은 건 윤영이었다. 그녀는 오히려 홀가분했다. 이제 서로에게 죄책감을 가질 필요가 없어졌으니.

"미안해할 필요 없어요. 어차피 최종 선택은 모두 이 사람 몫이었으니까. 그러니 연희 씨는 미안해하지 말아요. 우리 다 털어버립시다."

"내 아들을 자식처럼 키워줘서 정말 고마워요. 이젠 내가 그 은혜 평생토록 갚을게요. 제아 양을 며느리가 아니라 딸처럼 생각하고 머리가 아닌 가슴으로 대할게요."

이젠 그녀도 행복하고 편안하고 싶었다. 분노와 증오에서 벗어나서 아주 간절하게.

"두 분의 소중한 제아 양을, 내 아들에게 허락해줄래요?"

잠시 멍한 표정을 짓던 윤영이 이내 울음을 터뜨렸다. 그녀답지 않은 반응에 윤식이 당황해서 얼른 어깨를 감싸 안았다.

"윤영아, 왜 울고 그래?"

"기뻐서 우는 거예요. 그것도 몰라요?"

화장지로 코를 푼 윤영이 연희의 손을 덥석 잡았다.

"그럼요! 암요! 나도 정말 잘할게요! 아들 같은 사위 아니, 아들 사위로 생각하고 나도 정말 도준이한테 잘할 겁니다. 고마워요, 연희 씨! 아니, 사돈!"

뜨거운 무더위가 한풀 꺾이고 9월이 다가왔다. 그동안 제일 그룹 홍보 팀은 인호의 지시하에 제아의 이미지 마케팅에 들어갔다. 타이틀은 현대판 신데렐라의 탄생. 부패 비리 기업에서 국민 기업으로 거듭나는 중인 제일 그룹이 다시 한 번 이미지 쇄신을 향한 세찬 발돋움을 시작한 것이다. 일부는 마케팅 효과라고 부정적인 지적도 했지만 국민 대부분은 현대판 신데렐라의 탄생에 열광했고, 각 언론사마다 취재 열기가 뜨거웠다. 그러나 제일 그룹은 레이디중앙을 통해서만 예비 신부의 인터뷰를 진행하고 공개했다.

Q. : 현대판 신데렐라의 탄생이라고 국민들의 이목이 아주 뜨겁다. 기분이 어떤가.

A : 얼떨떨하고 하루에도 몇 번씩 꿈꾸고 있는 게 아닌가 볼을 꼬집어본다.(웃음) 신데렐라가 되어서가 아니라 한도준이란 남자가 날 사랑한다는 게 믿기지 않아서 말이다. 그리고 단 한 번도 내가 신데렐라라고 생각해본 적도 없고 공주님이 될 생각도 없다. 한 남자의 아내이자 내 아이의 엄마가 되려는 것뿐이고 시부모님의 며느리이며 한 기업에 속한 열혈 직원이 되려는 거다.

Q : 예비 신랑이 재력에 외모까지 겸비하고 있는 완벽남이다. 불안하지는 않나?

A : 불안함을 느낄 만한 사랑이었다면 아예 시작도 안 했다. 나를 향한 그의 사랑은 절대적이고 나 또한 그렇다. 그냥 지켜봐달라는 말을 하고 싶다. 그럼 내가 왜 불안해하지 않았는지 알게 될 것이다.

Q : 집안 차이가 극심한데 혹시 집안의 반대는 심하지 않았는가. 혹시 임신 때문에 마지못해 허락을 해준 건 아닌가.

A : 반대가 없었다고 하면 거짓말이다. 하지만 자식 이기는 부모 없다고 져주셨다. 그게 아기 때문은 아니다. 그저 자식의 행복을 빌어주는 부모의 마음에서 허락해주신 거고 두 집안 모두 사위나 며느리가 아닌 아들과 딸로 생각하고 너무 잘해주신다.

Q : 결혼식 준비는 잘 되어가고 있는가. 벌써부터 기대가 된다.

A : 기대하면 실망할 것이다. 어머님이 소유하고 있는 작은 별장에서 스몰 웨딩을 하려고 한다. 준비라고 할 것도 없고 그나마 해야 할 것도 시어머니가 모두 알아서 해주신다. 나는 그저 태교와 일에만 집중하고 있을 뿐이다.

Q : 명색이 재계 2위인 제일 그룹 며느리가 될 건데 왜 호화스러움을 마다하고 스몰 웨딩을 택했나?

A : 요즘 한국의 젊은 사람들 사이에서 스몰 웨딩이 유행이다. 나 또한 젊은 사람이고 행복한 결혼을 복잡하게 준비하면서 스트레스 받기 싫을 뿐이다. 예쁜 결혼 사진은 한 장이면 만족한다. 아, 물론 시댁에서는 그간 뿌리신 게 많다고 하셔서 축의금은 다 받을 것이고 모두 영아원에 기부할 생각이다. 그리고 나는 호화스러움을 위해서 결혼한 게 아니다. 그러니 뭐든지 당연하다는 듯 호화스러움을 즐기고 싶은 생각도 없다.

Q : 결혼 후의 생활은 어떨 것 같나.

A : 내 직업을 사랑하고 결혼 후에도 지금처럼 열심히 일할 생각이다. 물론 가정에도 충실할 것이다. 그 대신 출산 휴가부터 육아 휴직까지. 나와 예비 신랑 둘 다 회사 복지는 있는 대로 모두 끌어서 쓸 생각이다. 우리를 스타트로 제일 그룹 전 계열사 직원들도 회사 눈치 보지 않고 복지란 복지는 모두 쓰게 할 것이다.

Q : 마지막으로 대한민국 미혼 여성들에게 완벽한 예비 신랑을 사로잡은 팁 한 가지를 알려주자면?

A : 잘난 남자는 일찌감치 여자들이 알아보고 채가는 법이다. 참고로 나는 7살 때 예비 신랑을 만났고 내 거라고 입술 박치기로 도장을 찍었다. 그리고 이건 팁일지 아닐지 모르지만 마음에 드는 남자가 있다면 그에게 스스로가 습관이 되도록 하는 걸 추천한다. 나를 예로 들면 나는 항상 복숭아

향이 나는 제품들을 이용한다. 보디워시와 샴푸, 린스, 향수, 하다못해 입술에 바르는 립밤까지도. 예비 신랑은 아직까지도 그게 내 향이라 착각하고 있다.(웃음) 사실 복숭아 향이 나는 사람이 어디 있는가. 나도 안 씻으면 냄새 나는 정상적인 사람이다.

2시간 동안 진행된 인터뷰가 드디어 끝이 났다.

"수고하셨어요!"

씩씩하게 인사를 한 제아가 여기자들과 함께 회의실을 나오자 언제부터 기다렸는지 도준이 무서운 직진 본능으로 다가와 제아를 확 끌어안았다. 주변의 이목은 신경도 쓰지 않은 채 뺨에 입을 맞추고 다정하게 부풀어 오른 배를 손으로 어루만진다. 끝내주게 근사한 남자가 쏟아내는 무한 애정에, 지켜보는 여기자들의 마음이 사르르 녹아내리는 듯했다. 소문으로 들었지만 제일 그룹의 후계자가 이렇게나 눈부신 외모일 줄이야. 도준의 애정 공세가 멈추지 않자, 보다 못한 제아가 그의 손을 찰싹 때렸다.

"그만 좀 해. 다른 사람들 있는 거 안 보여?"

"시야가 좁아서 너밖에 안 보였어."

시야가 좁아서 나만 보였다고? 난 몰라! 몰라! 여기자들이 부러워죽겠다는 눈빛으로 바라보았다.

"수고했으니 식사하고 가세요. 담당자가 괜찮은 식당으로 안내해줄 겁니다."

그 말을 마지막으로 도준은 다시 제아를 품에 안은 채 다정

452

하게 걸음을 옮겼다. 뒤에서 누가 지켜보든 말든. 서로밖에 보이지 않는다는 듯. 다정하게 눈을 마주한 채 귓속말을 건네며.

"이번 주주 총회 때 미국 계약 건 성공하면 널 제일 어패럴 이사 자리에 앉히겠다고 했어."

도준이 가평에 감금되는 바람에 취소되었던 미국 출장 건, 이번에 가서 완벽하게 성공하고 계약까지 체결해서 돌아왔다. 그걸 왜 비밀로 하나 했는데 그 공을 그녀에게 돌릴 생각이었던 것이다.

"오빠 공을 가로채긴 싫거든요?"

"내가 왜 끝까지 제일 어패럴을 떠나지 않았을 것 같아?"

도준이 가볍게 제 이마로 제아의 이마를 콩 박는다.

"제일 어패럴은 결혼 선물이야. 물론 거저먹는 건 안 되고 15분의 노력이 필요하지."

"……?"

"내일 오전에 프레젠테이션 자리 마련해놨으니 짧고 강렬한 15분으로 준비해놓도록. 날 미치게 한 것처럼 주주들도 미치게 설득해봐."

쟁탈해야 하는 결혼 선물이라. 갑자기 승부욕 생기네. 그런데 서로를 마주 보던 둘의 눈이 느닷없이 휘둥그레졌다. 뭔가를 떠올린 듯.

"결혼식!"

"아, 내일 결혼식."

둘 다 내일 결혼식이라는 걸 잊고 있었던 것이다. 하지만 이

내 대수롭지 않은 듯 동시에 다시 말했다.

"뭐 어때. 이젠 해도 기니까 일 끝내고 결혼식 하면 되지. 그치, 오빠?"

"프레젠테이션은 금방이지."

다음 날, 그 스승에 그 제자라고 했던가. 제아가 준비한 프레젠테이션은 완벽했고, 모두들 만장일치로 제아를 차기 이사로 받아들였다. 주주들은 벌써부터 치솟을 주식 배당금에 기대를 거는 눈치였다. 단, 두 가지의 조건이 붙었다. 출산이 임박한 걸 고려해서 이사 취임식은 육아 휴직에 출산 휴가까지 모두 끝난 후 하기로 했고, 최고 경영자 자리가 처음인 만큼 인호가 적응이 될 때까지 곁에서 보좌하기로 말이다.

"결혼식 올리러 출발합니다……?"

오늘 운전기사를 자처한 지로는 힐끗 룸 미러를 통해 두 사람을 지켜보며 속으로 혀를 찼다.

천방지축 문제아가 저렇게나 일벌레로 변했을 줄이야. 웨딩 사진을 찍을 환상적인 메밀밭으로 향하는데도 뒷좌석에 앉은 두 사람은 서로 서류를 주고받으며 사업 이야기뿐이었다.

정말 대단한…… 예비 부부로다. 사랑하면 서로 닮아간다더니 딱 그 짝이었다.

"제아야!"

펜션에 도착하자 그들을 반기는 건 지연뿐이었다. 연희는 윤식에게 처음으로 배운 고스톱 삼매경에 빠져 있었고, 한 회장은 윤영과의 대화에 푹 빠져 있었다.

"지연아, 할아버님 또 엄마랑 반찬 사업 이야기하지?"

한 회장이 요즘 꽂힌 게 바로 반찬 사업이었다. 부족한 딸을 받아준 고마움에 대한 표시로 윤영이 보낸 반찬 맛에 홀라당 반한 것도 모자라 그녀에게 사업을 제안한 것이다. 제일 그룹 일선에서는 물러났지만 말년에 심심하던 차에 딱 걸린 것이다. 결론적으로 어른들은 지금 자식, 손자들에겐 관심도 없다는 뜻. 하지만 그게 섭섭하긴커녕 오히려 고마웠다. 결혼 허락을 받긴 했지만 이렇게까지 친하게 지낼 줄은 꿈에도 상상하지 못한 것이다.

보육원 출신인 윤식 부부가 한 회장을 제 부모처럼 잘 따르는 게 발단이었다.

윤영이 기가 막힌 음식 솜씨와 싹싹한 솜씨로 한 회장을 상대했고 윤식은 고스톱부터 바둑, 장기까지 성심성의껏 심심하지 않게 상대해주었다. 찬바람 쌩 부는 연희와 도준과는 확연히 다른 그 맛에 한 회장이 푹 빠져버린 것이다. 그래서 한 회장은 이제 하루가 멀다 하고 그들의 집을 찾아가거나 본가로 그들을 불러들였다. 한 회장 본인은 깨닫지 못했지만 정말 무당의 예언이 맞아떨어진 것이다. 꽃뱀 한 마리를 그냥 내버려두니 자식 같은 사돈에 쌍둥이 손자까지 우르르 생겼으니.

"문제아, 우린 얼른 메이크업하자!"

모든 걸 생략하려 했던 두 사람이었지만 최소한 웨딩 사진은 제대로 남기고 싶다는 욕심이 생겼다. 그래서 한국에서 가장 유명한 웨딩 사진작가를 섭외했다. 유명한 브랜드에서 결혼에 관련된 협찬들이 우르르 쏟아져 들어왔지만 모두 거절했다. 드레스와 턱시도만 청담의 한 디자이너 숍에서 안목이 훌륭한 연희가 직접 골라주었다. 헬퍼의 도움을 받아 제아가 웨딩드레스까지 입자 지연의 입에서 감탄사가 쏟아져 나왔다.

"대박! 이게 어떻게 임신부야?"

허리선이 가슴 바로 밑에서 떨어지는 풍성한 탑 스타일의 벨라인 드레스가 만삭처럼 나와 있는 제아의 배를 거의 커버해 주었다. 학처럼 긴 목선부터 쇄골 라인을 지나 떨어지는 어깨선이 곱게 드러났고, 머리끝부터 발끝까지 흐르는 자태가 눈이 부실 정도였다. 풍성하게 웨이브 진 머리칼은 그대로 결만 살리고 티아라 왕관을 쓰자 그야말로 예술에 환상이 더해졌다.

"도준 오빠, 오늘 또 불타오르게 생겼네. 쌍둥이에 또 쌍둥이 임신하는 거 아냐?"

밖으로 나가자 도준 대신 제아를 기다리고 있던 지로마저도 그녀의 눈부신 미모에 잠시 넋을 잃고 시선을 떼지 못했다. 그런 지로를 정신 차리게 한 건 이번에도 지연이었다.

"어이, 한지로. 남의 여자한테 넋 놓지 말고 침이나 닦으시지. 그러다 오빠한테 또 쌍코피 터진다?"

마지못해서 시선을 뗀 지로가 노려보자 지연이 낼름 혀를 내밀었다. 도준이 있는 곳으로 향하는 제아의 마음은 뜨겁게 벅차올랐다. 여기까지 오기 위해 얼마나 많은 일들이 있었던가. 주마등처럼 스쳐 지나가는 기억들이 가슴을 먹먹하게 했다. 만약 이게 꿈이라면 영원히 깨어나지 않기를. 흐드러지게 안개꽃처럼 피어난 메밀밭 가운데에 왕자님이 서 있었다. 아찔하고 완벽한 자태로.

"거기 신랑분! 신부 모셔왔어요!"

지연이 힘차게 외치자 그제야 도준이 천천히 돌아섰다. 강렬하게 내리쬐는 오후 햇살이 아직은 뜨거움을 머금고 있었지만 그 햇살마저도 도준은 제 후광처럼 이용하고 있었다. 잠시 멈추어 선 두 사람은 서로에게 눈을 떼지 않았다. 한쪽 무릎을 꿇은 도준이 품에서 꺼낸 반지 케이스를 열어 제아에게 내밀었다.

"나랑 결혼해줄래, 문제아?"

푸르른 바닷물을 쏟아낼 듯 청명한 파란 하늘과 온 사방에 깔린 아름다운 꽃들과 아찔한 향기. 사랑하는 남자가 프러포즈를 하고 소중한 친구들이 축하를 해준다. 2세들은 뱃속에서 건강하게 자라고 있고 조금 떨어진 별장에선 그들의 부모들이 스스럼없이 가족처럼 어울리고 있다. 이보다 더한 최고의 프러포즈가 어디 있을까. 가는 손가락에 마침내 결혼 반지가 끼워졌다.

"당연하지."

반지를 받아 든 제아를 도준이 번쩍 안아서 새하얀 꽃들이 만발하는 메밀밭으로 걸어가는 순간, 사진작가가 플래시를 터뜨리기 시작했다. 메밀밭 한가운데에서 서로를 마주 보고 선 두 사람의 가슴이 벅차올랐다. 뜨거운 무언가가 축축하게 심장을 적시면서 거칠게 뛰게 만들었다. 그건 아마도 서로를 향한 지독한 사랑이 아닐까 싶다. 미친 듯이 치솟는 서로에 대한 사랑이 둘을 감싸는 순간, 사진작가가 외쳤다.

"신랑 신부님, 지금 각도 아주 예술이에요. 키스 한번 갑시다!"

눈부신 햇살마저 빛을 잃을 만큼, 지금 제아는 심장 떨리게 아름다웠다. 눈을 감고 이름 석 자를 떠올리는 것만으로도 그를 미치게 하는, 평생 동안 한 명밖에 없을 내 여자 문제아. 내 여자가 대담하게 눈을 마주치며 사랑을 고백한다.

"내 목숨보다 오빨 더 사랑해."

그녀의 고백은 대담했지만 그의 손가락 사이로 흘러드는 손끝은 떨렸다.

"내가 널 더 사랑해. 네가 상상할 수 없을 만큼 그 이상으로."

그녈 향한 사랑. 그녀는 아마도 죽을 때까지 모르리라.

"그럼 증명해보던지, 한도준 씨."

숨 막힐 만큼 아찔한 미소를 입꼬리에 매달며 제아가 대담하게 그를 자극했다.

"내가 미치도록, 아주 야하게 키스해줘."

감히 누구 말이라고 거부할까.

"잊었나보군. 내가 키스는 끝내주게 잘한다는 거."

곧이어 보들거리는 입술이 뜨거운 입 안으로 빨려들었다. 두 개의 입술이 강렬하게 비벼지면서 고개가 점점 틀어지고 깊숙이 파고들자 숨이 가빠지고 심장이 터질 듯이 뛰었다. 깍지를 끼고 있던 손이 단단한 목을 감싸고 가녀린 등을 휘감았다. 이때를 놓치지 않고 사진작가가 연신 셔터를 눌렀다. 미치도록 심장을 자극하는 키스를 나누면서 그들은 깨달았다.

날 미치게 하는 유일한 그대가 눈앞의 이 남자뿐이라는 걸.

날 미치게 하는 유일한 그대가 눈앞의 이 여자뿐이라는 걸.

4년 후.

가끔씩 쌍둥이들에게 동생을 낳아주고 싶다는 생각을 하는 제아와 달리 도준은 더 이상 아이를 바라지 않았다. '살짝 힘 줬더니 아기가 나왔어요.'라고 말할 정도로 순산이었다. 환상적인 골반을 가졌다고 의사도 놀랄 만큼. 하지만 아무리 순산이라도 룰루랄라 노래 부르며 아기를 낳을 순 없는 법. 무서울 정도로 비명을 내지르고 욕도 조금 하면서 엉엉 울었던 것도 같다.

─오빠, 모두 다 그렇게 아기를 낳아. 그래서 엄마는 위대하다고 하잖아.

건강하게 태어난 쌍둥이들을 품에 안은 채 농담까지 던졌지만 아직도 뇌리에 선명했다. 새하얗게 질린 낯빛을 한도준의 눈가와 뺨이 축축하게 젖어 있던 모습이.

처음이었다, 그가 우는 걸 본 건. 그 후 가끔씩 그에게 물었었다. 우리 쌍둥이들에게 동생은 안 만들어줄 거냐고.

─난 너와 쌍둥이들만 있으면 돼.

그리고 그 말을 증명이라도 하듯 도준은 뜨겁게 그녀를 안으면서도 피임 하나는 정확히 했다. 그런 밤을 보낸 게 꼬박 4년이었고, 결국 셋째 생각은 접었다. 그런데 이렇게 덜컥 임신이 될 줄이야.

날짜를 따져보니 두 달 전 도준이 출장을 끝내고 돌아왔을 때였다. 도준도 급했고, 그녀도 급했다. 마침 쌍둥이들도 연희가 데리고 갔겠다, 새로 장만한 섹시한 속옷으로 맞이했더니 무섭도록 자제력 강한 도준이 이성을 잃고 실수를 한 것이다. 그 덕에 뱃속에 또 쌍둥이가 들어섰지만.

미국 출장을 간 도준은 내일 밤이 되어서야 인천 공항에 도착할 예정이었다. 4주년 결혼기념일 선물로 그의 손에 초음파 사진을 쥐어주리라.

─독수공방하다가 먼저 덮치는 건 아니지?

출장을 가기 전 의기양양하게 웃으며 귓가에 속삭이던 도준에게 그녀도 호언장담을 했다. 날마다 지치지 않고 그녀를 품은 도준에게 들으라는 듯.

─오랜만에 푹 잘 거거든요? 꿈 깨시죠, 한도준 씨.

그런데 보기 좋게 어긋났다. 푹 자기는커녕 그가 곁에 없으니 오히려 잠이 오지 않았다. 그렇게 지겹게 붙어 있었는데도 그를 떠올리는 것만으로도 여린 살갗을 훑어 내리는 감각은 지독한 습관이었다. 다음 날은 쌍둥이들의 재롱 잔치가 있는 날이라, 제아는 스케줄을 마치고 서둘러 새희망 어린이집으로 향했다.

"윤 비서는 그만 퇴근해요. 난 애들 데리고 택시 타고 가던지 할 테니."

아이들의 재롱 잔치에 정신이 팔려 있던 학부모들은 느닷없이 나타난 정체불명의 여자 한 명 때문에 술렁이기 시작했다. 엄마는 아닌 것 같고 아이들의 이모나 되려나? 그런데도 관심이 가는 이유는 도도한 이미지에 온몸에서 철철 흐르는 부티 때문이었다. 학부모 중에서 용기를 낸 여자가 제아에게 말을 걸었다.

"처음 보시는 분인데 누구 엄마예요? 아니면 이모?"

처음 보는 쌍둥이들의 재롱에 제아의 가슴이 벅차오르는 중이었다. 일 때문에 아이들에게 많은 관심을 주지 못한 게 미안하면서도 이렇게 씩씩하게 자라준 아이들에게 고마웠다. 그래서 쌍둥이들에게서 눈을 떼지 못한 채 그녀는 건성으로 대답을 했다.

"이모가 아니라 학부모예요."

그러다가 항상 그녀를 대신해서 어린이집을 쫓아다닌 윤영과 연희의 말이 떠올랐다. 어린이집 학부모들과도 잘 지내야 아이들이 잘 지낸다는 것을 말이다. 그제야 제아는 고개를 틀어 말을 건 여자에게 생긋 웃어 보였다.

"안녕하세요. 저 원빈이 현빈이 쌍둥이 엄마예요."

건성으로 한 대답에 심기가 불편했던 여자의 귀가 번쩍했다. 특히나 딸 가진 학부모들은 더더욱.

"어머, 잘생긴 그 쌍둥이들? 항상 할머니가 와서 부모가 맞벌이인가보다 했는데. 이렇게 보니 반가워요."

"맞벌이 맞아요. 회사 일이 바빠서 통 와보지를 못했어요."

싹싹하게 대답을 하는 제아를 여자가 빤히 들여다본다. 예쁘장한 얼굴도 얼굴이지만 아기 엄마라고 하기엔 늘씬하게 쪽 빠진 모델 같은 몸매가 아주 예술이었다.

"반가워요. 저는 쌍둥이들 옆에서 율동하는 현지 엄마예요. 쌍둥이들이 이 어린이집에서 인기 최고인 거 아세요? 여자애들이 쌍둥이들 때문에 난리가 났어요, 호호! 그런데 아이들이 아빠를 닮아서 저렇게 잘생겼나 봐요?"

귀여운 쌍둥이들의 율동에 잊고 있었던 도준이 떠오르자 제아는 살포시 미소를 지으며 작게 중얼거렸다.

"잘생겼다는 말로는 부족할지도 몰라요."

"네?"

"아, 죄송해요. 제 눈엔 저희 남편이 정말 잘생겼거든요."

꽤 앙칼져 보이는 눈꼬리가 휘어지고 부드럽게 풀리는 얼굴을 보건대 남편에 대한 사랑이 대단해 보였다. 결혼 생활 4년 정도면 남편과 꽤 데면데면해졌을 텐데, 저런 미소가 나오는 걸 보면 아직도 사이가 좋은가 보구나. 우월한 외모에 똑똑한 쌍둥이들도 쌍둥이들이었지만 이런 여자를 미소 짓게 하는 쌍둥이 아빠들의 존재가 여자들은 더욱더 궁금해졌다.

재롱 잔치가 끝나자 학부모들은 항상 그랬듯이 어린이집 앞에 모여 수다를 떨었다. 그런데 그녀들의 수다가 갑자기 뚝, 멈추고 시선이 한데 집중되었다. 차에 대해 문외한인 여자들도 알 만한 '억' 소리 나는 차에서 내린 멋진 남자에게 말이다. 장신의 키에 쭉 뻗은 팔다리의 비율도 예술이지만 마스크가 영혼이 녹아내릴 정도로 환상적이었다. 오로지 한곳에 시선을 고정한 남자가 거침없는 걸음으로 거리를 좁히더니 아이들은 안중에도 없다는 듯 제 여자를 품으로 확 끌어당겼다. 거친 수컷의 행동에 학부모들은 난리가 났다.

"엄머머! 보기와 달리 터프하셔라."

"꺄아, 부러워!"

이 순간 당혹스러운 건 제아였다. 늦은 밤에 도착한다는 도준이 왜 이 시간에 어린이집에 나타났는지는 궁금하지 않았다. 주변을 전혀 의식하지 않는 이놈의 직진 본능 때문에 민망함은 오로지 그녀의 몫일 뿐이니.

"오빠, 여기 쌍둥이들 어린이집이란 말이야! 제발 좀 자제해! 그리고 쌍둥이들한테 관심도 좀 가져주고!"

"내 아내 먼저 챙기고. 쌍둥이들은 그 후에."

그럼에도 어림없다는 듯 도준은 요리조리 피하는 제아의 얼굴을 큰 손으로 고정한 후 입술에 가볍게 입을 맞추었다. 그러고는 몸이 달달 떨릴 만큼 지독히도 섹시한 음성을 귓가에 흘렸다.

"다녀왔어, 문제아."

끝끝내 제아에게 키스를 되돌려 받은 후에야 도준이 쌍둥이에게 관심을 옮겼다.

"아빠한테 인사해야지."

제아에게 했던 다정함과는 전혀 다른 엄격한 눈빛과 말투에 쌍둥이들은 바짝 긴장을 했다. 아빠가 또 엄마를 뺏으려 하는구나.

쌍둥이들은 고사리 같은 손을 배꼽에 올린 채 90도로 허리를 꺾으며 인사를 올렸다.

"아부지, 다녀오셔떠요."

"아부지, 다녀오셔떠요."

허리를 그렇게 숙이는데 무릎은 또 왜 구부리는지. 눈에 넣어도 아프지 않을 만큼 귀여웠지만 그럼에도 아들은 엄격히 키워야 한다는 생각엔 변함이 없는 도준이었다. 그는 인사를 받고서야 양팔로 쌍둥이들을 가뿐하게 들어 올렸다.

"아부지 더더더! 좀만 더요! 하늘에 닿을래요!"

187cm의 장신 때문에 하늘로 쑥 치솟자 쌍둥이들은 그저 신이 났다.

"아빠한테 뽀뽀."

말이 끝나기 바쁘게 도준의 양 볼에 쌍둥이들의 입술이 쑥 파고들었다. 쪽쪽쪽. 참새처럼 쪼아대는 입술 모양새에 웬만해선 꿈쩍 않는 도준마저도 살살 녹아내릴 수밖에 없었다. 고집스럽게 다물려 있는 입술이 느슨하게 벌어지며 입꼬리가 하늘로 승천했다. 애틋한 부자 상봉을 지켜보는 제아의 얼굴에도 행복한 미소가 어렸다.

쌍둥이들을 차에 태운 도준이 조수석의 문을 매너 있게 열어줄 때까지 여자들은 넋을 잃고 그들을 바라보는 중이었다. 바로 운전석으로 향하는 도준을 잡아끌어다 제아가 학부모들 앞에 세웠다.

"쌍둥이들 아빠예요. 오빠, 인사해."

그 다음 흘러나온 제아의 은밀한 속삭임은 도준만 들을 수 있었다.

"상냥하게 웃어주면서."

'내가 왜 다른 여자들한테 웃어줘야 하는데.'라는 항의라도 하듯 시큰둥한 반응을 보이던 도준은 마지못한 듯 아주 희미하게 입술만 웃어 보였다.

"원빈이, 현빈이 아빠입니다."

우월한 유전자 가족이 신기루처럼 사라지고 나서야 그녀들은 동시에 같은 생각을 했다. 저 남자 분명 어디서 봤는데. 연예인인가? 곧이어 동시에 깨달음을 얻었고, 이구동성으로 그 이름을 외쳤다.

"제일 그룹 황태자 한도준!"

"맙소사! 그럼 그 여자가 그 현대판 신데렐라?"

부회장의 비리로 곤두박질친 제일 그룹을 국민 기업이란 타이틀로 1위에 올려놓은 능력 좋은 황태자. 그리고 그 황태자를 사로잡은, 아직까지도 철저하게 베일에 싸인 존재가 바로 현대판 신데렐라였다. 그런데 재계 1위인 제일 그룹 자제들이 평범한 어린이집에 다닐 줄 누가 알았겠는가! 무엇보다 제 여자밖에 모르는 남자를 본 순간 그녀들은 동시에 느꼈다. 황태자는, 신데렐라를, 미치도록, 사랑한다. 언론에 노출을 시키지 않은 건 오히려 공격 대상이 될지 모르는 제 여자를 보호하기 위한 그의 배려라는 것까지도.

결국 그녀들도 한국의 현대판 신데렐라를 보호해주기로 결심했다. 싹싹한 제아도 마음에 들었지만 신상이 공개되면 그들을 더 이상 보지 못할 테니. 그래서 그녀들은 쉬쉬했고, 재롱 잔치 후 같이 찍은 단체 사진도 공개하지 않기로 했다. 공개되는 순간 이 어린이집 입소 대기는 미친 듯이 넘쳐날 테니까.

종종 늦게 퇴근하는 제아를 대신해서 연희와 윤영이 돌아가면서 아이들을 돌봐주고 있었다.

주차장에 차를 세우자마자 연희가 나타났다.

"할머니!"

연희를 보고 차에서 쪼르르 내리려는 쌍둥이들에게 도준이 말했다.

"들어가자마자 손 깨끗이 씻고. 엄마 아빠는 할 이야기가 있어서 잠깐만 더 있다 내릴 거야."

집에 들어가는 순간 둘이 아닌 넷이라는 걸 알기에 도준은 일부러 늦게 들어가는 것이었다. 차에서 내리는 순간 둘만의 시간은 아지랑이처럼 사라져버릴 테니.

연희와 쌍둥이들이 집 안으로 들어가자마자 도준이 안전벨트를 푼 후 자연스럽게 제아에게 몸을 숙여왔다. 능숙하게 고개의 각도를 비틀며 다가오는 도준의 입술을 제아는 피하지 않았다. 사실 그녀도 도준의 따스한 품과 달콤한 키스가 미치도록 그리웠으니까.

길고 단단한 손이 보드라운 뺨을 감싸 끌어당기고 달콤하게 입술을 머금었다. 키스의 농도가 점점 짙어지자 맞물린 입술 사이로 뜨거운 숨과 신음이 토해져 나왔다.

차 내부의 공기는 끈적하게 달아오르고 정신은 몽롱해졌다. 혼몽해진 정신을 차린 제아는 어느새 좌석을 넘어가 도준의 다리를 타고 올라 넥타이를 손에 움켜쥐고 있는 자신을 발견했다. 지그시 올려다보는 도준의 눈빛이 매끈하게 반들거리는 제 입술에 닿는 순간 온몸이 홧홧하게 달아올랐다.

"이왕 올라탄 거 나 끝까지 간다?"

"그건 남자인 내가 해야 할 말이야."

말과 동시에 도준의 손이 늘씬하게 빠진 각선미를 타고 올라와 치마 속으로 쓱, 들어갔다. 손에 착 달라붙는 보드라운 살갗, 그리고 딱 좋은 온기. 이게 그리워서 미친 듯이 일을 하고 비행기 티켓 시간까지 당겨 온 것이다. 보들보들한 실크 팬티를 잡고 확 내리려는 순간, 도준이 헛기침을 흘리며 제아를 밀어낸다. 영문도 모른 채 밀려나던 제아의 시선이 운전석 차창에 닿자마자 휘둥그레진다. 마, 맙소사! 짙게 선팅이 된 차 안이 보이지 않는지, 차 창문에 바짝 붙어 두 손으로 시야를 확보한 채 안을 염탐하는 원빈과 눈이 딱 마주쳐버린 것이다.

"혀엉! 엄마 아빠 보여? 응? 현빈이 허리 아파!"

기묘한 자세로 아들과 눈이 마주쳐버린 두 사람은 그대로 얼어붙어버렸다. 이를 어쩐다? 이 자세를 또, 어떻게 설명해야 한다? 반쯤 넘어온 몸을 완전히 조수석으로 옮기며 제아는 최대한 태연하게 도준의 넥타이를 매만져주었다.

제아와 완전히 떨어진 후에야 도준이 창문을 내리니 현빈의 등을 밟고 올라선 원빈의 포동포동한 얼굴이 드러났다.

하아, 이 애물단지들을 귀엽다고 해야 하나, 말아야 하나. 그럼에도 자꾸만 입꼬리가 올라가는 건 뭔지. 결국 두 사람은 쌍둥이들의 손을 잡고 집으로 들어갈 수밖에 없었다. 저녁 식사가 끝난 후 목욕까지 시키자 도준이 잽싸게 쌍둥이들을 채가서 격하게 놀아주었다.

"도준이가 무척 보고 싶었나 봐, 쌍둥이가."

연희의 말에 제아는 그저 웃을 뿐이었다. 지치게 해서 일찍 재우려는 그의 의도를 알기에. 쌍둥이들이 하품을 시작하자 연희가 아이들을 데리고 2층으로 올라갔다. 그걸 본 도준의 눈에 쌍심지가 켜졌다. 드디어 둘만의 시간이 돌아온 것이다. 도준은 차의 트렁크에 실어놓았던 커다란 드라이플라워 바구니를 꺼내와서 제아에게 내밀며 가볍게 키스를 날렸다.

"결혼 4주년 축하해, 문제아."

드라이플라워 바구니와 함께 도준이 그녀에게 내민 건 서류 봉투였다. 이게 무엇인지 묻는 듯한 눈빛으로 응시하자 도준이 덤덤히 말했다.

"4주년 결혼 기념 선물. 열어봐."

봉투 안에 든 서류를 확인한 순간 제아는 제 눈을 의심했다. 서류를 몇 번이나 뒤져봐도 내용은 변함이 없었다. 그가 미국 내에 소유하고 있던 모든 건물의 명의가 자신의 이름으로 변경이 되어 있었다. 건물의 값어치를 돈으로 환산하려니, 머리가 뱅글뱅글 돌 정도였다.

"오빠 미쳤어?"

"미친 거야 진작 미쳤지, 너한테."

아니, 지금 그걸 농담이라고. 비스듬히 침대에 누워 팔로 머리를 받치고 있는 도준은 지극히 여유로운 모습이었다.

"무슨 자신감으로 나한테 전 재산을 다 넘기실까. 싸우고 싶어서 그래?"

"그게 뭐라고 싸워. 그냥 너 다 주면 되지. 아, 한 개 남긴 했군."

"……?"

"제일 그룹까지 다 너한테 줄 테니 더 기다려봐. 문제아 회장님 만들어줄 테니.”

이 말을 들으면 연희는 섭섭해할 테고 한 회장은 팔불출이라고 지팡이를 휘두르겠지. 이래서 아들 필요 없다고 하나보구나.

“우리 쌍둥이들 좀 빼지 마. 난 그것도 서운하단 말이야.”

남자는 절대 모른다. 아빠가 너무 아이들만 챙겨도 서운하지만, 그렇다고 아이들에게 너무 무심해도 또 서운한 게 여자라는 걸.

“그래, 난 너와 우리 쌍둥이들만 있으면 돼.”

제아의 살결에 묻어나는 달달한 복숭아 향을 음미하며 도준이 자잘한 입맞춤을 퍼붓기 시작했다. 지그시 눈을 감고 나른한 감각을 즐기던 순간 제아의 눈이 다시 번쩍 뜨였다.

“나도 결혼 선물 있어!”

제아는 잔뜩 긴장한 눈빛으로 초음파 사진을 내밀었지만 도준은 무반응이었다. 서운할 만큼. 설마, 아기가 반갑지 않은 걸까?

“이 사진을 왜 주는 거지?”

아, 깜빡했다. 이 똑똑한 남자가 이런 것엔 둔하다는 걸.

“밑에 날짜 확인해봐.”

그제야 날짜를 확인한 도준의 눈이 휘둥그레졌다.

“9월 13일이면…… 제아 너, 임신한 거야?”

믿을 수 없다는 듯 바라보는 도준을 향해 싱그러운 미소를 날린 제아는 최종 통보를 했다.

"이번에도 쌍둥이래. 능력자 한도준 씨."

이렇다 할 반응은 없었지만 초음파 사진을 어루만지는 그의 손끝에 묻어나는 건 기쁨과 소중함이었다. 내심 싫어하면 어쩌지 걱정했는데 그의 반응에 제아는 괜히 가슴이 먹먹해졌다.

"또 아들 쌍둥이면 미워할 거야?"

"미워하는 게 아니야. 다만 수컷들끼리는 서열 정리를 해야 널 차지할 수 있으니 엄하게 하는 거지."

그의 말을 증명이라도 하려는 듯, 노크도 없이 방문이 벌컥 열리더니 쌍둥이들이 난입했다.

"아부지! 원빈이랑 현빈이 구구단 다 외어쩌요! 그니까 오늘은 엄마랑 같이 코해도 되죠?"

자꾸만 침실로 난입하는 쌍둥이들에게 도준은 항상 미션을 주었고, 그 마지막 미션이 바로 구구단이었다. 이건 분명 몇 달 걸릴 거라 자부했는데.

그를 닮아 똑똑한 쌍둥이들은 구구단 미션마저 5일 만에 클리어한 것이다. 시키지도 않았는데 쌍둥이들은 차렷 자세로 서더니 어설픈 발음으로 구구단을 읊었다.

"혜혜혜혜!"

"혜혜혜혜!"

그러고는 아주 얄밉게 침대로 다이빙해서 뛰어들었다.

"아빠가 침대로 다이빙하지 말라고 했지."

애꿎은 트집을 잡아봤지만 쌍둥이들은 이미 제아의 품을 양쪽으로 떡하니 차지한 후였다. 결국 오늘 밤도 쌍둥이들에게 밀려난 그는 침대맡에 걸터앉으며 간절하게 빌었다. 이번 쌍둥이들은 꼭 공주님이기를. 그래서 제아도 자신처럼 똑같이 질투심을 느껴 악동 같은 쌍둥이들을 한번쯤은 먼저 쫓아내고 제 품에 안겨들기를. 그의 널찍한 어깨가 축 처지는 순간……

"구구단 클리어했으니까 특별히 터닝메카드 보는 거 한 시간 허락해줄게. 그러니까 우리 아들들, 할머니한테 달렷!"

"우와아아! 엄마 짱!"

잠잘 시간이 1시간 뒤로 늘어난 것도 모자라 자기 전 보는 터닝메카드라니! 신이 난 쌍둥이들이 다시 우르르, 침대에서 뛰어내려 침실 밖으로 뛰쳐나갔다. 그가 의아한 눈빛으로 고개를 틀자 목욕 가운을 벗고 실크 슬립만을 걸친 제아가 고혹적인 자세로 비스듬히 누워 있었다.

"한도준 씨, 뭐 해?"

"……?"

"한 시간 허투루 쓰지 말고 얼른…… 꺄악!"

제아의 말이 끝나기도 전에 도준이 장신의 몸을 침대로 날렸다. 다이빙하지 말라고 아들들에게 엄히 경고하더니 언제 그랬느냐는 듯, 쌍둥이처럼 몸을 날려 제아를 와락 덮쳤다. 곧이어 침대가 격하게 출렁이면서 달짝지근하게 뜨거운 숨이 얽혀들었다.

에필로그

편의점 앞, 원빈이 잘생긴 얼굴을 꽉 찌그러뜨리며 발을 동동 굴렀다.

"아악! 말도 안 돼! 아버지가 나한테 이럴 수 없잖아! 어떻게 카드랑 통장을 다 막을 수가 있냐고! 현빈아, 형이 어떻게 해야 하냐? 말 좀 해봐라."

불같은 성미를 드러내는 원빈의 앞엔 그처럼 심각한 표정으로 천 원짜리 아메리카노를 쪽쪽 빨고 있는 현빈이 있었다. 하지만 동생마저도 대답 대신 한숨만 푹푹 내쉴 뿐이었다. 그도 그럴 것이 둘은 편의점 앞에 마련된 파란색 플라스틱 의자에 궁상맞게 앉아 있었다. 국내 재계 1위인 제일 그룹 3세임에도 불구하고. 그런데도 눈부신 외모는 빛을 발해 지나다니는 여자들이 힐끔힐끔 시선을 떼지 못하고 있었다.

"연예계 쪽으로 나가는 게 싫으면 이렇게 잘난 외모를 물려주질 말던지. 지금 시대가 어느 시대인데 가업을 이어야 한다는 게 말이 되냐고! 그리고 어떻게 아들들한테 쌍쌍바 같은 비글 놈들이란 말을 할 수가 있어! 우리의 이 자유분방한 성격도 다 누구한테 물려받은 건데!"

"아버지 앞에서 그렇게 따지지 그랬어."

"나 이제 겨우 꽃다운 열아홉이거든요? 내가 아무리 막 나가도 이성은 있다, 인마. 어머니 없을 때 아버지한테 대드는 그런 미친 짓은 안 한다는 뜻이지."

다정했던 아버지는 그들이 초등학교에 입학할 때부터 냉정해졌다. 정확히 말하면 이제 막 사춘기에 접어들어 사고를 치기 시작한 시점부터인가. 쌍둥이 딸들 앞에선 사르르 녹아내리는 미소를 지어주며 꼼짝 못하는 아버지가 그들 앞에서만은 호랑이가 되는 것이다. 그것도 무시무시한 송곳니를 드러내면서. 19년째 살면서 원빈 현빈 쌍둥이들이 철저하게 깨달은 생존 법칙이 있다면 바로 어머니 없을 때 아버지한테 대들지 말자, 였다.

"아이씨, 이제 현금도 떨어졌는데 어쩌지? 급한 대로 가인이한테 좀 달라고 할까? 걔 현금 부자잖아."

"코 묻은 돈은 목에 칼이 들어와도 안 받아."

그때였다.

"미인아, 비글 오빠들이 코 묻은 돈 받기 싫다고 하니까 그냥 갈까. 오빠들 배고플까 봐 밥 사주러 왔는데. 배 안 고픈가 보다."

"웅, 언니."

가느다란 소녀의 목소리에 벌떡 일어나 돌아보니 눈에 넣어도 아프지 않을 쌍둥이 여동생들이 사이좋게 손을 잡고 서 있었다. 원빈이 금방이라도 울 것 같은 눈빛으로 소녀들에게 달려들었다.

"가인아, 미인아! 굶주린 오빠들을 버리고 가지 마!"

가녀린 쌍둥이 여동생들을 품에 와락 안은 원빈의 말투에서는 여동생들에 대한 애정이 철철 넘쳐흘렀다. 자존심은 자존심이고, 이제 막 꽃피기 시작한 여동생들은 눈에 넣어도 아프지 않을 만큼 예뻤다. 태어날 때부터 오물거리는 입과 꼼지락거리는 작은 손가락이 얼마나 신기했던지.

네 남매는 사이좋게 근처의 식당으로 갔다. 소녀들은 맛깔스럽게 불판 위에 삼겹살을 척척 굽고 180cm는 족히 넘는 소년들은 침을 꿀꺽 삼킨 채 고기가 바짝 익기를 기다렸다.

"가인아, 어머니 언제 오신다는 말 없었어?"

"아마 며칠은 더 걸릴 것 같은데? 아빠보다 엄마가 더 바쁜 건 일상이잖아 이제."

그 말이 끝나기 바쁘게 두 소년의 입에서 한숨이 푹 새어 나왔다. 가인이 그런 오빠들을 보며 혀를 찼다. 덩치만 컸지 아직도 생각하는 건 애들이었다. 그것도 아주 끝내주게 잘생긴 애들.

"그럴 거면 엄마 집에 있을 때 말씀드리지, 왜 하필 아빠 혼자 있을 때 그랬어? 아빠 주먹 맛 안 본 걸 다행으로 여기고 오빠들은 생각이란 것 좀 해. 그럼 몸도 덜 고생할 거 아냐."

"야! 아버지가 그렇게 과민 반응 보일 줄 알았냐? 카드고 뭐고 다 압수해서 쫓아낼 줄도 몰랐단 말이야!"

"아빠 입장에선 당연한 거지."

"……뭐?"

"증조할아버지도 맨손으로 제일 그룹 시작하셨고 아빠도 맨 손으로 여기까지 올라오신 거고 엄마도 그렇고. 다 대가를 치르고 얻은 걸 오빠들은 당연하게 공짜로 얻어가려는 거잖아. 오빠들은 가업을 이을 생각이 없다고 했으니 아빠 입장에선 당연히 미래의 후계자들에게 하시던 투자를 멈추신 거지. 그리고 그 투자 우리한테 몰아서 해주시겠대. 가업을 이을 생각이 있다고 하면."

"그래서 너 뭐랬어?"

"그게 가족을 위한 길이라면 당연히 한다고 했지. 내가 코피 나도록 공부하는 것도 다 가족을 위해서인 걸? 마다할 이유가 없잖아. 그리고 나도 엄마처럼 멋진 여성 기업인이 되고 싶어. 엄마 같은 사람이 되는 게 꿈이기도 하고."

엄마인 제아의 이야기가 나오자 두 소년들도 입을 꾹 다물었다. 아버지인 도준이 타고난 천재라면 어머니인 제아는 200% 노력파였다. 한도준이라는 천재의 절대적인 지지를 받아 뛰어난 경영 능력을 선보인 그녀는 결국 도준을 대신해 제일 그룹의 회장 자리를 이어받았고 한국 최연소 여성 기업인으로 이름을 올렸다. 그 덕분에 꼬박꼬박 집에 들어오는 아버지와 달리 어머니는 바빠도 너무 바빴다. 게다가 잘나가는 어

476

머니가 이혼을 요구하면 어쩌려고 엄청난 재산들까지 모조리 어머니 앞으로 돌려놓은 상태였다. 하지만 또 기묘한 게 분명 모든 게 어머니의 것이고 어머니의 권력인데도 보이지 않게 그 것을 관리하고 주무르는 건 아버지였다.

어떨 땐 누가 절대 권력을 가진 것인지 알 수 없을 만큼 묘 하고도 묘한 둘의 관계가 바로 그들의 부모님이었다. 한 가지 정확한 건 아직까지도 서로가 서로에게 죽고 못 산다는 점.

"오빠들을 찾아온 건 선택권을 주기 위해서야."

지금까지 얌전하게 입을 다물고 있던 미인이 두 소년들 앞 으로 종이 한 장을 내밀었다.

"이건 또 뭐야. 오빠가 하얀 거 위에 까만 거 박힌 거 무지 싫어하는 거 몰라?"

"어차피 말로도 설명해줄 테니까 잘 들어. 오빠들한텐 두 개의 선택 사항이 있으니까."

원빈과 현빈이 서로 눈빛을 교환했다. 착하지만 머리 좋고 여우 같은 동생들이 무슨 말을 할지 감을 잡아봤지만 도무지 모르겠다. 동생들이 그들 걱정에 스스로 온 건지, 아니면 한도 준이라는 최고 보스의 진두지휘 아래 온 건지.

"첫째, 학교 졸업할 때까지만 집에서 살며 최소한의 지원을 받고, 졸업해서 성인이 되는 순간 바로 자립하는 거야. 그리고 온몸으로 부딪치며 바닥부터 시작해서 성취해. 모델이든, 배우 든. 아빠는 오빠들이 그걸 한다는 걸 반대하는 게 아니야. 미 래를 성취하는 것에 대한 지원을 해주지 않는 것뿐이지."

그게 그 말이잖아! 원빈과 현빈이 두 눈에 번쩍 불을 켰다. 원빈과 현빈이 비글 같은 악마견 성격에 천방지축 안하무인이 된 건 친가와 외가를 오가며 너무 오냐오냐 키워진 탓이 컸다. 갖고 싶은 건 다 가졌고 하고 싶은 건 다 했다. 그리고 항상 사람들을 아래에 두었다.

어렸을 땐 천재라는 소리를 들었다고는 하지만 어느 정도 이성에 대해 눈을 뜬 후부터는 달라졌다. 아버지인 도준의 유전자를 받아 워낙 눈부신 외모를 타고난 탓에 어딜 가나 찬양을 받으니 허파에 바람이 쑥쑥 들어간 것이다. 부족하다 못해 넘치게 자랐는데 밑바닥부터 시작하라니. 죽었다 깨어나도 있을 수 없는 일이었다. 젊었을 때 고생 사서 한다고? 개나 줘버리라고 해!

"둘째는 내가 오빠들 대신 가업을 이어받는다는 가정하에 하는 말이야. 오빠들이 첫 번째를 선택하면 당연히 오빠들에게 쏟아지던 지원이 더 넘치도록 우리한테 들어올 거야."

"……그런데."

"나랑 가인이한테 용돈 받아 써. 원빈 오빠는 나한테, 현빈 오빠는 가인이한테. 용돈은 지금보다 더 넉넉하게 지원해줄 수도 있어. 그 대신 후계자 자리, 모든 재산 포기하겠다는 계약서를 써. 그럼 오빠들이 원할 때까지 아낌없이 지원해줄게."

"뭐, 뭐어?"

두 소년의 입이 쩍 벌어졌다. 비글처럼 방방 뛰는 그들과 달리 쌍둥이 여동생들은 똑똑해도 너무 똑똑했다. 도준의 외모가 아들들에게 갔다면 그의 뛰어난 두뇌는 딸들에게 갔다. 똑똑하다 못해 차분하기까지 했으니까. 그래도 나름 위로를 하자면 눈부신 외모의 두 소년에 비해 소녀들의 외모는 지극히 평범했다. 물론 어머니인 제아처럼 뒤늦게 물오르듯이 꽃피울 테지만.

"왜, 코 묻은 동생들 돈 받기는 또 자존심 상해? 그래도 어떻게 해. 나 같으면 자존심 살짝 죽이고 편히 사는 걸 택하겠어. 그게 아니면 그냥 가업 잇던지. 아들들이 듬직하게 도와줘야 엄마가 덜 힘들어할 거란 생각도 좀 들고."

형제자매뿐 아니라 일가친척도 없는 만큼 제아는 오롯이 혼자 타인들과 함께 제일 그룹을 이끌어가고 있었다. 물론 도준이 크게 뒷받침을 해주긴 하지만 그래도 거대해져버린 제일 그룹을 여자 혼자 몸으로 감당하는 건 여간 힘든 게 아니었다. 아무리 뛰어난 능력을 가지고 있다고 해도 은연중에 여자라고 무시하는 이들도 있었으니.

제아가 힘들어하는 걸 많이 보았기에 도준이 가업을 잇지 않겠다는 아들들에게 더 화를 낸 것도 있었다. 그제야 두 소년들은 입을 꾹 다물었다. 부모님들이 힘들어하는 걸 많이 보았던 만큼 동생들의 말이 가슴에 아프게 와 닿은 것이다. 게다가 한다면 하는 아버지였다. 절대 뱉어낸 말은 번복하지 않는 도준을 떠올리자 두 소년은 신경질적으로 머리칼을 쓸어 올렸다. 그러고는 여동생들에게 대답했다.

"어머니랑 이야기 좀 나누고 결정해야겠어. 생각할 시간 좀 주라.”

그런 아버지를 유일하게 잡고 흔들 수 있는 건 어머니인 제 아뿐이었다. 사실 가업을 잇기 싫은 건 아니었다. 단지 그들은 너무 젊었고 또 이것저것 해보고 싶은 꿈에 젖었을 뿐이다. 그리고 아들과 딸은 엄연히 다른 의미의 자식이었다. 설마 어머니마저 둘뿐인 아들을 내치진 않겠지. 두 소년은 어머니가 끝내주는 방안을 제시해줄 거라 믿어 의심치 않았다.

깜짝 놀라게 해주려고 연락조차 하지 않고 이틀이나 일찍 돌아온 제아였다. 살그머니 문을 열고 들어가자 진순이, 진돌이라는 이름을 가진 두 마리 진돗개들과 넓은 정원에서 놀아주고 있는 도준이 보였다. 언제나처럼 듬직한 그의 등을 보자마자 그녀의 가슴이 애틋함에 벅차올랐다. 얼마나 그립고 보고 싶었는지.

결혼을 하고 부부가 된 지 20년이 다 되었지만 아직까지도 두 사람은 애틋하고 애절했다. 단지 둘 사이에 눈에 넣어도 아프지 않을 네 쌍둥이가 있을 뿐이고 호칭이 ‘여보’로 바뀌었을 뿐. 인기척에 서서히 돌아서는 도준에게 넓어도 너무 넓은 정원을 가로지른 제아는 나비처럼 그의 품으로 안겨들었다.

“여보!”

놀란 것도 잠시뿐, 도준은 품에 안겨든 제 여자를 놓칠세라

꽉 끌어안더니 농밀한 키스를 퍼부었다. 테라스 통유리 너머로 쌍둥이들이 보고 있는 걸 알면서도 아랑곳하지 않고. 한참 만에야 아쉬운 듯 입술을 뗀 도준이 귓가에 속삭인다.

"빨리 올 거였으면 연락하지 그랬어. 데리러 갔을 텐데."

다정하다 못해 녹아내릴 것처럼 달콤한 음성. 세월도 거뜬히 이겨내는 나른한 눈웃음. 그는 항상 그대로였다. 오히려 눈가에 잔주름이 생긴 건 제아 자신이었다. 물론 의학의 힘을 빌릴 수 있겠지만 그러고 싶지 않았다. 있는 그대로 아름답게 봐주고 사랑해주는 남자가 밤이면 밤마다 뜨겁게 안아주는데 굳이 그럴 필요성을 못 느낀 것이다.

"빨리 올 수밖에 없었어."

"우리 집 비글 두 마리가 연락했나보군."

제아가 풋, 웃음을 터뜨렸다. 사실 그 별명을 지어준 건 바로 쌍둥이 딸들이었다. 물론 이걸 알면 원빈이와 현빈이가 섭섭해하겠지만. 아들들은 어렸을 적부터 그녀를 닮아 천방지축이었고, 딸들은 도준을 닮아 반듯하다 못해 너무 차분했다. 의젓해도 너무 의젓한 어린 소녀들 눈에 오빠들은 그저 철없이 날뛰는 비글처럼 보일 만도 했고.

도준과 다정하게 손을 잡고 들어가자 계단에서 아이들이 내려오는 소리가 들렸다. 다소곳하게 인사하는 딸들과 달리 덩치는 산만 한 아들들이 제아의 품으로 와락 안겨들었다.

"어머니!"

"어머니!"

두 아들의 널찍한 등을 토닥여주며 미소 짓는 제아의 말은 의외로 단호했다.

"엄마가 너무 피곤해서 그러니까 이야기는 내일 아침에 일어나서 하자. 알았지?"

"안 돼요, 어머니!"

"저희랑 먼저 이야기해요, 네?"

어떻게든 이 상황을 자신들에게 유리하게 풀어낼 거라는 어머니에 대한 쌍둥이 아들들의 절대적인 믿음은 부담스러울 정도였다. 자식들도 사랑하지만 그녀는 항상 도준의 편이었다. 사춘기에 접어든 아들들은 그야말로 안하무인이었고, 외모 하나 믿고 잘난 맛에 살고 있었다. 사실 도준과 제아는 아들들이 어렸을 때 곤두박질친 제일 그룹을 다시 일으켜 세우는 데 너무 바빴다. 그 덕에 할머니와 할아버지 손에 너무 오냐오냐 자란 탓이 크기에 미안함도 컸다. 게다가 두 아들은 자신들이 아들이라는 것에 대한 자부심이 굉장했다. 그걸 뼛속까지 박아놓은 게 바로 한 회장이었고.

―내 남은 재산은 모두 우리 증손자들에게 주어라! 어차피 가문을 잇는 건 아들들이 아니냐.

두 아들은 이대로 두면 아마 한국 최고의 문제아가 될지도 모른다. 어휴, 이 철부지들을 어떻게 하지? 그때 도준이 무서운 얼굴로 제아의 어깨를 감싸 제 몸에 딱 붙이며 아들들에게

으름장을 놓았다.

"순서를 지켜라."

그 말인즉슨 오늘 제아는 내가 차지할 테니 너희는 빠지라는 말이었다. 항상 있었던 일이지만 오늘은 급한 만큼 잘생긴 비글 두 마리는 끝까지 버텼다. 하지만 눈치 빠른 쌍둥이 딸들이 그런 오빠들을 질질 끌고 2층으로 데리고 올라갔다. 쌍둥이 딸들은 누나처럼 쌍둥이 아들들을 챙겼다.

장시간 비행에 지친 몸을 달래라고 도준이 욕조에 물을 받아놓았고 그 안에 들어가 앉은 제아는 노곤함에 가만히 눈을 감았다. 깜빡 잠이 들었는지 다시 눈을 뜨자 도준이 뒤로 다가와 거품에 젖은 어깨를 부드럽게 마사지해준다.

"으음."

그 손길이 너무도 시원하면서도 좋아 제아의 입술 사이로 저절로 신음이 새어 나온다. 그 신음에 맞추어 그의 손이 점점 더 어깨를 타고 내려와 급기야 거품 속으로 사라졌다.

"아이 참, 또 시작이야. 자꾸 응큼하게 이럴 거야?"

누가 들으면 주책이라고 할지 모르지만 둘만 있을 때 도준과 제아는 엄마와 아빠가 아닌 남자와 여자였다.

"한 달 가까이 참았어."

허스키하게 젖어든 음성과 함께 찰방 소리가 나고 이내 뜨겁고 탄탄한 도준의 근육이 등 뒤에 적나라하게 와 닿았다. 자신처럼 그도 홀라당 다 벗고 들어온 게 느껴지자 이상하게도 몸이 화끈 달아올랐다. 벌써부터 몸이 야릇한 기대감을 안고 내면에서 불을 피운다. 도준이 목에 자잘하게 키스를 퍼붓자, 그 나른한 감각을 즐기며 지그시 눈을 감은 제아는 한 달 가까이 유럽 쪽 자회사를 방문한 것에 대한 이야기를 조곤조곤 흘렸다. 도준은 그녀가 하는 말을 말없이 들어주었고 그에 맞는 조언을 해주었다. 그야말로 모든 걸 제아의 손에 쥐어준 그는 아주 완벽한 조력자였다.

"유럽 쪽 계열사는 재정비해야 할 것 같아. 관리가 너무 안 되고 있어. 이래서 할아버님이 핏줄핏줄 노래를 불렀나 봐."

혈혈단신, 서로가 철저하게 서로뿐이다. 아무리 훌륭한 인재라도 시간이 흐르면 제 배 채우느라 바쁘다. 특히나 해외 쪽은 거리가 있는 만큼 관리가 쉽지 않아 더 그러했다. 얼른 아들들이 장성해서 도와주었으면 하는데 성인을 앞둔 아들들은 당당하게 연예계에 발을 담그고 싶다고 선언을 했고.

"언제부터 우리 애들이 우리 마음대로 되지 않는 걸까."

부모의 말에 꿈뻑 죽던 아이들은 어느새 커서 제 의지를 완고하게 드러내고 있었다. 한숨 섞인 제아의 말에 그의 손이 물속에서 나른하게 움직인다. 한숨 같은 건 쉬지 말고 내 손길에 집중하라는 듯. 야릇한 간지러움에 제아가 웃음을 터뜨리며 꿈틀하자 그제야 도준이 입을 열었다.

"회사 일만으로도 머리 아플 텐데 넌 신경 쓰지 마. 할아버지가 남겨놓은 재산 믿고 이러는 거겠지만 어림도 없지."

갑자기 돌아선 제아가 다리 위로 올라타더니 도준의 이마에 제 이마를 가져다 댔다. 말과 달리 근심 가득 어린 도준의 눈을 바라보며 제아가 나직하게 속삭였다.

"오빠야말로 스트레스 받지 마. 지금까지 너무 오빠한테만 애들 일을 맡긴 것 같아. 이번엔 내가 다 알아서 할 테니까 오빠야말로 인상 좀 풀어."

바쁜 그녀를 대신해 군소리 없이 아이들을 챙기는 도준에게 제아는 너무 미안하고 또 고마웠다.

"어떻게 하려고."

"궁금하면 키스 먼저 해줘. 한 달 가까이 참았다면서 겨우 이 정도야? 아니면 내가 아줌마가 돼서 매력이 없어진 건가?"

제아가 유혹하듯이 향긋하게 젖은 몸을 비벼대자 도준이 끙, 소리를 내며 끌어안았다. 백발이 성성한 할머니가 되더라도 도준의 눈에 제아는 영원히 젊고 아름다운 제 여자일 뿐이다. 그는 힘이 닿는 데까지, 몸과 마음을 다해 사랑해주리라 마음먹었다.

"그럴 리가."

"꺄아악!"

제아를 번쩍 안고 욕조에서 일어나자 향긋함을 먹은 거품들이 그녀의 매끄러운 피부에서 흘러내렸다.

정확히 한 시간 후, 네 쌍둥이가 응접실에 나란히 앉아 있었다. 그들 앞엔 촉촉이 젖어 싱그럽게 빛을 발하는 제아와 그녀의 든든한 반려자 도준이 버티고 앉아 있다.

"원빈아, 현빈아."

생각보다 빨리 호출당해서인지 제아를 바라보는 아들들의

눈에 긴장감이 역력했다.

"엄마는 말이야. 너희들의 의견을 존중해. 그래서 지원해줄 생각이야."

그 말 한마디에 천방지축 비글들은 난리가 났고 쌍둥이 딸들은 의외라는 눈빛으로 제아를 바라보았다.

"대신 난 아버지의 의견도 절충을 해야 하는 입장이야. 왜냐하면 우리 집 가장은 당연히 아버지니까. 너희 둘, 졸업하자마자 독립해라."

"네에?"

"어머니이이!"

난리 난 잘생긴 비글들은 도준이 매섭게 쏘아보자 잠잠해졌고, 그제야 제아가 말을 이었다.

"단, 지원은 해줄게. 둘이 합쳐서 한 달에 백만 원. 그걸로 알아서 해결해."

"백만 원으로는 턱없이 부족해요. 그래서 말인데요."

현빈이 원빈의 옆구리를 슥 찌르자 그래도 형이라고 원빈이 슬쩍 입을 열었다.

"저희가 성인이 되면 증조할아버지께서 주신다는 그 유산, 조금만 당겨쓰면 안 될까요? 어차피 그거 증손자들 주라고 한 거라서 가인이랑 미인이는 못 받잖아요. 자립하는 데 초기 자본이 필요해서 그래요."

"아, 그 유산? 틀린 말은 아니구나. 할아버님께서 그건 증손자들에게 주라고 하시긴 했으니까. 그런데 말이야."

빙그레 웃으며 제아가 묘한 여운을 남기자 원빈과 현빈은 뭔가 일이 이상하게 돌아감을 느꼈다. 뭐지? 대체 뭐지?

"그건 할아버님께서 가업을 이을 증손자들에게 주려고 하신 거잖니. 너희들은 가업을 이을 생각이 없고. 그래서 다른 아들 주려고."

다른 아들이라면 설마, 우리 엄마가 외도라도 했나? 화들짝 놀란 네 쌍둥이의 눈이 도준에게 향했지만 역시나 그는 태산처럼 고요할 뿐이다. 정말 태연한 건지 화가 난 건지 속을 알 수 없는 모습에 그저 쌍둥이들만 눈치를 보고 있었다.

"여보, 우리 내일 일어나자마자 할아버님 산소 가요."

"⋯⋯산소는 왜?"

그제야 도준도 제아를 바라보았다.

"우리 결혼 허락해주시는 조건으로 한 약속 못 지켜서 죄송스러웠었는데."

"약속이라면?"

"독수리 5남매요. 임신 15주. 그리고 왕자님일 가능성이 크다고 하네요."

40살이 훌쩍 넘었는데도 소녀처럼 수줍게 웃는 제아를 보던 도준은 누군가 뒤통수를 세차게 걷어찬 기분이었다. 늦둥이, 늦둥이라고?

"맙소사, 그런데 어떻게⋯⋯."

임신한 몸으로 어떻게 장기 출장까지 갔느냐고 나무랄 것 같은 도준의 반응에 제아가 얼른 선수를 쳤다.

"저도 출장 가기 바로 전에 알았어요. 너무 바빠서 인식도 못하고 있었어. 못 가게 할까 봐 갔다 와서 말하려고 했구요. 그나저나 원빈이, 현빈아?"

갑자기 늦둥이 동생 소식에 놀란 건 네 쌍둥이들도 마찬가지였다. 멍하게 그녀를 바라보는 아들들에게 제아는 최대한 다정하게 말을 했다.

"증손자가 또 태어나니 너희는 이제 할아버님께 죄송해하지 말고 가고 싶은 길 가렴. 그 짐은 모두 뱃속의 남동생이 감당할 테니까. 단, 이 집을 나서는 순간부터 밑바닥부터 시작하고 태어날 동생에게 모두 물려줄 건 각오하고 나가야 해."

도준 못지않게 단호한 제아의 말에 잘생긴 비글 두 마리의 얼굴이 울상이 되었다.

"어, 어머니!"

"어머니마저!"

감격에 겨워 제아를 보던 도준이 다시 엄한 눈빛으로 아들들을 바라보았다.

"너희는 동생이 태어나는 게 반갑지 않나보구나?"

그 눈빛은 마치 지금 당장 쫓아내버리고 말겠다는 불굴의 의지를 드러내기도 했다. 철이 없을 뿐이지 천성이 착한 원빈과 현빈은 넙죽 바닥에 엎드려 진심을 다해 축하를 드렸다.

"경하드리옵니다, 어마마마."

"부디 건강한 남동생을 낳아주시옵소서."

덩달아 딸들도 제아와 도준의 품으로 안겨들었다.

"꺄아, 엄마!"

"나 동생 너무 갖고 싶었는데!"

결국 도준 부부는 천방지축 비글 아들들과 극적인 타협을 했다. 졸업 후 3년간의 자유를 허락하고 그 기간 동안 하고 싶은 거 다 해보고 가업을 잇기로 말이다. 단, 경영 수업 받는 건 소홀히 하지 않겠다는 조건이 달렸다.

파릇파릇한 새싹이 돋아 있는 산소 앞에서 경건하게 절을 올린 후 먼저 입을 연 건 제아였다. 세월도 비껴간 듯 아름다운 미소를 머금은 제아의 단아한 모습은 햇살도 피해갈 만큼 눈이 부셨다. 적어도 도준의 눈에는 말이다.

"할아버님, 이제야 약속을 지킬 수 있게 됐어요. 독수리 5남매 엄청 원하셨잖아요."

반대는 심했지만 결혼식 이후 그녀의 부모님과 더불어 손자손녀들을 끔찍하게 챙기다 가신 고마우신 분이었다. 그런 분에게 약속을 지키지 못해 항상 죄스러웠는데 이제야 당당하게 어깨를 펴고 묘 앞에 설 수 있게 된 것이다.

손을 꼭 잡고 도란도란 이야기를 하며 내려온 두 사람은 분위기 좋은 라운지 레스토랑으로 향했다. 식사를 마치고 디저트를 먹는 제아를 도준이 말간 눈빛으로 바라보았다.

"고마워, 제아야. 내 곁에 있어줘서."

"고맙다는 말은 내가 해야 할 말이거든요?"

도준처럼 완벽한 남자가 평범한 자신을 사랑한다는 것 자체가 희박한 확률이었다. 하지만 그 희박한 확률 속에 두 사람은 인연을 맺었고 지독하게 그 인연을 이어갔다. 우연처럼 필연처럼 악연처럼 인연처럼. 그가 삶에 나타나지 않았다면 내 인생은 어떻게 되었을까. 아마도 암흑이었겠지. 지금의 자신을 있게 하고 이 자리까지 올려준 이가 바로 그였다.

결혼하면 변한다는데 세월이 흐를수록 더 사랑을 쏟아주는 도준을 바라보고 있으려니 비행기 안에서 고민했던 것들에 확고하게 결심이 섰다. 그의 어깨에 가만히 머리를 기대고 손깍지를 낀 제아는 한숨 섞인 결심을 털어놓았다.

"나 이제 그만 쉬고 싶어."

무슨 말이냐는 듯 내려다보는 도준과 눈을 마주친 제아가 생긋 웃었다.

"일이라면 지긋지긋할 만큼 했어. 이제 가정에만 전념해도 미련 없을 만큼."

"제아야, 혹시 일이 힘든 거라면 내가 더 도와줄 테니……."

"내 말 끝까지 들어요, 한도준 씨."

제아의 검지가 아직까지도 붉은빛을 머금은 도준의 매혹적인 입술을 꾹 눌렀다.

"지금까지 난 제일 그룹 행동 대장이었을 뿐이지, 진짜 보스는 오빠였잖아."

모든 걸 도준과 의논했고 그의 조언 아래 신중하게 결정을 했다. 언론에선 타고난 여성 경영인이라 칭찬했고 한국을 대표하는 기업인이라고 했지만 그렇게 되도록 뒷받침해준 건 바로 도준이었다.

"늦둥이 아들도 생겼겠다, 이젠 내가 오빠 챙겨주고 싶어. 출근하는 오빠 와이셔츠 입혀주고 식사 차려주고 애들 챙기고. 또 퇴근하는 오빠 반겨주고 저녁 차려주고 잠들기 전에 일에 지친 오빠 위로해주고. 때론 오빠처럼 조언도 해주고."

지금까지 그가 단 한 번도 불평한 적 없이 했던 것들을 이젠 자신이 해주고 싶었다.

"오빠가 제일 그룹 이끌어줘. 난 이제 옛날의 문제아처럼 오빠 품에서 편히 쉬고 싶어. 내 아이들과 함께."

제아의 마음이 진심이란 걸 느꼈는지 도준이 애틋한 눈빛으로 바라보았다.

"답답하지 않겠어?"

"눈에 넣어도 아프지 않을 독수리 5남매 보느라 답답할 틈도 없을 걸요? 막내만큼은 내 손으로 직접 키우고 싶어. 우리의 마지막 아기잖아."

제일 그룹 내에서 위치가 있다 보니 낳기만 했을 뿐 쌍둥이들 모두 윤영과 연희, 그리고 베이비시터에게 맡길 수밖에 없었다. 물론 아쉬운 감이 아예 없다면 거짓말이다. 하지만 미련이나 후회도 없었다. 해보고 싶은 거 다 해봤고 유일하게 못해본 건 내조뿐이었으니.

"나 지금 오빠한테 엄청 무거운 짐을 넘기는 중이야. 그래도 괜찮지?"

"난 네가 원하는 건 뭐든지 해줄 거야. 난 문제아에게 미쳐 있는 남자이니까."

부드럽게 웃음 짓는 도준은 여전히 그녀의 가슴을 쿵쾅거리게 할 만큼 멋있었다.

여전히 그녀를 설레게 하고 미치게 하는 내 남자.

"제아야, 내 마지막 소원이 뭔지 알아?"

제아의 이마에 입술을 꾹 누른 도준이 달콤한 음성으로 귓가에 속삭였다.

"너랑 한날한시에 죽는 것."

몸을 틀어 제아를 품에 꼭 끌어안은 도준이 향기로운 머리칼에 코를 파묻었다.

"내가 없이 혼자 있을 널 두고 가는 것도 싫고, 너 없이 혼자 있을 나도 싫어."

"우린 같이 죽을 거야."

서로가 서로의 심장인 만큼, 심장이 죽으면 몸뚱이는 자연스럽게 죽게 되어 있으니까.

"대신에 우리 쌍둥이들과 뱃속 아기의 자식들까지 다 보고 백 살 때까지 살다 죽어야 하지 않겠어? 내가 내조 철저히 해서 건강까지 관리해줄 테니 당신은 걱정하지 마세요."

꽃피는 3월 첫째 주, 제아는 제일 그룹 회장직에서 물러나며 모든 걸 남편에게 양도하겠노라고 선언했다. 제일 그룹이 발칵 뒤집어지긴 했지만 부회장인 도준이 얼마나 유능한지 알기에 제일 그룹 윗선들 중 어느 누구도 토를 달진 못했다. 그저 빨래처럼 바짝 조일 걸 생각하며 두려움에 떨 뿐.

당당히 회장 취임식을 마치고 돌아온 도준이 현관문을 열자, 군침 도는 음식 냄새와 함께 네 쌍둥이들이 달려 나왔다.

"아버지 오셨어요?"

"아버지 오셨습니까?"

"아빠아아!"

"아빠 왔어요?"

뒤이어 배가 봉긋하게 솟은 제아가 저녁을 준비하고 있었는지 앞치마를 두른 채 넓은 거실을 가로질러 그에게 다가와 뺨에 입을 맞추었다.

"왔어요? 저녁 준비 거의 끝났으니 얼른 씻고 나와요."

"요리 직접 하지 말고 도우미 부르라니까."

"음식만큼은 내가 최고잖아요. 당신도 내 음식 좋아하고."

청소는 집이 워낙 넓어 도우미를 몇 명 부르지만 식사만큼은 꼭 제 손으로 차려주고 싶어하는 제아였다. 고개를 끄덕인 후 욕실로 향하던 도준이 돌아서자 제아를 위해 요리를 도와주며 사이좋게 대화를 나누는 네 쌍둥이가 보였다.

맛있는 음식 냄새, 따스한 온기와 웃음 소리가 흘러나오는 집, 사랑하는 아내와 아들 쌍둥이, 딸 쌍둥이까지……. 이보다 더 행복함이 어디 있을까.

도준은 생각했다. 저 여자에게 미치길 잘했다고.

작가 후기

오랜 직장 생활에 지쳐 여유를 가지면서 곰곰이 생각했습니다. 내가 과연 하고 싶은 게 뭘까. 그건 바로 글이었습니다. 이모티콘 인터넷 소설이 유행하던 그때 잠깐 '하이수'란 닉네임으로 활동을 했지만 결국 사람은 돌고 돌아서 제자리로 돌아오는 것 같습니다. 10년이나 흐른 지금도 소설 읽는 게 행복이고 소설 쓰는 게 꿈이니까요.

그런 제게 가장 깊게 남을 작품이 바로 《날 미치게 하는 그대》입니다. 이복 남매, 꼭 써보고 싶었던 소재이기도 했고요. 제 뇌가 조금 엉큼하다는 거, 인정합니다. 금단적이고 야릇한 것에 끌려 나오는 글발입니다. 거기에 로맨스를 더해 조금 오글거릴 수도 있지만, 그만큼 한 여자를 향한 지독한 사랑을 보여드리고 싶은 욕심도 컸습니다.

한 여자만을 향한 지고지순한 사랑을 품은 남자는 현실에선 찾기 힘들다고 생각해요. 그런 남자는 모든 여자들의 로망이 아닐까 싶습니다. 게다가 잘생기고 능력도 되고 똑똑하고. 그 로망을 글에서라도 이루어드리고 싶었고, 결국 이루었습니다.

완결을 하고 종이 책 작업을 하면서 처음부터 되짚어보니 아쉬운 부분이 많지만, 다음 작품에서 그 아쉬움을 채워보고 싶다는 욕심을 가져봅니다. 《날 미치게 하는 그대》는 워낙 우여곡절이 많았던 작품이라 완결을 내고 종이 책 작업까지 끝냈다는 게 지금도 믿기지 않습니다. 자꾸 엇나가고 몇 번이나 포기하려고 했던 저를 1년 동안 다독이고 끝까지 기다려주신 테라스북에 정말 감사하다는 말씀을 드립니다. 그리고 부족했을지도 모를 《날 미치게 하는 그대》의 도준이와 제아를 사랑해주신 독자님들에겐 사랑한다는 고백을 하고 싶습니다.

마지막으로 아무것도 묻지 않고 직장 때려치우고 무작정 소설 쓰겠다고 선언을 한 철부지 아내를 믿고 밀어준 뭉이 남편, 글 쓰는 걸 포기하게 만들 뻔했지만 결국은 독자님들의 사랑과 테라스북과의 인연을 만들어준 복탱이 딸, 하리.

고맙고, 사랑해요.

모든 독자님들의 로맨스를 이루어드릴 수는 없지만 제 글을 읽으면서 조금이나마 마음 한구석이 따뜻하고 행복하게 젖어 들었기를 바랍니다.

날 미치게 하는 그대 2

초판 1쇄 인쇄 2017년 9월 10일
초판 1쇄 발행 2017년 9월 25일

지은이 이달아 | 펴낸이 강성욱 | 책임 기획 전주예 | 기획 편집 송진아 고은결 | 디자인 김선경
일러스트 최제희 | 로고 김미현 | 교정 서진영 류혜선
펴낸곳 테라스북 | 등록 제25100-2013-000012호
주소 (134-826) 서울특별시 강동구 동남로 65길 13 2층
전화 070-4794-5826 | 팩스 0505-911-5826
블로그 http://terracebook.blog.me | 전자우편 terracebook@naver.com
ISBN 978-89-94300-79-5 (04810)
ISBN 978-89-94300-75-7 (SET)

ⓒ 이달아 2017 Printed in Korea

테라스북은 오름미디어의 임프린트 브랜드입니다.

잘못된 책은 구입하신 곳에서 바꾸어 드립니다.
이 책의 전부 또는 일부 내용을 재사용하려면 사전에 저작권자와 오름미디어의 동의를 받아야 합니다.

이 도서의 국립중앙도서관 출판시도서목록(CIP)은 서지정보유통지원시스템 홈페이지(http://www.seoji.nl.go.kr)와 국가자료공동목록시스템(http://www.nl.go.kr/kolisnet)에서 이용하실 수 있습니다. (CIP제어번호: CIP2017022263)